# 류

流

《RYU》
© Akira HIGASHIYAMA 2017
All rights reserved.
Original Japanese edition published by KODANSHA LTD.
Korean translation rights arranged with KODANSHA LTD.
through JM Contents Agency Co.

# 류

히가시야마 아키라
장편소설

민경욱 옮김

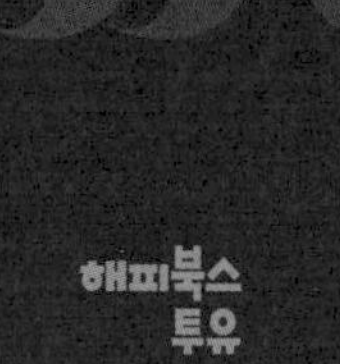

## 주요 등장인물

**예치우성**葉秋生 이 작품의 주인공. 타이베이 고등중학에 다니는 열입곱 살 소년.
**자오잔숑**趙戰雄 예치우성의 소꿉동무이자 불량한 친구. 통칭 샤오잔小戰.
**마오마오**毛毛 예치우성보다 두 살 많은 누나 같은 존재. 지금은 간호사. 본명은 천야후이陳雅慧.

**예준린**葉尊麟 예치우성의 할아버지. 산둥성 출신. 장제스 서거 다음 날, 살해당함.

**린리롄**林麗莲 예치우성의 할머니. 예준린의 두 번째 아내.
**밍후이**明輝 예치우성의 아버지. 책을 좋아하는 고등학교 교사.
**차이위팡**蔡玉芳 예치우성의 어머니, 다혈질의 여장부.
**밍첸**明泉 예치우성의 삼촌. 빚투성이의 게으름뱅이.
**샤오메이**小梅 예치우성의 고모, 대학 출신의 편집자.
**위우원**宇文 예치우성의 삼촌. 완력이 센 선원. 예준린의 양자.
**뚱보**胖子 마오마오의 삼촌. 길거리 양아치로 소년들의 천적.
**가오잉샹**高鷹翔 동네를 장악한 샤오잔의 형님. 통칭 잉 형님.

**레이웨이**雷威 불량 학생들의 보스. 싸움꾼 시인.
**취홍장**曲宏彰 병역 시절의 동기. 싸움을 잘한다.
**왕우원밍**汪文明 병역 시절의 동기. 말도 안 되는 소리를 잘 늘어놓는다.
**위옌지에**余元介 병역 시절의 동기. 통칭 대어大魚.

**시야메이링**夏美玲 일본에서 만난 여성. 거래처 통역사.

**마다준**馬大軍 예준린의 형님으로 예 집안의 은인. 칭다오에 살고 있다.
**슈알후**許二虎 국민당 유격대 대장. 예준린과 함께 왕커창 일가를 살해했다.

**왕커창**王克强 일본군 첩자. 동포를 배신해 가족이 모두 살해당했다.

## 차례


프롤로그 9

제1장 위대한 총통과 할아버지의 죽음 15

제2장 고등학교를 자퇴하다 39

제3장 도깨비불에 대해 81

제4장 불새를 타고 유령과 만나다 101

제5장 그녀 나름의 메시지 127

제6장 아름다운 노래 169

제7장 입시 실패와 첫사랑에 대해 193

제8장 열아홉 살의 액운 231

제9장 춤을 제대로 추지 못해 279

제10장 군혼부대에서의 2년간 301

제11장 격렬한 실의 343

제12장 사랑도 두 번째가 되면 367

제13장 바람에 실려 들어올 수 있어도 소가 끌어도 나갈 수 없는 장소 393

제14장 대륙의 땅에서 423

에필로그 467

옮긴이의 말 479

물고기가 말했습니다……. 나는 물속에서 살기에
당신에게는 내 눈물이 보이지 않아요.

_왕쉬안, 〈물고기가 묻다(魚問)〉

## 프롤로그

그 흑요석 비석은 모서리가 깨져 있었고 여기저기 벗겨진 데다 글자를 새긴 부분도 꽤 풍화되었으나, 중요한 부분은 남아 있어 간신히 읽을 수 있었다.

1943년 9월 29일, 비적 예준린은 이 땅에서 무고한 백성 56명을 학살했다. 남자 31명, 여자 25명이었으며 피해가 더 심했던 사허 마을은 (이하 여러 줄은 판독 불가능) 그들 중 18명이 살해된 곳으로, 촌장 왕커창 일가는 모두 죽임을 당하는 비운을 맞았다. 이후 이 일은 '사허마을 학살사건'으로 불리게 되었다.

비문을 사진으로 담고 나니 갑자기 할 일이 사라져 당황스러웠다. 허리를 쭉 펴고 한없이 펼쳐진, 겨울이라 썰렁한 밭을 둘러봤다. 이날 칭다오의 기온은 섭씨 1, 2도였을 텐데 하늘이 맑고 바람도 없어 그리 춥지 않았다. 오래전 이 자리에 마을이 있었다는 사실이 믿기지 않을 정도로 인가는 저 멀리에 있었다. 살이 새카만 한 노인이 두렁길에 자전거를 세워둔 채 가만히 이쪽을 살피고 있었다. 하얀 턱수염을 기르고 짙은 녹색 윗도리에 같은 색 인민 모자를 쓴 채였다. 두렁길 끝에는 천지밖에 없던 터라 그 자전거로 하늘을 날아온 게 아니라면 그가 어디에서 왔을지 나로서는 도무지 상상할 수 없을 정도로 광활했다.

노인이 여기까지 어떻게 왔을까 싶어 이리저리 살폈다. 망망대해와 같은 황야 저편에 철로가 뻗어 있고 깨알 같은 크기로 보이는 사람 몇이 쪼그려 앉아 있었다. 나를 여기까지 태워다 준 택시 운전사에게 물었더니, 그들은 기차가 흘리고 간 석탄을 줍는 사람들이라고 알려줬다.

"동지, 하나만 더 묻겠습니다." 나는 배를 문지르면서 재차 물었다. "화장실이 어디 없을까요?"

운전사는 성가시다는 듯, 조금 떨어진 도로 옆의 벽을 가리켰다. 그랬다. 벽이 있었다. 조수석에 앉은 마 할아버지는 햇살이 쏟아지는 가운데 꾸벅꾸벅 졸고 있었다. 운전사는 손목시계를 슬쩍슬쩍 보면서 경악한 나를 재촉했다.

그 벽은 서 있다기보다는 아직 쓰러지지 않았다는 표현이 정확한, 어떤 건물의 잔해였다. 키가 177센티미터인 나의 가슴 정도 높이였다. 옆에는 사시나무 한 그루가 잎을 떨군 가지를 초라하게 펼치고 있었다. 대만 사람의 감각으로 그것은 벽일 뿐이다. 그럼에도 중국인이 저게 화장실이라고 주장하면 나로서는 어쩔 도리가 없었다.

일본을 떠나기 전부터 나는 변비로 고생했다. 그런데 무사히 대륙에 내리자 긴장의 끈이 풀렸는지 대장의 소식이 나흘 만에 거대한 파도처럼 밀려와 한겨울임에도 이마에서 땀방울이 뚝뚝 떨어졌다.

선택의 여지는 없었다.

종종걸음으로 벽 뒤로 달려가 나는 휴대용 휴지(신이시여, 제게 휴지를 주셔서 감사합니다. 도쿄역에서 금발 남성이 나눠준 것으로 소비자 판촉물이었다. 이런 일이 생길 걸 대비해 휴지는 언제든 받아둬야 한다!)를 움켜쥐고 단숨에 청바지를 내리면서 쭈그려 앉았다. 순간 엄청난 방귀가 나오는 바람에 흠칫 놀랐다. 땅이 울릴 정도로 우렁찬 방귀여서 사시나무에서 쉬고 있던 까마귀가 총소리라도 난 줄 알고 후드득 날아가 버릴 정도였다.

그곳은 틀림없는 화장실이었다. 앞사람이 남기고 간 것이 버젓이 있는 걸 보고 나는 혐오와 안도를 동시에 곱씹었다. 하지만 항문이여 찢어질 테면 찢어져라, 하는 심정으로 아무리 힘을 줘도 내 아랫배는 무슨 콘크리트라도 부은 듯 꿈쩍도 하지 않았다. 곧 폭포처럼 식은땀이 쏟아졌다.

나는 홀로 싸웠다. 그러나 예전 이 자리에서 공산주의자와 싸웠던 할아버지의 모습과 너무 달랐다. 배는 욱신욱신 아픈데도 나와야 할 건 나오지 않았고 대지를 훑고 지나는 찬바람 탓에 엉덩이는 얼어붙을 것처럼 차가웠다. 게다가 어쩐지 느낌이 이상해 문득 고개를 돌렸는데 벽 위에 고개를 들이민 검붉은 얼굴이 있는 게 아닌가!

나는 흠칫 몸을 젖히다가 엉덩방아를 찧을 뻔했다. 만약 그랬다면 앞서 온 손님이 남긴 것 위에 주저앉았을지 모른다. 엉덩방아를 찧지 않아 천만다행이었다.

그는 짙은 녹색 인민 모자를 쓰고 허연 염소수염을 기른 조금 전 보았던 자전거 노인이었다. 노인은 내 한심한 모습을 보고도 눈썹 하나 까닥이지 않고 이렇게 묻기까지 했다.

"뭐 하는 거야?"

귀가 의심스러웠다. 만약 누군가가 화장실로 여겨지는 장소에서 엉덩이를 내놓고 쭈그린 채 있으면 대만이나 일본에서는 듣지 않을 질문이었다. 노인은 나를 가만히 응시했다. 나도 어깨 너머로 그 검붉은 얼굴을 노려봤다. 우리 사이를 허허로운 바람이 훑고 지나가며 황야의 먼지를 일으켰다. 그때 노인의 얼굴이 홀쩍 사라지더니 저벅저벅 멀어지는 발소리가 들렸다.

아아, 세상 정말 넓구나!

나는 일어나 청바지를 입고 화장실에서—어디서부터가 화장실이고 어디서부터가 밖인지 모르겠으나— 걸어 나왔다.

놀랍게도 노인은 아직 거기에 있었다. 사시나무 밑에 소녀처럼 조용히 서 있었던 것이다. 그리고 나를 보자마자 또 같은 질문을 던졌다. 도무지 영문을 알 수 없었다. 그러자 노인이 다시 입을 열었다.

“아까 그 비석에서 뭘 했어?”

그제야 겨우 그가 이상한 사람도, 바보도 아님을 확신했다. 그런데 그 상황에 이르자 이번에는 대답이 궁했다. 아버지는 내게 절대 산둥성 가까이에 가선 안 된다고 잔소리를 했었다. 그야말로 어려서부터 귀에 못이 박히도록 들었던 말이다.

‘네 할아버지는 거기서 많은 사람을 죽였어. 아직도 그곳에 그 사람들의 가족이 살아 있는데, 네가 예준린의 손자라는 사실을 알면 어떨 것 같니?’

나는 조심스럽게 입을 다물었다.

“혹시, 당신…….” 노인의 눈빛이 날카롭게 빛났다. “예준린의 아들인가?”

제1장

# 위대한 총통과 할아버지의 죽음

내게 1975년은 잊을 수 없는 해다.

죽음을 연달아 겪어야 했는데, 그중 하나는 집 대문 기둥에 국기를 달아야 했을 정도로 엄청난 일이었다. 그보다는 훨씬 하잘것없는 일이겠으나 개인적으로는 '인생을 뒤틀어 놓았다'라고 말할 만큼 불운한 사건이었다.

4월 5일, 대만 전역을 휩쓴 그 뉴스는 잊을 수 없다.

당시 나는 열일곱으로 다른 아이들보다 교복 단추를 하나쯤 더 풀어 거칠게 보이는, 살짝 허세가 있는 고등학교 2학년이었다. 남자는 스포츠머리, 여자는 짧은 단발만 허용하던 시절에, 나는 교복 옷깃을 조금 늘렸다. 천진난만했던 그 시절, 나의 유일한 걱정거리는 자랑스러운 내 옷깃이 생활지도부에 걸려 잘리는 것 정도였다. 나중에 나를 늪으로 끌고 가는 계획은 아직 샤오잔의 가슴에만 있었고 나와는 전혀 관계없는 일이었다.

3교시 수업 중에 정치학 교사가 밖으로 불려 나가더니 조금 있다가 마치 하늘이라도 무너진 듯 침통한 표정으로 돌아왔다. 그러고는 엄숙한 목소리로 학생들에게 말했다.

"총통께서 서거하셨습니다."

교실 형광등이 깜빡거렸다.

우리는 조심스레 서로의 얼굴을 바라보았다. 교사가 손수건으로 눈가를 훔치자 몇몇 학생이 덩달아 눈물을 짜내며 일찌감치 애국심을 만천하에 드러냈다. 그때까지 쾌청했던 하늘에 갑자기 먹구름이 드리우며 세상을 잿빛으로 덧칠했다. 장제스의 시신에서 빠져나온 검은 용이 구름을 뚫고 승천하는 모습을 타이베이시 어디서나 볼 수 있었다. 마치 불길한 예언을 전달하듯 까마귀들이 엄청나게 울어대며 학교 건물 위를 맴돌았다.

"오늘 수업은 이걸로 끝내겠습니다." 교사가 짧게 말했다. "각자 집으로 돌아가 조용히 대기하세요."

큰 도로와 골목에서 인적이 사라지고 거리를 헤매는 개조차 없었다. 인적이 사라진 공원에서는 다람쥐가 나뭇가지를 건너다니고 작은 새들이 즐겁게 지저귀었다.

모두가 어두컴컴한 집에서 숨을 죽인 채 TV나 라디오 채널을 돌렸다. 이 좋은 기회를 공산주의자들이 놓치지 않을 거라는 생각에 겁에 질려 있었다. 우리를 지켜주던 거인이 쓰러졌으니 사악한 무리가 대만해협을 건너 공격해 오는 일은 시간문제였다.

"우리가 비축한 탄약으로는 5분도 버티지 못해!" 일찌감치 머리가 돌아버린 녀석이 밖에서 소리쳤다. "당장 투항하자. 총을 쏜 다음에 투항하면 너무 늦어!"

헌병대의 지프가 재빨리 출동해 어딘가로 그 남자를 데려갔다. 나는 초토화된 바오다오(대만의 다른 이름)를 상상하며 몸을 떨었다.

다른 학교도 수업을 중단하고 학생들을 귀가시켰다. 교사들의 표정은 납처럼 무거웠고 거의 입을 열지 않았다.

지난 며칠 동안, 깃대란 깃대에 모두 조기를 달았다. 비탄에 빠진 어른들은 장 공, 중정 선생(모두 장제스를 가리킴)을 정중하게 황천길로 보내야 한다며 어떤 이는 정장하고 또 어떤 이는 전통에 따라 자루를 뒤집어쓰고 총통부 앞으로 몰려들었다.

우리 집 흑백 텔레비전에서는 수 킬로미터에 달하는 조문객 행렬이 하염없이 나왔다. 조문객들은 자기 차례가 오기를 끈기 있게 기다리면서도 눈물을 참지 못했다. 그리고 청천백일기에 감싸인 관 안에 놓인 하얀 꽃에 묻힌 우리의 총통에게 매달려 엉엉 울어댔다. 아아, 큰 별이 떨어졌다. 아나운서의 비통하고도 격앙된 목소리가 울음소리에 얹어졌다. 우리의 위대한 총통은 이제 없습니다. 시커먼 영구차가 지나가는 거리에서 여자들은 땅에 몸을 던져 위대한 이름을 소리쳤고 남자들은 이를 악물고 경례했으며 어렸을 때부터 그러도록 교육받은 아이들은 앞다퉈 울부짖었다.

여기서 충분히 애국심을 발휘해 두지 않으면 나중에 어디서 재앙이 찾아올지 몰라. 어쨌든 대만을 움직이고 있는 세력은 국민당이고 우리는 1949년부터 이어져온 계엄령 아래에서 살고 있으니까. 세계 어디나 어른들이 흘리는 눈물에는 다분히 정치성이 있다.

그러나 그 시절의 대만 아이들에게 장제스는 신이나 마찬가지였다. 모든 일은 노(老) 총통의 생각에서 비롯되었다. 영화를 볼 수 있는 것도, 텔레비전을 볼 수 있는 것도, 미국 껌을 씹을 수 있는 것도, 학교에서 공부할 수 있는 것도, 삼시 세끼 다 챙겨 먹을 수 있는 것도, 무엇이든 국민당 덕분이었다. 대륙 출신인 외지인(外省人)도, 그들에게 박해받고 있는 토착인(本省人)도 상관없었다.

초등학교 시절, 미술 시간에 손가락 인형을 만든 적이 있었다. 내가 미국 보안관을 만들 생각으로 가슴에 노란 별을 달았다가 별은 공산주의자의 상징이라며 양 선생에게 실컷 손바닥을 맞았다. 돼지처럼 뚱뚱했던 양 선생은 사실 본성 출신이었다. 즉 누구에게든 국민당은 빛나는 정의였고 공산당은 섬멸해야만 하는 악이었다. 그래서 나는 상당히 클 때까지 마오쩌둥의 머리에 뿔이 달렸다고 생각했다.

그런데도 우리는 총통의 죽음을 그리 오래 슬퍼하지 않았다. 한 달쯤 지나자, 흐린 하늘 아래 힘없이 매달린 조기만이 열화와 같았던 슬픔을 떠올리게 하는 유일한 모습이었다. 특히 아들인 장징궈가 후계자 자리에 오르자 모든 게 급속도로 제자리를 찾았을 뿐만 아니라 기분 탓인지 사회 분위기는 오히려 한결 가벼워진 듯도 했다. 그 포동포동한 얼굴을 보고 있자면 장징궈는 아버지와 달리 어딘가 목가적인 분위기가 있었다. 입는 옷도 엄숙한 군장이나 중산복(중국 정치가 쑨원이 신해혁명 성공 후 개혁의 하나로 고안한 근대 예복. 쑨원의 호 '중산'에서 이름을 땄다.)이 아니라 마치 중소기업 사장님 같은 점퍼였다. 그때는 아직 그가 얼마나 무시무시한 사람인지 몰랐다. 대만 최대 조직폭력 단체인 주롄방을 고갯짓 하나로 부리는 사람일 줄이야. 10년 후, 장징궈는 주롄방의 보스 젠치리를 샌프란시스코로 보내 자신에게 비판적인 전기를 발간한 지안난을 자택에서 살해했다. 이 사건이 미국에서 크게 다뤄져 젠치리는 대만에서 체포되어 종신형 판결을 받았는데, 특사로 풀려나 예순여섯의 나이로 세상을 떠날 때까지 주롄방에서 위세를 누렸다. 그런데 잘 생각해 보면 이상할 일도 아니다. 장제스 역시 상하이에 있을 때 칭방의 수령 두웨성과 각별한 사이가 아니었나.

어쨌든 나는 새 총통에게 친근감을 가졌다. 주위 어른들은 여자에게 치근거리는 그를 조금 한심하게 여겼던 기억이 있다. 어딘지 모르게 대만의 머리와 발에 감겨 있던 무거운 돌이 떨어져 나가고 아디다스 운동화로 갈아 신은 듯한 분위기가 감돌았다. 나는 이 남자라면 5분도 못 버틸 탄약으로 말도 안 되는 일을 벌이지는 않겠지, 라고 생각했다. 같은 중국인끼리 허심탄회하게 이야기하면 아무리 마오쩌둥이라도 우리를 그리 함부로 대하진 않을 거라고.

마침내 나라 사정이 진정되자 사람들은 일상의 자잘한 일에 매달렸다. 여자들은 마작 테이블에 둘러 모여 식료품 가격이 올랐다고 불평했고 남자들은 일 외에 집안일까지 해야 하는 처지를 꾹 참고 있었으며 젊은이들은 사랑 타령에 정신을 놓고 있었다.

그런 가운데, 할아버지가 살해당했다.

당시의 타이베이시 분위기는 지금보다 훨씬 혼란스러워 무슨 일이든 일어날 수 있었다. 경제적으로는 일본보다 20년 뒤처졌다고들 했다. 시먼딩 근처에는 싸고 맛있지만 지독하게 비위생적인 노점이 늘어서 있어서 몇 년에 한 번씩 B형 간염이 대유행했다. 그런 노점에서는 음식물 쓰레기 위에 뜬 폐유를 정제해 식용유로 다시 사용했다. 맥주 배처럼 보닛이 툭 튀어나온 버스가 아침부터 밤까지 중화루를 가로막았고, 성질 더러운 운전사는 고래고래 세상을 향해 욕설을 퍼부으면서 무슨 경주용 자동차라도 모는 듯 씽씽 날아다녔다. 그 버스보다 몇 배는 더 거친 택시가 상어처럼 돌아다녔다. 택시 운전사들은 티어드롭 선글라스를 쓰고 씹어서 생긴 피 같은 빈랑즙을 창밖으로 내뱉으며 싸움도 불사하겠다는 각오로 손님을 속여댔다. 먼길로 돌아가는 것쯤은 당연한 일이고 미터기에 슬쩍 손을 대 10초마다 요금이 올라가게 하거나 손님은 분명 100위안을 건

냈는데 50위안밖에 받지 않았다고 우기기도 했다. 도로를 끼고 서로 소리 지르는 아줌마들, 애들만 보면 이유도 없이 알밤을 때리는 아저씨들, 뒷골목에서 이쪽의 눈을 노리고 돌을 던지는 담배를 문 악동들.

그런 곳이라 다툼도 사소한 것에서 큰 것까지 늘 있었다. 지금이라면 그런 성가신 일들은 경찰이나 법원에 맡기겠으나, 예전에는 법원이라면 인간의 생사와 관련된 중대사나 다루고 일상에서 일어난 자잘한 실랑이는 당사자 집안의 가장끼리 대화로 해결하거나 이것도 인생이라며 포기하거나 신불에 참배해 매사를 결정했다. 더군다나 전쟁 중에 사람을 죽인 적 있는 노인들은 신이나 유령을 소홀히 여기지 않았다.

내 할아버지도 여느 노인들과 마찬가지여서 미신을 깊이 신봉했다.

중국 산둥성 출신인 할아버지는 전족이라는 걸 했던 증조모의 배에서 태어나자마자, 아직 눈도 뜨지 못했을 텐데 도깨비불을 봤다고 주장했다. 어른들은 할아버지를 보고 이 아이는 틀림없이 여느 아이들과는 다를 거라고 입을 모았다. 일곱 살 때 지독한 수두를 앓아 죽을 뻔했는데, 이때도 도깨비불이 꿈에 나타나, 너는 아직 죽지 않아, 공산주의자 놈들을 죽여야 한다는 계시를 들었다고 한다. 어느 정도 나이를 먹어서는 전란을 틈타 거리의 의형제들과 식용유를 팔아 약간의 재산을 모으기도 했다.

그리고 열다섯이 되던 해 도깨비불이 계시했던 대로 되었다.

상하이 쿠데타(1927년 4월 12일에 장제스가 일으킨 쿠데타. 다수의 공산당원, 노동자가 학살당했다. 이 사건으로, 1923년 쑨원-요페 선언으로 성립된 1차 국공합작이 결렬되었다.)가 일어난 뒤, 할아버지 같은 불량배들은 어느 쪽을 따를지를 어느 쪽에 의리가 있는지로 결정했다. 할아버지와 의형제들의 뒤를 봐주던 지역 유지는 왕위민이라는 사람의 부하였다. 왕위민은 원래 초등학교 교사로 국민당원이었다. 그래서 할아버지와 그 의형제들도 국민당에 가담해 공산주의자를 죽이게 된 것이다.

어릴 적 나는 할아버지에게 전쟁 이야기 듣는 걸 아주 좋아했다. 할아버지는 복부와 오른쪽 발등, 왼쪽 다리 정강이에 총상이 있었는데, 항상 《삼국지》나 《수호지》 못지않은 과장된 무용담을 들려주었다. 오른쪽 발등을 맞았을 때, 할아버지는 총을 맞았는지도 모르고 50킬로미터 길을 행군했다고 한다. 군화 틈으로 피가 흘러나와서 그제야 '혹시?'라고 생각했단다.

"얘야, 일본에 원자폭탄이 떨어져 2차 세계대전이 끝났다는 건 알지?" 할아버지의 말에는 마른 흙 위에 무한히 펼쳐진 보리밭을 연상시키는 강한 산둥 사투리가 평생 있었다. "그 후 장제스와 마오쩌둥은 충칭에서 교섭을 벌였으나 결렬됐지. 그래서 2차 국공합작은 눈 깜짝할 사이에 무너졌어. 우리는 왕위민과 함께 싸워왔는데, 칭다오에서 국민당 군대에 편입되었어. 뭐, 정규군이 아니라 쓰다 버리는 유격대 같은 거였지. 비적 나부랭이, 불한당 무리였으니까. 어느 날, 대장 슈알후가 어떤 마을에 잠복해 있는 공산주의자 놈들을 섬멸하라고 명령했어. 우리는 겨우 다섯이 그곳으로 갔어! 녀석들은 20~30명은 됐을 거야. 늘 있던 일이란다. 우리에게는 총이 있었고, 그 정도는 늘 익숙했지. 녀석들에게도 총은 있었는데, 총알이 없었지. 탄띠에 나뭇가지를 끼워 부풀렸더구나. 그때는 총만 들어도 벌벌 떨었으니까. 총만 있으면 왕이었지."

할아버지는 절대 끔찍한 이야기는 하지 않았다. 할아버지가 돌아가신 후 아버지에게 들은 말로는, 할아버지 일행은 항일전쟁 때부터, 그러니까 공산당과 싸우기 전부터 총알을 절약하기 위해 생포한 적은 생매장했다고 한다.

"우리에게 대의 같은 건 없었단다." 할아버지는 말했다. "같은 부대에 리우꾸이런이라는 사람이 있었는데, 이 녀석은 자기 부모를 괴롭힌 공산당 일가를 모조리 죽이고 국민당에 들어왔어. 다들 비슷한 사연이었어. 이쪽과 싸워서 저쪽에 들어가거나 이쪽에서 밥을 먹여주니 이쪽 편이 되는 거지. 공산당도 국민당도 하는 짓은 같아. 다른 마을에 마구 쳐들어가 돈과 먹을 거리를 빼앗았지. 그렇게 백성들을 먹어 치우며 같은 일을 되풀이했어. 전쟁이란 그런 거야."

할아버지는 수없이 사선을 넘나들었는데, 1948년 11월에 발발한 화이하이 전투 때는 할아버지도 이제 끝났다고 체념했단다. 이 전투로 공산당은 결정적인 승리를 거둬 양쯔강(장강이라고도 함.) 이북을 확보해 국민당의 아성이었던 난징과 상하이를 위협할 수 있게 되었다. 공산당 측의 피해는 약 30만 명이었던 데 비해 국민당 측은 무려 55만 명의 사상자를 냈다. 국민당의 사령관들은 포로가 되거나 도주했고 자결하기도 했다. 할아버지 말로는 연일 연패, 비처럼 쏟아지는 포탄 탓에 의형제 대부분이 날아가 뼛조각 하나도 남지 않았다고 했다. 그러나 내가 이 세상에 존재한다는 사실은 할아버지의 명운이 거기서 다하지 않았다는 의미다.

절체절명, 사면초가, 비처럼 쏟아지는 포탄의 참호에서 할아버지를 이끌어 거미줄보다 더 가는 일말의 활로를 찾아낸 것은, 이번에도 바로 도깨비불이었다.

가혹한 추위와 배고픔, 불면과 쉴 새 없이 이어지는 전투와 동료들의 죽음으로 정신도 기력도 다한 할아버지는, 어이, 여기, 여기! 라고 말하는 듯 훨훨 떠도는 도깨비불의 뒤를 쫓았다. 깊은 안개 속을 헤매는 듯했고 자신이 살았는지 죽었는지도 알 수 없었다. 포탄에 푹 팬 구덩이에 발이 걸렸고, 겹겹이 싸인 시체에 몸이 휘청였고, 얼굴을 살짝 스치며 쉭쉭 날아가는 총알에 목을 움츠렸다. 전차에 뭉개진 사체를 지긋지긋할 정도로 봤다. 그때마다 할아버지는 다리가 풀려 더는 한 발짝도 움직일 수 없을 것만 같았다. 하지만 도깨비불이 늘 중간쯤 떠서 기다려주었다.

어느새 포성이 드문드문 들리며 멀어졌고, 할아버지는 꿈을 꾸는 듯한 상태로 전쟁터였던 쉬저우를 떠돌다가 빠져나왔다. 엿새 낮과 밤을 하염없이 걸어 태어난 고향 우롄으로 돌아왔다. 그리고 아내와 아이들—그러니까 내 할머니와 아버지, 삼촌과 고모—을 의형제에게 맡기고 자신은 다른 의형제의 가족을 구하러 돌아다녔다. 구르는 돌처럼 패주하는 국민당에 합류해 대만으로 건너온 것은 그 직후였다.

"도깨비불이 따라다니는 한 나는 불사신이야."

할아버지는 그렇게 큰소리를 치고 호탕하게 웃었다.

그리하여 홍콩을 거쳐 대만으로 도망친 할아버지는 디화지에에 포목점을 열었다. 갖은 고생에도 열심히 장사해 아내와 네 아이를 키워냈고, 언젠가는 대륙을 광복하겠다는 꿈을 꾸며 조용히 칼을 갈았다. 노장을 버티게 한 것은 '총만 있으면 왕'이라는 평생을 지켜온 인생 철학과 유격대 시절부터 항상 몸에 지녔던 독일제 모제르 권총이었다. 심한 간질 발작을 앓았던 할아버지는 내키는 대로 아이들을 두들겨 팼던 터라, 혹시나 총에 맞아 죽을까 두려워 총을 숨긴 장소를 절대 알려주지 않았다. 가게에 있는 낡은 재봉틀 아래가 아무래도 수상하다는 정도로 모두가 어렴풋이 알아채고 있었다.

국가 기념 행사에 군사 퍼레이드 같은 게 있으면 짙은 녹색 제복을 입은 경비총부 군인이 우리 집에 찾아와 권총을 몰수했다. 그때마다 할아버지는 일터에서 가족을 몰아내고 얌전하게 모제르를 제출했다. 오픈카를 탄 장제스를 아무도 저격하지 못한 채 탈 없이 퍼레이드가 끝나 부적 같은 권총을 돌려받을 때까지, 할아버지는 마구 화를 냈다고 한다. 할아버지는 총알에 녹이 슬지 않도록 바셀린 병에 넣어 두었다.

포목점 장사는 순조로웠으나 아무리 돈을 많이 벌어도, 할아버지가 세상을 떠난 의형제들의 부인과 고아들에게 인심 좋게 재산을 나눠주는 통에 우리 집 형편은 늘 빡빡했다. 샤오메이 고모는 그런 할아버지를 뱀이나 전갈 보듯 싫어했다. 내가 어렸을 때는 종종 험담을 늘어놓고는 했다.

"치우성. 네 할아버지는 말이야, 형편없는 쓰레기야. 할머니를 돈으로 얼마나 힘들게 했는지 알아? 뭐 하나 사는 데도 벌벌 떨며 돈을 받게 했어. 한번은 말이야, 네 할머니가 아이들에게 뭘 먹이고 싶다고 했더니, 우리 집 2층에서 100위안짜리 한 장을 던진 게 다였다고!"

샤오메이 고모가 고등학교 3학년 때, 그녀는 끝내 할아버지에게 길고 긴 저주의 편지를 남기고 집을 떠났다. 할아버지가 얼마나 가족에서 상처를 줬는지 거침없이 말했다. 나중에 출판사 편집자가 된 샤오메이 고모의 글재주는 이때 이미 싹튼 것일지도 모른다. 고통과 원한은 언제나 말을 키우는 법이다. 스무 장에 달하는 그 편지 덕분에, 할아버지는 샤오메이 고모가 대학에 진학하는 데 한마디도 하지 않은 대신 학비 역시 한 푼도 내놓지 않았다.

할아버지 같은 남자와 살았으니 할머니는 틀림없이 신물을 삼키는 날들을 보냈을 것이다. 자식 넷을 먹이기도 힘든데 그 중 하나는 피를 나눈 자식이 아니라 할아버지가 모셨던 의형제가 남긴 자식이었으니, 위우원 삼촌만 다소 살갑게 대하지 않았다고 한들 할머니를 탓할 사람이 있으랴.

젊은 시절의 할머니 린리렌은 빼어난 미인이었다. 만약 그렇지 않았다면 할아버지를 홀려 자신과 살림을 차리게 할 수 없었을 것이다. 할머니는 할아버지의 두 번째 아내였다. 할아버지에게는 중국에 남기고 온 첫 번째 부인이 있었는데, 그 여성이 아이를 낳지 못했다는 것도 할머니에게 유리하게 작용했다.

다른 사람의 것을 빼앗았다고 여긴 여성은 십중팔구 별다른 일이 아닌데도 이따금 심각하게 남을 의심하기 마련이다. 할아버지가 허공에 대고 담배 연기만 뿜어내도 할머니는 할아버지의 마음이 첫 부인에게 갔다며 소동을 피웠다. 물론 그 화살은 대체로 위우원 삼촌에게 날아갔다. 할머니는 잔소리를 퍼부었고 때로는 손도 댔다. 기분이 나쁠 때는 나무 막대기로 아이들을 때렸는데, 때리는 방법이 평등하지 않았다. 편애도 철저해서 빵 하나를 나눠 줄 때도 다른 아이들에게는 부드러운 부분을 주고 위우원 삼촌에게는 딱딱한 모서리를 아무렇지 않게 건넸다. 그래서 위우원 삼촌이 고등학교를 졸업하자마자 집을 나가 2년의 병역을 마치고 선원이 된 것도 무리는 아니었다.

그런데도 할아버지는 누구보다 위우원 삼촌을 아꼈다. 완력이 세고 뼛속까지 반공주의자인 데다 의리와 인정이 많은 위우원 삼촌을 젊은 시절의 자신에 견주었다는 사실은 누가 봐도 분명했다. 얌전하고 책만 읽는 아버지 밍후이와 늘 태평한 밍첸과 달리 위우원 삼촌에게는 의형제 맹세를 한 불량배 친구가 많았다. 위우원 삼촌이 탄 배가 대만에 올 때마다 할아버지는 언제나 고량주를 잔뜩 마시고 기분이 좋아져 외쳤다.

"피는 섞이지 않았지만, 내 진짜 아들은 너야!"

그러면 위우원 삼촌은 길러주신 은혜를 공손하게 늘어놓았고, 할아버지는 무릎을 탁탁 치며 늘 하는 말을 내뱉었다.

"무슨 소리냐! 셋이나 넷이나 다를 거 없다. 숟가락 하나 더 놓는 게 다지."

지금은 다 철거됐으나 중화상창 한쪽에 할아버지가 도깨비불을 모시는 사당을 만든 직접적인 이유도 위우원 삼촌의 배가 수마트라섬 바다에서 해적을 만났기 때문이다.

수십 명이었던 승조원 중 살아 돌아온 사람은 넷뿐이었다. 다른 셋이 어떻게 목숨을 부지했는지는 모르겠으나 위우원 삼촌이 살 수 있었던 건 해적의 습격을 받기 전날 밤 삼촌의 인도네시아 현지처가 "빛이 보여. 저 배에 타면 안 돼"라고 불평한 덕분이다. 삼촌은 할아버지가 해주던 이야기를 소홀히 여기지 않았던 터라 이건 도깨비불의 계시라는 걸 바로 알아차렸다. 그래서 며칠 뒤에 말레이시아 현지처와 만나기로 했음에도 인도네시아에서 하선해 큰일을 면했다는 것이다.

"이러고 있을 순 없지." 할아버지는 침대 의자에서 벌떡 일어났다. "도깨비불 신에게 제대로 예를 갖추지 않으면 7대까지 재앙이 내려질 거야!"

처음 발견한 사람이 나였다.

그해 1월, 그리고 장제스가 죽은 4월의 혼란한 틈을 타, 할아버지의 포목점은 두 번에 걸쳐 도둑이 들었다. 첫 번째에 TV와 재봉틀, 시계 같은 금품을 도둑맞은 탓에 할아버지는 신중하게 도둑맞아도 되는 것들만 가게에 놓아두었다. 재봉틀은 굵은 사슬로 받침에 단단히 묶어 두었다. 덕분에 두 번째는 피해를 최소한으로 막을 수 있었다. 도둑 입장에서는 구두를 훔치는 것만으로는 성이 차지 않았는지 옷감을 넣어둔 나무 선반을 쓰러뜨린 후 옷감을 찢고, 묶어 둔 다리미판 위에 큰일을 보고, 보란 듯 남기고 갔다. 고가의 비단으로 뒤처리한 흔적까지 있었다. 도둑이 범행 현장에서 그런 폭거를 저지른 것은 확실히 기괴한 일이나, 그렇다고 아예 없는 이야기도 아니었다. 도둑들은 일에 임하는 용기를 북돋우기 위해, 혹은 실익을 얻지 못했을 때의 보복 조치로 그런 엄청난 흔적을 남기기도 했다.

할아버지는 배알이 뒤틀렸다. 샤오메이 고모에게 호통을 쳐서 도둑이 저지른 큰일을 처리하게 한 후 일찌감치 그날부터 가게에서 먹고 자며, 한 손에 권총을 움켜쥔 채 그 도둑이 부디 다시 오기를 도깨비불 신에게 계속 기도했다. 샤오메이 고모는 분한 마음에 눈물을 흘리면서 할아버지에 대한 증오를 불태웠다.

물론 할아버지가 도둑을 사살하는 일은 벌어지지 않았다. 모든 일에 금방 싫증을 내는 할아버지는 어느새 불침번을 그만두고 다시 광저우지에에 있는 집으로 돌아와 잤다. 아버지가 장남이라 조부모는 우리와 같이 살았다.

평범한 날들이 지나갔고 마침내 양력 5월 20일이 일력 맨 위로 나왔다.

그날 저녁 7시가 지나, 할아버지는 도깨비불을 봤다며 요란을 떨었다. 우리는 식사를 막 마치고 거실에 모여 대만방송의 뉴스를 보고 있었다. 당시는 채널이 세 개밖에 없었고 모두 국영방송이었다. 목덜미에 피구공 크기의 혹이 있는 남자가 제거 수술에 성공했다는 뉴스가 나와 우리 가족은 우리나라의 의료기술에 감탄하고 있었다.

"저런 혹을 수술하다니." 밍첸 삼촌이 눈을 동그랗게 뜨고 말했다. "곧 암도 다 고치겠다."

TV에서 남자가 인터뷰하고 있었는데, 혹 탓에 눈까지 이상해졌다며 눈이 이상해지면 주의해야 한다고 말했다. 하얀 가운을 입은 집도의는 혹과 시신경과의 관계는 명확하게 알 수 없으나, 사람의 몸은 모든 게 연결되어 있어서, 빈뇨가 심부전의 신호라는 점도 있으니 이 혹을 포르말린에 담가 계속 연구해야 한다고 대답했다. 그때 할머니는 조심스럽게 할아버지의 등 뒤로 가서 목덜미에 이상이 없는지 확인하려 했다. 할아버지가 봤다는 도깨비불을 혹의 초기 증상이 아닐까 의심한 것이다.

"뭐 하는 거야?"

그 질문에 할머니는 할아버지의 이마에 손을 대는 형태로 대답했다.

"열 같은 거 안 난다고!"

"하지만, 당신, 혹시 혹이……."

"에잇, 손 치워!"

할아버지는 흥분해 오늘 밤이야말로 그 똥 싼 놈에게 호된 맛을 보여주겠다며, 가족이 말리는데도 집을 나가버렸다.

할머니는 마치 열여덟 소녀처럼 불안해하며 그 뒷모습을 배웅했고, 샤오메이 고모는 "도둑이 죽이면 좋겠네"라고 냉소했는데, 고모는 그때 했던 말을 죽을 때까지 후회했다. 그게 우리와 할아버지의 이번 생의 이별이었으니까.

다음 날 정오가 지나, 거래처에서 오전 중에 도착했어야 할 옷감이 오지 않았다는 독촉 전화가 왔다. 가게에도 전화를 걸었는데 계속 통화중이라고 했다. 나는 샤오잔과 영화나 보러 갈까 생각하고 있었는데 성가시게 매달리는 할머니의 청을 거절하지 못해 결국은 디화지에로 자전거를 타고 달리는 처지가 되었다.

가게 셔터는 내려진 상태였다.

나는 셔터를 쾅쾅 치면서 할아버지를 불렀는데 대답이 전혀 없었다. 옆집 건어물가게 아저씨가 도대체 무슨 일인가 싶어

보러 나왔다.

"우리 할아버지 있어요?"

건어물가게의 핑 아저씨가 어깨를 움츠렸다.

그래서 나는 가져온 열쇠를 썼다. 불도 켜 있지 않아 가게 안은 캄캄했다. 인기척은 없었다. 반쯤 열린 셔터 밑으로 들어오는 빛 속에 먼지들이 반짝반짝 떠다녔다.

"할아버지."

내 목소리는 가게 안쪽을 향해 썰렁하게 뻗어나갔다.

정적은 꿈쩍도 하지 않았다. 벽시계가 시간을 새겨나갔다. 째깍, 째깍, 째깍. 시곗바늘 움직이는 소리만이 마치 죽은 자의 심전도처럼 울렸다. 다시 불러봤다. 그러나 대답을 거의 기대하지 않았으므로 그것은 자포자기한 목소리처럼 들렸다. 어차피 또 저속한 이발소에라도 갔을 거야.

벽의 스위치를 누르자 천장의 형광등이 여러 번 깜빡이다 켜졌다. 재봉틀과 다리미판, 납품을 기다리는 옷감이 가지런히 누워 있는 나무 선반 사이를 헤치고 나가 바닥에 구르고 있는 계산대에 있어야 할 검은 전화를 내려다봤다. 펜 하나와 동전도 조금 떨어져 있었다. 이상한 점은 그것뿐이었다. 인간이 없을 때만 나타나는 장난꾸러기 소인들이 전화기에 나쁜 짓을 하던 중에 나의 갑작스러운 방문에 놀라 거품을 물고 도망친 듯했다. 전화기를 들어올려 수화기를 귀에 댔다. 뚜. 전자음 너머에서 찰랑 물 튀는 소리가 들렸다.

수화기를 받침대에 돌려놓고 전화기를 계산대에 올려놓았다. 그리고 안에 있는 세면실 문을 밀어 열었다. 변기 그리고 세면대 앞에 있는 욕조 표면이 복도에서 들어오는 빛을 받아 둔탁하게 빛났다. 물이 가득 찬 욕조는 마치 검은 거울 같았다. 수도꼭지에서 물방울이 뚝뚝 떨어지면 수면에 금속성의 파문이 위태롭게 퍼졌고, 그 밑의 정체 모를 어떤 윤곽이 흔들렸다.

욕조에 시선을 빼앗긴 채 손을 더듬어 벽스위치를 눌렀다.

형광등 불빛이 한꺼번에 천장에서 쏟아져 검은 거울 속에 갇혀 있던 것을 드러냈다. 날카로운 소리가 마치 수류탄처럼 작렬했다. 흔들리는 수면에 평형감각이 무너져 세면실이 녹은 맥아당처럼 뒤틀렸다.

나는 눈을 부릅뜨고 빨려들 듯 걸음을 옮겼다. 욕조를 들여다보니 수면에 비친 창백한 자신의 얼굴과 눈이 마주쳤다. 나는 물고기처럼 입을 멀거니 벌리고 있었다.

눈의 초점이 맞지 않았다. 내 얼굴 아래 또 다른 얼굴이 잠겨 있었다. 그 머리에 얼마 남지 않은 머리카락이 마치 해초처럼 흔들리고 있었다. 콧구멍 주위에 커다란 거품이 잔뜩 달려 있었다. 입을 크게 벌리고 있었고 충혈된 새빨간 눈은 공허했다. 손이 뒤로 묶여 있었고 발목에도 천 조각이 여러 겹 감겨 있었다.

기역 자 형태로 몸이 접힌 채 할아버지는 물 바닥에 잠겨 있었다.

머리가 현실을 따라잡는 데 100년쯤 걸렸다. 헉, 목소리를 삼키고 저도 모르게 홀쩍 뒤로 물러났다. 발꿈치가 문턱에 걸려 넘어지면서 복도 벽에 후두부를 세게 부딪쳤다.

"젠장!" 나는 발버둥을 치면서 더 뒤로 물러나려고 애를 썼다. "젠장, 무슨 일이야…… 무슨 일이냐고?! 젠장! 제기랄!"

내 엉덩이를 걷어차 일으켜 세운 것은, 느닷없이 울려대기 시작한 전화벨이었다.

"헉!"

순간적으로 몸을 말고 팔로 얼굴을 감싸고 말았다. 심장이 튀어나올 것 같아 복도를 이리저리 차댔다. 큰소리로 욕설을 퍼부으면서 고양이처럼 벽에 손톱을 세워 일어났다. 다리가 풀려 다시 엉덩방아를 찧고 말았다. 엉금엉금 기어 다니며 세면실과 계산대 사이를 우왕좌왕했다. 전화는 나를 재촉했다. 나는 지금 죽은 자의 세계에 있고, 이 전화를 받지 못하면 영원히 산 자의 세계로 돌아갈 수 없을 것만 같았다. 그래서 온갖 욕과 횡설수설을 내뱉으면서 다리를 두드리며 일어나 전화기에 매달렸다.

"여보세요!"

수화기 너머에서 돌아온 것은 침묵뿐이었다.

"여보세요! 여보세요!" 나는 수화기에 공포와 분노를 퍼부었다. "크, 큰일 났어……. 경찰을…… 빨리 경찰을 불러……. 젠장! 이봐, 듣고 있어?! 여보세요! 여보세요!"

흠칫 등골이 서늘해져 입을 다물었다. 전화기 안에 자신의 목소리가 설핏 남아 있었다. 나와 지금 전화로 연결된 자가 범인일지 모른다. 근거는 전혀 없었지만, 문득 그런 생각이 들었다.

철퍼덕 소리가 났다.

어두컴컴한 복도에 물에 푹 젖은 할아버지가 서 있었다. 너무 놀라 뒤로 물러서다 허리가 계산대 책상에 부딪쳐 필기구를 담아 놓은 통을 요란하게 쳐버렸다. 할아버지는 어디에도 없었다. 할아버지는 차가운 물속에 잠겨 있었다.

땀이 밴 손으로 수화기를 다시 잡았다.

"당신, 누구야?"

숨죽인 듯한 숨소리가 몇 번쯤 들렸다.

나는 꿀꺽 군침을 삼키고 이렇게 표현하는 게 옳을지 모르겠으나 보이지 않는 적을 응시했다. 내 혼란은 수화기를 통해 전화기 안으로 빨려 들어가 전기신호로 변환되어 상대의 전화기로 온전히 배어 나왔을지 모른다. 내 전화기에는 검은 안개 같은 게 넘쳤다. 그 검은 안개의 정체가 상대의 숨소리라는 걸 깨닫고 내 피가 거꾸로 솟구쳤다.

"이봐! 당신, 어디 사는 누구냐고?!"

소리치고는 흠칫 놀랐다. 나와 상대를 연결하고 있는 것이 너무나 가는 선이라는 사실을 깨닫고 급제동을 걸어 말투를 부드럽게 했다. 전화가 끊어지면 모든 게 끝이었다.

"죄송합니다……. 누구신……가요?"

상대가 입을 열었다. 그런 그림을 본 것만 같다. 그러나 이어서 귓가를 울린 것은 통화가 조용히 끊어지는 소리였다.

제2장

# 고등학교를 자퇴하다

경찰은 할아버지 가게에 온통 알루미늄 분칠을 해댔으나 끝내 의심스러운 지문은 채취하지 못했다.

부검 결과, 할아버지의 폐를 채우고 있던 것은 욕조 물로 밝혀졌다. 이것은 곧 영화 같은 데서 자주 나오듯 누군가가 할아버지를 다른 곳에서 살해하고 어떤 이유로 욕조에 넣은 게 아니라는 소리였다.

5월 20일 오후 7시부터 21일 오후 1시, 그사이 할아버지는 자기 가게에서 습격을 당해 손발이 묶인 채 익사했다. 가게를 뒤진 흔적이 없었기에 절도 가능성은 일찌감치 배제됐다. 범인과 싸운 흔적도 전혀 없어 아는 사람에 의한 범행으로 무게가 기울었다. 할아버지의 몸무게가 87킬로그램이었던 관계로 범인은 남자, 혹은 여럿에 의한 범행일 가능성이 크다고 경찰은 설명했다.

"이상, 얘기한 것들에 비추어" 머리를 다듬는 기름으로 7 대 3

가르마를 한 저우 경관은 결론을 내렸다. "그러니까 원한에 의한 범행이겠죠."

"하지만 이상하지 않습니까!" 아버지와 밍첸 삼촌, 샤오메이 고모는 조금도 물러서지 않았다. "폭행을 당한 흔적이 없다고요! 원한이라면 때리거나 차거나, 그에 상응하는 흔적이 몸에 있어야 할 거 아닙니까?"

저우 경관은 조용히 고개를 끄덕이더니, 내게 그렇게 말해봤자 곤란해, 나는 내 생각을 말할 뿐이야, 그런 의도를 담아 아버지 형제들을 타일렀다. 그렇게 범인의 심리가 궁금하면 당신들이 경찰이 되면 될 거 아닌가? 그렇게 말하고 싶은 태도였다. 그리고 부하들을 이끌고 디화지에 탐문을 시작했다.

말하기 좋아하는 주변 상가 주인들은 할아버지를 두고 자기 아이든 남의 아이든 호통부터 치는 완고한 사람, 다른 사람의 다툼에 솔선해 참견하는 노인네, 늘 웃통을 벗고 동네를 어슬렁거리는 영감탱이, 여러 번 추잡한 시선을 느꼈다고 경찰에 증언한 사람 뿐만 아니라 물어보지도 않았는데 나서서 자신의 신상까지 떠들어대는 사람도 있었다. 우리 집 얼간이도 옛날에는 불량배 생활을 했는데 저렇게 죽다니 여간한 일은 아니네. 이 동네도 영 흉흉해졌어. 우리 사촌은 총양루에서 보석상을 하는데 작년에 강도가 들어와 얼굴을 맞아 이가 부러졌다고. 그런데 그 정도로 끝난 것도 다행으로 생각해야겠네.

"누군가에게 원한을 산 일은?"

저우 경관이 발품을 팔며 주워 모은 사실을 검은 수첩에 적으면서 그렇게 묻자 모두 애매하게 고개를 저었다.

할아버지는 디화지에에 가게를 가지고 있었을 뿐 실제로 살지는 않았다. 저우 경관은 물론 광저우지에에서도 꼼꼼하게 탐문수사를 했다. 그런데 이게 웬걸, 광저우지에 주민들은 의리 있고 정이 깊어 할아버지의 인품과 행동을 칭찬할망정 죽은 사람의 험담을 할 만한 비겁한 사람은 하나도 없었다. 그게 수사에 도움이 안 된다는 사실은 아무도 몰랐다. 다른 집 아이도 자기 아이처럼 혼내주는 옛날 사람 기질을 지닌 어른, 다른 사람의 다툼을 그냥 두고 보지 못하는 성격의 정의파, 늘 웃통을 벗고 동네를 돌아다니는 사람 좋은 할아버지였으며, 그 따뜻한 눈빛이 사라지니 쓸쓸하다고 경관에게 증언했다. 대륙 시절부터 할아버지와 허물없이 지낸 리 할아버지와 구오 할아버지는 천장에 숨겨두었던 일본도를 꺼내 자기들 손으로 할아버지의 원수를 갚겠다고 난리를 쳤으나 저우 경관이 처넣겠다고 협박하자 일단은 복종하는 척하며 허연 날을 칼집에 넣었다.

"그래서 누군가에게 원한을 산 일은……."

저우 경관의 말이 끝나기도 전에 노인들은 격앙해 할아버지가 얼마나 의협심이 많았던 천하의 인물이었는지를 1920년대까지 거슬러 올라가 면면히 들려주었다. 심지어 둘 다 억센 광둥 사투리로 말해 일반인은 무슨 소린지 알아듣지도 못했다. 저우 경관은 바로 녹초가 되었다. 리 할아버지는 침을 튀기며 항일전쟁 당시 할아버지가 일본군 내통자를 처리했을 때를 뜨겁게 말했고, 구오 할아버지는 국공 내전 때 할아버지가 자신을 돕기 위해 공산주의자를 죽여준 사실을 눈물을 흘리며 주장했으나, 내가 보기에 그게 수사에 도움이 될 것 같지는 않았다.

완전히 피로에 지친 저우 경관이 무거운 발을 끌며 사라진 뒤로도 노인들의 분노는 가라앉지 않아, 우리 집에 들이닥쳐 같은 이야기를 두 번씩 되풀이했다.

“그 남자는 자오치의 부하였어.” 분개한 리 할아버지는 주먹을 마구 휘둘렀다. “그 녀석 때문에 많은 중국인이 일본놈에게 죽었다고!”

“자오치라는 녀석은 칭다오 치안유지회 회장이었지.” 내게도 말할 기회를 달라는 듯 구오 할아버지가 끼어들었다. “꼭두각시, 일본놈들이 조종하는 인형이었지.”

할머니가 내 손을 꽉 잡았다. 할머니는 두통이 심하다며 이마에 박하 기름을 발랐던 터라 어두컴컴한 객실에 향이 퍼져 있었다. 샤오메이 고모가 노인들에게 뜨거운 차를 내왔다. 7월 들어 지옥처럼 무더운 날이 이어졌다.

“그때 황군은 삼광정책을 내놓았지.” 리 할아버지는 차를 마시고 찻잎을 컵에 퉤 뱉었다. “다 죽이겠다는 살광, 다 빼앗겠다는 창광, 다 태우겠다는 소광이지. 곳곳에서 초토화 작전을 전개했어. 그 남자는…… 그러니까, 이름이 뭐였더라. 이봐? 일본군 간첩이었던 남자가 있었잖아?”

"왕커창이라고. 자네, 잊은 거야? 다들 검은 개라고 불렀잖아."

"검은 개, 검은 개!" 리 할아버지는 자기 머리를 탁탁 치고 "머리가 늙었어! 이름이 일본어로 강아지를 가리키는 왕코짱이랑 발음이 비슷해서 일본인들은 그를 '왕코'라고 불렀지. 어쨌든 그 매국노의 술수로 여러 마을이 완전히 망했지. 그게 1943년 7월이었어. 얘야, 나와 네 할아버지는 말이야, 거리로 식용유를 팔러 나왔단다."

나는 고개를 끄덕였다.

"일본인에게 들키면 그냥 넘어가지 않으니까 한밤중에 몰래 나왔는데, 다음 날 돌아와 보니 마을 사람들이 다 죽어 있더구나. 이 세상이 끝날 듯 더운 날이었지. 구오 씨, 안 그래?"

구오 할아버지는 고개를 끄덕이면서 담배를 물었다.

"네 할아버지의 부모, 형제들도 죄다 마을회관에 갇혀 독가스로 살해당했어. 마을 외곽에 있는 작은 절에 몇 명은 숨었는데, 그 녀석들이 검은 개가 일본인을 데리고 왔다더라고. 그래서 네 할아버지는 슈알후라는 남자와 함께 검은 개를 죽이러 갔지."

"할아버지의 대장이었던 사람이죠?"

"아, 그래. 위우원의 아버지지."

위우원 삼촌의 호적상 이름은 '예위우원'이지만, 진짜 이름은 '슈위우원'이다.

“어쩌다 밥을 먹여준 게 국민당 부대였어.” 구오 할아버지는 묵직한 담배 연기를 내뱉었다. “그게 혹시 공산당이었으면 우리는 다 공산당을 따랐겠지. 사람의 인생이란 그런 거란다. 누구를 위해 목숨을 던질 것인지도, 그렇게 매사 결정되지.”

할머니가 샤오메이 고모의 부축을 받고 방으로 돌아간 뒤에도 리 할아버지와 구오 할아버지는 나를 놓고 카이로 회담인지 뭔지에 관해 이야기했다. 중국을 일본 공습의 거점으로 삼으려 했던 프랭클린 루스벨트의 생각이 어쩌고저쩌고, 일본군의 대륙타통작전(중일전쟁 막바지인 1944년 4월 17일부터 12월 10일에 걸쳐 중국에서 행해진 일제의 마지막 대규모 공격 작전)이 어쩌고저쩌고, 그 당시 국민당의 한심함과 썩을 대로 썩은 부패 등등. 장제스는 일본인을 죽이는 데 그리 열심이지 않았다. 실상은 대륙타통작전에서 저지른 일련의 실수로 영국과 미국이 실망한 탓에 얄타 회담에서도 제외되고 말았다. 그런데도 오히려 노 총통은 일본보다 공산당 섬멸에 무게를 실었다는 데 두 노인의 의견은 일치했다.

노인답지 않게 둘은 시간을 잊고 아이처럼 옛날 이야기에 열중했다. 말할수록 두 할아버지는 젊어졌다. 동상으로 검게 변한 뺨을 숯으로 검게 칠하고 권총을 든 채 눈을 번쩍이며 황야를 달렸을 시절의 젊은이로 돌아왔다. 속이 터진 만두와 혀가 마비될 정도로 매운 파를 씹으며 누군가의 소중한 것을 빼앗았다. 그들은 물소처럼 우둔하고 토끼처럼 민감하고 굶주린 개처럼 포악했으리라. 용처럼 존엄하고 거대했으며 뱀처럼 집요했다. 그리고 그 기억에 도취되어 둘은 내 할아버지와 일심동체라고 수없이 강조했다. 나는 생각했다. 만약 그게 사실이라면? 할아버지들이 왜 이렇게 후련해하는지 이해가 갔다. 할아버지의 죽음은 그들에게는 부정을 씻은 사건이었다. 제멋대로 살아온 반세기의 청구서는 언젠가 어떤 형태로 누군가가 치러야만 했으니까.

할머니가 크게 확대한 할아버지의 사진—모피 모자를 쓴 할아버지가 모제르 권총을 들고 있는 사진—을 객실에 놓고 아침부터 밤까지 말을 걸기 시작했다. 염주를 돌리며 자신의 가혹한 운명을 저주하면서도 자신만 두고 먼저 가버린 할아버지를 또 저주했다. 물론 범인을 실컷 저주했다. 한없이 이어지는 그 말을 듣고 나는 조부모에게 아버지와 밍첸 삼촌 외에 다른 아들이 하나 더 있음을 알았다. 막내였던 그 아들은 아직 비틀비틀 걸어 다닐 무렵 젓가락을 들고 걷다가 넘어져, 그 젓가락에 목이 찔려 죽었다고 했다.

어느 맑은 날 오후, 할머니는 그 죽은 삼촌에게도 공양을 올려야겠다 싶어, 근처 식물원에서 쑥을 잔뜩 따와 엄청난 양의 쑥떡을 만들었다. 마당에 개나리가 흐드러지게 피어 있었다.

“네가 저세상에서는 선배니까.” 떡을 치면서 할머니는 마음을 담아 말을 걸었다. “아버지가 그리로 가면 이모저모 알려줘라.”

할아버지의 포목점을 어떻게 할지를 놓고 샤오메이 고모와 밍첸 삼촌 사이에 불화가 생겼다.

다른 이의 주머니를 뒤지는 삶 외에는 아는 게 없는 밍첸 삼촌은 여기저기 다니며 허황한 계획을 늘어놓고 돈을 빌렸는데, 재산을 모을 조짐은 조금도 없었다. 리 할아버지와 구오 할아버지에게도 꽤 빚이 있었고 처음 본 사람에게도 돈을 뜯어낼 수 있는 특기가 있었다. 삼촌이 아직 10대 때, 샤오메이 고모가 사귀던 사람의 아버지에게도 돈을 빌리려 했단다! 남자에게 차이고 엉엉 우는 고모에게 사정을 들은 할아버지는 노기충천했다. 지금도 집 앞에 있는 고무나무에 밍첸 삼촌을 매달고 사람들이 다 지켜보는 가운데 울며 매달리는 할머니를 발로 차며 가죽 벨트로 피가 날 때까지 삼촌을 때렸는데, 그때 일은 지금도 광저우지에의 이야깃거리로 남아 있다. 이후 밍첸 삼촌이 나쁜 짓을 하면 할아버지보다 먼저 리 할아버지와 구오 할아버지가 벨트를 휘둘렀다고 한다. 그런데도 밍첸 삼촌은 종종 노인들과 마작을 두며 태연하게 사업 이야기를 꺼내 때로 원성을 사기도 하고 또 때로는 넋을 놓게 만들기도 했다.

실제로 밍첸 삼촌의 이야기는 재미있다. 그럴듯한 무용담과 시시각각 변하는 이야기는 허황한 이야기라는 사실을 알아도 기어이 푹 빠지게 된다. 한번은 밍첸 삼촌이 오토바이에서 떨어져 집에 온 적 있는데 그때 일은 이런 식으로 이야기되었다. "어깨뼈가 피부를 뚫고 나왔어.", "부러진 갈비뼈가 폐를 찔렀지.", "도로로 뛰어든 강아지를 피하려고"라는 거짓말을 해대면서 삼촌은 열심히 저녁밥을 먹었다. 공군에 오래 있었던 터라 낙하산이 펴지지 않아 추락한 적도 있었다. 상공 500미터에서 떨어진 사람의 몸이 어떻게 되었을까 싶어 나는 어린 시절 진심으로 무서워하며, 앞으로 군대에 가더라도 부디 공군에 징집되지 않기를 기도했다.

어쨌든 밍첸 삼촌과 샤오메이 고모의 불화는 그때부터 이어져왔기 때문에 샤오메이 고모는 밍첸 삼촌이 하는 모든 일에 이의를 제기했다.

"너는 왜 맨날 내 일에 쌍심지를 켜냐?"

"저 가게를 오빠 마음대로 하게 둘 순 없으니까!"

"그럼, 너는 아버지 빚을 어떻게 갚을 건데? 계약 불이행으로 우리를 고소하겠다는 녀석들도 있다고."

모든 죽음이 그렇듯 할아버지의 죽음에도 경제적인 영향이 있었다. 포목점의 거래처는 할아버지의 죽음을 진심으로 애도했으나 그건 그거고, 장사는 완전히 다른 이야기였다. 납품이 늦어지자 몇 명이 위약금을 달라고 요구해 온 것이다. 그 액수가 50만 위안, 교외라면 집 한 채를 살 수 있는 돈이었다.

"거기에는 아버지의 피땀이 있다고." 샤오메이 고모는 머리를 헝클며 소리쳤다. "아직 석 달도 지나지 않았는데 왜 판다는 거야?!"

"그럼 누가 빚을 갚을 건데? 너야? 어떻게 하지 않으면 치우성의 학비도 못 내게 생겼다고!"

"오빠는 쉬운 길을 택하려는 거잖아!"

"그래서 뭐? 분명히 말하는데, 나는 아버지의 빚을 물려받을 생각은 없어."

둘의 격렬한 언쟁 중 할머니가 빗자루를 들고 난입하는 통에 손을 쓸 수 없는 소동이 되었다. 인근 주민들이 도대체 무슨 일인가 싶어 문기둥에 숨어 안을 살폈다. 누가 알렸는지 리 할아버지가 달려와 밍첸 삼촌을 손가락질하며 불효자라고 호통쳤다. 닭이 날고 개가 짖어댔다. 모두를 입 다물게 한 사람은 장남인 내 아버지였다.

"범인을 잡는 게 우선이야." 아버지가 제일 제대로 된 의견을 제시했다. "저우 경관과 상의해 보고 만약 사건 현장을 보존해야 한다면 나는 가게를 그대로 두는 게 낫겠다고 생각해."

"그럼, 빚은 어떻게 할 건데?"

"일단 계를 꾸려볼까 해."

그것은 다노모시코(頼母子講, 조합원이 일정 부금을 서로 냈다가 정해진 날에 추첨 등의 방법으로 일정 금액을 차례로 조합원에게 주는 일종의 일본식 계)의 일종으로, 회원은 회비라고 불리는 돈을 매달 내고, 가장 높은 이자를 부른 사람이 그달 회비를 타간다. 돈을 타간 사람은 그 모임이 끝날 때까지 이자를 내야 한다. 돈을 급히 돌릴 수 있다는 점에서 모임 덕분에 대학에 갈 수 있었던 사람도 있고 집을 산 사람도 있었다. 그렇다고는 해도 호사다마라고 모임 중에 누군가가 도망치면(이런 일을 도회라고 한다.), 이자는커녕 그때까지 넣은 원금조차 회수할 수 없다. 그런 탓에 칼부림 소동이 벌어지기도 했다.

"형이 계주가 되겠다고?" 밍첸 삼촌이 조심스레 물었다. "도회라도 일어나면 빚만 더 늘어."

계주란 계를 만드는 사람으로, 계원들이 투자한 돈을 보증해야 한다. 최악의 경우, 아내를 볼모로 삼아서라도 투자금을 반환해야 하는 책임을 지는데, 실제로 거기까지 갈지 말지는 계주의 인격에 달려 있다. 투자금을 날리고 튀는 계주도 종종 있었다.

"나도 한 계좌 들지." 리 할아버지가 강하게 말했다. "밍후이가 계주라면 계원은 바로 모을 수 있을 거야."

아버지가 감사하다며 고개를 끄덕였다.

"나도 들지." 샤오메이 고모가 말했다. "아버지 가게를 지키기 위해서야. 위우원 오빠도 틀림없이 하겠다고 할 거야."

거기까지 오자 모두가 밍첸 삼촌을 가만히 응시했다.

"아, 젠장!" 삼촌은 혀를 찼다. "알았어. 나도 할게. 어차피 살인이 일어난 곳이라서 아무도 안 살 테니까."

며칠 뒤, 왼손을 석고로 고정한 위우원 삼촌이 급히 남아프리카에서 돌아왔다. 아버지는 사건 직후 바로 선박 회사에 연락해 칠대양 어딘가에 있을 위우원 삼촌에게 전보를 치게 했는데, 땅 위에서도 종종 우편물이 분실되던 때였으니 바다 위에서는 오죽했을까. 아버지는 타고난 끈질긴 근성을 발휘해 선박회사에 계속 문의하고 직원의 험악한 표정에도 시종일관 저자세로 일관해 무려 일곱 통의 전보를 치게 했다. 결국은 접수 직원과 친해져, 모든 일이 처리되면 한잔하자는 말까지 나왔다.

위우원 삼촌이 할아버지의 부고를 접한 것은 배가 아라비아해를 향해 중이었을 때였다. 어쩔 줄 몰랐던 위우원 삼촌은 구명보트를 내려 뭄바이로 돌아오려고 했는데 선원들이 달려들어 말렸다고 한다. 바로 돌아갈게, 라고 전보를 친 후에는 무릎을 안고 배가 항구에 들어가기를 일각이 여삼추 같은 심정으로 기다렸다. 선원들은 그런 위우원 삼촌을 동정했으나 그중에는 짜증을 내는 사람도 없지는 않았다. 그런 사람들에게 바다는 아버지이자 어머니였고 학교였다. 그리고 배는 따뜻한 집이었을 텐데, 풀 죽은 위우원 삼촌을 보고 있자니 배알이 뒤틀렸을 것이다. 위우원 삼촌의 팔이 부러진 것도 그들 중 하나와 뱃사람답게 주먹싸움을 벌인 탓이었다.

대만은 1971년에 UN을 탈퇴했다. 이유는 중국의 가입에 장제스가 어깃장을 놓기 위해서였다. 양쪽 모두 '하나의 중국'을 내세우고 있었으므로 UN으로서는 누구 하나만 인정할 수 없는 노릇이었으나 중국은 이 슬로건을 앞세워 여러 나라에 대만과의 국교 단절을 요구했다. 대만과의 관계를 끊지 않으면 우리가 당신과 국교를 끊겠다. 자, 대만인지, 중국인지 골라, 둘

중 하나라고. 마치 어린애 싸움 같았는데 이런 역경에도 남아프리카공화국은 줄곧 대만과 국교를 유지하고 있었다. 아파르트헤이트 탓에 UN의 규탄을 받은 나라와 역시 같은 민족끼리 분쟁을 겪다 나온 나라가 좋은 관계를 유지하는 일은 어쩌면 당연한 일이었다. 1975년 당시 남아프리카공화국은 중국인을 흑인이나 마찬가지로 취급했으나 대만인은 일본인과 함께 명예백인으로 받아들이는 분위기였다.

그렇다고는 해도 아직 비행기 직항을 운항할 정도의 사이는 아니었다. 배가 포트엘리자베스라는 항구도시에 도착하자마자 위우원 삼촌은 짙은 녹색 더플백을 움켜쥐고 해안도로를 오가는 버스와 히치하이크로 이틀 밤낮에 걸쳐 케이프타운까지 왔다. 거기서 유럽 공항 몇 곳을 거쳐 결국에는 타이베이의 쑹산공항에 내린 게 그로부터 사흘 뒤였다. 너무나 혼란스러웠는지 삼촌은 할머니에게 줄 실러캔스 물고기가 그려진 티셔츠를 사 왔다. 이미 할아버지의 장례는 탈 없이 끝났고 유골과 위패는 텐무의 헤이지스에 모셔놓았던 터라 위우원 삼촌이 할 수 있는 일은 할머니의 주름지고 시든 손을 잡고 둘이 실컷 비탄에 빠지는 것뿐이었다.

"사람이란 같은 걸 보고 같은 이야기를 들어도 완전히 다른 이유로 웃고 울고 화내지만" 위우원 삼촌은 깊이 탄식했다. "슬픔만은 안개 속에서 뻗어오는 등대 불빛처럼 늘 거기에 있으면서 우리가 좌절하지 않도록 이끌어주지."

누구나 가슴이 아팠다.

아버지는 고등학교 선생님이었는데, 자신의 슬픔을 학생들에게 풀어선 안 된다며 더욱 과묵해졌다. 그러나 아무리 마음을 붕대로 꽉꽉 감고 산다고 해도 집에 돌아오면 슬픔과 분노를 담은 냄새가 새어 나오곤 했다. 사람이란 무리하면 반드시 어딘가 고장 난다. 그 피해는 당연히 나와 어머니에게 돌아왔다. 마치 잘못된 제비를 뽑았다는 듯한 그 눈빛은, 아버지가 할아버지의 죽음에 편승해, 나는 절대 너희에 만족하고 있지 못하다는 뜻을 담고 있었다. 밍첸 삼촌과 샤오메이 고모에 대한 불평이 늘 어머니를 나무라는 듯한 강한 말투로 이어졌다. 이 녀석이나 저 녀석이나 다, 온통 마음에 들지 않는다는 식의 비약이 이어졌다.

평소 다혈질인 어머니가 웬일로 중국 여자답지 않은 태도로 나왔다. 그러니까 아버지의 말도 안 되는 성질을 가만히 참은 것이었다. 부지런히 뜨개질하면서 밤이 새도록 아버지의 똑같은 말을 들어주거나 때로는 마시지도 못하는 술을 마셨다. 그러던 어느 날 결국, 아버님 일은 정말 유감이야, 하지만 아버님도 옛날에 사람을 많이 죽였잖아, 만약 인과응보라는 게 있다면 그런 사람이 편하게 죽을 수는 없지, 라며 기탄없는 말을 내뱉어버린 것이다.

"그건 전쟁이었잖아!" 아버지는 포효했다. "그러지 않았으면 애당초 우리는 만나지도 못했다고!"

"예밍후이." 어머니는 조용하게 아버지의 이름을 불렀다. "앞으로도 이런 상태가 계속된다면 우리 만남도 다음 단계로 넘어갈 거야."

이혼을 암시하는 이 한마디에 아버지는 흠칫 놀랐다.

"매사는 어쨌든 변하지." 어머니는 별일 아니라는 듯 뜨개질을 계속했다. "발버둥 쳐봤자 나만 힘들어."

어머니도 전쟁으로 두 오빠를 잃었으므로 그 말은 아버지의 가슴에 묵직한 울림을 주었다. 이걸로 마음의 평정을 찾은 아버지의 눈에서는, 우리를 뭉근한 불로 졸여버리고 말겠다는 그 무거운 빛이 조금씩 사라졌다. 완전히 다시 일어설 때까지는 시간이 더 걸렸으나 이유 없이 나를 때리는 일은 사라졌다. 하지만 여차 무슨 일이 있으면 냅다 매질을 해댔다. 수업을 빼먹거나 할아버지를 생각하며 멀거니 담배를 피우다 교사에게 걸리는 일로 실컷 얻어맞는 것도 효도가 아닐까 생각할 정도로 맞았다. 아버지는 할아버지의 풍채를 물려받은 터라 회초리를 휘두르는 아버지를 통해 젊은 시절의 할아버지를 보는 듯했다.

내 꿈에 나오는 할아버지는 늘 푹 젖은 상태로 머리가 흐트러진 걸 한탄했다.

생전의 할아버지는 일주일에 한 번, 다듬을 것도 별로 없는 백발을 다듬기 위해 이발소에 갔다. 집 근처에도 이발소는 있었다. 여기서 말하는 이발소는 건전한 이발소가 아니다. 당시 타이베이 곳곳에 있던 입구를 검게 칠한 이발소로 굳이 택시까지 불러 타고 갔다. 그런 이발소에서는 몸에 쫙 달라붙은 미니스커트를 입은 젊은 여성들이 머리를 다듬어주거나 손톱을 깎아주고 어깨를 주물러주었다. 쉽게 말해 매춘을 겸하고 있었다.

어렸을 때 할머니가 시켜 심심한 김에 할아버지를 따라간 적 있었다.

"치우성, 얘, 할아버지가 이발하러 가는 데 따라가거라. 가게에 게임기도 있단다."

할머니는 나를 작은 첩자로 부릴 속셈이었으나, 내가 보기에 할아버지가 하는 일이라고는 젊은 아가씨의 손을 주무르는 정도였다. 할아버지는 할머니의 그런 약삭빠른 성정을 진심으로 싫어했으면서도 어쩌다 한번쯤은 내 응석을 받아주기 위해 이발소에 데려갔다. 할아버지는 자식들에게 엄격했지만, 손자인 내게는 한없이 너그러웠다. 선풍기를 켜놓고 있으면 샤오메이 고모는 실컷 혼났는데, 내 방에는 쿨러를 설치해 줬다. 밍첸 삼촌이 수집한 레코드를 내가 원반던지기에 사용한 탓에 뺨을 맞자, 할아버지는 네가 태평하게 음악이나 들을 때냐, 그러니까 여태까지 그렇게 한심한 거라며 빗자루로 삼촌을 두들겨 팼다.

나는 항상 할아버지 편이었고 어린 마음에 할아버지가 그런 이발소에 가는 것이 해될 건 없다고 생각했다. 튼실한 허벅지를 드러낸 아가씨 여러 명에게 시중을 들게 하고 사치스럽게 이발과 손톱 깎기, 마사지를 한바탕 받고 건들대는 남자들과 비교했을 때 말이다. 그렇다고 진짜 죄가 없었느냐 하면 의심스럽다. 무엇보다 손자 앞에서 나쁜 짓을 할 리가 없고, 아가씨가 네 할아버지는 플레이보이라는 말을, 의미심장한 미소와 함께 던진 적도 있다. 너도 크면 그렇게 될 거야, 할아버지를 쏙 빼닮았거든.

도대체 누가 불사신인 할아버지를 그렇게 만들었을까?

본토 사람들은 대륙에서 대만으로 건너와 30년이 지났는데도 노인 대부분은 이곳을 임시 거처로 여겼다. 마음은 늘 대륙에 있었다. 국민당이 언제든 반격해 상황을 뒤집으면 고향으로 금의환향하겠다는 마음이 가득했다. 장제스의 죽음으로 그들의 희망이 완전히 사라질 때까지 완고한 사람들은 〈내 집은 대륙〉이라는 폐부를 찌르는 노래를 불러대며 하릴없는 향수를 달랬다. 라디오에서 들려오는 〈그를 어찌 생각하지 않으리〉라는 고색창연한 연가에서 '그'를 '대륙'으로 바꿔 부르며 망향의 눈물을 흘렸다. 대만 태생인 나는 이해할 수 없으면서도 이해했다. 할아버지들은 대륙에서 전쟁을 치렀고 대만에서 잠시 쉬었다가 다시 승부에 나설 마음이었다. 휴식 중에 다툴 일을 만드는 것은 멀리 내다보지 못하는 어리석은 자이리라. 할아버지는 그런 바보가 아니다. 독일제 모제르 권총을 번쩍번쩍 빛나게 닦아 놓아 언제든 출격할 수 있는 준비를 마친 사람이니까.

내 생각은 그랬다.

저우 경관의 추측대로 이게 원한 때문이라면, 그 원한이 생긴 장소는 중국 본토일 수밖에 없었다. 그렇다면 범인은 외성인이란 소리다. 나는 공상했다. 복수를 꿈꾸며, 대만으로 도망치는 국민당의 배에 마치 유리 파편처럼 섞여 들어온 자의 모습을. 부상자가 가득 찬 갑판, 멀어지는 고향에 잠깐의 이별을 고하려고 배에 매달린 사람들, 울부짖는 갓난아이와 빼곡한 사람들로 숨조차 쉬기 힘든 선창 구석에서 복수를 꿈꾸는 사람은 조용히 결의를 다지며 시커먼 눈으로 신천지를 노려봤을 것이다.

내가 까딱 잘못해서 소꿉친구 샤오잔의 이야기에 동의한 것은 나름대로 집안을 걱정한 결과였다.

"그 녀석이 성공하면 10만을 준다고 했어."

그것만 있으면 아버지 어깨의 짐을 조금은 가볍게 할 수 있다. 어머니를 조금은 행복하게 해줄 수 있다. 온 가족(밍첸 삼촌 마저)이 할아버지의 죽음에 과감하게 맞설 때 자신만 아무것도 하지 못했다는 사실에 나는 찜찜한 마음을 안고 있었다.

"아니, 절대 들키지 않아. 뭐, 이 옷깃은 잘라야겠지만."

"평우원장이라는 녀석은 어떤 사람이야?"

"우리보다 한 학년 아래이고 작년 고등학교 입시에 실패했는데 성적이 영 신통치 않은가 봐. 부모는 올해도 안 되면 군관학교 예비반에 넣겠다고 했대. 부잣집 도련님이니까 네게 예의를 차릴 정도의 저금은 있을 거야."

"너는 얼마나 받는데?"

"이건 사람을 돕는 일이야! 내가 돈에 움직이는 놈처럼 보여?"

"얼마냐니까?"

"3만이야, 3만! 이제 속 시원하냐?"

"녀석은 너와 어떤 관계인데?"

"내 의형제의 친구의 동생…… 아니 사촌이라고 했나?"

"……."

"그런 거야 어떻든 무슨 상관이냐?" 샤오잔이 혀를 찼다. "나는 너희 집의 위기를 보다 못해 구원의 손길을 내민 거야."

핵심만 말하자면, 대리 시험을 치라는 소리였다.

그 무렵, 나는 타이베이에서도 1, 2등을 다투는 명문 고등학교에 다니고 있었다. 부모의 자랑, 가문의 별이었다. 아버지와 샤오메이 고모에 이어 예 가문에서 세 번째 학사가 나오기를 기대하고 있었다.

이게 커다란 재앙이 되었다.

지금도 어떻게 들켰는지는 모른다. 최대한 치밀한 계획을 세워 평우원장의 수험표에 내 얼굴 사진까지 붙였는데.

물 흐르듯 시험이 끝나고 의기양양하게 시험장을 나오다가 나는 물건을 훔치다 걸린 애처럼 뒷덜미를 잡혀 별실로 보내졌다. 누군가 밀고했다고 생각할 수밖에 없었다. 밀고는 공산당만의 전유물은 아니었다. 치밀한 감시사회를 이끌며 정권에 불만을 품은 자를 빨리 발견해야 하는 국민당도 장려하는 일이었다. 굳이 말하자면 공산당도 국민당도 같은 중국인이고 중국인의 생각은 언제나 같았다.

"뭔가 착오가 있을 겁니다!" 나는 명 재판관 포청천 앞에 끌려 나온 죄인처럼 무고를 주장했다. "누명입니다! 나는 평우원장이라고요!"

얼마 후 방으로 들어온 위풍당당한 군인에게 매달려 천지신명에게 맹세컨대 자신은 평우원장이라고 주장했으나 그 사람이 평우원장의 아버지일 가능성을 미처 생각하지 못하는 우를 범했다.

"얘야, 네 어머니가 진먼다오에서 간호사로 일하시니?"

더는 할 말이 없었다.

"그러지 않으면 앞뒤가 맞질 않아." 평우원장의 아버지는 안타깝다는 듯 말했다. "만약 네가 내 아들이라면 내가 진먼다오에서 혼수상태일 때 간호사가 나를 마음대로 가지고 놀았다고 생각할 수밖에 없구나."

그는 민국 47년, 그러니까 1958년에 진먼다오가 공산당 포격을 받았을 때를 말하는 것이었다. 포격 개시 후 고작 85분 만에 약 4만 발의 포탄이 건너편인 푸젠성에서 날아와 진먼다오에 떨어졌다. 평우원장의 아버지는 진먼 포격 때 나라를 지키다 부상당한 영웅이었다!

"아들은 군관학교 예비반에 들어갈 거다." 그는 말했다. "자네가 내 아들이라면 같이 두들겨 패서 그 썩어빠진 근성을 고쳐줄 텐데."

배후 관계를 무섭게 추궁당했는데 내가 입을 열기도 전에 평우원장의 입에서 흑막인 샤오잔의 이름이 나왔다. 당연히 추궁의 손길은 샤오잔에게까지 미쳤고 오라를 차기에 이르렀으나 그에게 별다른 영향을 미치진 못했을 것이다. 그도 그럴 것이 샤오잔은 중학교를 졸업한 뒤 사관학교에 들어가(몸집이 작아 취사반에 배당되어 아침부터 밤까지 요리만 했다고 했다.) 폭력사건을 일으켜 2학년 때 퇴학 처분을 받고(자신이 뿌듯하게 생각했던 요리를 선배가 놀린 게 직접적인 원인이었다.), 나와 동갑인 열일곱 나이에 이미 불량배의 길을 걷고 있었으니까. 샤오잔의 형님은 잉 형님이라고 불리는데, 새끼손가락이 없고 살인을 저지른 적이 있다고 했다. 그 뒤에 잉 형님이 준비한 가짜 심장병 진단서 덕분에 샤오잔은 징병에서 빠지는 데 성공했다.

"내 걱정은 하지 마." 샤오잔은 2개월 동안 감화원 생활에 들어가면서 소신을 밝혔다. "감화원 같은 건 아무것도 아냐."

"내가 네 걱정을 할 턱이 있겠냐!" 나는 녀석을 싣고 사라지는 경찰차에 돌을 던졌다. "이 멍청한 새끼야, 두 번 다시 돌아오지 마!"

아버지를 생각해 벌인 일인데 그 아버지는 회초리를 휘둘러 내 엉덩이에 화를 풀었다. 할머니는 제대로 아이를 가르치지 못했다고 어머니를 탓했고 어머니는 마작 때 쓰는 플라스틱 패 막대기로 나를 두들겨 팼다. 밤늦도록 체벌한 끝에 곧 열여덟이 되는 나의 처분은 병역 아니면 어디 다른 한심한 고등학교에 편입하는 것으로 의견이 모였다.

말할 것도 없이 나는 후자를 선택했다. 군대에 들어갈 바에는 지옥에 떨어지는 게 나았다. 전학한 곳은 아모이에 있는 기독교계 고등학교의 타이베이 분교로, 이름만 적어 넣으면 아무나 받아줬다. 당시 마음만 먹으면 아무나 들어갈 수 있는 곳은 형무소와 같은 수준의 학교였다.

대만의 새 학기는 9월에 시작한다. 부모님과 함께 편입 절차를 끝낸 날은 9월 중순이었는데도 여전히 푹푹 찌는 더위가 손님처럼 자리를 잡고 있었다. 이글대는 태양에 매미조차 지쳤는지 조용했고, 아지랑이가 이는 교정을 학생들이 죄인처럼 빗질하고 있었다. 학교를 둘러싼 외벽에는 반공 표어가 쭉 붙어 있었고 먼지를 뒤집어쓴 종려나무가 서 있었다. 너무나 일상적인 학교 풍경인데, 너무나 일상적인 것은 그 외관뿐이었다. 낡아빠진 천장 선풍기가 게으르게 열기를 뿌리는 가운데 흙빛 같은 얼굴의 교장은 이렇게 말했다.

"쓰레기란 말입니다, 한군데 모아놓으면 다들 덜떨어진 생각을 하지 않게 되죠."

자기 아들이 쓰레기라 불리자 부모님은 잔뜩 몸을 웅크리고 고개를 떨구었다. 나는 그제야 내가 온 곳이 어떤 곳인지 알고는 전율했다.

이리하여 나는 죄수복과 다름없는 불명예스러운 새 교복을 입고 범죄자 예비 학교 같은 곳에 다니게 되었다.

새 학교는 꽤 높은 산 위에 있어서 완만한 언덕길을 올라가야만 했다. 길 양쪽에 꽃과 잡초가 우거져 봄에는 철쭉, 가을에는 금목서가 꽃을 피웠다.

새로운 생활은 내 상상을 훨씬 능가했다. 싸움, 공갈, 매춘알선이 만연한 약육강식의 세계일 줄 알았는데 뚜껑을 열어보니 반만 맞았다. 즉, 그런 세계가 있는 한편 시나 소설을 사랑하는 녀석들도 있었다. 그런 녀석들은 공부를 싫어하는 것일 뿐 한결같이 머리가 좋고 의협심이 강해 피를 부르는 싸움에서 건져낸 반짝이는 것들을 포효하듯 써댔다. 훨씬 나중에야 알았지만, 불량 학생의 보스쯤 되었던 레이웨이도 그런 싸움꾼 시인 중 하나였다. 내가 전에 다니던 학교에서는 화제라고 해봐야 장래에 관료가 되려는 생각뿐이었는데 이 학교에서는 지금 이 순간만이 화제였다. 어디 누구와 어디 누군가의 불화, 오토바이 문제, 여자, 성병.

새 교복은 이 상황이 너무 어이없었던 내 기분과 딱 맞아떨어진 데다 그 위력도 절대적이었다. 묵묵히 길을 걸을 뿐인데도 선남선녀는 마치 내 등에 '살인자'라고 적혀 있는 듯 미간을 찌푸렸다. 상점에 들어가면 주인은 혈안이 되어 내 일거수일투

족을 감시했다. 앞에서 걸어오던 여자애들은 불안해하며 아예 길을 건너가 버렸다. 엘리베이터 안에서 지독한 방귀를 뀐 녀석이 막 내렸는데 말도 안 되는 미인이 올라탈 때의 기분을 나는 매일 맛보았다. 알겠어? 지금의 나는 내가 아니야! 다 이유가 있다고! 이렇게 해명하며 다니고 싶었다. 우리 학교는 말을 잘 듣지 않는 자식을 협박할 때 부모들이 들먹이는 곳이었던 터라 해명할 방법도 없었다.

거리의 불량배 중에는 이 교복을 입고 있다는 이유만으로 싸움을 걸어오는 녀석도 있었다. 싸움을 잘하는 놈이라고 생각하는 듯했다. 어느새 나는 상처가 아물 날이 없는 몸이 되었다. 우리는 다 20센티미터 정도의 철제 자를 날카롭게 간, 이른바 '자 칼'을 책가방에 숨기고 다녔다. 유사시 이게 모든 걸 말했다. 더군다나 자 칼은 경찰 검문 때 이건 어디까지나 학용품이라고 시치미를 뗄 수 있었다.

그런 곳에 사는 자위책으로, 전학 간 초기에 나는 불량배인 샤오잔의 오토바이를 얻어 타고 학교에 갔다. 샤오잔의 윗입술에는 예전에 내가 만들어준 큰 흉터가 있었다. 배트 대신 각목으로 야구를 하다가, 내 날카로운 스윙에 포수였던 샤오잔의 윗입술을 찢은 것이다. 그 탓에 녀석은 눈에 띄는 외모가 되었다. 내 인생을 엉망으로 만든 장본인이 샤오잔이지만, 학교 불량배들이 나를 함부로 대하지 못한 것 역시 샤오잔 덕분이었다.

새로운 학교 생활이 두 달쯤 지나자 나는 그런대로 주목받는 존재가 되었다. 그 과정이 결코 평탄한 것은 아니었다. 그렇게 될 때까지 여러 번의 주먹싸움을 거쳐야 했다. 한번은 다른 학교 불량 학생이 교문 앞에서 진을 치고 있기도 했는데, 결과적으로 내게 손대는 것은 그리 현명한 일이 아님이 널리 알려졌다.

자, 당시의 일을 이야기해 보자.

당시 싸움은 결코 당사자들만 해당되는 일이 아니었다. 누군가가 당하면 그 뒤에 있는 모든 세력이 죄다 출동하는 구조였다. 그 세력이란 히스테리가 넘치는 어머니일 때도 있었고 두들겨 팬 녀석의 의형제들이기도 했고 더 나아가 그 의형제의 의형제, 그 의형제의 부하들까지 참전했다.

불씨는 언제나 사소한 것이었다. 내 경우는 팡화성이라는 비열한 놈의 눈에 든 게 발단이었다. 그는 실제로 제대로 씹지 않고 삼켜 다음 날 대변과 같이 나온 땅콩 같은 못난 면상을 지니고 있었다. 어렸을 때는 좋다고 코딱지를 먹었을 타입이다.

내 어디가 땅콩의 기분을 상하게 했는지는 모르겠으나, 아마도 전부 다일 것이다. 그들이 고등학교 3학년 때 공부하는 내용을 내가 초등학교 5학년 때 끝냈다는 사실은 내 잘못이 아니다. 이 학교 학생이 교육부가 정한 교육 과정에서 5년이나 6년쯤 뒤처졌다는 사실에 왜 내가 지탄받아야 하나. 그러나 가장 큰 이유는 그들이 하는 대만어를 내가 잘하지 못했기 때문일 것이다. 쳇, 잘난 척하기는! 이런 상황일 것이다. 혹은 자각하지 못한 채 내가 그들을 깔보는 태도를 보였을까.

그러니까 상황은 이랬다. 나는 국민당 감화 정책에 따라 표준 중국어만 할 수 있었다.(할아버지의 산둥 사투리는 들을 수는 있으나 말할 수는 없었다.) 내가 태어나고 자란 곳은 비교적 유복한 외성인이 많이 사는 광저우지에라 할머니를 비롯해 대만인을 깔보는 사람이 많았다. 나중에 마크 트웨인의 책을 접하고 그가 태어나고 자란 땅도 인종차별이 심한 땅임을 알았다. 마크 트웨인은 어린 시절, 백인 부인을 한동안 쳐다봤다는 이유로 돌에 맞아 죽은 흑인 소년을 본 적이 있다고 했다. 그때 그는 그게 그렇게 나쁜 일인 줄 몰랐다고 고백했다. 백수십 년 전의 미국에서는 당연한 일이었다고. 그 무렵 대만은, 대륙에서 건너온 외성인이 토착 본성인을 깔보는 일은, 그러니까 새가 하늘을 날고 개가 똥을 먹는 것과 마찬가지로 의문의 여지가 없는 일이었다. 할머니가 대만인이라는 말을 입에 담을 때는 마치 도둑놈이라고 말하는 것 같은 울림이 있었다.

아버지는 굳이 말하자면 진보적인 편이었으나 그런 할머니의 젖을 먹고 자란 탓에 전혀 영향이 없다고는 할 수 없었다. 드러내놓고 대만인을 비난하지는 않았으나 경찰관이자 작곡가이기도 했던 가오이성이 반란죄로 총살된 것은 당연한 일이라고 생각했다. 가오이성은 2·28사건(1947년 2월 28일에 타이베이시에서 발생한 외성인과 본성인의 대규모 항쟁. 그 후 대만 전 지역으로 불길이 번졌고 국민당이 무력 진압했다. 암시장에서 담배를 팔던 본성인 여성에 대한 관헌의 폭행이 발단이 되었다.) 때 고향인 아리산을 지키기 위해 동료들과 함께 자이현에 있던 탄약고와 비행장을 습격했는데, 그 죄로 국민당에 체포되었다. 아버지는 국민당의 잘못을 인정하면서도 나라를 통치하려면 때로는 냉정하게 대처할 수밖에 없다는 주장을 고수했다. 대륙에서 태어난 아버지는 평생 대륙 중심의 사고방식에서 벗어나지 못했다.

나는 성격적으로나 육체적으로나 유혈사태와는 거리를 두고 싶어 하는 사람인데, 그래도 그 시기 청소년이었던 탓에 전혀 무관한 것도 아니었다. 어린 시절에 악동들에게 돌을 맞은 적도 있고 돌을 던진 적도 있다. 말버릇이 나쁘다고 샤오메이 고모에게 불이 번쩍 날 정도로 빰을 맞은 적도 있다. 내가 학교에서 멋지게 일탈했을 때 아버지는 물을 채운 양동이에 회초리를 담그고는(지금도 왜 그렇게까지 했는지 모르겠다.), 가정의 규율과 윗사람에 대한 존경, 인간은 뼈아픈 일을 당하지 않으면 결코 배우는 게 없다는 말을 중얼중얼 내뱉으면서 아들의 귀가를 기다렸다. 학교에서도 체벌이 당연했던 터라 우리 모두 뭘 어떻게 해야 상대를 가장 아프게 할지 잘 알고 있었다.

때문에 가능한 한 팡화성과의 무익한 싸움은 피하고 싶었다. 그러나 내가 피하면 피할수록, 적을 사랑하면 사랑할수록 땅콩 새끼는 도발하고 나섰다. 나를 화나게 하는 데 심혈을 기울였다. 내 도시락에 깎은 연필 부스러기를 섞었고, 소변을 보는데 뒷덜미를 잡아 이리저리 마구 내두르고, 내가 가는 길에 짧은 다리를 내밀어 넘어뜨리려 했다. 내가 아무리, 너 같은 녀석은 한심하게 여길 가치도 없다는 태도를 보여도 녀석에게는 통하지 않았다. 내가 손을 대지 않는 것은 자신을 두려워하기 때문이라고 생각했으리라. 그래서 어느 날, 나는 드디어 녀석을 때려눕혀 말 그대로 땅콩처럼 으깨버렸다.

그렇게 되면 당연히 녀석의 의형제들이 가만히 있을 수 없었다.

땅콩은 싸움꾼 시인인 레이웨이와 이어져 있었다. 레이웨이는 불량 학생 사이에서 보스 같은 존재였는데, 그도 그럴 것이 이 남자의 가업은 완화에서 온갖 물건을 파는 가게였다. 겉으로는 거북이 껍데기를 팔기도 하고 과녁이나 귀뚜라미처럼 아이들의 코 묻은 돈을 받으면서 온갖 수상한 장사에도 손을 대고 있었기 때문이다. 완화라고 하면 타이베이에서도 손에 꼽히는 험한 동네였다. 매춘이나 뱀을 파는 가게가 늘어서 있어서 남녀의 슬픔과 뱀의 피 탓에 거리 전체에서 쉰 냄새가 풍겼으며, 문신을 하고 빈랑을 씹은 물로 이를 빨갛게 물들인 깡패들이 살고 있었다. 레이웨이도 이미 한쪽 어깨에 잉어를 새기고 있었다. 나중에 레이웨이에게 직접 들은 이야기인데, 그 문신 탓에 아버지에게 온몸의 피부가 벗겨질 뻔했다고 한다. 이런 무시무시한 환경에서 녀석은 자신의 본성을 갈고 닦았고 이야기를 키웠다.

레이웨이의 습격은 이틀 뒤 방과 후로, 교사들의 눈이 닿지 않는 학교 건물 구석에서 조용히 이루어졌다. 나는 레이웨이의 얼굴을 몇 번 때렸으나 어떻게 손을 쓸 틈도 없이 녀석이 끌고 온 놈들에게 맞아 바로 쓰러졌다. 나중에 땅콩도 내 얼굴에 두 번이나 발길질했다. 나는 땅콩이 한 짓을 꼭 기억해 두기로 마음먹었다.

자, 인과응보의 시작이야.

감화원에서 돌아온 샤오잔은 퉁퉁 부어오른 내 얼굴을 보고는 격노해, 면허도 없고 딱히 보복할 생각도 없던 내게 억지로 스쿠터 운전을 시켜, 그날 바로 스쿠터를 타고 완화 지역으로 날아갔다. 학교에서 해치우면 좋을 듯했으나 이번에 또 퇴학당하면 아버지는 정말 군대에 보낼 것이다. 그것만은 피하고 싶었다.

우리는 시창지에와 화시지에의 야시장을 신중히 달리며 참배객이 피운 향 연기로 흐릿한 룽산사 경내를 주의 깊게 살폈다. 룽산사 문 앞에는 수상쩍은 강장제와 수상한 사진을 파는 남자들이 있었고, 시각장애인 안마사가 거리에 의자를 늘어놓고 손님을 기다리고 있었다. 초가을 바람이 시원해 기분이 좋았는데, 목에 비취 부적을 매단 샤오잔은 반소매 셔츠를 풀어 헤치고 도로와 골목을 살피며 눈을 번뜩였다.

그리고 우리는 녀석을 발견했다.

레이웨이는 빈랑을 질겅질겅 씹으며 노점에서 주슈에가오

를 사고 있었다. 주슈에가오는 찹쌀을 돼지 피로 굳혀 꼬치에 낀 간식으로, 내가 가장 좋아하는 음식이었다. 샤오잔이 내 머리를 툭 쳐서 레이웨이 근처로 스쿠터를 대게 했다. 녀석의 주위에서 핏물이 졸아드는 뜨거운 김이 흘러나왔다. 우리는 표적을 향해 뒤에서 조용히 접근해, 여기까지 오는 동안 샤오잔이 주워 숨기고 있던 벽돌로 레이웨이의 옆얼굴을 내리쳤다.

“간니냥(幹你娘!).”

이 말은 원래 네 어머니를 범하겠다는 뜻인데 싸울 때는 다양한 의미로 쓰이는 간편한 말이었다. “까불지 마라, 한심한 새끼야!”

“무, 무슨 짓이야, 샤오잔!”

“잔말 말고 튀어!”

샤오잔이 소리 높여 웃는 소리를 들으면서 나는 레이웨이의 입에서 무지막지하게 뿜어 나오는 붉은 액체가 부디 빈랑즙이길 바랐다. 잔뜩 겁을 먹은 나는 최대 출력으로, 쓰러지는 레이웨이와 대만어로 뭐라 요란을 피우는 노점 아저씨를 뿌리쳤다. 우리의 스쿠터는 우렁찬 승리의 포효와 하얀 연기를 남기며 밤의 어둠 속으로 숨어들었다.

친구가 받은 모욕을 내 일처럼 여긴다는 말은 언뜻 당연한 듯하나 친구는 나만 있는 게 아니다. 내게 샤오잔이 있다면 그쪽에는 샤오잔 같은 친구가 수십 명이나 되었다.

완화의 급습이 있은 지 나흘 후, 뇌진탕에서 정신을 차린 레이웨이는 반 다스 정도의 의형제들을 이끌고 하굣길의 나를 기다리고 있었다.

녀석들은 오토바이 넉 대를 나눠 타고 왔다. 레이웨이의 머리에는 새하얀 붕대가 감겨 있었고 얼굴 반 정도는 여전히 퉁퉁 부어 있었다. 그 얼굴을 슬쩍 보기만 해도 녀석의 결의가 어느 정도인지 알 수 있었다. 입과 콧구멍, 귀는 물론 털구멍 하나에서까지 검은 연기가 피어올랐다. 나는 내 묘비에 새길 문구를 생각할 수밖에 없었다.

레이웨이는 담배를 튕겨 버리고 미끄럼 방지 테이프로 감긴 자 칼을 꺼냈다. 녀석의 의형제들은 오토바이에 걸터앉거나 아스팔트에 주저앉아 있었다. 자전거 체인을 주먹에 두른 녀석도 있었다. 하굣길의 학생들이 재빨리 자리를 뜨더니 조금 떨어진 곳에서 상황을 지켜봤다.

가을 하늘은 푸르고 맑았으며 금목서의 향긋한 냄새가 강물처럼 흘렀다.

단순한 불량과 시적인 불량에 차이가 있다면, 단순한 불량은 눈앞에 있는 적만 보지만, 시적인 불량은 자기 내면에도 적이 있다는 점이다. 레이웨이는 물론 나를 고통스럽게 하겠다는 생각이 가득했으나 그냥 고통스럽게 하는 게 아니라 시적으로 고통스럽게 하고 싶었다. 그런 게 아니라면 굳이 자 칼을 내게 내던지고 다가오지는 않았을 것이다.

"주워. 예치우성." 녀석은 다른 자 칼을 들고 있었다. "이걸로 피차 뒤끝은 없는 거다."

나는 군침을 삼키고 발밑에 떨어진 자 칼을 내려봤다. 그리고 동맥을 생각했다.

이마로 흐른 땀이 눈으로 들어왔고 입안은 쩍쩍 갈라졌다. 레이웨이의 의형제들이 저마다 대만어로 협박을 해댔다. 나는 그들이 하는 말을 거의 알아듣지 못했으나 무슨 뜻인지는 이해했다. 그들은 나를 겁쟁이라 놀리고 내 어머니를 범하겠다고 위협하며 내 숨통을 끊어놓을 뿐만 아니라 손발을 잘라 진흙탕에 던져버리겠다고 협박하고 있었다.

내 어깨에서 책가방이 떨어지자 그들의 눈이 번뜩였다. 레이웨이가 한 걸음 나섰다. 배를 찔리면 그걸로 끝이다. 이렇게 된 이상 배만은 지키자. 떨리는 손으로 자 칼을 주우면서 나는 속으로 마음먹었다. 물론 목덜미도 조심해야 한다.

레이웨이가 몸을 낮추고 손을 번갈아가며 자 칼을 잡았다.

나는 눈에 들어온 땀을 짜내려고 눈을 꽉 감았다. 다음 순간, 격렬한 이명이 생기고 몸속이 뒤틀리는 듯한 감각에 사로잡혔다. 놀라 눈을 뜨니 노파의 가게에 있었다. 눈앞에는 레이웨이가 아니라 주름투성이 노파가 있었다!

눈을 끔뻑거리고 두리번두리번 주위를 살폈다.

곡물과 건어물과 향신료가 든 자루, 나무 선반에 놓여 있는 세제와 비누, 천장에 매달린 제비뽑기용 과자, 노인의 개인 물건도 잔뜩 든 커다란 아이스크림용 냉장고. 계절은 금목서 향기가 풍기는 초가을이 아니라 여전히 장제스가 통치하던 시대로, 어두컴컴한 가게 밖에는 한여름의 신기루가 하얗게 흔들리고 있었다.

지글지글 끓어오르는 7월, 나는 녹아내리는 얼음과자를 들고 서 있었다.

"너, 몇 살이니?"

"아……" 나는 요괴 같은 노파가 무서웠으나 그래도 이 동네에 하나밖에 없는 과자가게 주인의 기분을 상하게 하고 싶지 않아 뒷걸음치면서도 간신히 대답했다. "다섯 살."

"봤니?"

마치 꿈에서 깬 듯 나는 자신이 뭘 했는지 떠올렸다. 할머니가 노파의 옆 가게인 미용실에서 파마한다는 소식에 용돈을 받으려고 열심히 뛰어오던 차였다. 평소 엄격한 할머니지만, 이웃이 보고 있을 때는 씀씀이가 좋았다. 그걸 노리고 온 것이다.

"뭐가 보였니?"

"칼……." 나는 우물거렸다. "내가 칼 같은 걸 들고 있었어."

"그래? 칼이었니?" 노파는 이가 하나도 없는 입을 벌리고 씩 웃었다. "거기가 네 인생의 갈림길이란다."

노인의 말을 진지하게 들을 마음은 없었으나 다섯 살인 내게는 너무 어렵고 이해하기 힘들었다. 녹기 시작한 얼음과자가 손으로 흐르기 시작한 게 더 큰 문제였다. 나는 할머니에게 받은 용돈으로 산 얼음과자 아랫부분을 열심히 핥았다.

노파의 가게는 우리가 광저우지에에 자리를 잡았을 때부터 계속 같은 자리에 있었는데, 그때도 100살은 되어 보이는 할머니였다고 한다. 가게 이름도 있었겠으나 다들 그냥 '노파의 가게'라고 불렀다. 그건 나 때도 마찬가지여서 동네 아이들에게 노파의 나이를 물으면 십중팔구는 100살이라는 대답이 돌아왔다. 평소에는 싱글싱글 웃으며 이가 없는 입을 오물거릴 뿐이지만, 문득 생각이 나면 가끔 무시무시한 예언을 해서 사람들을 전율시켰다.

실적도 있었다.

초등학교 2학년 때 같은 반에 판지아창이라는 아이가 있었는데 이 녀석이 노파의 가게에서 과자를 열심히 먹다가 "머리를 조심해라"라는 소리를 들었다. 그리고 이틀 뒤 정말 머리를 다쳤다. 쉬는 시간에 크게 기지개를 켜며 뒤로 몸을 젖혔는데 운 나쁘게도 뒷자리 녀석이 연필을 날카롭게 깎아 세워놓고 있었다. 그게 판지아창의 뒤통수에 훅 박혔다. 연필은 고무가 달린 타입이었는데 목격자 말로는 그 고무 근처까지 들어갔다고 한다. 이마에 연필심이 나왔다고 주장하는 녀석도 있었다. 그건 속눈썹이었겠으나, 어쨌든 판지아창의 머리가 크게 다친 것만은 틀림없는 사실이었다.

"칼은 네 부적이 될 수도 있고 크게 상처를 입힐 수도 있단다.” 그건 그렇고 노파는 대만어밖에 할 줄 모르는데, 그때만 노파의 말을 알아들은 것도 너무나 괴이한 일이었다. “어떻게 사용하느냐에 따라 앞으로의 네 인생이 크게 달라질 거다.”

나는 으악 소리치고 노파의 가게를 뛰어나와, 오늘까지의 12년 하고도 4개월을 단숨에 달려왔다. 머리에 엄청나게 큰 파마 기계를 뒤집어쓴 할머니가 사라지고 각목 배트에 피를 흘리는 샤오잔이 눈 깜짝할 사이에 시공의 틈으로 떨어져 나갔다. 양 선생에게 두들겨 맞던 초등학교, 전쟁 영화의 단편, 이소룡, 짝사랑했던 커메이지안에게 말 한번 제대로 건네지 못한 중학교 등이 연기처럼 거꾸로 감기더니 길게 휘날리면서 사라졌다. 타이베이 최고의 명문고에 진학해 아버지를 기쁘게 하고 장제스의 사망에 할아버지는 살해당하고 대리 시험을 하다 들켜 퇴학당하고 아버지에게 죽을 만큼 얻어맞고 부모와 같이 새 학교 면접을 보고 새로운 학교에서 생활하며 팡화성을 때려눕히고 그 보복으로 레이웨이에게 맞고, 또 그 보복으로 샤오잔이 레이웨이의 머리를 깨고, 보복의 보복…….

빛과 그림자가 엄청난 속도로 달아나고, 내 발밑에는 지금, 노파의 가게에서 봤던 미래가 턱 하니 놓여 있었다.

“주워.” 레이웨이가 자신의 자 칼을 내밀었다. “이걸로 뒤끝은 없는 거다.”

나는 군침과 함께 격렬한 기시감을 꿀꺽 삼켰다. 그리고 책가방을 내던지고 천천히 허리를 굽혀 자 칼을 주워 들었다.

레이웨이가 몸을 낮추고 손을 번갈아가며 자 칼을 잡았다.

우리는 서로에게서 눈길을 피하지 않고 공격과 타협 그리고 도망칠 길을 암시하는 모든 조짐을 필사적으로 찾았다. 놀랍게도 싸움을 걸어온 레이웨이조차 도망칠 길을 찾고 있는 듯했다. 사람을 죽일 때만 성욕이 치솟는 짐승이 아니라면 누구나 이런 상황은 바라지 않을 것이다. 모두가 어쩔 수 없이 자기는 아닌 척한다. 세상은 그렇게 우리를 길들였다. 그래서 우리는 사람을 사랑하고 사람을 죽이는 것이다.

상대가 발을 끌며 쑥쑥 거리를 좁혀왔다.

레이웨이의 눈에 떠오른 흉악하고 거친 빛이 이렇게 말했다. 물러나, 부탁이니까 물러나라고 제발, 나를 살인자로 만들지 말아줘! 그 눈을 보고 나는 그도 자신의 미래를 담보로 이 순간을 어떻게든 넘기려 하고 있다는 걸 깨달았다. 살인자의 슬픔은 사느냐 죽느냐의 절박한 순간에 얻은 진실을 어느 누구에게도 설명할 수 없다는 것이다. 말로는 표현할 수 없는, 그 진실은 나와 레이웨이에게만 보이는 도깨비불 같은 것으로, 누가 죽든 죽은 사람 안에 봉인되고 산 사람에게 들러붙어 단숨에 휘발해 버린다.

레이웨이 쪽에는 물러날 의지가 전혀 없었다. 살인자가 되고 싶지 않다는 마음만큼 가짜가 되고 싶지 않아 했다. 동료들에게, 그리고 나중에 눈 뜰 자신의 문학에 대해.

즉, 피를 보지 않으면 이 자리는 절대 끝나지 않을 것이다.

조금씩 다가들던 레이웨이의 다리가 작은 돌을 찼다. 그 소리에 나는 자신이 그저 멀거니 서 있다는 사실을 깨달았다. 낭패한 표정의 나를 보고 레이웨이는 사태가 변하기 시작했음을 깨달았다. 하지만 여기서 무시하고 첫 일격을 날리는 게 상책일까, 아니면 상황을 보고 결정할지 헤아리고 있었다. 그는 타협안을 선택하기로 했다. 딱 한 걸음 들어와 나를 도발한 것이다. 나는 뒤로 물러나 보는 사람들의 조소를 받았다. 눈을 깜빡이는 나를 보고, 우나 봐, 저 외성인은 곧 생떼를 쓸 거야, 라는 야유가 날아왔다.

하지만 나는 울지 않았다.

처음에는 금목서의 꽃이 바람에 나부끼나 생각했다. 작은 꽃이 우연히 모여 저녁노을을 받아 빛나고 있는 것일 뿐이라고. 아니면 꽃향기 탓에 빛이 굴절된 걸까?

내가 눈을 비비자 외야는 기쁨에 들떴다. 아무래도 다른 사람 눈에는 보이지 않은 듯했다. 살짝 빛을 발하며 둥둥 떠다니는 도깨비불은 노란색 작은 꽃을 몇 개쯤 두른 채 우선은 내가 쥔 자 칼 끝에 머물다가 이윽고 내 오른쪽 허벅지 속으로 사라졌다.

"왜 그래?" 레이웨이가 씩 웃었다. "네가 안 오니까 내가 가지."

노파의 예언에 더해 그 도깨비불까지 눈앞에 나타난 후로 내가 할 수 있는 일은 하나밖에 없었다.

"그렇게 싸우고 싶어?"

내 딱딱한 말이 레이웨이의 얼굴에서 웃음을 날려버렸다. 외야가 몸을 내밀었다. 빈랑을 우걱우걱 씹고 있던 녀석이 입을 다물었다.

"내 머리를 깬 그 한심한 새끼도 그냥은 안 둬."

"그럼 어쩔 건데!"

소리치면서 나는 자 칼을 자신의 허벅지에 찔러넣었다. 살짝 피가 날 정도가 아니었다. 판지아창의 머리에 꽂힌 연필도 맨발로 도망칠 정도로 쑥 칼날을 집어넣었다. 손을 떼어도 떨어지지 않았다. 도깨비불의 가호가 있음을 알기에 조금도 무섭지 않았다.

레이웨이의 벌건 눈이 날아들었다. 그건 녀석의 의형제들도 마찬가지였다. 오토바이에 걸터앉아 있던 녀석이 너무 놀라 몸을 젖히다가 시트에서 굴러떨어졌다. 주저앉아 있던 녀석이 벌떡 일어났고, 일어나 있던 녀석은 씹던 빈랑즙을 꿀꺽 삼켰다.

"올 테면 와." 나는 허벅지에서 자 칼을 빼고 그걸 레이웨이에게 던졌다. 베이지색 교복 바지에 검은 얼룩이 번지더니 다리를 타고 운동화 주위에 피 웅덩이가 생겼다. "맨손으로 하자."

레이웨이는 이쪽을 노려만 보고 있었다. 많은 것이 돌풍처럼 녀석의 가슴속에서 휘몰아치고 있었다. 나는 피와 칼만이 아니라 여럿에게 당하는 상황조차 두려워하지 않음을 증명했다. 다음은 레이웨이가 뭔가 증명할 차례였다. 하지만 녀석은 뭘 어떻게 해야 이 국면을 뒤집을 수 있을지 그 답을 기다릴 필요가 없었다.

녀석의 의형제들이 경악과 칭찬이 뒤섞인 목소리로 "젠장!"이라고 중얼거렸다. 그건 그들 사이에서 사실상 패배 선언이나 다름없었다.

다음은 액션 영화의 엔딩 같았다. 경찰차가 요란하게 사이렌을 울리며 달려오는 대신 교사 몇이 강아지처럼 짖어대며 달려왔다. 레이웨이 일행은 오토바이를 타고 도주했으나 교사들은 레이웨이가 관련되어 있음을 직감적으로 알아차렸다.

레이웨이는 이미 품행 부실로 '대과'를 받고 있었다. 그러니까 '큰 과실'이 두 개나 있었던 것이다. 이건 모든 학교에서 시행되는 벌칙 부여 방식으로, '경고'를 세 번 받으면 '소과'를 하나 받고, '소과'가 세 개면 '대과' 하나에 해당한다. 그리고 '대과'가 세 개면 삼진아웃, 고양이처럼 학교에서 내쫓는 방식이었다. 싸움이나 불순한 이성 교제만이 아니라 레이웨이의 뻔뻔한 태도는 반 국민당적이었다. 이를테면 작문 숙제를 내주면 우리는 교사에게 점수를 잘 받으려고 문장 마지막에 '반공 대륙'이나 '건국 필승' 같은 글귀를 덧붙여 냈는데 레이웨이는 그런 속 보이는 짓은 절대 하지 않아 교사의 배알을 더욱 뒤틀리게 했다.

어쨌든 악평이 날 대로 난 레이웨이는 이번 일로 생활지도부의 명부에 세 번째 '대과'를 받아 보란 듯이 퇴학 처분을 당했다.(나는 '소과' 하나를 받았다.)

나는 상처를 묶고 생활지도부 추 선생의 차로 병원에 실려 갔다. 그의 차는 검은 연기를 마구 뿜어대는 딱정벌레 같은 폭스바겐으로, 너무 심하게 흔들려 병원에 도착할 때까지 내 몸에서 피가 쭉쭉 빠져나가는 것만 같았다. 땅거미가 질 무렵, 치료실에서 스무 바늘 정도 꿰맸다. 밤 9시가 되어 집에 돌아왔는데 이미 연락을 받은 아버지가 회초리를 물에 담그며 기다리고 있었다.

"너, 벌써 고3이야!" 어머니가 울며 소리쳤다. "내년에 시험인데 도대체 어쩔 셈이니?!"

만약 할아버지가 살아 계셨다면 "이 아이에게는 역시 산둥의 피가 흐르고 있어"라며 회초리질 당하는 나를 자랑스럽게 지켜봤을 게 틀림없다. 그러나 그렇게 해줄 할아버지는 이미 이 세상에 없었으므로 나는 이를 악물고 인생을 버티는 수밖에 없었다.

제3장

# 도깨비불에 대해

해가 바뀌어 1976년이 되자, 나는 막연하게나마 수험 공부에 대해 생각하게 되었다.

구체적인 계획을 세워 행동을 시작한 건 아니었으나 이대로 대만에서 가장 한심한 고등학교를 졸업하고 평생 한심한 놈으로 살 거라는 생각만 해도 누군가를 두들겨 패고 싶어질 정도로 끔찍했다. 다행히 우리 학교는 패줄 만한 놈들이 차고 넘쳤다. 나는 자잘한 싸움을 쌓아나가, 마치 스탬프를 찍듯 '경고'와 '소과'를 착실히 모았고, 이제 '경고'를 하나만 더 보태면 '대과'가 두 개가 되는 상황에 이르렀다.

그 일요일은 아침부터 이슬비가 끊임없이 내리고 있었다.

"오렌지색 보닛에 검은 새가 잔뜩 그려져 있다니까." 정오 넘어 불쑥 나타난 샤오잔은 샤오난먼 근처에서 본 스포츠카에 대해 침을 튀기며 말했다. "차체도 엄청 낮더라. 너도 봤으면 좋았을 텐데. 미국 영화에 나올 법한 거더라. 젠장! 어떻게 살면 그런 차를 탈 수 있을까?"

그 시대는 아직 깡패와 일반인을 구별할 수 있었다. 샤오잔은 당시 양아치들에게 인기가 많았던 일본 교복을 입고 있었다. 등에 무슨 소린지 모르는 일본어 자수가 있었고, 금붕어 지느러미 같은 나팔바지를 입고 있었다. 빈랑을 너무 먹어 입술은 시뻘겠다.

"그거, 뚱보 거야." 내가 알려줬다. "지금 사귀는 여자가 부자래."

"시에 집안의 뚱보?"

"다른 뚱보가 또 있어?"

"너희 밍첸 삼촌과 동급생이었지?" 샤오잔은 그렇게 말하고 담배에 불을 붙였다. "엄청 다르네."

"방에서는 피우지 마." 나는 창문을 조금 열고 말했다. "시에 뚱보는 얼굴이 괜찮으니까 그런 차도 타는 거야."

여전히 그를 뚱보라고 해도 그건 어릴 때 별명이었다. 어느 집에나 다른 사람은 알기 어려운 문제가 있는 법인데 우리 집에 밍첸 삼촌이 있듯 시에 집안에는 뚱보가 있었다. 어쩌면 뚱보가 더 질이 나쁜지도 모르겠다. 아무리 좋게 말해도 그 녀석은 아이들의 천적이었다.

어릴 때 우리는 골목에서 자주 공놀이를 했다. 규칙은 야구와 같으나 흔히 말하는 소프트볼과는 달랐다. 말랑말랑한 고무공을 굴려 그걸 맨손으로 치며 놀았다. 엄지를 검지 위에 걸어 손바닥을 글러브처럼 만들어 굴러오는 공을 주워 올려 쳤다. 덕분에 평소 잘 쓰는 손은 늘 아스팔트에 쓸려 상처투성이였다.

우리가 공놀이를 한창 하고 있으면, 저녁때쯤 겨우 일어난 듯한 뚱보가 잠에서 덜 깬 얼굴로 어슬렁어슬렁 다가와 흘러나온 공을 차버리곤 했다. 그 탓에 공이 사라진 게 한두 번이 아니었다. 그냥 지나치는데 느닷없이 호통을 치기도 하고 머리를 얻어맞기도 했다. 오전 10시에 노파의 가게 앞에서 땅에 늘어져 앉아 캔맥주를 들이켜는 어른이었다. 우리 모두 뚱보를 경멸했으므로 안 보는 데서는 반말로 불렀다. 밍첸 삼촌과는 문제아끼리라 마음이 맞았는지 중학교 때부터 어울려 다녔다. 딱 한번 크게 드잡이를 벌인 적 있는데 밍첸 삼촌의 말이 사실이라면, 인도의 소와 아프리카 어린이 중 다시 태어나면 어느 쪽이 좋냐는, 정말 믿을 수 없이 한심한 일로 의견 대립을 벌인 게 원인이었다고 했다. 얼굴만큼은 영화배우 티룽을 닮았는데, 밍첸 삼촌에 따르면 '다재다능한 능력'을 타고났다고 한다. 그 탓에 바라지도 않은 임신을 한 여성은 뚱보의 아버지인 시에 의사의 손에 조용히 처리되었고 그 사실은 어둠에 묻혔다.

"그 녀석에게 넘어가지 않은 여자는 이제까지 딱 하나야." 밍첸 삼촌이 말했다. "옛날에는 녀석도 저러진 않았어. 믿기지 않겠으나 오로지 한 여자만을 생각하는 홍안의 미소년이었지. 진심으로 사랑한 여자와 고등학교를 졸업하면 바로 도망칠 생각이었는데 완전히 뒤통수를 맞았지. 녀석이 여자에게 냉정해진 게 그 뒤야."

"어떤 사람이었는데?"

"우리 동급생이고 반장 같은 거나 하는 재미있을 거 하나도 없는 여자였지."

밍첸 삼촌의 목소리가 기억 저편으로 사라지자 나는 무료함이나 달래려고 샤오잔에게 물었다.

"너, 아직도 잉 형님 일을 도와?"

"젠장, 언제쯤 저런 차를 살 수 있을까?" 샤오잔은 혀를 찼다. "응. 돕고 있지. 지금은 주로 빌려준 돈을 받으러 다녀. 너는? 공부는 잘하고 있냐? 이제 곧 시험이야."

"아직 넉 달이나 남았어."

녀석은 수험 공부라고는 한 흔적이 전혀 없는 내 책상을 슬쩍 봤다. 카세트테이프와 만화, 서양철학을 정리해 소개한 책이 이리저리 흩어져 있었다.

"얼마 전 그 녀석은 어떻게 됐어?" 샤오잔이 화제를 바꿨다. "학교에서 잘린 녀석 말이야."

"레이웨이?" 나는 어깨를 으쓱해 보였다. "글쎄다, 군대 가지 않았을까?"

"나에 대해 뭐라고 하지 않았어?"

"개똥으로도 안 여길걸."

거기서 이야기가 끊겼다.

할아버지의 사건 이후로 나는 무슨 일에든 힘이 들어가지 않았다. 수험 공부를 하려 해도 문자와 수식에 걸려 앞으로 나아가지 못했다. 영어 단어 하나가 몇 톤쯤 되는 쇳덩어리로 변해 볼 때마다 피곤했다. 간신히 읽을 수 있었던 것은 진짜인지 아닌지 모를, 제대로 번역이나 되었을까 싶은 철학책뿐이었다. 르네 지라르라는 사람은, 인간은 폭력에서 손을 뗄 수 없다고 주장했다. 우리가 할 수 있는 일은 폭력을 한 곳에 집중하는 것, 즉 모두가 한 사람에 폭력을 가하는 일이라고. 성스러운 희생자가 나오는 대신 세계는 질서를 유지한다. 그리고 자크 라캉이라는 사람은, 우리는 타인을 모방하고 그 욕망을 받아들이는 수밖에 달리 다른 방법이 없다고 주장했다.

만약 그들의 주장이 맞는다면……. 나는 생각했다. 이 세상에서 전쟁이 사라지지도 않을 것이고 복수의 고리가 끊어지지도 않겠네. 무엇보다 우리 동네에는 그 모범이 될 만한 복수극이 넘치고 있으니까. 소설이나 영화와 노래 그리고 노인들이 현장감 넘치게 떠들어대는 옛날 이야기 속에.

나는 비에 젖어 흐려진 정원의 개나리를 바라봤다.

전학하고 불과 반년 사이에, 나는 주머니에 손을 찌르고 구부정하게 걷는 습관이 생겼다. 코에 당근을 매단 말처럼 늘 불온한 공기를 얼굴 앞에 늘어뜨리고 다녔다. 거리에서 불량배와 지나칠 때도 마지막까지 눈을 피하지 않았다. 그 탓에 뼈아픈 경험을 한 적도 있으나 신경 쓰지는 않았다. 주의산만, 취생몽

사(술에 취한 듯 살다가 꿈꾸듯 죽는다는 뜻으로 여기서는 아무 의미 없이 산다는 의미로 쓰였다.), 무위도식이 완전히 몸에 박혔다. 지난달에도 학교 군사훈련 수업에서 실수를 저질러 웃어넘기지 못할 정도로 얼굴 반이 퉁퉁 부었다. 소총의 분해와 조립 때 총구 마개 닫는 걸 잊어 교관에서 얻어터진 것을 시작으로, 서서쏴 자세에서 개머리판을 어깨에 제대로 밀착하지 않아 발포 반동으로 총이 말처럼 튀어 뺨을 세게 친 것이다. 하나부터 열까지 자업자득이었다.

"저기 말이야, 죽은 사람을 본 적 있어?" 내가 말했다.

샤오잔은 눈을 내리깔고 담배를 한 모금 빨았다. 무슨 말을 어떻게 해야 할지 생각하는 듯했다.

"잉 형님을 따라다니면 싫어도 보게 되겠지. 내가 먼저 살해당하지 않는다면 말이야. 아니." 샤오잔이 고개를 흔들었다. "나는 본 적 없어."

"나도 마찬가지야."

내가 턱짓을 하자 샤오잔은 잠자코 담배 하나를 내밀었다. 성냥을 그어 일으킨 불에 나는 입에 문 담배를 가져갔다.

"그날까지는 말이야."

"너는 나와 달리 머리가 좋아." 녀석이 말했다. "제대로 공부해서 대학에 가라. 나처럼 되면 다른 사람을 밟거나 밟히는 인생일 뿐이야."

"대학에 가도 그건 마찬가지야."

"아냐, 달라. 대학에 가면 그런 고리에서 벗어날 수 있을지 몰라. 짓밟힌 사람을 도와줄 수 있을지도 모르고. 똑같이 밟더라도 직접 자기 발로 밟을 필요도 없고."

나는 잠자코 담배를 피웠다.

"네 탓에 할아버지가 돌아가신 게 아니니까. 내가 아는 대만 아줌마는 딸이 살해당하고 아들은 사고로 죽었는데도 매일 시장에서 채소를 팔더라."

"알아. 하지만 뭔가……."

"할아버지는 너를 무척 아끼셨지."

"그랬지."

"기억하냐? 어릴 때 식물원 연못에서 낚시하다가 순경에게 낚싯대를 빼앗겼잖아. 그걸 찾겠다고 둘이 파출소에 숨어 들어갔는데……."

"아! 들켜서 무척 혼났지."

"그때 네 할아버지가 와서" 샤오잔이 웃음을 터뜨렸다. "그 순경을 산 채로 잡아먹으려 했지. 물고기는 사람이 잡으려고 있는 거라며."

"모두 다 앞으로 나아가고 있어." 나는 마지막으로 한 모금 빨고 꽁초를 빈 캔에 비벼 껐다. "가슴속에 많은 게 있겠지. 하지만 그렇게 보여. 할머니도 마작을 다시 시작했어. 하지만 나만……, 이제야 알았는데 가족 중에 나만 죽은 사람을 본 적 없더라. 밍첸 삼촌도 어릴 때 공산당이 국민당 병사를 큰 솥에 넣고 삶는 걸 본 적 있다고 했어. 솥 안을 젓고 슬쩍 찌르니 뼈에서 고기가 훌러덩 벗겨졌다고."

"그 말은 나도 들은 적 있어. 그런 거……."

"아아. 허풍이지." 나는 웃었다. "됐어. 곧 제자리로 돌아오겠지."

샤오잔이 담배를 빈 캔에 버림과 동시에 방문이 열렸다. 아버지가 고개를 내밀고 코를 실룩거렸다.

"아저씨, 안녕하세요."

"샤오잔, 너 담배 피웠지?"

"아, 아뇨……."

"나쁜 짓만 하고 다니면 때려줄 거다." 그리고 내게 눈을 돌리고 말했다. "자, 나가자."

"어딜?"

"도깨비불 신에게 참배하러 가야지." 아버지가 말했다. "샤오잔도 시간 되면 같이 가자."

중화상창은 중화루를 따라 무려 1킬로미터 이상 남북으로 뻗은 3층짜리 철근 콘크리트의 복합상업시설이다. 여덟 개의 동으로 이루어져 있는데 각 동에는 여덟 개의 덕(德), 그러니까 충, 효, 인, 애, 신, 의, 화, 평이라는 이름이 붙어 있다. 가로로 길게 늘어선 가게들은 손님들의 방향감각을 잃게 할 의도인지 비슷비슷하게 생겨서 현지인조차 갔던 가게에 또 가는 일이 왕

왕 있었다. 그 회색 통로에 서자, 마치 마주 세워놓은 거울 가운데 들어선 듯 머리가 어질어질했다. 좁디좁은 상점에서는 퀴퀴한 냄새가 났고 도대체 누가 살까 싶은 옷과 헌책, 트로피와 군 비품 같은 것들을 팔고 있었다. 점포를 주거로 이용하는 가게도 곳곳에 있었다. 그곳에서는 벌거벗은 거나 다름없는 아이들이 복도를 뛰어다녔고, 여자들이 깔깔대고 웃었고, 빨래가 널려 있고, 노인들이 차를 마시며 장기를 두고 있었다. 잘못해서 그런 지역에 발을 들여놓으면 그곳 주민들의 시선을 한 몸에 받아 불안한 마음에 시달리게 된다. 아무리 화창한 날이라도 중화상창 위에만 구름이 드리운 듯했다. 만약 이곳을 무대로 영화를 찍는다면 실수로 길을 잃은 손님이 가게 안으로 끌려 들어가 중국식 칼로 온몸이 난도질당해 토막 나는 이야기가 딱 맞으리라.

할아버지가 몇 년 전에 빌린 곳은 그런 중화상창에서 주거지가 빼곡한 구역, 2층에 있던 가게였다. 아주 오랫동안 빌리는 사람이 없었던 곳으로, 그것도 그럴 것이 밤중에 검은 그림자를 봤다느니, 아무도 없는데 마작하는 소리가 들린다느니, 하얀 옷을 입은 여자가 서 있는 걸 봤다는 목격담이 쏟아진 탓이었다. 말 많은 이웃 주민에 따르면, 옛날에 여기 살았던 일가의 가장이 엄청난 도박광이었는데 결국은 아내를 담보로 승산 없는 승부에 도전했다가 아내는 물론 삼대에 걸쳐도 갚을 수 없는 빚을 지고 말아 부부가 나란히 목을 매달았다고 한다. 보라고, 바로 저 서까래에 밧줄을 걸고 둘이 사이좋게 매달려 있었다니까. 그 후로야. 이상한 소문이 돌기 시작한 게. 덕분에 주변 가게들도 애를 먹었지. '점심세계'라는 만둣가게는 세심한 주의를 기울였음에도 속까지 다 익질 않아 덜 익은 만두를 먹은 손님들의 불평을 들어야 했다.

정말 안성맞춤이 아닌가! 무엇보다 할아버지는 귀신을 모시려고 했으니까.

대만에서 귀신을 모시는 일은 드물지 않았다. 땅을 지키는 신이나 보살, 항해를 돕는 신인 마소라는 유서 깊은 신불을 모시는 사당은 '양묘(陽廟)'라고 하고, 사람들은 그곳에서 향을 태우고 머리를 두드리며 집안이 평안하길, 소원이 성취되길, 무사하게 지내길 기원했다. 이에 대해 《삼국지》의 무장 관우나 물에 빠진 사람을 구하려다 희생한 공덕이 있는 개 등은 죽은 뒤, 그러니까 귀신이 된 후 신앙의 대상이 되었다. 그런 탓에 그들을 모시는 사당은 '음묘(陰廟)'라고 하고, 사람들은 그곳에서 향을 태우고 무릎 꿇고 절을 하며 일상적인 소원을 빌었다. 복권에 당첨되게 해주세요, 유부남을 내 것으로 만들게 해주세요, 어디 사는 누구를 저주해 주세요.

양묘에 모셔지는 신들과는 달리 음묘를 관장하는 귀신들은 소원을 들어주는 대신 반드시 대가를 요구했다. 기원할 때 약속했던 대가를 바치지 않으면 성을 내며 보복한다. 보스 자리에 오른 폭력배가 시커먼 벤츠를 사당까지 몰고 와, 조용히 돈다발을 놓고 사라졌다는 이야기를 자주 들을 수 있었다. 당연히 할아버지가 만든 사당은 음묘의 카테고리에 들었다.

중화상창의 입주민들은 기뻐했다. 전화위복인 셈이다. 그때까지 나쁜 짓을 저지르던 귀신을 할아버지의 도깨비불이 퇴치했을 뿐만 아니라 어쩌다 들른 참배객이 놓고 가는 돈으로 장사에도 활기가 돌았다. 이제 점심세계의 만두는 잘 익었고 손님들은 엄지를 세우며 그 맛을 칭찬했다.

처음 할머니는 남편이 또 바보 같은 일에 거금을 들인 데 한탄하고 슬퍼했으며, 샤오메이 고모도 같은 이유로 격노했으나 의사 황지엔종의 개 사건이 벌어진 후로는 둘이 나서서 사당 운영을 도왔다. 그러니까 한가할 때 찾아가 청소하거나 향이나 지전을 태우거나 돈을 내 화려한 옷을 사기도 했다. 솔직히 그저 평범한 사당에 여우사당(도깨비불을 여우불이라고 부르는 데서 유래한 이름)이라는 별명이 붙은 것도 그 무렵이었다.

의사 황지엔종은 산준종합병원의 외과의사로 개를 아주 좋아했다. 당시 대만에서는 아직 희귀했던 도베르만을 키웠는데, 영화 〈도베르만 갱〉이 개봉되기 여러 해 전이었다. 바로 그 도베르만이 어느 날 갑자기 사라졌다. 당황한 의사는 곳곳에 수소문하고 점술가에게 가르침을 구걸하고 온갖 신들에게 빌며 애견의 행방을 찾아 헤맸다. 그가 어디서 도깨비불 이야기를 들었는지는 모르겠으나 5월의 어느 화창한 일요일 아침, 초췌

한 얼굴로 느닷없이 나타났다. 눈 아래 시커먼 다크서클을 드리우고 완전히 풀이 죽어 있었다. 사당을 만들고 2~3년이 지났을 때니까 1969년이나 70년이었을 것이다.

게으름뱅이에 실업 중이었던 밍첸 삼촌은 그때 사당 지킴이를 하고 있었다. 밍첸 삼촌의 말로는, 황 의사가 만약 개를 찾으면 10만 위안을 내도 아깝지 않다고 맹세했단다. 고등학교 교사였던 아버지의 월급이 5,000위안이었으니까 정말 터무니없이 높은 액수였다. 그러나 개를 키우는 사람들은 종종 그랬다. 황 의사는 유괴된 아이의 몸값을 내겠다는 심정이었음이 틀림없다.

그로부터 두 달쯤 지난 어느 날 저녁, 황 의사가 또 야윈 얼굴로 나타났다. 이번에는 다리에 깁스하고 지팡이를 짚고 있었다. 그리고 오랫동안 도깨비불에 심경을 밝힌 후 품에서 두꺼운 봉투를 꺼내 밍첸 삼촌에게 내밀었다. 10만 위안이 들어 있었다. 만약 그때 샤오메이 고모가 우연히 사당을 들르지 않았다면 밍첸 삼촌은 그 돈을 착복해 우리는 일의 진위를 알지 못했을 것이다. 이상하게 여긴 샤오메이 고모가 이유를 물었다.

"그 후 개를 찾았습니다." 황 의사는 도깨비불에 변명하듯 조심스럽게 두 손을 펼쳤다. "바로 예를 올렸어야 했는데 너무 일이 바빠서."

황 의사가 처음으로 도깨비불에 참배하고 닷새 뒤의 일이었다. 도베르만이 없어졌을 때와 마찬가지로 홀연히 나타났다.

개는 발걸음도 경쾌하게 맨션으로 달려오더니 맨션 경비의 부름에 컹컹 짖고 엘리베이터를 타고 12층에 내려 집 초인종을 눌렀고 문을 연 황 의사에게 달려들어 얼굴을 마구 핥아댔다고 한다.

"아아, 다행이다. 진심으로 그렇게 생각했습니다! 하지만 설마 그런 일이 생길 줄이야……."

황 의사와 개는 한 달 정도 별다른 일 없이 지냈는데 사태는 그의 집 부엌에서 물이 새면서 급격하게 악화되기 시작했다. 수리하러 온 배관공이 가고 다시 개가 사라진 것이다. 황 의사는 심란해졌다. 배관공들은 평판 좋은 만물상이었으나 외성인, 게다가 광둥 사람인 것은 다 아는 사실이었다.

"여러분은 본성인인가요?"

"아니요, 산둥 사람인데요."

"아, 산둥이세요!" 황 의사는 샤오메이 고모를 향해 손을 마구 흔들었다. "그럼 아시겠군요? 아무리 정직하다고 해도 산둥 출신이니까요!"

그 말만 듣고도 샤오메이 고모와 밍첸 삼촌은 완전히 상황을 파악했다. 이런 비유가 있다. 광둥 사람은 만두를 싫어하고 만두는 산둥 사람을 싫어하고 산둥 사람은 개를 싫어하고 개는 광둥 사람을 싫어한다. 왜 싫어할까? 광둥 사람이 만두를 싫어하는 것은 그저 입에 맞지 않기 때문이나 개가 광둥 사람을 싫어하는 이유는 광둥 사람이 개를 먹기 때문이다.

"내가 만물상에 도착했을 때 녀석들은 우리 개를 요리한 냄비를 휘젓고 있었다고요! 녀석들은 아니라고 주장했으나 개고기 냄새가 틀림없었다고요!"

밍첸 삼촌이 고개를 끄덕이며, 나도 군대에 있었을 때 먹은 적 있지, 그때는 동네 똥개를 잡아다가 총살했는데 지금도 잊을 수 없는 맛이었어, 라고 거리낌 없이 의견을 이야기하자 황 의사는 울음을 터뜨리며 그 자리에서 무너졌다.

"그런데 왜 새삼 이제 돈을?" 샤오메이 고모가 당연한 질문을 던졌다. "개는 죽었잖아요?"

"그 후로 불운이 이어졌습니다." 황 의사는 지팡이로 오른쪽 다리 깁스를 툭툭 치며 말했다. "다리가 부러지고 수술에서 실수해 환자를 죽이고. 너무 이상해서 용하다는 사람을 찾아갔더니 내게 도깨비불이 붙어 있다는 거 아닙니까!"

할아버지가 돌아가시고는 도깨비불 사당의 셔터는 내려졌고 자물쇠로 잠겼다.

아버지가 자물쇠를 풀고 셔터를 올리자 사당에 자리 잡고 있던 검은 그림자가 빛을 피하듯 흩어졌다. 바람이 들어와 눈 부신 빛 속에서 먼지가 일었다. 오래된 거미줄이 연기처럼 흔들렸다.

아버지는 나와 샤오잔에게 꼼꼼히 청소하라고 명령했다. 깡패는 원래 신심이 깊은 법이라 샤오잔은 정말 열심히 청소했다. 우리는 곰팡내 나는 공기를 잔뜩 들이켜며 하나가 되어 사당을 구석구석 번쩍번쩍하게 닦았다. 마음을 담아 울긋불긋한 사당을 닦아댔다. 그리고 지전을 계속 태웠다.

불기둥이 일어나는 드럼통에 지전을 던져 넣으면서 저마다 할아버지에게 말을 건넸다. 아버지, 구천에서 귀신들이 괴롭히면 이 돈으로 봐달라고 하세요, 여기는 다 괜찮으니까 걱정하지 마세요. 할아버지, 이걸로 저세상에서도 이발소에 갈 수 있겠네, 예쁜 여자 귀신이 있으면 좋겠네. 예 할아버지, 저는 샤오잔이에요, 저도 범인을 찾아볼게요, 뭔가 알아내면 치우성에게 말할게요. 아버지, 여기는 다들 잘 있어요, 밍첸은 중산베이루에서 성실하게 맨션 관리인으로 일하고 있어요, 샤오메이는 편집장으로 승진했어요, 위우원의 팔이 부러진 건 아시죠? 팔이 다 나을 때까지는 배를 탈 수 없어서 디화지에 가게에서 살고 있어요. 할아버지, 할머니는 오늘 팡 할머니 집에 마작하러 갔어요, 괜찮아요, 제가 옆에 잘 있으니까요, 나무아미타불, 나무아미타불…….

"이제 됐다." 아버지는 세례라도 받은 듯 후련한 목소리로 말했다. "도깨비불 신에게 참배하고 돌아가자."

우리는 향에 불을 붙이고 제단을 향해 삼배와 구배의 예를 올렸다.

나는 마음을 다해 기도했다. 만약 범인이 법의 심판을 받게 된다면 정신 차리고 공부해 좋은 대학에 들어가 훌륭한 어른이 되겠습니다, 도깨비불 신이여, 부디 범인에게 반드시 대가를 치르게 해주세요, 그 대신 제가 부자가 되면 이런 좁은 곳이 아니라 그럴듯한 사당을 세워 드릴게요. 부디 제발!

아버지와 헤어진 후 나와 샤오잔은 중화상창에 몇 군데 있는 레코드 가게를 찾아갔다. 나는 60분짜리 카세트테이프를 사서, 손님을 손님으로 생각하지 않는 점원에게 녹음해 줄 곡목을 적은 종이를 건넸다. 이런 가게에서는 빈 테이프를 손님에게 팔고 손님이 원하는 곡들을 담은 녹음테이프를 만들어줬다. 샤오잔은 지루한 듯 레코드를 넘겨보고 있었다.

"한 곡 더 할 수 있겠어."

키스의 티셔츠를 입은 거만한 점원은 내가 마지막 선곡을 하는 동안 안달하며 기다렸다. 카운터 안의 그는 먹던 도시락으로 돌아가고 싶어 어쩔 줄 몰랐다. 내가 마침내 이글스의 〈Desperado〉로 하겠다고 하자 눈썹을 치켜뜨며 크게 고개를 끄덕이고는 정성껏 목록 마지막에 곡명을 적어 넣었다.

레코드 가게를 나온 우리는 영화를 볼까, 아니면 당구를 칠까, 그것도 아니면 요즘 유행하는 블록 깨기라도 할까 상의하면서 비가 내리는 시먼딩 거리를 어슬렁거렸다. 게임장에는 담배를 물고 TV 게임 앞에 무리 지어 있는 불량 초등학생들이 있었다. 우리를 보고 동전을 달라고 매달려서 샤오잔이 그중 하나의 머리통을 때리는 바람에 원한을 샀다. 젠샨메이극원 앞에서 다리 없는 남자가 누운 채 향이 좋은 목련꽃이나 치클 껌을 팔고 있었다. 이런 장사꾼 뒤에는 폭력배들이 있고 매상을 빼앗아간다고 들었다.

샤오잔이 갑자기 멈추더니 장사꾼 앞에 쭈그리고 앉았다. 껌이라도 필요한가 싶었는데 대충 애국 복권 몇 장을 사더니 한마디 설명도 없이 다시 걷기 시작했다.

"야, 복권 같은 걸 왜 사냐?"

"그냥 돕는 거야. 나는 늘 저 사람에게 뭘 사."

"하지만 복권은 산 적 없잖아."

우리는 광저우지에를 향해 터덜터덜 걸었다.

도깨비불 신은 말이야, 제대로 노력한 사람에게만 도움을 준단다. 언젠가 할아버지는 그렇게 말했다. 노력하지 않으면 아무리 빌어도 소용없단다, 도깨비불 신이 해주는 건 아주 작은 행운 같은 거니까.

할아버지 말이 맞다고 나는 생각했다. 나도 이제 슬슬 제대로 공부해야지, 자, 우선은 내가 먼저 하려는 마음을 보여야 해, 도깨비불 신도 내 기도가 진심인지 아닌지 모를 테니까.

"야!" 문득 생각나 물었다. "너는 아까 뭘 빌었냐?"

샤오잔은 나를 쳐다보지도 않고 고집스럽게 앞만 봤다. 비가 계속 내리고 있었다.

"복권 당첨을 기도했지?"

"……."

"우리 할아버지를 참배하러 가서 기껏 뚱보 차나 생각했냐!"

샤오난먼 근처에서 샤오잔과 헤어져 집으로 돌아온 나는 침대에 누워 천장을 올려다봤다.

어쩌면 할아버지의 죽음은 내가 생각하는 것만큼 심각한 게 아닐지 모른다. 매일 어디선가 누군가는 불행한 죽음을 맞는다. 그래도 사람들은 변함없이 복권 당첨을 생각하고 영화를 보고 레코드를 듣고 실종된 개 때문에 애면글면한다.

그렇게 시간은 흘러간다.

나는 책상에 흩어져 있던 잡동사니를 치우고 오랜만에 참고서를 펼쳤다. 진지하게 대학 수험에 대해 생각하니, 이제 내게는 시간이 얼마 남아 있지 않았다.

제4장

# 불새를 타고 유령과 만나다

그때 샀던 복권이 멋지게 당첨되어버렸으니 인생은 모를 일이다.

하굣길에 버스를 기다리고 있는데 세련된 오렌지색 스포츠카가 타이어 소리를 울리며 달려왔다. 차는 곧바로 나를 향해 돌진했다. 순간적으로 인도로 뛰어 올라갔으니 망정이지 하마터면 그대로 치일 뻔했다. 뒷바퀴가 미끄러지면서 자동차는 내 5센티미터 앞에서 딱 멈췄다.

버스정류장에 있던 학생들이 놀라 동요했다. 낮고 거친 엔진 소리는 마치 보닛 가득 그려놓은 검은 새가 울부짖는 것만 같았다. 은색 라디에이터 그릴이 부르르 떨었다. 뚱보가 타는 차와 같았다.

나는 어깨에 메고 있던 책가방을 바닥에 내던지고 운전석에 앉은 그림자를 노려봤다. 뚱보 같은 허풍쟁이가 타고 있겠지. 수험까지 두 달도 안 남았는데 여기서 싸움을 벌이는 건 좋은 생각이 아니었으나 늘 싸움은 내 상황을 보고 있다 생기는 게 아니었다.

문제는 짚이는 상대가 영 없었다는 점이다. 지난 두 달 동안 나는 누군가에게 원한 살 일은 하지 않으려고 최대한 조심했다. 불량 학생을 보면 시선을 돌리고 참고서에 얼굴을 묻었다. 교복 단추를 꼼꼼히 채우고 버스에서는 노인에게 자리를 양보했다. 나는 진심으로 도깨비불과 했던 약속을 지키려 한 것이다.

"야!"

차 안의 남자가 부르기에 나는 책가방 끈을 움켜쥐었다. 이제 자 칼은 없으나 대신 무거운 사전이 들어 있었다. 남자가 싸움을 걸어오면 이 책가방을 휘둘러 얼굴을 날려버릴 생각이었다.

"야!" 운전석에서 몸을 뻗어 조수석 문을 연 사람은 다름 아니라 샤오잔이었다. "야, 타."

"너, 이 차……" 나는 샤오잔과 차를 번갈아 봤다. "시에 뚱보와 같은 차잖아……. 너, 이거 뭐야?"

"뚱보에게 샀어."

"뭐?"

"안에서 말할게." 내 친구는 더는 못 참겠다는 듯 손짓했다. "일단 타라고."

내가 우물쭈물 차에 올라타자 샤오잔은 기어를 적당한 자리로 옮기더니 갑자기 액셀 페달을 밟았다. 엔진이 울부짖고 배기구가 불을 뿜었다. 그야말로 오렌지색 총알이었다. 5초만에 시속 80킬로미터를 돌파하자 조수석에 파묻힌 나는 안전띠를 찾아 헤맸다.

으으으으으으으악, 굉장하다!

앞 유리에 비치는 거리 풍경이 화살처럼 스쳐 지나갔다. 길가의 철쭉이 하늘로 날아올랐다. 고개를 빼고 우리를 바라보는 학생들이 쏟아지는 꽃 사태에 순식간에 가려졌다.

같이 할아버지에게 참배 갔던 날 이후 샤오잔과 이렇게 둘이 만나는 것은 두 달 만이었다. 이야기를 들어보니, 한 장에 10위안인 애국 복권이 30만 위안으로 바뀌었단다. 내가 열심히 공부에 열정을 쏟고 있던 두 달 동안에 녀석은 조용히 자동차 학교에도 다녔다고 했다.

"아! 정말 신문에서 당첨 발표를 봤을 때는 눈을 의심했다니까!" 샤오잔은 완전히 의기양양한 상태였다. "어차피 쉽게 번 돈이니까 바로 쓰자 생각했지."

"뚱보에게 차를 팔라고 말하러 갔어?"

"어디 가면 이런 차를 살 수 있는지 물어보러 갔어. 그랬더니 사람을 완전히 바보 취급하면서 '그런 걸 물어봐서 어쩌려고? 너 같은 녀석은 평생 일해도 못 사. 이 한심한 자식아'라고 놀리잖아. 그래서 나는 주머니에서 돈다발을 꺼내 이래도? 라는 식으로 녀석의 얼굴에 던졌지. 그때 뚱보의 얼굴을 보여주고 싶네. 무슨 배고픈 개처럼 금방이라도 혀를 내밀고 침을 흘릴 듯한 얼굴을 하더라. '그 돈은 어디서 났어?'라고 묻기에 그건 네가 몰라도 된다고 했지. 그랬더니 녀석은 내가 잉 형님의 오른팔로 승진했다고 멋대로 생각하더라. 손바닥을 뒤집듯 아부를 떨더라니까. 그리고 괜찮으면 자기 차를 사달라고 제안했어."

"얼마에?"

"처음에는 40만을 불렀지."

"뚱보는 벌써 2년이나 이 차를 탔어."

"그래서 일단 주행 거리를 확인했어. 그랬더니 벌써 6만 킬로미터나 달렸더라. 그래서 이 정도면 기껏해야 10만이라고 했지. '그건 아니지, 샤오잔. 이 차를 몰라? 폰티악 파이어버드잖아'라고 하더라. 그때 나도 알아차렸어. 아, 이 녀석, 지금 돈이 필요하구나. 깎고 깎아서 결국에는 14만 7,000에 합의를 봤어."

"당첨금은 30만이었잖아. 나머지는?"

"어머니에게 10만 정도 줬더니 내 발에 머리를 대고 고마워하더라."

"그러니까……."

"그렇지!" 그 얼굴에 웃음이 번졌다. "아직 5만 이상 남았다는 거지."

"샤오잔, 해냈구나!" 나는 오, 예! 오, 예! 라고 괴성을 지르면서 대시보드를 두드렸다. "나는 네가 해낼 줄 알았다니까!"

"샤오잔 형이라고 불러라!"

"샤오잔 형!"

껄껄대고 웃은 샤오잔이 액셀 페달을 밟자 파이어버드는 충실한 개처럼 울부짖어 주위 차들을 전율시켰다. 신호에 걸릴 때마다 우리는 옆 차에 레이스를 하려고 도전했으나 아무도 받아들이지 않았다. 우리가 사는 곳은 대만이지 캘리포니아가 아니었다. 창문을 내리고 낯선 여성에게 말을 걸다니, 그건 말도 안 되는 일이었다. 그런 짓을 저지르면, 일테면 아무도 우리를 때리지 않더라도 스스로 혐오감에 사로잡힐 것이다. 생판 모르는 남자가 모는 차에 타는 여자가 있다니, 도무지 상상할 수도 없었고 그런 일은 머리를 스치지도 못할 정도였다.

그때는 1976년이었다.

그래도 미군방송(AFRS)를 틀어놓았고 파이어버드는 비치보이스의 신나는 음악을 쏟아내며 거리를 내달렸다. 우리는 신호가 파란색으로 바뀌면 맹렬히 달려 나가, 룸미러 속에서 작아지는 뒤따라오는 차를 신나게 야유했다. 버스 앞으로 새치기해 경적이 울렸을 때는 시트 위에서 데굴데굴 구르며 웃었다. 중산베이루를 폭주해 야시장 준비에 바쁜 스린을 배회했다.

세상은 파이어버드와 그 이외의 것들로 분리되었고 우리는 그 가장 앞에서 질주했다.

언젠가부터 거리는 노을빛으로 물들고 오가는 차의 헤드라이트가 켜졌다. 우리는 퇴근 정체를 피해 교외로 차를 몰았다. 차의 흐름이 뜸해지면서 똑바로 뻗어 있던 도로가 구불구불해지더니 이윽고 꼬불꼬불한 비탈길이 나타났다. 샤오잔은 운전대를 잡고 왼쪽, 오른쪽으로 몸을 기울이며 이어지는 커브와

격투했다.

양밍산의 철쭉은 이미 한창때를 지나 있었고, 나는 허무함에 사로잡혔다.

"속도를 줄여. 죽고 싶어?"

내 부루퉁한 말에 샤오잔은 순순히 따랐다. 허무한 감정이란 전염되는 법이다.

기류를 타고 떠다니는 새처럼 차는 천천히 언덕길을 올랐다. 꼭대기 주차장까지 가서, 샤오잔은 파이어버드의 콧등을 타이베이의 야경을 향해 세웠다. 다른 차가 없어 라이트를 끄자, 늦게 핀 철쭉이 어둠에 검게 칠해졌고 앞 유리에 거리의 불빛이 차갑게 떠올랐다. 자동차 흐름과 시시각각 변하는 네온, 빌딩, 야시장의 반짝이는 조명 등이 눈 아래로 펼쳐졌다. 라디오에서는 내가 모르는 아주 슬픈 노래가 흘러나왔다.

샤오잔은 담배에 불을 붙였다.

"경찰은 뭐래?"

나는 고개를 저었다.

사건이 발생한 지 벌써 1년이 지났다. 처음에는 자주 경찰서를 찾아갔던 아버지도 이리저리 말을 돌리기만 하는 저우 경관에 진저리를 치며 점차 그곳에 걸음을 하지 않았다. 저우 경관은, 이런 일은 초조해하면 안 된다, 원한이 얽힌 사건이면 언젠가는 반드시 범인이 잡힐 것이고 수사는 조금씩 진전되고 있다, 혹시 법망을 피하더라도 염라대왕은 피할 수 없다며, 전혀 위로가 안 되는 말을 하면서 수사가 막다른 길에 막혀 있음을 비쳤다. 이게 대만의 경찰이라며 아버지는 분개해 말했다. 녀석들이 할 수 있는 일이라고는 피해자의 유령이 꿈속에 나타나 나를 죽인 놈은 저놈이야, 라고 알려주기를 기다릴 뿐이지.

"우울한 얼굴 좀 하지 마라." 샤오잔이 밝게 말했다. "배고프다. 돈이 있으니 실컷 쓰자. 완화에서 여자라도 살까? 너, 아직이지?"

"너, 도깨비불 신에게 예는 올렸냐?"

"나는 항상 그 다리 없는 남자에게 복권을 샀어. 그날 처음 산 게 아니라고."

"그래서 도깨비불 신과는 관계없다?"

샤오잔은 목을 움츠렸다.

그래서 나는 황지엔종 의사가 겪은 도베르만 사건을 심각하게 들려줬을 뿐만 아니라 밍첸 삼촌의 친구 이야기까지 꺼내 협박했다. 애국 복권에 당첨되어 식당을 시작한 것까지는 좋았는데, 그 아내가 식당 종업원과 눈이 맞아 돈을 들고 튀어버린 것이다.

"이건 아주 시작에 불과해. 작년에는 말이야……."

나는 목소리를 낮추고 완전히 못을 박을 셈으로 괴담을 만들어냈다. 우리 도깨비불 사당에 장사가 잘되게 해달라고 빌었던 남자가 있었어. 그러자 바로 장사가 잘되어 돈이 막 들어왔는데 그 남자도 너처럼 예를 올리지 않았지. 그래서 어떻게 됐을 것 같냐? 온몸에 이상한 것들이 생기기 시작한 거야! 아주 괴상한 종기 같은 게. 짜면 악취가 나는 고름이 나왔지. 그 사람은 룽민종합병원에서 치료를 계속 받았는데 전혀 나아지질 않았어. 그리고 지난주였나? 맞다, 첸 집안의 마오마오가 거기서 간호사로 있잖아. 마오마오의 말로는, 그 사람, 종기가 목구멍까지 빼곡하게 차서 숨을 쉴 수 없게 되어 죽었대.

샤오잔은 목이 탔는지 여러 번 침을 삼켰다.

"그러니까 좋은 일이 생기면 조심해야 해. 내 능력으로 행운을 잡았다고 생각하는 건 지나친 거지. 그 행운이 과연 누구 덕분인지 늘 명심해야 한다고."

완전히 침착을 잃은 샤오잔은 담배를 계속 피워댔다. 목구멍에 생긴 종기를 태워 없애려는 셈일 것이다. 어둠 속에서도 눈이 허공을 헤매고 있다는 걸 알 수 있었다. 그 낙담하는 모습을 보니 안아주고 싶을 정도였다. 괜히 뒤를 신경 썼다. 도깨비불이 빚을 받으러 왔나 싶어 흠칫 놀란 것이다. 초등학교 2학년 때 마오마오가 우리를 실외 화장실에 데려간 적 있었다. 우리보다 두 학년 위였던 마오마오는 긴 머리를 얼굴 앞에 늘어뜨리고 목구멍에서 쥐어짠 듯한 목소리로 유령 흉내를 냈는데, 샤오잔이 무슨 분수처럼 오줌을 흘려 우리를 경악시켰다.

"저기 말이야, 아직 괜찮을까……." 그 목소리는 완전히 뒤집혀 있었다. "나, 특별히 괜찮은 보답을 하겠다고 약속하진 않았어."

"그야 네 기도에 달려 있겠지." 나는 딱 잘라 말했다. "기도를 들어주면 어떤 보답을 하겠다고 약속했어?"

"벌거벗고 춤을 추든 뭐든 하겠다고 했지."

"우와! 뭐든 하겠다고 한 거야?"

"아니, 왜……."

"그렇다면 벌거벗고 춤추는 것 정도로 끝낼 수는 없겠어."

"하지만 벌써 두 달이나 지났다고."

"그렇다면 이대로 상황을 보든가."

"……."

"뭐, 아무 일도 안 일어나겠지만." 나는 신경이 쓰이나, 샤오잔이 그렇지 않는다면 나로서는 어쩔 수 없다는 듯 어깨를 움츠렸다. "미신이야, 미신! 하지만 30만 위안어치 불행은 어떤 걸까? 그 정도 내면 네 잉 형님은 사람도 죽이지 않을까?"

샤오잔은 부르르 몸을 떨었고 비지땀이 이마에서 흘러내렸다. 피할 수 있으면 좋을 텐데, 나는 "헌데 이런 말을 하고 있으면 정말 오던데" 같은 말을 하지 않을 수 없었다.

샤오잔은 소리 내어 웃었는데 반쯤 우는 것처럼 들렸다. 벌벌 떨리는 손으로 시동을 걸고 침묵을 지킨 채 차의 방향을 바꿔 산을 내려가기 시작했다.

"도깨비불 사당으로 가는 거야?"

녀석은 입을 굳게 다물고 헤드라이트에 떠오르는 아스팔트 길을 노려봤다. 운전대를 이리저리 돌리면서 손톱을 물어뜯기 시작했다. 새삼스레 벌거벗고 추는 춤과 30만 위안어치의 불행을 저울에 달아보고 후자가 훨씬 무겁다는 걸 알아차린 듯한 얼굴이었다. 그러더니 마침내 나무아미타불, 나무아미타불, 이라며 중얼중얼 염불을 외우기 시작했다.

"농담이야, 농담." 나는 녀석의 어깨에 가볍게 주먹을 날렸다. "나쁜 일은 하나도 일어나지 않아. 아마 중화상창에서 벌거벗고 춤을 추면 경찰이 잡아갈걸."

그러나 샤오잔의 영혼은 이미 도깨비불뿐만 아니라 온갖 잡귀에 시달리고 있어서 내 말이 귀에 들어오지 않는 모양이었다.

구불구불한 산길을 반쯤 내려왔을 때 갑자기 뒤에서 빛이 들어오며 룸미러에 헤드라이트 둘이 홀연히 나타났다.

"왔다!" 샤오잔을 펄쩍 뛰며 차를 지그재그로 운전했다. "왔다고!"

"당황하지 마. 그냥 차야." 녀석의 행동이 귀엽게 느껴진 내가 소리쳤다. "거짓말이라고, 아까 한 말은 다 거짓말이야!"

샤오잔은 운전대를 안고 앞으로 몸을 숙인 채 운전했다. 중앙선이 낡은 시계의 추처럼 좌우로 흔들렸다.

"제발 부탁이니까 진정 좀 해라!"

고개를 돌려 뒷창문을 보니, 흐르는 안갯속을 뚫고 번쩍이는 헤드라이트가 날아왔다. 엔진 소리가 으르렁대더니 다음 순간 뒤를 따르던 검은 차가 우리와 나란히 달렸다. 보닛 끝에 벤츠 문장이 보였다. 벤츠 같은 건 돈 많은 노인네가 타는 차라고 생각했는데 그 가속 능력이 상당했다.

그러나 감탄하고 있을 때가 아니었다. 우리와 상대는 도로를 꽉 채우고 나란히 달리고 있었는데 그래도 거리가 10센티미터도 벌어지지 않았다. 슬쩍 계기판을 보니 시속 65킬로미터였다. 이런 산길에서 이 정도 속도는 자살행위였다. 충돌해 공중에서 빙글빙글 도는 F1 자동차가 시야에 떠올랐다. 이해, 8월에 F1 레이서 니키 라우다가 사고로 온몸에 화상을 입게 되는데, 이때는 아직 5월로, 나도 니키 라우다도 다가오는 먹구름을 전혀 예상치 못했다.

겁먹은 샤오잔이 액셀 페달에서 발을 떼자 파이어버드의 속도가 떨어졌다. 그러자 상대도 속도를 늦춰 또 나란히 달렸다.

나는 눈을 비볐다. 그 차의 뒷좌석 창문으로 나와 있는 것은, 내가 잘못 보지 않았다면 틀림없이 사람의 엉덩이였다.

벤츠는 뒷좌석에서 엉덩이를 내민 채 달리고 있었다!

조수석에서 고개를 내민 남자는 웃으면서 우리에게 뭐라고 소리쳤다. 들리지는 않았으나 따뜻한 격려따위는 아닌 게 분명했다. 그 녀석이 곤란하다는 표정을 짓고 뒷자리의 엉덩이를 탁탁 때리자 엉덩이가 몸부림쳤다. 정말, 진짜 엉덩이였다. 속도를 높여 사라지면서 조수석의 남자는 낄낄대고 웃으며 잘 있으라는 듯 손을 흔들었다. 마음만 먹으면 만질 수 있을 정도로 그 엉덩이는 샤오잔의 얼굴 바로 옆을 우아하게 지나갔다.

거기서 샤오잔의 머릿속 회로가 끊어졌다. 눈을 치켜뜨고 입을 일그러뜨린 채 혀를 찼다. 조금 전까지 어둠에 벌벌 떨던 것과는 아주 딴판이었다. 유령에게 업신여김을 당하는 거야 어쩔 수 없으나 인간의 장난에 업신여김을 당할 수는 없다는 결의가 온몸에서 뿜어져 나왔다. 재빨리 기어를 바꾸고 액셀 페달을 꾹 밟았다. 엔진이 부르릉 높은 소리를 내며 속도계의 빨간 바늘이 단숨에 뛰어올랐다. 배기관이 폭발하며 파이어버드는 진짜 불의 날개를 펼쳤다. 나는 자동차 시트에 완전히 처박힌 상태였다. 헤드라이트가 상향등으로 바뀌었다. 불새는 아스팔트 길을 녹이면서 저 어둠 끝에서 나타났다 사라지기를 반복하는 벤츠의 빨간 등을 맹추격했다.

그랬어야 했다.

나는 '속도를 낮춰, 그만하라고. 죽어도 해야 하면 나는 내려줘!'라고 소리치려고 입을 크게 벌렸는데 실제로 나온 말은 "어라, 왜 그래?"였다.

"젠장!" 샤오잔은 기어를 다시 넣고 액셀 페달을 마구 밟았다. "어떻게 된 거야, 이 고물?!"

하지만 아무리 협박하고 달래도 파이어버드는 관성의 법칙에 따라 앞으로 나아갈 뿐 스스로 속도를 낼 조짐은 전혀 없었다. 그리고 마침내 길 가운데서 완전히 멈춰 서더니 주인이 발로 차든 욕을 하든 꿈쩍도 하지 않았다.

헤드라이트에서 하얀 연기가 흘러 나왔고, 마치 웃기지도 않은 농담을 들었을 때처럼 차 안에 썰렁한 공기가 가득했다.

웃어야 할지 화내야 할지 판단이 서질 않았다. 간신히 겁쟁이 본성을 드러내지 않고 넘어갈 수 있었던 터라 조금 허세를 부렸다.

"샤오잔, 너 뭐 하는 거야? 녀석들이 가버렸잖아!"

"입 닥쳐!" 샤오잔은 허세가 아니라 정말 폭발하기 직전이었다. "이게 내 탓이야?"

"아니, 그런 뜻은 아니고."

"그럼 저런 녀석들에게 당하고 말까!"

"그래, 맞아." 나는 그의 말에 맞장구를 치긴 했으나 정작 내가 할 수 있는 일이 무엇일까 의문이 들었다. "이 차를 개조해 속도를 더 내게 하자고."

나는 이제 타지 않겠지만, 그 한마디만은 슬쩍 가슴에 담아 두었다.

샤오잔은 발로 차 문을 열고 내려 보닛을 열었다. 하얀 연기가 피어올랐고 뒤집힌 검은 불새가 앞 유리창을 가로막았다. 나는 엔진 부분을 마구 만지는 소리를 들으면서 조수석에서 밤하늘을 올려다봤다.

달은 보이지 않았으나 능선 너머는 쏟아질 듯 별이 가득한 하늘이었다.

그 광경에 문득 뭉클해져 이유도 없이 울고 싶어졌다. 이렇게 밤하늘을 올려다본 게 정말 오랜만이었다.

옛날에는 종종 저녁을 먹은 후 할아버지와 같이 식물원에 체조를 하러 갔다. 몸을 굽히고 팔을 늘어뜨리거나 철책에 발을 올리고 스트레칭을 했다. 그중에 발차기 운동이 있었다. 신발을 벗고 철책을 잡은 채 발을 차올리는 게 다였는데 어느 날, 너무 힘을 줘 나는 그만 철책을 힘껏 차고 말았다. 너무 아파서 땅에 누워 버둥대고 있으니까 할아버지가 호통을 쳤다. 정신 차리라고 했잖니, 네 탓이니까 어쩔 수 없다! 병원에는 가지 않았으나 아마도 새끼발가락이 부러졌던 것 같다. 내 발은 몇 달이나 아팠다. 간신히 걷는 정도였다. 할아버지는 타박상에 효험이 있는 기름을 내 발에 계속 발라주었다. 어느새 통증은 가라앉아 걸을 수 있게 되었는데 지금도 왼쪽 새끼발가락은 내 마음대로 구부리지 못한다.

그때 고통을 참으면서 올려다본 밤하늘에도 별 하나가 반짝이고 있었다.

어쩔 수 없는 일은 어쩔 수 없지, 모르는 일은 모르는 법이지, 해결할 수 없는 문제는 해결할 수 없지. 그래도 꾹 참으면 그 사건은 언젠가 우리 안에서 통증을 날리고 복구할 수 없는 상태로 묻히게 된다. 그리고 우리를 지키는 비취 같은 보석이 된다.

그렇지, 할아버지?

"이제 더는 못 하겠다." 샤오잔이 돌아와 말했다. "어디가 이상한지 하나도 모르겠어."

혹시나 해서 시동을 걸었는 데 제대로 걸렸다. 파이어버드는 얌전히, 당장이라도 날개를 펼칠 듯 몸을 떨었다. 깜빡이도 제대로 켜지고 와이퍼도 잘 움직였다.

우리는 서로의 얼굴을 마주 봤다.

"아무래도……."

"말하지 마라."

"네가 너무 달리니까 도깨비불 신이 지켜준 거야." 나는 차분하게 설득했다. "너는 도깨비불 신의 먹잇감이니까."

샤오잔이 혀를 찼다.

우리는 다시 달리기 시작했는데 얼마 달리지 않아 헤드라이트에 흩어진 유리 파편이 비쳤다. 아스팔트 위에 새겨진 미끄러진 흔적은 도로를 벗어나 있었는데 그곳은 작은 낭떠러지였다. 샤오잔은 조심스럽게 운전대를 돌렸다. 구불구불한 커브길을 도니 이번에는 범퍼와 타이어 휠 뚜껑이 떨어져 있었다. 도로가 모래와 기름으로 더러웠다. 미끄러진 흔적이 있던 길은 바로 머리 위였다. 우리는 속도를 더 늦춰 천천히 다음 커브를 돌았다. 조금 더 가니 우리를 조롱하던 벤츠가 죽은 물고기처럼 뒤집혀 있었다.

샤오잔은 차를 세웠고, 우리는 밖으로 나가 산의 비탈길에 단단히 달라붙어 있는 도로를 올려다봤다. 길은 소프트아이스크림처럼 나선을 그리며 산 정상을 향해 뻗어 있었다.

"저기야." 샤오잔은 미끄러진 흔적을 처음 발견한 커브를 가리켰다. "저기서 계단처럼 떨어진 거야."

우리는 어쩔 줄 모르고 우두커니 서 있었다. 곧 구조하러 가야 한다는 건 알았으나 저 높이에서 떨어졌으니 살아 있지는 못하리라. 참혹한 광경을 상상하니 발이 움직이질 않았다.

"나는 구급차를 부를 테니까 너는 상황을 보고 와." 나는 결심하고 말했다.

"아니, 내가 구급차를 부를 테니까 네가 상황을 봐." 샤오잔은 결단코 물러나지 않았다. "너는 차를 몰지 못하잖아."

나는 맹렬하게 달려가는 파이어버드 꽁무니를 배웅하면서 샤오잔이 이대로 돌아오지 않는 게 아닐까 하는 두려움에 몸을 떨었다. 사고 차 앞까지 갔다가 멈추기를 한없이 반복했다.

"거기!"

조심스레 말을 걸어봤으나 자기 목소리에 얼마나 성의가 없는지 스스로 진저리 칠 정도였다. 정신 차리자! 어쨌든 배를 드러내고 있는 벤츠 쪽으로 달려갔다.

"이봐, 괜찮아!"

차는 엉망이었다.

그도 그럴 것이 세 번의 낙하 후 땅에 처박혔으니까. 차축이 뒤틀리고 루프가 찌그러져 있었고 유리창은 하나도 남김없이 가루가 되어 있었다. 차체는 마구 구겨버린 색종이 같았다. 푹 팬 중앙선은 뒤집힌 차가 미끄러지는 과정을 선명하게 보여주었다. 가드레일에 충돌하고 멈췄는데 이렇게 커브가 많은 산길에 달랑 여기에만 가드레일을 설치하다니 타이베이시 정부는 도대체 무슨 일을 이따위로 한단 말인가? 도로를 따라 꼼꼼하게 가드레일을 설치했다면 이 벤츠도 여기까지 떨어지지 않았을 것이다. 그러니 우리가 시 정부를 믿지도 존경하지도 않는 것이다.

휘발유가 아스팔트에 흘러나오고 있고 그 바로 옆에서 어떤 배선이 지지직 불꽃을 튀기고 있었다. 이런 장면을 수없이 영화에서 봤던 터라 이 불꽃이 휘발유에 옮겨붙으면 큰 폭발이 일어나리라 예상했다. 불꽃을 일으키는 배선을 맨손으로 잡고 힘껏 잡아당겼다. 불꽃이 휘발유 위에 떨어졌으나 불이 붙지도 않았고 나 역시 손에 화상을 입지도 않았다.

"괜찮냐고!"

땅에 엎드려 차 안에 대고 말을 걸었다. 운전석과 조수석에 탄 남자가 뒤집힌 상태로 지붕에 납작 눌려 있었다. 나는 팔꿈치로 덜 깨진 창문 유리를 쳐서 떨어뜨리고 차 안으로 몸을 넣어 우선은 조수석에 탔던 남자를 끌어냈다. 내게 잘 있으라며 손을 흔들던 남자인데, 혹시 그게 나를 놀리려는 게 아니라 이번 생과 이별할 마음으로 흔들었던 게 아닐까.

"정신 차려. 곧 구급차가 올 테니까!"

남자의 코에서 피가 뚝뚝 떨어졌다. 여기저기 부딪혔을 얼굴은 시커멓고 머리에서도 피가 흘렀다. 나는 그를 끌어내 휘발유에서 멀리 떨어진 아스팔트에 눕혔다. 의식이 없는 것으로 보아 머리를 다쳤을지 모른다. 그러면 함부로 움직이지 않는 편이 낫다.

사고 차로 돌아가 뒷좌석에 있는 엉덩이를 깐 남자를 끌어냈다. 아주 사나운 얼굴의 청년으로 스물다섯쯤 되어 보였다. 바지를 무릎까지 내려 고스란히 드러난 엉덩이에는 놀랍게도 찰과상 하나 없었다. 통증으로 얼굴을 찡그리고 의식도 흐릿했으나 그래도 살았는지 숨은 쉬고 있어서 그나마 안심했다. 꿈이라도 꾸는 듯 눈을 반쯤 뜨고는 그만해, 그런 거 여기서 내놓지 마, 빨리 숨겨, 같은 잠꼬대를 하고 있었다. 너나 빨리 엉덩이 좀 넣어, 이 바보야, 라고 욕설을 퍼부으면서 나는 그를 먼저 구했던 남자가 있는 곳까지 끌고 갔다.

운전석 쪽으로 돌아가자 차 밖으로 튕겨 나온 여자가 도로 옆에 엎어져 있었다. 내가 달려가자 그녀는 천천히 몸을 일으켰다. 고개를 숙이고 있어서 얼굴은 앞머리에 가려져 있었다. 어깨 정도로 짧게 자른 단정한 단발머리였다.

"어이! 당신, 괜찮아!"

여자가 고개를 들었는데 흠칫 놀랄 정도로 미인이었다. 시간 감각이 날아가며 나는 내가 무슨 일을 하고 있는지조차 잊고 홀린 듯 쳐다봤다. 그 얼굴은 완전히 창백했고 사고 충격으로 눈에는 초점이 없었다. 그녀는 물색의, 백설공주처럼 소매가 크게 부푼 반소매 원피스를 입고 있었는데 가슴 가득 피가 묻어 있었다.

“다쳤어?!” 나는 그녀의 등을 받쳐주었다. “곧 구급차가 올 테니까 조금만 더 힘내!”

멍하니 나를 바라보던 그녀의 눈에 빛이 돌아오더니 살짝 고개를 끄덕였다. 나도 같이 끄덕이고는 운전석 쪽으로 기어갔다.

“이봐, 정신 차려!”

대답은 없었다.

차 안으로 고개를 디민 순간 나는 숨을 멈췄다. 운전사의 부릅뜬 눈에 유리 파편이 박혀 있었다. 고개가 이상하게 꺾여 있었다. 뒤집힌 자동차 천장에 눌린 탓도 있었으나 그런 생각을 해도 그의 목뼈가 부러진 것으로밖에 생각할 수 없었다.

등 뒤에서 기척이 나서 돌아보니 물색 원피스를 입은 여성이 아스팔트에 양손을 대고 차 안을 들여다보고 있었다.

“보지 마.” 나는 순간적으로 그녀의 시야를 막아 운전석을 가렸다. “당신, 움직일 수 있어?”

여자는 내가 하는 말을 모르겠다는 듯 고개를 기울였다. 그때 살짝 위화감을 느꼈는데 바로 이유를 알았다. 나와 또래처럼 보이는 그녀의 머리는 생활지도 책자에 나와 있는 듯한 모범적인 단발머리였다. 틀림없이 고교생이었다. 아무리 봐도 이런 녀석들의 차에 타 밤놀이나 할 것처럼 보이지 않았다. 게다가 그녀가 입고 있는 옷은 뭐랄까, 옛날 사람의 외출복 같았다. 내 어머니 세대가 입을 법한. 요즘은 아무도 신을 것 같지 않은 검은 가죽구두에, 발목에서 한 번 새침하게 접은 레이스가 달린 하얀 양말.

그녀에게 손을 내밀어 일어나게 했을 때 그녀의 가는 손목에 감긴 손목시계가 깨져 있는 걸 발견했다. 그 손은 얼음처럼 차가웠다. 나는 두 부상자를 눕혀 놓은 장소를 가리켰다. 저기서 기다리라고 하려는데 그때 헤드라이트 빛이 눈을 파고들었다.

파이어버드가 경적을 길게 울리면서 달려와 멈췄다.

"치우성, 괜찮냐?" 샤오잔이 차 문을 발로 차 열며 뛰어나왔다. "바로 구급차가 올 거야! 다들 차에서 꺼냈어?!"

여자의 어깨를 감싸고 있던 나는 입술을 깨물고 간신히 고개를 저었다.

"다친 사람은 몇 명이야?"

"네 명이야."

샤오잔은 고개를 빼 땅에 누워 있는 둘을 바라봤다.

"그럼, 차 안에 아직 둘이 갇혀 있는 거네."

"아니야." 나는 눈을 껌뻑였다. "하나뿐이야."

"아니, 금방 다친 사람은 네 명이라고 했잖아."

"그러니까 네 명이잖아."

우리의 시선이 교차했다.

"저기 둘이 쓰러져 있고." 참다못한 샤오잔이 부상자들을 가리켰다. "그러니까 차 안에 둘이 더 있겠지."

"아니, 하나라고."

"그럼 세 명이잖아."

"뭐?" 나는 짜증이 났다. "여기 여자가 있잖아."

"여자?" 샤오잔은 두리번거리며 주위를 살피더니 무섭게 입을 벌렸다. "이 자식아! 작작 좀 해라!"

"왜 그래, 너……?"

"그렇게 나를 놀리고 싶냐?"

"너야말로 안 보여?" 나는 옆에 선 여자를 보고는 샤오잔을 노려봤다. "이렇게 서 있긴 하지만, 이 사람도 부상자야."

그러자 샤오잔은 눈을 부릅뜨고 괴성을 지르며 달려들었다.

"이 새끼야, 장난 좀 치지 마! 이런 상황에 웃기고 싶나?!"

턱을 한 방 얻어맞은 나도 화가 나 녀석의 배를 찼다. 우리는 욕설을 퍼부으면서 한동안 드잡이를 벌였다.

"샤오잔, 그만 좀 해! 도대체 왜 그러는데?"

"너야말로 그만하라고! 그렇게 나를 놀리면 좋냐, 응?!"

"뭘?! 내가 언제 놀렸다고!"

"여자 같은 건 없잖아! 어디에 있는데?!"

나는 조금 전까지 여자가 서 있던 자리를 돌아보고는 아연실색했다. 물색 원피스는 연기처럼 흔적도 없이 사라졌다.

"어라! 이상하네. 있었는데."

"시치미 떼고 있네! 뭐가 좋다고 그런 거짓말을 하냐?"

샤오잔이 피 섞인 침을 뱉고 의기양양하게 가슴을 폈으나 그것도 내가 말을 꺼내기 전까지였다.

"아아, 있다, 있어! 네 차에 타네."

샤오잔은 흠칫 몸을 굳히더니 어색하게 고개를 돌려 파이어버드를 돌아봤다.

여자는 파이어버드 뒷좌석에 얌전히 들어가 있었다. 그 모습은 모란처럼 아름답게, 푸르스름한 빛을 뿜는 듯 보였다.

그대로 몇 초가 흘렀다. 피도 얼게 할 듯한 소름 끼치는 목소리가 정적을 깼다. 마치 몸속에 차가운 칼이 꽂히고 그게 심장에 정확히 박힌 듯한 목소리였다. 그다음 조금 전보다 몇 배는 강력한 주먹이 날아왔다.

"이 거짓말쟁이!" 샤오잔은 주먹을 휘두르면서 정말 성질을 냈다. "그 술수는 안 먹힌다고!"

"적당히 좀 해라!" 나로서는 응전할 수밖에 없었다. "저 아가씨라도 빨리 병원에 데려가야 한다고!"

"으아아아아악!" 녀석이 죽을힘을 다해 나를 쓰러뜨렸다. 곧바로 내 위에 올라타더니 비명과 주먹을 동시에 날리며 내 코를 뭉갰다. "유령 같은 게 있을 것 같아! 유령 같은 건 없다고!"

샤오잔이 이렇게 강할 줄은 몰랐다. 나는 다리를 잘 이용해 녀석을 뿌리쳤는데 그때 구급차 사이렌 소리가 들렸다. 구급대원이 중재에 나섰을 때는 나와 샤오잔은 머리가 깨져 피를 철철 흘리고 있었다. 얼굴이 퉁퉁 부어 사고 부상자로 오인되어 구급차에 실렸을 정도였다.

"그래서 부상자는 몇 명이죠?"

구급대원의 질문에 바로 나는 "네 명", 샤오잔은 "세 명"이라고 대답했다.

“이 새끼, 아직도 그러냐!” 구급대원에게 멱살 잡힌 샤오잔이 투우처럼 달려들었다. “이 새끼야, 병원에서 꼭 머리부터 봐달라고 해라!”

“무슨 소리야!”

나는 구급대원의 팔을 피해 녀석의 왼쪽 눈에 날카로운 한 방을 날려 한동안 사라지지 않을 퍼런 멍을 만들어주었다.

이 일로 경찰은 우리가 인명구조에 공헌했다며 표창장과 기념 볼펜을 줬다.

뉴스에서는 이 교통사고로 세 명의 사상자가 나왔다고 보도했는데, 나는 믿지 않았다. 대만 TV 방송국은 모두 국영이고, 국영방송이 하는 말을 다 믿는 놈은 샤오잔 같은 멍청이뿐이니까.

제5장

# 그녀 나름의 메시지

양밍산에서의 사고 후 두 주가 지난 어느 날, 샤오난먼 근처에서 샤오잔의 차를 발견했다. 짐칸에 과일을 잔뜩 실은 트럭 옆에 오렌지색 파이어버드가 시동을 건 채 세워져 있었다.

다가가니 하얀색 정장을 입은 시에 뚱보가 과일값을 깎는 소리가 들렸다. 샤오잔의 모습은 어디서도 찾을 수 없었다. 나는 과일가게 아지우가 기르는 구관조에 말을 거는 척하며 둘의 대화에 귀를 기울였다.

"이런 가격에 파파야를 파는 가게는 본 적이 없네." 뚱보는 샤오난먼 지역에서 가장 정직한 사람인 아지우를 곤란하게 만들고 있었다. "좋아, 그럼 이렇게 하지. 이 가격으로 살 테니까 대신 망고 두 개를 덤으로 줘."

훔친 놈이 성을 낸다는 게 이럴 때 쓰라고 있는 말이구나. 망고는 파파야보다 훨씬 비싸다. 파파야를 사는데 망고를 달라는 소리는 달걀을 사는데 닭을 덤으로 달라는 소리다. 뚱보는 이래도 참겠느냐는 듯 거만한 태도로 굽신거리는 아지우에게 부끄러운 줄 모르고 들이대다 못해 시식까지 요구했다. 결국에는 구관조에 "중화민국 만세"를 시키고 있는 내게 호통을 쳤다.

"야! 구관조에 그런 말 알려주지 말라고! 너 같은 녀석들 때문에 대만의 구관조들이 죄다 '중화민국 만세'를 외치잖아! 내 참, 바보인가. 그보다 형님을 봤으면 인사나 해라."

뻔뻔한 말에 어이가 없었으나 나는 "뚱보 아저씨"라고 그의 별명을 부르고 머리를 까딱 숙였다.

"밍첸은 잘 지내냐?"

뚱보는 양복 안주머니에서 빗을 꺼내 기름으로 번들거리는 머리를 빗기 시작했다. 거슬릴 정도로 시커먼 얼굴에 하얀 이, 향수 냄새를 풀풀 풍기고 있었다. 틀림없이 어떤 여자에게 돈을 뜯어내려고 나왔겠지.

"잘 지내요." 나는 대답했다. "중산베이루에서 맨션 관리인을 하고 있어요."

"최신 비디오는 없고?"

그건 밍첸 삼촌의 포르노 컬렉션을 말하는 거였는데, 나는 그런 건 모른다고 대응했다. 여기서 잘못 했다가는 뚱보가 밍첸 삼촌에게 말하고 밍첸 삼촌이 아버지에게 말할 게 빤했다. 나는 이미 만 18세가 되었으므로 아버지가 안다고 해서 큰일도 아니었으나 그래도 성에 관한 일을 부모가 아는 일만은 피하고 싶었다. 게다가 뚱보 같은 자식과 성에 관한 부분에서 이해가 일치하는 것도 싫었고 민폐였다.

밍첸 삼촌은 당시 고가였던 비디오 테이프 플레이어를 가지고 있었고, 소프트웨어 쪽은 위우원 삼촌이 오대양을 돌아다니며 모아 왔다. 그런 면에서 밍첸 삼촌의 컬렉션은 양적으로나 질적으로, 더 나아가 문화 인류학적 다양성이라는 관점에서도 상당한 가치가 있었다. 그런 포르노 비디오는 세관에 걸리면 큰일이므로 위우원 삼촌은 늘 위험을 감수했다.

“밍첸을 만나면 내게 연락하라고 해라. 알았냐?” 뚱보는 머리를 다 빗고 과일 트럭 사이드미러에 얼굴을 비쳐 잘못된 게 없는지 확인했다. “너는 뭐 하냐?”

“어?”

“어?” 얄밉게 내 흉내를 냈다. “어? 하고 있을 때가 아니지 않냐? 이제 곧 대학 수험이지? 얼른 집에 가서 공부해라.”

“아, 그게 아니라, 샤오잔의 차가 세워져 있어서.”

“저거 내 거야, 이 멍청이야!”

“어? 하지만…….”

“다시 사들였어. 왜? 불만 있냐?” 내가 눈을 깔자 뚱보는 입가를 올리고 말했다. “너희들, 내 차로 사람을 구했더라.”

“그랬죠.” 나는 가슴을 펴고 쑥스러운 듯 머리를 긁적였다. “당연한 일을 했을 뿐이죠.”

“젠장! 시트에 피가 묻었다고! 이 한심한 자식들. 어떻게 해 줄 건데?”

그 목소리에 구관조가 놀라 "중화민국 만세", "중화민국 만세"를 연달아 외쳤다.

열린 입을 다물지도 못하고 있는 나를 놔두고, 뚱보는 하얀 양복바지 뒷주머니에서 악어가죽 지갑을 꺼내 아지우에게 거의 억지로 돈을 맡기고 파파야와 망고가 든 비닐봉지를 낚아챘다. 고맙다는 말 한마디 없었다. 그러더니 말투를 바꿔 물었다.

"자오잔숑은 왜 그리 급히 차를 판 거야? 설마 어디 부서진 데라도 있냐?"

"아니, 그건 아닐 텐데."

나는 뚱보에게 돌아온 파이어버드를 곁눈질했다. 내 탓은 아니었으나 샤오잔에게 유감스러운 일을 저지르고 말았다. 아무래도 이 차에는 여자 유령이 달라붙어 있다고 믿어버렸을 것이다. 눈부신 햇살이 앞 유리창에 반사되고 있었다. 아무리 눈에 힘을 주고 봐도 어두컴컴한 차 안에 사람의 모습은 보이지 않았다. 나는 살짝 섭섭한 기분이 들었다.

"뭐, 됐다." 뚱보는 혀를 차며 과일을 차 안에 던져 넣었다. "덕분에 돈을 벌었거든."

"얼마에 샀는데?"

"좋은 질문이네." 뚱보는 마침 잘됐다는 듯 씩 웃고 오른손 엄지와 검지를 세웠다. 세우지 않은 손가락에는 촌스러운 금반지 두 개가 끼워져 있었다. "이거야, 이거."

"6만?" 내 눈이 커졌다. "진짜?"

"너, 판 가격을 아는구나? 바로 그거야! 그러니까 나는 그 바보에게 차를 한 달 빌려주고 8만 7,000위안을 번 거지." 그리고는 아지우에게 들리지 않게 하려는 듯 목소리를 낮추고 물었다. "그런데 그 녀석, 요즘 왜 그렇게 잘 입고 다니냐? 가오잉썅 밑에서 출세라도 했냐?"

상당히 일을 잘하나 봐, 아마 사람 한둘쯤은 죽였을지도 몰라. 내가 이렇게 거짓말하자 뚱보는 거짓말쟁이라며 큰 소리로 놀렸다.

"이 몸을 놀릴 셈이냐, 이 한심한 자식! 그 녀석에게 사람을 죽이게 할 바에는 저 과일가게 아저씨에게 시키겠다!"

말은 그렇게 해도 사실일지 모른다는 의심을 완전히 떨치지 못한 듯 쉴 새 없이 눈을 깜빡였다. 아무래도 이쯤이 뚱보의 한계구나 싶었다. 자신이 초라해지는 상황은 참을 수 없지만, 그렇다고 크게 나오지도 못한다. 그래서 이 남자가 늘 불쾌한 것이다.

"젠장. 너나 상대하고 있을 만큼 내가 한가한 사람이 아니야!"

뚱보는 머리를 마구 헝클며 파이어버드에 올라타고는 도망치듯 사라졌다.

정직한 사람 아지우가 한숨을 지었다.

문득 인기척을 느껴 빙글빙글 돌리고 있던 볼펜을 그만 놓치고 말았다.

볼펜은 노트 위에서 한 번 튕기더니 책상에 떨어져 딱딱한 소리를 냈다. 바닥에 놓아둔 카세트 플레이어에서는 〈Desperado〉의 선율이 흐르고 있었다. 째깍째깍 움직이고 있는 탁상 위의 자명종 시계가 오전 2시를 조금 앞두고 있었다. 그러니까 내가 네 시간째 계속 공부했다는 소리다.

문제집에서 고개를 들고 돌아봤는데 문은 꼭 닫혀 있었고 선풍기는 낮은 모터 소리를 내며 규칙적으로 고개를 흔들고 있었다. 방 반대편에 있는 책장은 완전히 어둠에 녹아들어 벽에 딱 달라붙어 있는 듯 보였다. 온 집 안이 정적에 쌓인 축시(오전 1시에서 3시)에 내 신경을 자극할 만한 것은 하나도 없었다.

암흑 속에서 전기스탠드에서 나오는 빛을 받은 책상 주변만이 마치 이 우주의 유일한 희망처럼 빛나고 있었다.

나는 크게 기지개를 켜고 다시 문제집으로 고개를 돌렸으나 일단 떨어진 집중력을 다시 모으는 일은 여태까지 한번도 성공하지 못한 일이었다. 아무리 고개를 기울여도 답은 생각 많은 아이처럼 나오지 않았고 그저 하품과 방귀만 나왔다.

아직 5월 중반인데도 연일 밤낮 가리지 않고 기온은 30도가 넘었다. 그렇다고 5월에 냉방을 시작하는 집은 없었으므로 나는 창문을 열어놓은 채 더위를 식히고 있었다. 밤공기는 무거웠고 습기를 잔뜩 머금은 상태였다. 어디선가 개가 짖었는데 그 소리조차 땀이 찬 듯 들렸다.

이윽고 이글스의 노래가 조용히 끝을 맺었던 터라, 나는 마침 잘됐다고 생각하며 공부를 끝내려 했다. 문제집을 덮고 볼펜을 내던진 다음 카세트 플레이어를 끄려고 손을 뻗었을 때였다. 카세트 플레이어는 노래를 녹음하지 않은 여백 부분을 조용히 감고 있었다. 스스스, 테이프 달리는 소리에 톡톡 하고 잡음이 섞이더니 다음 순간 "도와줘, 예치우성, 나 좀 도와줘"라는 여자 목소리가 스피커를 흔들었다!

의자에서 굴러떨어질 뻔할 정도로 놀랐는데 테이프를 다 감은 플레이어의 재생 버튼이 탁 튀어 올랐을 때 더 놀라고 말았다. 커튼이 소리도 없이 날리고 전기스탠드의 불빛이 촛불처럼 흔들렸다. 부르르 한기가 내달렸다. 창으로 들어오는 옅은 밤바람은 미지근했는데 이상하게도 뼈가 저릿할 정도로 차갑게 느껴졌다.

뒤에서 뭔가가 쓱 움직여 나는 그 자리에서 얼어붙었다. 숨을 죽이고 온몸의 신경을 집중시켰다. 결단코 기분 탓이 아니었다. 부스럭부스럭 옷 스치는 소리가 다시 들렸다. 내 방에 뭔가 있어!

군침을 꿀꺽 삼키고 눈동자만 좌우로 움직였다. 과감하게 휙 돌아보지 않은 것은 긴 혀를 가슴까지 늘어뜨리고 있을지 모를 상대를 괜히 자극하고 싶지 않았기 때문이다. 목덜미에 후, 차가운 숨결이 닿아 소름이 돋았다. 나도 모르게 돌아보고 말았다.

"으악!"

다리에 쥐가 나 이번에는 정말 의자에서 굴러떨어졌다. 쿵 하는 큰 소리가 울리고 책상에 뒷머리를 세게 부딪쳤다.

"아아아아아아악……."

집 안쪽에서 무슨 일이야, 시끄럽게! 라는 아버지의 호통이 날아왔다. 하지만 나는 아버지의 말을 듣고 얌전해질 수 있는 상황이 아니었다.

푸르스름하게 흔들리는 어둠 끝에 녀석이 있었다.

공부에 피로해진 눈을 비볐다. 진심으로 착각이길 빌었으나 전기스탠드의 빛이 그 사악한 그림자를 증폭시켜 실물보다 몇 배나 크게 보여주고 있었다. 녀석은 벽에 붙어 가만히 정지한 채 촉각만을 살살 가동하면서 내가 어떻게 나올지 지켜보고 있었다.

"나, 나왔다!" 나는 앞뒤 재지 않고 소리쳤다. "바퀴벌레! 바퀴벌레!"

그러자 거대한 그림자는 부르르 몸을 떨더니 다음 순간 확 꽃을 피우듯 그 검은 날개를 펼쳤다.

"으아아아아악!"

이쪽을 향해 똑바로 날아왔다.

"오, 오지 말라고!" 나는 머리를 감싸고 방 안을 데굴데굴 굴러다녔다. "할머니! 할머니!"

녀석들은 궁지에 몰리면 하늘을 날아다닐 때가 있다. 그렇게 배수의 진을 친 바퀴벌레는 결단코 적에게 등을 보이지 않았다. 늘 일본의 자살 특공대처럼 공격해 왔다.

"할머니! 할머니!"

복도를 급히 달려오는 발소리가 나고 문이 덜컹 열리더니 슬리퍼를 든 할머니가 나타났다.

"저기!" 나는 검지로 허공을 가리켰다. "저기라고, 저기, 저기!"

자잘한 꽃무늬 프린트 잠옷을 입은 할머니의 눈이 번뜩이더니 슬리퍼가 허공을 갈랐다. 불발. 바퀴벌레는 헤어칼라를 단 할머니의 머리 위를 독일 전투기 메서슈미트처럼 선회했다. 체구가 작았던 할머니는 녀석이 저공비행으로 바꾸는 순간을 노렸다. 내려치고 다시 내려치고. 할머니가 혀를 찼다. 바퀴벌레가 벽에 내려앉을 듯해 미리 벽을 내리쳤는데 녀석은 휙 몸을 돌려 하늘로 올라가 버렸다. 내 쪽으로 날아오는 바람에 나는 개처럼 기어 반대편으로 가는 수밖에 없었다.

할머니의 예리한 눈빛은 적기를 레이더 한가운데 맞추려는 에이스 파일럿의 눈빛 같았다. 만약 할머니가 전투기 조종사였다면 그녀의 은발 못지않은 아름다운 비행기에는 격추한 적기를 나타내는 별이 수없이 붙어 있었을 것이다. 적은 할머니에게 경외와 두려움을 안고 별명을 붙여줬을 게 틀림없다. 은백색의 귀부인이랄까.

바람을 가르는 슬리퍼 소리가 몇 번 들리더니 드디어 은백색의 귀부인이 녀석을 잡았다. 퍽 하는 소리가 울리고 붕붕 날아다니던 바퀴벌레가 검은 연기를 내뿜으며 추락했다. 이걸로 그 녀석들이 죽었다고 확신해선 안 된다는 것 정도는 다 알 것이다. 할머니는 바로 바닥에 엎드려 책장 밑으로 도망치려는 검은 그림자를 팡팡 두들겨 팼다.

"죽였어?! 어? 정말 죽였어, 할머니?!"

"시끄러워!" 할머니는 내 코앞에 슬리퍼를 들이밀고 말했다. "이런 게 뭐가 무섭니? 정말 돼지처럼 한심한 아이라니까! 완전히 죽였으니까 무서워하지 말고 자!"

자기 방으로 돌아가며 쏟아내는 할머니의 잔소리를, 나는 슬며시 문을 닫아 차단했다.

죽은 바퀴벌레를 종이에 싸서 쓰레기통에 버리고 침대에 누워 천장을 올려다봤다. 대만의 결점이나 단점이라면 수없이 많겠으나 바퀴벌레가 그중 최고다. 이제부터 더워질 테니 녀석들과 얼굴을 맞댈 일도 더 늘어날 것이다. 내가 직접 본 적도 있는데 그중에는 땅콩을 물고 운반할 정도로 튼튼한 녀석도 있었다. 그런 바퀴벌레가 이 세상에 달랑 한 마리 사라진 것뿐이다. 그런데 도무지 석연치가 않았다.

문득 생각나 카세트 플레이어로 달려갔다.

테이프를 조금 앞으로 감고 재생 버튼을 조심스럽게 눌렀다. 귀를 기울인 채 기다렸다. 이글스의 노래가 끝나고 공백의 테이프가 끝까지 흐른 다음 재생 버튼이 자동으로 올라왔다.

아무것도 들리지 않았다.

다시 해봤다. 그리고 한 번 더. 하지만 역시 아무것도 들리지 않았다. 그래서 그날 밤은 그냥 잤다.

그러나 그것은 시작에 불과했다.

다음은 학교 화장실이었다. 수업 중에 신호가 와서 화장실 개인 칸으로 뛰어든 것까지는 좋았는데 막상 뒤를 닦을 때가 되어 휴지를 잡아당기니 거기에 새빨간 글자로 "도와줘, 예치우성"이라고 적혀 있었다.

나는 터져 나오는 비명을 간신히 참고, 과감히 그 종이로 엉덩이를 닦고 그대로 흘려 버렸다. 불량배와 마찬가지로 유령도(그런 게 있다면 말이다.) 일단 얽히면 죽을 때까지 성가실 게 분명했다. 내가 할 수 있는 일은 아무렇지 않은 얼굴로 녀석들의 요구를 무시하는 것이다.

깊은 밤, 수험 공부하다가 참고서 구석에서 붉은 얼룩을 발견했다. 불길한 예감에 사로잡혀 다음 페이지를 넘기니 같은 곳에 같은 얼룩이 있었다. 다음 페이지에도, 그다음 페이지에도. 얼룩은 조금씩 다른 모양이었으나 모든 페이지에 있는 듯했다. 나는 그 부분을 휙 넘겨봤다. 그랬더니 역시 그 얼룩은 애니메이션 제작 기법으로 조금씩 형태를 바꿔 다시 "도와줘, 예치우성"이라는 글자를 하나씩 정성껏 만들어갔다.

"없어, 없다고. 유령 같은 게 있겠어." 스스로 다독였다. "제발 부탁이니까 나를 좀 가만히 둬!"

노파가 저세상과 이어지는 어떤 끈이 있다는 사실은 많은 사람이 인정하는 바인데, 어느 수요일 저녁, 내가 노파의 가게 앞을 지나가는데 노파가 후다닥 뛰어나와 내 팔을 억세게 붙잡았다. 그리고 분명히 이렇게 말했다.

"도와줘."

나는 깜짝 놀랐다. 레이웨이와의 자 칼 싸움을 예언했을 때처럼, 평소에는 도통 무슨 소린지 알아듣지 못하던 노파의 말이 이때만은 한 문장, 한 단어씩 분명히 들렸다.

"그녀의 메시지를 잘 들어야 해."

그녀? 내 눈은 공포로 튀어나올 것만 같았다. 도대체 누굴 말하는 거지?!

"그녀는 너를 곤란하게 할 생각이 아니야." 벌건 주름투성이 얼굴의 노파는 여든쯤으로 보였다. 그러니까 스무 살쯤 젊어 보였다는 소리다. "그녀는 네게 도움을 받는 대신 너를 도와주려고 해."

나는 악 하고 소리 지르며 도망치고 말았다. 그랬다, 다섯 살 때, 그날처럼.

노파는, '그녀'라고 말했다. 그러니까 내게 붙어 있는 유령(그런 게 있다 치고)은 여자라는 말인가? 도통 짚이는 구석이 없었다. 굳이 따지자면 사고 때 봤던 원피스 여자밖에 떠오르지 않았으나 그 여자가 유령일 리 없었다. 그도 그럴 것이 이 세상에 유령 같은 게 있을 리 없으니까. 그렇지 않나!

달이 바뀌어 6월이 되자 온 세상이 내게 "도와줘!"를 외치고 있었다. 그녀의 메시지는 버스정류장 표시나 영화 자막에도 느닷없이 나타났고 뉴스 캐스터의 목소리를 빌리거나 오가는 여학생들의 즐거운 수다에 섞여 전해졌다. 밤의 고층빌딩 창문이 "도와줘!"라는 글자 형태로 빛난 적도 있었다. 머리가 돌아버릴 것만 같았다. 이러다가는 지나가는 새가 "HELP"라는 글자 모양으로 편대를 이루는 것도 시간문제일 것만 같았다.

그것만으로도 충분히 무서운 일이었는데 그녀가 도와달라고 할 때마다 집안에 바퀴벌레의 대발생이 일어났다. 대발생이라는 말로는 충분치 않을 정도였다. 이제는 우리 집에서 바퀴벌레가 나왔다는 소리는 사우디아라비아에서 석유가 나왔다는 거나 마찬가지였다. 계속 나왔다. 한 마리가 열 마리로, 열 마리가 100마리로, 100마리가 1,000마리로, 라는 표현은 과장일지 모르겠으나 녀석들은 바퀴벌레의 셈대로(그런 게 있다면 말이다.) 늘어갔다. 노파의 말처럼 그녀가 나를 도와줄 마음이 있다 하더라도 그 전에 내가 미칠 것만 같았다.

사흘 내리 비가 내리던 어느 날 밤, 다시 책장 밑에서 불길한 소리가 났다. 녀석들인 게 틀림없었다. 그도 그럴 것이 저녁 식사 때 어머니가 실수로 흘린 간장 얼룩이 유령의 요구를 전한 바 있었다.

나는 늘 손이 닿는 곳에 놓아둔 살충제를 재빨리 낚아채 바닥 위에서 한 바퀴 굴러 최대 출력으로 분사했다. 수상한 소리가 멈추더니 조금 있다가 책장 밑에서 바퀴벌레가 고통스러운 듯 숨을 헐떡이는 소리가 들렸다. 나는 부르르 몸을 떨었다. 아무리 들어도 단말마의 신음을 흘리는 게 한 마리는 아니었다. 마치 폭탄이 떨어져 타버린 초원처럼 되어버린 거리에서 다친 사람들이 신음하는 듯했다. 서걱서걱, 부스럭부스럭, 녀석들은 그 오돌토돌한 검은 다리를 버둥거리고 있었다.

"죽어!"

살충제 분사구를 책장 밑 어둠에 대고, 족히 1분 가까이 녀석들에게 죽음의 안개를 쏟아부었다. 그게 오히려 역효과를 냈다. 참다못해 용기를 낸 한 마리가 이렇게 소리쳤다. 젠장! 어차피 여기 있어도 죽을 바에는 돌격!

기사회생을 노린 남녀노소 바퀴벌레가 성난 물결처럼 밀려나와 홍수처럼 바닥을 메웠다.

"아아아아아악!" 나는 풀쩍 의자 위로 뛰어올랐다. "하, 하하……할, 할머니! 할머니!"

슬리퍼를 쥐고 돌입한 할머니의 얼굴에 커다란 녀석이 철썩 달라붙었다. 할머니는 순식간에 그 녀석을 맨손으로 잡아 반쯤 찢어 버렸다. 은백색의 귀부인은 손자의 한심함을 나무랐으나 나는 그런 할머니가 너무 좋았다. 바닥을 기어 다니는 그 웅장함은 호랑이의 일격처럼 가차 없이 녀석들을 퍽퍽 죽여나갔다.

"할머니, 저기! 뒤에도 있어! 벽, 벽! 앗! 책장 뒤로 도망쳐!"

내 방은 곧 사체들이 겹겹이 쌓인 지옥도의 한 장면처럼 변했다. 찢어진 날개, 떨어진 다리, 뭉개진 검은 몸에서 흘러나온 허연색의 끈적이는 물질. 이윽고 거침없던 할머니의 움직임이 둔해지더니 도망치느라 정신없는 패잔병을 두고 허리를 펴고 어깨를 주물렀다.

"할머니, 아직 있어!" 나는 매달렸다. "전부 죽여줘, 안 그러면 나 못 자!"

"한도 끝도 없어!"

"여기서 철저히 해두지 않으면 결국은 피해가 더 는다고!"

마치 비정한 전쟁을 정당화하듯 말해봤으나 할머니는 전혀 받아주지 않고 착착 전후 처리를 시작했다.

죽은 바퀴벌레를 완전히 처리하는 데 쓰레받기를 가득 채워 다섯 번이나 버렸다. 나는 미끄러지는 바람에 바닥을 굴렀다. 바퀴벌레 기름으로 바닥은 마치 왁스를 바른 듯 미끌미끌했다.

전화벨이 울리기 시작하자 할머니는 거칠게 턱으로 지시했다. "전화 정도는 받아라. 이 쓸모없는 녀석아."

나는 망연자실한 채 전화기에 매달렸다.

"여보세요. 예입니다."

"치우성?" 국제전화라는 걸 알 수 있는 잡음이 나고 목소리가 뚝뚝 끊어졌다. "밍첸 있니?"

"없는데."

"너, 왜 그리 기운이 없니? 무슨 일 있어?"

"바퀴벌레를 잡았어." 나는 호흡을 가다듬으면서 대답했다. "위우원 삼촌, 지금 어디야?"

"히로시마."

"밍첸 삼촌은 왜?"

"없으면 됐다." 경계하는 듯한 목소리에 감이 탁 왔다. 포르노 비디오 이야기일 거다. "집에 어른은 없니?"

"부모님은 영화 보러 나갔어. 할머니가 있는데 지금 바빠."

"뭐 하는데?"

"죽은 바퀴벌레를 치우지." 내가 말했다. "요즘 엄청 많이 나와."

"그렇게 많이?"

"보여주고 싶네."

위우원 삼촌은 잠시 침묵하더니 갑자기 같은 배를 타는 사람의 이름을 불렀다. 한두 마디 하고 부탁한다고 하고는 다시 전화기로 돌아왔다.

"내일, 동료 하나가 배에서 내려 대만으로 돌아가. 녀석에게 일본의 바퀴벌레약을 보낼게."

일본의 바퀴벌레약? 나는 내심 고개를 갸웃했다. 바퀴벌레약이라면 대만에도 있다. 우리 것은 투명한 플라스틱 상자로, 안은 미로처럼 되어 있다. 목표 지점에 놓인 먹이를 먹으려고 별생각 없이 이 상자에 발을 들여놓지만, 영원히 나오지 못하게 하는 장치였다. 위앤동백화점 근처에 가면 노점상이 바퀴벌레가 가득 담긴 그런 상자를 손님에게 보여주면서 팔았다. 일본 제품은 잘 모르나 바퀴벌레라고 하면 대만이 본고장이다. 우리 집 바퀴벌레는 한 마리도 빠짐없이 대만에서 태어나고 자랐다. 그런 순수한 대만 녀석들에게 일본 제품이 먹힐까?

웃기고 있네!

내 냉소가 전화선을 타고 바다를 건너 히로시마에 전해진 듯했다. 위우원 삼촌이 이렇게 말했다.

"한번 써봐. TV에서 광고를 봤는데 정말 획기적이라니까."

그런 관계로 닷새 후, 우리 집에 '바퀴벌레 척척(이하 척척)'이 도착했다.

그것은 두꺼운 종이로 만든 바퀴벌레 연립주택 같은 것으로, 바닥에 접착제를 칠해 먹이 냄새를 맡고 어슬렁어슬렁 들어온 바보를 잡아 놓아주지 않는 방식이었다. 연립주택 벽에는 귀여운 바퀴벌레 그림까지 그려져 있는데 위우원 삼촌의 말대로 정말 획기적이었다. 대만의 바퀴벌레약은 플라스틱이라 일일이 내 손으로 바퀴벌레를 죽이고 씻어서 다시 사용해야 했다. 이에 반해 척척은 종이라 바퀴벌레가 꽉 차면 쓰레기통에 휙 버리면 그만이었다. 멋져! 손을 더럽힐 필요가 없네. 역시 일본인이야. 나는 예감했다. 1980년대는 쓰고 버리는 시대가 될 거라고.

척척을 가져다준 남자의 팔 앞쪽에는 뽀빠이처럼 닻 문신이 있었다. 근육도 뼈도 단단한 젊은 남자로, 위우원 삼촌과 알래스카까지 갔는데 히로시마에서 아내가 조산했다는 소식을 들었다. 마침 대만으로 돌아오는 같은 회사 배가 히로시마에 들어와 있던 터라 옳거니 하고 자기 배에서 내려 그 배를 타고 귀국했다고 했다.

"세관 몰래 조용히 들어왔어요." 그는 차를 내준 할머니에게 말했다. "아내 상태가 괜찮아지면 다른 배로 위우원 씨와 합류할 겁니다."

그날 밤, 반신반의하며 일본의 바퀴벌레약을 요소요소에 배치했는데 다음 날, 어머니의 비명에 눈을 떴다.

달려가 보니, 내가 설치한 네 개의 척척은 죄다 대성황을 이루고 있었다. 접착제를 칠한 바닥 부분은 문자 그대로 입추의 여지가 없었다. 벽이나 지붕 전체에 바퀴벌레가 척척 가득 붙어 있었다. 게다가 몇 겹씩. 이봐, 밀지 좀 마. 거친 바퀴벌레들은 어떻게든 앞의 녀석들을 밀어내고 발로 차며 안으로 들어가려 안간힘을 쓰고 있었다. 우리는 어젯밤부터 이러고 있다고!

녀석들은 무시무시한 촉수를 움직여 바득바득 서로의 검은 몸을 할퀴었다. 척척에 들어가지 못한 녀석들은 긴 줄을 이루며 거실을 가로질러 현관 아래를 거쳐 우리 집으로의 길을 더듬어 오고 있었다. 정직한 사람 아지우의 말에 따르면, 바퀴벌레 행렬은 광저우지에의 끝 샤오난먼까지 끊이지 않고 이어졌다고 한다.

"이거, 어떻게 해?" 어머니가 비난했다. "이대로 쓰레기통에 넣을 순 없잖아?"

"엄마는 바퀴벌레를 만질 수 있잖아. 어떻게 해봐."

우리가 전율하며 우두커니 서 있는데 아버지가 다가와 바퀴벌레로 넘쳐나고 있는 척척을 내려다봤다.

"이거, 어떻게 할 거냐? 이대로 쓰레기통에 넣을 순 없잖니?"

나는 어머니를 힐긋 훔쳐봤으나 어머니는 무섭게 노려볼 따름이었다.

바퀴벌레들이 척척을 밀어붙이기 시작했다. 척척의 창문으로 털 달린 다리가 여러 개 튀어나와 마치 케임브리지 대학의 보트 동아리처럼 척척을 저어 나갔다. 척척은 어딘가로 가려 했다.

나와 부모가 어쩔 줄 모르고 있으니까 할머니가 성큼성큼 다가와 "비켜라"라며 아버지를 밀쳤다. 그 손에는 이미 초만원인 척척을 하나 움켜쥐고 있었다. 할머니는 바퀴벌레가 팔로 기어오르는데도 개의치 않고 내가 설치한 네 개의 척척을 회수하며 돌아다녔다. 다 모아 마당의 드럼통에 던져 넣고 부엌에서 요리용 식용유를 가져와 콸콸 부었다. 도대체 무슨 일인가 하고 닭들이 모여들었다. 성냥을 켜는 할머니의 얼굴에 영화 속 살인마처럼 냉소가 떠올랐다.

확, 드럼통에 불기둥이 일어났다.

불타오르는 망자의 아비규환이 들렸다. 물론 내 생각일 뿐이다. 녀석들이 퍽퍽 터졌다. 드럼통 벽을 긁는 소리. 불덩어리가 된 몇 마리가 도망쳐 나오자 닭들이 화를 냈다. 불이 번지지 않도록 아버지와 어머니는 한 마리씩 밟아 죽였다. 바퀴벌레가 타는 냄새는 마른 밀가루를 떠올리게 했다. 노파의 가게에서 팔 것 같은, 진한 고급 밀가루 냄새였다.

"너, 언제까지 보고만 있을 거니?" 할머니가 내게 호통쳤다. "빨리 준비하고 학교나 가라. 대학에 못 가면 이번에는 정말 군대로 보낼 테니까!"

내 등을 마지막으로 밀어준 사람은 다름 아닌 시에 뚱보였다.

그때 나는 밍첸 삼촌과 빙수를 먹고 있었다. 기온은 35도가 넘어 종려나무 잎도 꿈쩍하지 않았고 혀를 쭉 내민 들개가 빙수 가게 처마 밑에서 죽은 듯 자고 있었다.

그걸 보고 있자니 큰 하품이 나왔다.

"밤새워 공부했냐?" 밍첸 삼촌이 물었다. "그렇구나. 벌써 다음 달이면 시험이네."

나는 애매하게 고개를 끄덕이고 철 숟가락으로 달콤한 타로 감자를 떠서 입으로 가져갔다.

"눈 밑에 다크서클이 생겼어. 무리하지는 마라."

밤샘은 맞았는데 내내 공부했던 건 아니다. 어젯밤 문제집을 풀고 있을 때였다. 맞는 답을 적었다고 생각했는데 정신을 차려보면 답 칸에 "도와줘, 예치우성!"이라는 글이 가득했다. 경악한 나는 이후 언제 바퀴벌레가 나올까 흠칫흠칫하며 새벽을 맞았다.

아이들이 아지랑이가 뭉게뭉게 피어오르는 뒷골목에서 옛날부터 하던 공놀이를 하고 있었다. 죄다 옛날 나처럼 새까맸다. 투수가 고무공을 힘껏 굴리면 타자가 그걸 맨손으로 쳤다. 커다란 환호성이 일었다. 공은 포물선을 그리며 여름 하늘로 날아갔는데 굴러간 곳에 악운이 기다리고 있었다.

아이들 사이에 긴장이 내달렸다. 내게는 너무나 낯익은, 그 긴장이.

오늘은 데이트가 없는지, 뚱보는 웃통을 벗어젖힌 채 반바지에 샌들을 신은 칠칠치 못한 차림이었다. 더위 탓에 짜증이 난 게 한눈에 보였다. 손에 든 사탕수수를 물고 무슨 부모님의 원수라도 되는 듯 질겅질겅 씹어대더니 퉤 하고 찌꺼기를 뱉었다. 이런 녀석이 내뱉은 사탕수수 찌꺼기와 빈랑즙, 개똥으로 타이베이의 거리는 발 디딜 틈이 없을 정도였다. 뚱보는 누군가의 하루를 엉망으로 만들지 않으면 자신의 하루가 엉망이라고 생각하기에 당연한 듯 자기에게 굴러온 공을 저 멀리 차버렸다.

"무슨 짓이야, 뚱보!" 아이들은 예전의 나처럼 바득바득 대들었다. "젠장, 우리 공을 어떻게 한 거야! 공 내놔!"

뚱보는 옛날처럼 싱글싱글 웃을 뿐이었다.

"야, 공 하나 더 있잖아." 한 아이가 주의 깊게 말했다. "저쪽으로 보내지 않도록 조심하자."

그러자 뚱보의 눈이 번뜩이고 사탕수수를 던지더니 맹렬하게 달려 나갔다. 그리고 아이들이 넋을 놓고 있는 사이 길가에 떨어져 있던 다른 공을 힘껏 차올렸다.

퍽, 하는 둔탁한 소리가 가게 안에 있던 내게까지 들렸다.

폭 고꾸라진 뚱보가 뜨거운 아스팔트에 털썩 쓰러지자 아이들 사이에서 와! 하는 환호성이 일어났다. 찬 공은 원래 있던 곳에서 얼마 떨어지지 않은 데 있었고 뚱보의 샌들만이 어딘가로 날아갔다.

"쌤통이다!" 아이들이 괴로워하며 버둥대는 뚱보를 둘러쌌다. "늘 당하고만 있을 줄 알았어, 이 멍청이!"

뚱보의 비명이 광저우지에에 울려 퍼졌다.

밍첸 삼촌이 서둘러 달려가자 아이들은 깔깔대고 웃으며 도망쳤다. 밍첸 삼촌은 큰 소리로 욕지거리를 퍼붓는 뚱보를 부축해 일으키면서 아이들이 남기고 간 공을 발끝으로 쳤다.

"이거 포환이잖아! 페인트까지 칠했어!"

그랬던 거였구나! 포환에 칠을 해 공처럼 보이게 했단 말인가. 나는 빙수가 녹아 물이 될 때까지 감탄했다. 그런 방법이 있었구나!

아이들을 저주하는 뚱보의 말이 "도와줘, 예치우성"이라는 말로 들리는 듯했으나 이제는 뭐가 뭔지 알 수 없었다. 그저, 이렇게 생각했다. 앞으로 계속 몸을 웅크리고 저 여자 유령에게 휘둘리며 평생을 뚱보처럼 허비하느니 일단 그녀의 이야기를 들어보는 것도 괜찮지 않을까. 아마도 수험에 대한 부담감과 매일 이어지는 무더위, 바퀴벌레에 대한 공포로 판단력이 현저히 떨어졌을 것이다.

이 일로 뚱보는 발가락이 세 개나 부러졌고 유령의 고문에 굴복한 나는 다시 양밍산을 찾아가기로 했다.

샤오잔에게 전화해 봤는데 맞아 죽는 한이 있더라도 싫다며 일방적으로 끊어버렸다.

나는 주말이 되기를 기다렸다가 부모님에게 도서관에 공부하러 간다고 거짓말하고 집을 나왔다. 샤오난먼의 버스정류장을 향해 터벅터벅 걷고 있는데 시에 뚱보의 파이어버드가 나를 쫓아왔다. 그 다리로 액셀 페달을 밟나 싶어 의아해하며 안을 들여다보니 운전은 밍첸 삼촌이 하고 있었다. 삼촌 말로는, 뚱보는 깁스해 다리를 매달고 있어야 하는 처지라 당분간 침대에서 벗어날 수 없단다.

"차 시동 좀 걸어달라는 부탁을 받았어."

"그랬구나."

"어제 샤오잔이 찾아왔었어. 타, 양밍산에 가지?"

"그 녀석 말을 믿어?"

"믿고 안 믿고의 문제가 아니야." 밍첸 삼촌이 말했다. "그런 일도 있는 법이지."

나는 끄덕이고 조수석에 올라탔다.

“내가 공군에 있었을 때 말이야.” 삼촌은 운전하면서 묻지도 않았는데 이야기를 시작했다. “빈대가 나왔었어. 빈대는 늘 있기 마련인데 그 여름은 정말 지독했지. 덮어놓고 온몸을 마구 찔러대니까. 그리고 그게 아주 가려워. 모두 너무 가려워 아주 예민해져서 싸움이 끊이질 않았어. 나도 여러 번 싸움질을 벌여 독방에 갇혔다니까. 그런데 독방도 벌레 천지야. 벼룩, 진드기, 모기, 바퀴벌레. 인간이 들어오면 벌레들은 아주 신이 나서 피를 빨아댔지. 너무 빨려서 독방을 나올 때는 체중이 10킬로그램이나 빠졌더라.”

삼촌이 추억에 잠겨 고개를 흔들고 있을 때 내 눈에도 아주 선명한 광경이 떠올랐다. 어릴 때부터 그랬다. 아주 좁아 고통스러운 석조 독방, 머리를 박박 민 밍첸 삼촌, 꿈틀대는 흡혈충들…….

“그날 밤도 독방에 있었어. 벌레들 때문에 몸을 벅벅 긁으며 잠을 이루지 못했는데 한밤중이 지났을 때려나, 어디에서인지는 모르겠는데 나팔 소리가 들렸어. 너무 작아 귀를 기울이지 않으면 모를 소리였어. 하지만 그건 틀림없는 돌격 나팔 소리였어. 그러고는 팡팡, 뭔가 튀는 소리가 났어. 팝콘 터지는 소리 같은. 알겠니? 이상했지. 그러더니 캄캄한 암흑 속에서 뭔가가 반짝반짝 빛나더라. 게다가 온 사방에서, 여기서 반짝반짝, 저기서 반짝반짝, 뭘 거 같아? 내 눈을 의심했다니까. 아니, 소인이 나타나 권총으로 벌레들을 쏘아 죽이고 있었다니까! 반짝

반짝 빛났던 것은 소인들이 총을 발사할 때마다 생기는 빛이었어. 전투복을 입은 소인들이 벽 틈에서 끊임없이 나와 하염없이 벌레를 퇴치해 줬어. 천장에서도 낙하산을 타고 쭉쭉 떨어졌지. 칵테일에나 꽂을 법한 그 작은 우산 같은 낙하산 말이야. 모기는 공군 담당이었어. 공군은 이쑤시개 정도의 작은 전투기를 타고 있더라. 죽여 주지, 다다다다다다! 내 말 이해하겠니? 새벽이 왔을 때 내 주위에는 온통 벌레 사체가 널려 있었어. 소인들은 어디로 갔을까? 나로서는 알 도리가 없었지! 어쨌든 내가 독방에 있는 동안 소인 부대가 나타나 벌레들을 죽여줬어. 덕분에 푹 잘 수 있었어. 독방을 나올 때는 피부마저 좋아져 있더라. 못 믿겠다는 표정이네. 하지만 신에 맹세코 사실이야. 너도 언젠가 알 테지만 군대에서 가끔 이런 일이 일어나."

내가 이와 아주 흡사한 이야기를 《요재지이(聊斎志異)》라는 책에서 찾아낸 것은 20년이 흐른 뒤였다.

그것은 밍첸 삼촌이 멕시코로 건너가기 직전, 어느 흐린 날의 정오쯤이었다. 1996년 대만의 첫 번째 총통 선거를 앞두고, '하나의 중국'이라는 원칙을 사수하려던 중국 공산당은 대만 해협에 여러 발의 미사일을 쐈다. 그 탓에 대만 주가가 폭락하고 인심은 공포의 도가니였다. TV와 신문에서는 연일 지식인들이 나와 논쟁을 벌였다. 총통 선거를 강행하면 이번에야말로 공산당이 공격해 올 거라는 사람도 있었고, 그런 일은 있을 수 없다고 주장하는 사람도 있었다. 대륙 회귀와 대만 독립이라는 기운이 호각을 이루어 국회에서는 쌍방의 대표자가 매일 드잡이하는 사태를 연출했다. 밍첸 삼촌 같은 소심한 사람은 너무 무서워 아예 해외 도피를 결행한 것이다.

9월이었다. 나는 마흔이 다 된 나이로 막 이혼한 상태였다. 고교 교사를 정년퇴직한 아버지의 장서 정리를 돕고 있었는데 우연히 그 책에 손이 닿았다. 오랜만에 찾은 우리 집 정원에서는 아무렇게나 자란 금목서가 노란 꽃을 피우고 있었다. 죽여주지, 다다다다다다! 그날 밍첸 삼촌의 목소리가 되살아났다. 그것은 〈귀여운 사냥개〉라는 이야기였다. 작은 병사들을 무사로, 기관총을 작은 개나 매로 바꾸면 완전히 같은 이야기였다. 어머니는 이미 췌장암으로 타계했을 때다. 공항으로 배웅 나간 내가 삼촌에게 따지자, 삼촌은 그런 일은 기억에 없다면 단박에 부정했다.

"그날은 너와 란동슈에의 백골 사체를 발견했잖아. 소인 부대라니? 바보 같은 소리도 좀 쉬엄쉬엄해라, 치우성!"

무엇보다 그건 20년 후의 일이다.

파이어버드는 양밍산의, 그 유명한 구십구 고갯길을 올라가고 있었다. 밍첸 삼촌은 운전대를 조심스럽게 돌리면서 천천히 운전했다. 사고 현장이 다가오고 있었다.

"어디냐?"

"조금 더 가서."

차는 크게 나선형을 그리는 산길을 천천히 오르기 시작했다.

오른쪽 절벽이 점점 높아졌고 푸르고 이끼 낀 나무들이 오른편으로 흘러갔다. 그 끝에 검은 숲이 입을 벌리고 있고 매미 소리가 쏟아졌다. 만약 내가 살인마라면? 혼자 생각했다. 아마 이런 데 사체를 버리겠지. 차도에서 사체를 던져버리기만 하면 다음은 우거진 수풀이 가려줄 것이다. 얼핏 생각해도 굳이 차도를 벗어나 숲으로 들어가려는 호기심 많은 사람은 없을 듯했다. 사체 버리기에 정말 좋은 장소였다.

숲이 내려다보이는 고도에 도달하자 스모그에 휩싸인 타이베이시를 한눈에 바라볼 수 있었다. 산에 석양이 물들어 있었다. 온갖 잡귀가 모여드는 축시까지는 아직 시간이 있었다. 내 안에 확신 같은 게 자리 잡고 있었다. 그녀는 나를 기다리게 하지 않으리라, 내가 가면 그녀는 나타나리라.

사고 현장에 다가옴에 따라 내 심장이 부르르 떨렸다. 비유하자면 그녀와 나는 하나의 현악기였다. 세게 뜯어 울리는 그녀의 현에 내 심장이 공명하고 있었다. 몇 개의 커브를 돌았을 때였다. 갑자기 매미 소리가 멈추고 세상에서 모든 소리가 사라졌다.

물색 원피스를 입은 그녀가 도로 한가운데 우두커니 서 있었다.

만물이 석양을 받아 긴 그림자를 드리우고 있는 가운데 그녀 주위만 희뿌옇게 흐렸다. 마치 누군가가 커다란 낫으로 그림자를 싹둑 잘라낸 것만 같았다. 산 정상에서 불어오는 바람이 풀들을 훑어 소란스럽게 했으나 그녀의 단발머리는 조금도 흔들리지 않았다. 조용히 나를 바라보는 그녀의 가슴은 그날 밤처럼 선혈이 묻어 있었다. 사고가 일어났던 밤, 나는 그녀의 옷에 묻은 피를 부상자의 것이라고 단정했는데 지금은 그렇게 생각하지 않는다. 그 빨간 피는 지금도 그녀 가슴에서 흘러나오고 있는 것이었다.

밍첸 삼촌은 눈을 부릅뜨고 두리번거리면서 운전하고 있었다. 뭔가를 느꼈을 수도 있겠으나 그녀 모습은 보이지 않는 듯했다.

커브를 돌자 삼촌은 액셀을 밟아 가속했다. 물색 원피스가 순식간에 다가왔다. 파이어버드의 부리가 그녀를 찌른 다음 순간 내 안으로 어둡고 슬프며 커다란 영혼이 뛰어 들어왔다. 이 세상에 존재하는 말로는 도무지 표현할 수 없는 감각, 혹은 감정이. 저세상으로 이어지는 문이 우리 내면에 있는데 그 문의 열쇠 구멍에 차가운 열쇠가 꽂힌 듯했다. 충격으로 몸이 시트에 처박혔고 문이 활짝 열린 듯한 느낌이 들었다.

"치우성, 왜 그러니!" 밍첸 삼촌이 급제동을 걸었다. "가만히 좀 있어! 치우성, 치우성!"

내 양팔에 생긴 퍼런 멍은 이때 생긴 듯했다. 치우성! 치우성! 삼촌의 목소리가 멀어졌다. 내 안의 문이 나를 빨아들이는 대신 그녀를 내보내는 게 보였다. 그녀는 지금 내 안에 있다. 그게 정신을 잃기 직전 내가 느낀 것이었다.

다음 일은 그 후에 밍첸 삼촌에게 들은 말이라 어디까지가 진짜이고 어떤 게 허풍인지 알 도리가 없다.

삼촌은 내가 정신을 잃지 않았다고 말했다. 오히려 깔깔대고 웃으면서 입에서 보라색 액체를 질질 흘리며 뚱보의 차를 엉망으로 만들었단다.

"아이고, 볼 만했다니까. 갑자기 물고기처럼 파닥파닥 몸부림을 치더니 차에서 뛰어나가 숲속으로 뛰어들었잖아. 정말 기억 안 나니?"

나는 고개를 저었다.

"어쩔 수 없이 나도 너를 따라 숲으로 들어갔지. 뭐, 어쩌겠냐. 샤오잔에게 대강 들은 이야기가 있어서 트렁크에 삽을 넣어뒀지. 구덩이를 파게 될지도 모른다고 생각했거든. 그런데 그럴 여유조차 없었어. 너를 쫓기 바빴으니까. 자동차 문도 열어놓고. 도난당하지 않은 게 기적이라니까. 어쨌든 너는 점점 숲속으로 들어갔어. 사람 다리로는 불가능해 보일 정도로 휙휙 날아다니더라. 하지만 나는 그렇게 빨리 달릴 수 없었어. 그런데 너는 숲속에서 노래를 부르면서 나를 기다리고 있었어."

"설마 노래 같은 걸 불렀을까?"

삼촌은 웃으면서 말했다. "어쨌든 그렇게 우리는 현장에 도착했는데, 그때는 이미 해가 완전히 떨어졌지. 아니, 아직 있었을지 모르지만, 현장은 나뭇잎에 가려 빛이 닿지 않는 곳이었어. 물색 원피스를 입은 해골이 커다란 바위 위에 누워 있더라.

옷은 더러웠으나 흐트러진 상태는 아니었어. 양손을 가슴 위에 가지런히 포개고, 보기에는 그냥 자다가 죽은 것 같았어. 어딘지 의식 같은 분위기도 있었으나 그래도 나는 주저앉을 정도로 놀랐어. 너는 너대로 완전히 쓰러져 움직이지 않아서 어떻게 해야 좋을지 몰라 당황했지. 해골이 누운 바위 위에 란동슈에와 장밍이라는 이름이 적혀 있었던 것은 나중에 저우 경관에게 들은 이야기야. 란동슈에! 눈을 의심했지. 어이, 그게 그 란동슈에라고? 뚱보가 옛날 푹 빠졌던 여자 이름이잖아! 말했지, 녀석이 한때 야반도주할 마음을 먹었을 정도로 완전히 여자에게 빠진 적 있다고? 그 상대가 바로 란동슈에였다고. 행방불명이라고 들었는데 뚱보는 늘 그녀가 자기를 두려워하며 피했다고 했어. 아니면 부모님에게 들켜 어디 시골로 보내졌다고."

"장밍이……" 나는 고개를 갸웃했다. "어디서 들은 이름인데."

"너와 샤오잔이 사람을 구한 사고에서 한 명 죽었잖아."

"응."

"그게 장밍이야." 밍첸 삼촌은 거기서 목소리를 낮췄다. "란동슈에의 부모 말로는, 장밍이도 란동슈에에게 빠져 있었대. 장밍이의 부모는 큰 회사 사장이라 여자의 부모는 딸이 장밍이와 교제하길 바랐지. 그런데 란동슈에는 뚱보를 선택했어. 뭐, 어린 아가씨였으니까 뚱보의 외모에 혹했겠지."

"그러니까 장밍이가 란동슈에를 죽였다고?"

"글쎄다, 그건 모르지." 삼촌은 어깨를 으쓱하더니 말했다. "이렇게 된 이상 이제는 누군지 모르지. 둘 다 죽었으니까. 게다가 진실이 무엇이든 상관없는 일이고."

"상관없다고?"

"그야 산 사람이 어떻게 생각하든 상관없잖아."

나는 그 점을 차분히 생각한 뒤 동의했다. "그건 그렇네."

"죽은 사람이 마음을 풀었으면 그만이지."

그날 이후, 우리 집에 바퀴벌레가 전혀 나오지 않게 되었다, 라고 하면 얼마나 좋을까. 대만에서 바퀴벌레가 사라지는 일은 지구가 멸망할 때나 가능하리라. 하지만 적어도 그때처럼 출몰하지는 않았다. 나와 마찬가지로 바퀴벌레들도 절도와 질서를 회복한 것이다.

란동슈에의 기척을 느끼는 일도 더는 없었다. 그녀는 고맙다는 말도 없이, 할아버지를 죽인 범인도 알려주지 않은 채 죽은 자의 문 너머로 돌아가 버린 것이다. 이번만은 노파의 예언도 틀린 모양이다.

"란동슈에는 뚱보가 알아줬으면 했네." 내 의견을 꺼냈다. "자신이 배신한 게 아니라는 걸."

"그럴지도 모르지." 내가 방을 나오기 직전 삼촌은 생각난 듯 덧붙였다. "해골은 손목시계를 차고 있었는데 바늘이 뚱보와 만나기로 한 시간에 멈춰 있었다더라."

며칠 뒤, 나는 소꿉친구인 마오마오와 길에서 만나 선 채 이야기를 나눴다. 간호사인 그녀는 오늘이 쉬는 날이라 밤에 친구들과 디스코 클럽에 가기로 했다며 한껏 멋을 부린 차림이었다. 긴 머리는 히피처럼 가는 밴드로 이마에 붙이고, 화려한 셔츠에 나팔바지를 입고 마천루처럼 높은 코르크 굽이 달린 샌들을 신고 있었다.

내가 태어났을 때 나를 받아준 사람이 바로 마오마오의 할아버지인 시에 의사였다. 내 할아버지는 첫 손자의 탄생을 시에 할머니와 마작을 두면서 기다리고 있었다. 중국 사람은 다른 사람이 자기 집에서 애 낳는 걸 꺼렸는데 담배를 입에 물고 마작 패를 돌리는 마오마오의 할머니는 그런 미신을 웃어넘길 줄 아는 여장부였다. 나는 미신이라는 이름이 붙은 건 말이야, 하나도 안 믿어. 할아버지는 그런 시에 할머니를 늘 높이 평가했다. 아버지는 시에 집 안의 마당에서 줄담배를 피우고 있었다. 드디어 내가 첫울음을 터뜨렸을 때 모두에게 제일 먼저 소식을 알린 사람이 바로 두 살이었던 마오마오였다. 태어났어요, 아가가, 태어났다고요!

그 마오마오에게 장밍이와 사고를 당했던 둘에 관해 물으니, 하나는 이미 퇴원했고 다른 하나는 지금도 침을 흘리며 잠들어 있다고 했다.

“맞다! 얼마 전 너희 밍첸 아저씨가 우리 집에 와서 뚱보 삼촌과 오래 이야기하더라.”

나는 고개를 끄덕였다.

"그런데 말이야, 밍첸 아저씨가 돌아간 후 뚱보 삼촌, 한동안 침울하더라. 그러더니 지팡이를 짚고 옛날 물건을 모아둔 트렁크를 꺼냈어. 뭐 하나 싶어 봤더니 그 안에 카드 같은 걸 꺼내 보면서 울더라. 굉장하지 않아? 그 뚱보 삼촌이 울었다니까!"

"카드?"

"나도 마음에 걸려 몰래 알아봤지. 뭐였을 것 같아?"

나는 고개를 저었다.

"20년 전 기차표."

"……."

"뚱보 삼촌 말이야." 마오마오가 이야기를 이어나갔다. "아주 옛날에 좋아했던 사람과의 교제를 할아버지가 맹렬하게 반대한 적 있어. 우리 할아버지 의사잖아? 그래서 뚱보 삼촌도 의사를 만들고 싶었나 봐. 상대 여자의 집이 우리랑 어울리지 않는다고 생각했겠지. 그래서 우리 삼촌은 너희 밍첸 아저씨에게 준비를 도와달라고 해서 도망치려고 했대. 그 기차표, 그때 거 아닐까? 왜 그렇게 오래된 일을 갑자기 떠올렸는지는 모르겠는데 틀림없이 밍첸 아저씨가 한 이야기 때문일 거야. 하지만 그럴 때가 있는 법이지. 아주 오랫동안 멈췄던 시계가 다시 움직일 때 말이야. 그날 그 시간의 다음이 다시 시작되는 일 말이야."

여행 가방을 들고 홀로 란동슈에를 기다리는 뚱보가 보였다. 외투 주머니에는 밤 기차표가 두 장. 불안과 기대에 찬 젊은

이는 시시각각 다가오면서도 느긋한 발걸음으로 지나가는 약속 시각을 어떤 감정으로 지켜봤을까. 둘이 앉았을 자리는 빈 채 기차는 칙칙폭폭 타이베이역을 떠나간다. 어느 순간 기다리던 사람에 대한 사랑이 분노로 바뀌고, 실망으로 변한 후에 마침내 허무한 현실을 목구멍 너머로 넘겼으리라. 마침내 만나기로 한 장소를 떠난 순간 뚱보는 지금의 뚱보가 되고 말았다.

그리고 그 차가운 바위 위에 눕혀졌을 때, 란동슈에는 나무들 사이로 보이는 밤하늘을 올려다보며 무슨 생각을 했을까. 같은 밤 아래에서 허무하게 자신을 기다리는 뚱보에게 그녀의 비명은 닿지 않았다. 장밍이에게 도려내진 마음은 그것을 바치려고 했던 상대에게 닿지 않은 채 손목시계와 함께 영원히 멈추고 말았다.

"치우성, 왜 그래?"

"어? 아…… 아니야." 나는 하품을 크게 해 눈물을 감추었다. "요즘 계속 밤샘해서."

"아, 그래? 곧 시험이지?" 마오마오는 격려하듯 눈을 살짝 올리며 말했다. "다음에 비타민이라도 가져다줄게."

내가 침묵하고 있자 그녀는 "왜 그래?"라며 째려봤다.

"아, 아니야……. 그저, 너, 어른이 된 것 같아서."

"분명히 말하는데 난 연하에게 관심 없다."

"두 살밖에 차이 안 나는데?"

"나도 다음 달이면 스무 살이야." 마오마오는 의기양양하게 턱을 들었다. "말을 걸어오는 남자도 있다고."

"아이고!"

"뭐야? 진짜라고!"

"어렸을 때는 나랑 샤오잔이랑 같이 흙투성이가 되며 놀았으면서. 기억해? 야구를 하다가 각목에 샤오잔의 입술이 찢어졌을 때도 네가 투수였어."

도로 반대편에서 경적이 울렸다.

"마오마오!" 뚱보가 파이어버드에서 몸을 내밀고 불렀다. "부탁했던 거 사 왔어?"

"삼촌 방에 놔뒀어." 마오마오가 소리쳐 대답하고 내게 어깨를 으쓱해 보였다. "지전과 폭죽, 누구 성묘라도 가나 봐."

"과일은?" 뚱보가 물었다.

"아지우 아저씨에게 직접 사겠다고 했잖아! 그보다 삼촌, 그 다리로 운전해?"

"네가 상관할 일 아니다."

"무슨 소리야? 기껏 걱정해 줬더니."

"쳇!" 일단 차 안으로 고개를 넣더니 다시 머리를 내밀었다. "야, 치우성. 우리 마오마오에게 이상한 마음 품지 마라!"

내가 반론할 틈도 없이 뚱보는 차를 급출발하며 배기가스를 마구 뿜으면서 어딘가로 휙, 20년 전 슬픔이 생기고 말았을 곳으로 사라져 버렸다.

답답해 눈을 뜨니 주위는 아직 어두웠고 창문 커튼은 꿈쩍도 하지 않았다.

더우화(간수를 쓰지 않은 두부에 달콤한 소스를 뿌려 먹는 음식)를 길게 외치는 목소리가 떠돌고 있었다. 나는 침대에 누워 그 목소리가 점점 가까워지는 걸 듣고 있었다. 어렸을 때는 아직 해가 뜨기도 전에 일어난 할아버지가 저 더우화를 사 와서 먹게 했다.

러닝셔츠를 입은 할아버지는 그릇을 들고 나가, 푸른 안개 속의 더우화 장수를 불러 세운다. 둘은 아침 인사를 나눈다. 더우화 장수는 뜨거운 두부를 그릇 가득 부어주면서 이번에도 손자에게 사주는 거냐고 묻는다. 할아버지는 아무래도 자네 두부가 제일 맛있다고 대답한다. 잠에서 덜 깬 내가 더우화를 보고 눈을 반짝이는 모습을 상상하며 껄껄대고 웃으면서. 천하의 예준린도 나이를 먹었구나. 혼자 그렇게 생각했을까? 손자를 위해 권총 대신 더우화 그릇을 소중하게 드는 날이 올 줄이야. 사지를 넘나들던 날들과 의형제들을 돌보던 밤을 지나 무일푼으로 광저우지에에 맨발로 도착했던 그 아침을 돌아봤을까?

나는 더우화를 아주 좋아했다. 특히 할아버지가 아침에 사다 주는 그 자랑스러운 한 그릇을. 몽글몽글한 더우화에 숟가락을 꽂고 달콤하게 졸인 땅콩과 함께 섞을 때, 이 세상에 나를 사랑하지 않는 사람은 하나도 없고 나는 이 세계에 군림하는 작은 패왕 같았다.

천장이 갑자기 일그러져서 놀라 벌떡 일어났다. 손등으로 눈을 비볐다.

"어라?"

눈물이 하염없이 흘러나와 나는 당황했다.

그 사건 이후 처음으로 흘린 눈물이었다. 할아버지의 관이 집을 나갈 때 나는 울며 쓰러지는 할머니를 부축했다. 할머니가 내 몫까지 울어줘서 나는 울지 않았다. 관이 화장로에 들어갈 때 우리 유족은 할아버지가 저세상에서도 편안하게 살도록 목소리를 높여 기원했으나 나는 될 대로 되라는 식으로 행동하는 밍첸 삼촌을 보고 그만 웃음보가 터져, 울기는커녕 웃음을 참느라 애를 먹었다. 자, 자, 우리 아버지, 잘 타게 해주세요. 밍첸 삼촌은 괴상한 기도를 계속했다. 덜 타면 곤란해요, 그러니 잘 타요, 그래, 그래요, 잘 타야지, 잘 타는 만큼 성불도 빠르겠지. 할아버지가 뼈와 재가 되어 화로에서 나오자 우리는 젓가락으로 그것을 조심스럽게 유골 항아리에 담았다. 샤오메이 고모가 실수로 뼛조각을 떨어뜨려, 그 조각이 격자 뚜껑 사이로 빠져 배수구로 떨어졌다. 할머니는 격노했으나 격자 뚜껑은 볼트로 잠겨 있어서 그 뼈는 포기할 수밖에 없었다. 화장로 담당 노인이 유골에서 에메랄드처럼 빛나는 결정을 발견하고는, 이건 사리요, 늙은 스님을 화장할 때 나오지, 공덕을 쌓은 사람에게 나오는 거야, 라고 해서 유족을 기쁘게 했다. 나는 그런 이야기는 그다지 믿지 않았다. 아마도 칼슘을 고온에서 달구면 일어나는 화학 반응이리라 생각하느라 또 울 타이밍을 놓치고 말았다.

베개에 얼굴을 묻어 아무도 내 오열을 듣지 못하게 했다.

뚝뚝 떨어지는 뜨거운 눈물은 눈만으로는 처리할 수 없어져 코와 입으로도 흘러나왔다. 콧속이 뜨거웠고 입안은 짰다. 나는 눈물이란 슬플 때 제멋대로 나온다고 믿었기에 할아버지의 장례를 치른 뒤 몇 주 동안 혹시 내가 슬퍼하지 않나 생각했다. 우리가 믿어 의심치 않는 것 대부분은 다른 이의 시계로 측정되는 것이라 아무래도 이런 오해가 생긴다.

방을 뛰어나와 나는 부엌에서 그릇을 낚아채 마당에 놓아 기르는 닭들을 발로 차며 뛰어 더우화 장수를 뒤쫓았다.

더우화 장수는 양쪽에 한 말 크기의 통을 매달고 자전거를 밀면서 태평스럽게 “다웨! 다웨!”라고 대만어로 소리쳤다. 나를 발견하고는 영차 하며 자전거를 멈췄다.

“뜨거운 거?”

“차갑게요.”

그는 내가 내민 그릇에 한쪽 통에서 몽글몽글하고 부드러운 더우화를, 다른 한쪽에서는 달콤한 소스와 졸인 땅콩을 그리고 마지막으로 짐칸 나무상자를 열어 얼음을 잔뜩 부어주었다.

“너희 할아버지는 아무리 더워도 차가운 건 사지 않았지.” 그는 친근한 대만 사투리로 말하면서 삿갓을 다시 썼다. “네가 복통을 앓는다고.”

그의 말투로 그가 할아버지의 죽음을 안다는 걸 알 수 있었다. 아마 사인도 알 것이다. 광저우지에에는 아침잠이 없고 수다스러운 노인이 많다. 내가 더우화를 사는 동안에도 식물원 쪽에서는 노인들이 모여 추는 새벽 사교댄스 음악 소리가 들려왔고, 일과인 새벽 태극권을 하러 가는 구오 할아버지가 보였다.

"하지만 망가지면 안 된다." 더우화 장수는 이야기를 계속했다. "인간 세상은 원래 고통스러운 법이지. 빨리 깨달으면 상심도 덜하지. 나도 아이를 잃었으니까. 남은 아이는 가장 몸이 약한 막내뿐이지. 그래도 어떻게든 살아야 해. 이렇게 더우화를 한 그릇씩 팔면서 말이야. 대단한 벌이는 아니지만, 뭐, 먹고는 사니까. 그게 중요해. 안 그래? 이번 생의 고통에서 도망치기만 하면 저세상에서 선한 유령이 될 수 없으니까."

나는 고개를 끄덕이고 값을 치렀다.

고마워, 예치우성.

"……어?" 뜨뜻하면서도 서늘한 바람이 목덜미를 스쳐 흠칫 몸을 움츠리고 말았다. "지금, 뭐라고……."

"10위안이라고 했지." 더우화 장수가 얼굴을 찌푸렸다. "왜 그래? 그렇게 놀라고? 우리 집 더우화는 딴 집보다 맛은 있어도 비싸지는 않아."

"아, 아니……" 나는 눈을 껌뻑이면서 그릇을 받아들고 10위안짜리를 그의 손바닥에 떨어뜨렸다. "잠깐 다른 생각을 하다가."

"아아, 이제 곧 시험이지."

나는 끄덕였다.

"뭐, 공부도 중요하지만, 너무 애쓰지는 마라." 더우화 장수의 얼굴은 짙게 그을려 저세상의 기운이라고는 조금도 찾아볼 수 없을 정도였다. "네 할아버지도 그렇게 말했을 거다. 이 세상 성공은 한때일 뿐이라고."

더우화 그릇을 품고 집으로 돌아오니 마침 어머니가 침실 망사 문을 열고 있었다. 덜컹거리는 망사 문을 일단 열어놓고 다시 방으로 들어간 어머니는 곧 양손에 뭔가를 품고 창가로 돌아왔다. 뭔가 소중한 아니면 부서지기 쉬운 것 같았다. 내가 닭들과 함께 지켜보는 가운데 어머니는 떠오르는 태양을 품으려는 듯 양손을 활짝 펼쳤다.

마치 행복한 파랑새처럼 그 손에서 바퀴벌레 한 마리가 날아올랐다.

제6장

# 아름다운 노래

그날 학교에서 돌아온 나는 주위를 꺼린 듯 소곤거리는 소리를 들었다.

"식물원에 아침 체조를 하러 온 노인들과 여러 번 격렬한 논쟁을 벌였답니다."

"그래요?"

어머니와 저우 경관이 거실에서 이야기를 나누고 있었다. 나를 발견한 저우 경관이 마침 일어나려던 참이었다는 듯 자리에서 일어섰다.

"벌써 왔니?" 어머니가 일어났다. "차 한 잔 더 하시겠어요?"

"아닙니다. 오늘은 그저 사실 확인차 들렀습니다."

"경관님!" 나는 책가방을 어깨에 멘 채 급히 질문을 던졌다. "할아버지 일은 뭐 좀 알아내셨어요?"

어머니는 혀를 차며 어른들 이야기에 아이는 끼어들지 말라는 날카로운 눈빛을 날렸으나 나는 단호한 태도로 물러서지 않았다.

"아이고, 그게." 저우 경관은 얼굴의 땀을 닦으면서 어머니를 달랬다. "실은 네 할아버지가 생전 어떤 사람과 다툰 사실을 알아냈지."

"누군가요?"

"미안하지만 그건 말할 수 없구나."

"식물원에 오는 노인인가요?"

"아니, 그 사람들 가운데 범인이 있다는 소린 아니다." 저우 경관은 곤란하다는 듯 웃었다. "다만 정말 그런 일이 있었는지 확인하러 들른 거다."

"그런데 그 사람들, 알리바이는 물어봤나요?"

"물론이지."

"그 사람들이 누군가를 고용했을 가능성도 있죠."

그러나 작별 인사를 하는 저우 경관은 싱글싱글 웃을 뿐이었고 조개처럼 굳게 다문 그 작은 입은 열리지 않았다.

이렇게 된 이상 꿩 대신 닭이다. 나는 어머니에게 성가시게 매달리는 수밖에 없었다.

"뭔데? 알려줘도 되잖아!"

"너는 괜한 생각하지 말고 공부나 해!"

나는 결사를 각오하고 저녁 식사 준비로 바쁜 어머니를 귀찮게 했다. 지나치게 매달리니 어머니는 결국에 신경질을 부리며 칼을 들었다.

"빨리 방에 가라! 더 떠들면 내가 죽여버린다!"

나는 주뼛거리며 방으로 돌아와 책가방을 바닥에 내던졌다.

어머니 차이위팡은 후난성 출신으로, 전화(戰火)를 피해 곳곳을 전전하다 산에서 호랑이의 습격을 받은 적이 있다. 그때 어머니는 아직 열 살 안팎이었는데 어린 여동생을 업고 있었다. 장작을 구하러 숲에 들어왔던 참이었다. 수풀 사이에서 튀어나온 호랑이의 눈은 불꽃처럼 타올랐다. 송아지 정도의 크기였다. 어머니는 목구멍을 비집고 나온 공포의 신음을 흘리면서도 앞으로 천천히 걸어갔다. 등에 업힌 여동생은 심상치 않은 기운을 느끼고 불에 덴 것처럼 울기 시작했다. 어머니는 떨어져 있던 나뭇조각을 슬쩍 집어 들고 양손을 뻗어 방어 자세를 취하면서 호랑이를 노려봤다. 그러고는 말했다.

"지금은 그만해."

나는 이 이야기를 아주 좋아해서 어렸을 때 수없이 어머니에게 이 말의 뜻을 묻곤 했다. 그때마다 어머니는 잘 모르겠다고 대답했다. 어쨌든 어머니는 호랑이에게서 눈을 떼지 않고 "지금은 그만해"라고만 말했다. 그러자 호랑이는 어머니의 냄새를 맡더니 훌쩍 몸을 돌려 숲속으로 사라졌다는 것이다.

"아무래도 배가 고프지 않았던 것 같아." 어머니는 말했다. "어디서 사체라도 먹은 게 아닐까."

《수호전》에서는 무송이 호랑이를 물리치는데, 나는 예전부터 왠지 무송이 남자 같지 않았다. 내게 무송은 거한의 호걸이 아니라 늠름한 여걸이었다. 그 여걸 앞에서는 식인 호랑이조차 두려움을 느낀다. 그러므로 어머니를 진심으로 화나게 할 배포가 아니라면 얌전히 공부하는 수밖에 없었다.

참고로 그때 어머니가 업고 있던 옌팡 이모는 지금도 가족과 함께 대만의 최남단 현인 핑둥에서 행복하게 살고 있다. 딱 한 번 옌팡 이모에게 호랑이 이야기를 물은 적이 있었는데 아무것도 기억하지 못했다.

저우 경관이 남긴 말은 작은 가시가 되어 내내 내 가슴에 걸려 있었다.

밍첸 삼촌이 우리 집에 밥 먹으러 왔을 때 삼촌을 마당으로 불러내 슬쩍 물어보기도 했다.

"참, 얼마 전에 저우 경관에 집에 왔었어." 나는 자연스럽게 말을 꺼냈다. "할아버지와 싸운 사람이 있다던데, 삼촌은 아는 거 있어?"

"아버지는 여기저기서 원한을 샀으니까."

"저우 경관 말로는 식물원에 다니는 노인이라던데."

밍첸 삼촌은 아아, 그거? 라는 식으로 고개를 끄덕였으나 아무것도 알려주지 않았다. 나는 염력을 보냈다. 그러자 삼촌은 내 진지한 생각에 종지부를 찍었다.

"그건 아니야! 노인네들 싸움은 인사나 다름없지."

"그야 모르지."

"아니, 아니야. 그건 아니야. 말도 안 돼!"

"……."

입이 가벼운 밍첸 삼촌에게 이런 반응은 놀라운 일이었다. 밍첸 삼촌에게 비밀이란 그게 어떤 것이든 개구리에게 비와 같은 것이다. 개굴개굴 울지 않고 배길 수 없는 것이다. 그런데 그때만은 입을 다물고 많은 말을 하지 않았다. 어른들은 늘 뭔가를 숨긴다. 내가 그렇게 생각한 것도 무리는 아니었다.

내 안에서 의구심과 확신이 시소를 탔다. 매일 저쪽으로 기울어졌다가 이쪽으로 흔들렸다. 식물원 노인 중에 할아버지를 죽일 사람은 없다고 완전히 받아들인 다음 날, 녀석들 말고 범인은 없다는 확신이 들었다. 공부가 전혀 손에 잡히지 않고 초조하기만 해서 학교에서 싸움질도 했는데, 하기만 하면 늘 이겼다.

나는 성질 더러운 불발탄이 되어갔다. 그런 위험한 상태에서 아지우의 구관조를 상대하고 있는데 마오마오가 말을 걸어왔다.

"중화민국 만세, 중화민국 만세…… 자, 말해봐. 이 멍청한 새야."

저녁노을이 광저우지에를 붉게 물들이고 있었다.

누가 이름을 불러 돌아보니 한껏 멋을 부린 마오마오가 있었다. 그녀 주위에는 마찬가지로 멋을 낸 여자들이 있었다. 하나는 이웃에 사는 뚱보 누나였고 다른 하나는 마오마오의 여동생웨이웨이였다.

"치우성, 뭐 하니?"

"뭘?"

"바보처럼 멍하니 있으니까."

뚱보 누나와 웨이웨이가 웃었다. 뚱보 누나는 어렸을 때 엄청난 돼지였고 지금은 번쩍이는 치열 교정기를 끼고 있었는데 나중에 미국으로 건너가 모델로 성공했다.

"어차피 나는 바보야."

"무슨 일 있었어?" 마오마오의 목소리가 낮아졌다.

"아무 일도 없었어."

"다쳤네."

"시끄러워! 아무 일 없었다고 했잖아!"

구관조가 아양이라도 떠는 듯 "중화민국 만세"라고 말했다. 그만큼 내 눈빛은 날카로워졌고 온몸에 살기가 깃들었다. 격렬한 싸움에서 막 이기고 온 터라 일그러진 입가에 반창고가 붙어 있었다.

나는 여자들의 질타와 구관조의 목소리에서 등을 돌리고 반항적인 태도로 그 자리를 떠났다.

"예치우성, 너는 스스로 멋지다고 생각하지!" 뚱보 누나였다. "오늘은 마오마오 생일이야. 좀 제대로 말할 수 없니?"

"생일 축하해!" 나는 어깨 너머로 소리쳤다. "이제 불만 없지?"

더욱 성큼성큼 걸어가는데 뭔가가 뒤에서 머리를 퍽 때렸다.

"아프잖아!"

"왜 그래?" 마오마오는 허리에 손을 얹고 말했다. "도대체 뭐가 마음에 안 드는데?"

"너랑은 관계없는 일이야."

"당연히 관계가 있지, 이 바보야."

"뭐?"

"나는 네가 태어나는 걸 이 눈으로 본 사람이야."

"그래서 뭐?"

"사람을 살렸으면 그 사람의 인생을 책임져야 한다는 인디언 속담도 있어."

"……."

"무엇보다 동생이 그렇게 화를 내고 있는데 가만히 둘 순 없잖아." 마오마오는 주먹을 들어 올리며 말했다. "자, 말해봐. 누가 너를 화나게 했는지는 모르겠지만 당장 같이 가서 녀석을 날려버리자."

마오마오는 진지하기 이를 데 없었다.

그녀라면 정말 그렇게 할 것이다. 내가 초등학교 4학년 때 6학년 형에게 당해 운 적 있었다. 그때도 마오마오가 승부를 내주었다. 나를 울린 아이를 잡자마자 녀석의 빰을 두 대 갈겼다. 눈을 희번덕거리는 녀석에게 마오마오는 당당하게 말했다. 싸우고 싶으면 내가 상대해 줄게. 그 후 둘은 선생이 뜯어말릴 때까지 운동장에서 드잡이했다.

가슴 속 응어리가 쏙 풀어지는 느낌이었다.

마오마오는 연한 보라색 미니스커트를 입고 있었다. 긴 머리를 히피처럼 밴드로 묶고 팔이 훤히 비치는 화려한 셔츠를 입고 코르크 굽이 달린 샌들을 신고 있었다. 눈은 시커멓게, 입술은 빨갛게 칠하고 있었다.

뭔가가 심장을 움켜쥔 것처럼 덜컹했다. 향수 냄새가 훅 코끝을 스쳤다. 우리는 그토록 가까이 서 있었다.

마오마오가 눈을 흘겼다. "왜 멀거니 있니?"

"아아…… 아니, 아무것도 아니야." 태어난 순간부터 그녀를 알고 있었는데 마치 처음 보는 사람 같았다. "아까는 미안했어. 그냥 좀 초조했을 뿐이야. 스무 살 축하해."

"저기, 무슨 일 있지?"

흘깃 나를 올려다보며 묻는 마오마오는 놀랄 정도로 예뻤다.

입을 벌린 나를 휘파람 소리가 훑고 지나갔다. 순간 자신이 무의식적으로 휘파람을 분 게 아닐까 싶어 급히 입을 다물었다. 억양이 있는, 끈적끈적한 그 휘파람 소리가 뭘 뜻하는지는 누가 들어도 금방 알 수 있었다.

마오마오는 농구공을 튕기면서 지나가는 남자들을 노려봤다. 대학생으로 보이는 남자들 사이 휘파람을 분 남자는 싱글싱글 웃으면서 마오마오를 돌아봤다.

"왜 휘파람 같은 걸 불지?" 마오마오는 턱을 들고 목소리를 높였다. "그렇게 잘 불면 이 동네 개라도 부르지? 괜한 짓 하면 다치기나 할걸?"

한 방 먹은 남자가 인도에서 발이 미끄러져 비틀거리며 도로로 나갔다가 차에 부딪힐 뻔했다. 경적이 울려 퍼졌다. 같이 있던 무리가 그걸 보고 한바탕 웃어댔다. 농구공을 든 남자가 휘파람을 불었던 남자의 머리를 쥐어박았다.

"그러니까 사람을 놀리지 말았어야지." 마오마오는 입가를 끌어올리고 내게 고개를 돌렸다. "그래서?"

"뭐?"

"왜 초조하냐고?"

나는 두근거리는 마음을 부여잡으면서 저우 경관과 밍첸 삼촌 덕분에 생긴 의구심을 솔직히 털어놓았다. 두근거리고 있다는 사실을 들킬 바에야 무슨 짓이라도 해야겠다는 기분이었다.

"그러니까"라며 마오마오는 생각에 잠긴 표정으로 말했다. "너는 식물원 노인 중 누군가가 예 할아버지를 살해했다고 생각하는 거야?"

나는 고개를 저었다. 그게 그녀의 질문에 대한 대답인지, 아니면 모르겠다는 뜻인지 나로서도 알 수 없었다.

마오마오는 나를 물끄러미 바라봤고 나도 그녀를 응시했다. 영화라면 이쯤에서 로맨틱한 노래가 커다랗게 흘러나오고 서로의 입술이 자연스레 가까워지겠지. 물론 그런 일은 없었다. 몸을 휙 돌린 마오마오는 재빨리 뚱보 누나가 있는 쪽으로 달려갔다. 나는 안심하면서도 한편으로 슬펐다. 그녀는 불이 켜지기 시작한 소고기 국수나 생선 덮밥 같은 전광판 밑을 달려가 뚱보 누나와 여동생의 손을 잡고 뭐라고 이야기했다. 뚱보 누나가 나를 손가락질하며 뭔가 기분 나쁘다는 듯 대답했다. 마오마오가 뭐라고 더 이야기하더니 뚱보 누나와 여동생에게 인사하고 내게 돌아왔다.

"자, 식물원에 가자."

"뭐?"

"이렇게 된 이상 직접 조사해야지."

"그야 그렇지만." 나는 주저했다. "어디 가려던 거 아니었어?"

"춤이나 추려고 했지."

"그럼……."

"큰 덕의 한계를 넘지 않는다면 작은 덕은 자유롭게 드나들라는 말이지."

"……."

"공자님 말씀이지, 아마? 중요한 일을 제대로 하면 작은 일은 어느 정도 어겨도 된다는 소리야. 공자님 제자 말이었을지도 모르겠다. 거두절미하고 이 말은 진리야."

"《논어》 같은 걸 읽어?"

"내게 적당한 부분만. 자, 가자." 그녀는 그렇게 말하고 얼른 오라며 손짓했다. "생일은 어차피 매년 오니까."

결국, 그날은 별다른 수확을 얻지 못했으나 나는 다음 날부터 등교 전에 식물원에 들르게 되었다. 물론 탐문을 하기 위해서였다. 학교에 가는 버스가 마침 식물원 뒤로 다니므로 내게는 마침 좋은 핑계가 되었다.

식물원의 정식 명칭은 타이베이식물원이다. 정면은 보아이루에 면해 있는데 광저우지에로도 작은 뒷문이 나 있어 나는 늘 그 뒷문으로 드나들었다.

녹색 회전문을 지나 안으로 들어가면 산책로를 따라 다양한 열대식물이 심어 있었다. 대만이나 필리핀, 중남미나 아프리카가 원산지인 풀과 꽃, 키 작은 나무 그리고 종려나무가 쭉 이어졌다. 나뭇가지에는 다람쥐가 있었고 연못에는 아이들이 언젠가는 잡겠다고 벼르는 물고기들이 헤엄치고 있었다. 이른바 인근 주민의 휴식처였다. 시간대에 따라 관찰할 수 있는 사람들의 층이 바뀐다. 아침에는 태극권이나 체조, 사교댄스에 힘쓰는 노인들이 채우고 낮에는 학생들이 연못을 스케치하거나 아이들이 소풍으로 찾아오거나 아무것도 안 하는 사람이 벤치에 앉아 멍하니 있다. 거문고를 뜯는 길거리 점술가도 있다. 그리고 밤이 되면 연인들로 북적였다.

버스가 올 때까지의 짧은 시간을 이용해, 나는 저우 경관이 한 말의 증거를 잡으려고 애를 썼다. 사교댄스나 체조를 하는 노인들에게 할아버지의 사진을 보여주며 돌아다녔다. 노인이란 존재는 늘 대화에 굶주려 있기에 엄청난 양의 목격 증언이

모였다. 불편한 이야기뿐이었다. 만약 내가 경찰이었다면 할아버지를 이틀이나 사흘 유치장에 처넣었을 것이다. 그럴 정도로 할아버지에 대한 악평이 식물원 곳곳에 꿈틀대고 있었다. 이 사람이라면 알지. 그래, 가끔 위에 씨에게 악담을 퍼붓던 사람이지? 노인들은 마구 떠들어댔다. 아! 맞아. 그 심보 고약한 노인네. 너 이 사람 손자니? 요즘 통 못 봤는데 무슨 일이니?

"위에 씨요?"

"연못 근처에서 매일 노래하는 사람들 있지?"

그렇게 말해봤자 식물원에는 노래하고 춤추는 사람 천지였다. 육두구씨 기름 냄새를 풍기는 다른 노인이 말을 이었다.

"네 할아버지는 늘 잔소리를 퍼부으며 그 사람들에게 호통쳤지."

"위에 씨가 한 번 엄청 화를 냈지. 40년 전이라면 네 할아버지를 반드시 죽였을 거라고."

그 시절 나는 왜 그토록 편집증적으로 범인 찾기에 몰두했는지, 지금에 와선 이해할 수 없다. 이러지도 저러지도 못했던 건 사실이다. 가만히 있으면 뭔가 좋지 않은 게 몸에 차곡차곡 쌓이는 기분이었다. 어쩌면 수험이라는 현실에서 눈을 돌리고 싶었는지도 모른다. 수험에 실패했을 때의 변명을 미리 준비해 두려고 했을지 모른다. 나는 열심히 했다고, 하지만 할아버지가 살해당한 걸 알고도 태평하게 지낼 수는 없었어. 뭐, 이런 식으로. 어차피 내 모의고사 성적은 원하는 학교에 붙기에는 턱없이 부족했다.

할아버지를 아주 좋아했지만, 할아버지의 인품을 알수록 터놓고 좋아할 수는 없었다. 할아버지는 가까운 사람에게 철저하게 약했고 강철 같은 충의를 발휘한 한편, 타인에게는 그야말로 무례했다. 무례하기 그지없었다. 이런 이야기도 들었다. 태풍이 지나간 후 할아버지는 식물원을 산책하다 떨어진 벌집을 발견했다. 가만히 지켜보고 있다가 지나가던 다른 노인이 그 벌집을 들어 꿀을 파내 먹기 시작한 걸 발견했다. 주위를 지나가던 사람들도 걸음을 멈추고 합류했다. 그러자 할아버지가 일갈했단다. 이 야만인들아! 이 섬에 문명의 빛은 언제 들어오는 거야! 할아버지에 대해 기억하는 노인들이 하는 말을 나는 잔뜩 주눅 든 채 들었다.

나는 연못 쪽까지 걸어갔다.

노래 부르는 무리는 두 명 정도가 있었는데, 둘 다 라디오의 볼륨을 최대한 높이고 하나는 대만어 노래를, 다른 하나는 일본어 노래를 다 같이 열창하고 있었다. 무섭게 생긴 아주머니에게 물었더니 대만어로 뭐라고 호통치며 일본 노래 쪽으로 나를 쫓았다. 그쪽에서는 할머니가 바이올린 연주에 맞춰 〈어스름한 달밤〉을 흥얼흥얼 노래하고 있었는데, 그 바이올린 연주자가 바로 위에 씨였다.

내 시선을 알아차린 위에 씨가 싱긋 웃었다. 위아래로 운동복을 입은 인상이 온후한 사람이었다. 나는 인사한 후 한동안

애수에 젖은 일본 노래를 듣고 버스를 탄 다음 학교로 갔다.

다음 날에도 찾아갔으나 역시 위에 씨와 이야기를 나눌 기회는 없었다. 아름다운 선율의 일본 동요를 두 곡 정도 들은 게 다였다. 내 의혹을 키울 만한 단서는 아무것도 없었다. 새로운 발견이라면 동요를 듣는데 마오마오의 얼굴이 눈앞에 아른거린 것 정도였다.

그리고 다음 날은 위에 씨가 오지 않았다. 나는 일본 동요를 엉터리로 흥얼대고 있었다. 언젠가 이 노래를 마오마오에게 들려줘야지 생각하며 버스를 타고 학교로 갔다.

그런 상태가 일주일쯤 이어졌다.

드디어 위에 씨와 이야기할 기회가 주어졌을 때는 〈어스름한 달밤〉을 자연스레 부를 수 있을 정도가 되어 있었다. 매일 아침 등교 전에 비닐봉지에 담긴 아침밥을 우물대며 노래를 들으러 오는 이상한 취향의 고교생이 노인들에게 화제가 되지 않을 리 없었다. 그래선지 마침내 위에 씨가 말을 걸어왔다.

"요즘 자주 보이던데."

나는 먹던 만두를 입에 쑤셔 넣으면서 인사했다.

"일본 노래를 좋아하나요?"

"네." 급히 씹었다. "아주 아름다운 노래들이 많네요."

"우리는 일본어 교육을 받은 세대랍니다." 회색 운동복을 입은 위에 씨가 말했다. "이렇게 과거를 추억할 뿐이죠."

1895년부터 1949년까지의 50여 년간, 대만은 일본 통치를 받았다. 청일전쟁 패전에 따른 할양이었다. 이 기간에는 동화 정책으로 학교 교육은 모두 일본어로 이루어졌다. 그러므로 필연적으로 일본인으로 태어나 일본을 고향처럼 사랑하는 위에 씨 같은 일본어 세대가 있기 마련이었다. 그들의 일본 사랑은 예사롭지 않은 부분이 있었다. 2차 세계대전 때는 스스로 자원해 대일본제국을 위해 싸운 사람도 있을 정도였다. 그런 탓에 3만 명이나 되는 사람이 목숨을 잃었다고 교과서에 적혀 있다. 미국의 공습도 받았다. 위에 씨 같은 사람들은 일본인으로서, 나라를 위해, 쇼와 천황을 위해 목숨을 바친 것이다.

그런데 패전과 함께 일본은 대만을 깨끗이 버렸다. 아무래도 너희들은 대만인이야. 대만인은 대만인이지 일본인은 아니야. 그러니 부디 행복해. 그때까지 일본인으로 살아온 사람들의 자아는 그 시점에서 소리를 내며 무너졌다. 대륙에서 공산당에 쫓긴 국민당이 이 섬으로 들어온 사태는(외성인인 내가 할 소리는 아니나) 그야말로 엎친 데 덮친 격이었다. 바로 대만인에 대한 탄압이 시작되었다. 일본어뿐만 아니라 대만어 사용까지 금지되었다. 대만에서 태어나고 자란 내가 대만어를 전혀 모르는 것도 이 때문이다.

"저는……" 나는 입속의 음식물을 삼키고 말했다. "예준린의 손자입니다."

위에 씨의 표정이 흐려졌다.

나는 입을 열기 전에 위에 씨를 관찰했다. 그의 몸 어딘가에 거짓말하는 사인이 들어오길 기대하며. 눈꺼풀의 경련이나 깜빡임, 허공을 헤매는 시선과 뿜어나오는 땀. 유감스럽게도 그런 조짐은 전혀 찾아볼 수 없었다. 위에 씨는 그저 오로지, 나를 의아하게 여겼다.

"할아버지가 생전에 위에 씨와……. 죄송합니다, 위에 씨에 대해 조금 알아봤습니다. 할아버지가 위에 씨와 자주 싸웠다고 들어서 어떤 사람일까 생각했죠."

"생전? 돌아가셨나요?"

"작년에 살해당하셨어요."

위에 씨는 놀라움에 눈을 부릅떴다.

"자네는 설마 내가……."

"아닙니다." 나는 고개를 저었다. "이곳에 오자마자 당신은 그럴 분이 아니라는 걸 알았습니다."

"어떻게?"

"그저 그냥."

"그냥?"

"굳이 말하자면 자제심이 아주 큰 것처럼 보였으니까요. 바이올린을 잘 연주하셔서 그럴지도 모르지만. 악기 습득에는 자제심이 꼭 필요하죠?"

위에 씨는 표정을 풀고 말했다. "음악가 중에 나쁜 사람은 없다는 말인가?"

"그렇게 말할 순 없겠죠. 다만 내게 사람을 죽일 수 있는 사람은 할아버지나 할아버지의 의형제 같은 사람들입니다. 위에 씨와 할아버지는 전혀 달라요."

"그것만으로 내가 범인이 아니라고?"

"뭐, 느낌입니다만."

"자네는 고등학생인가?"

"곧 시험을 앞두고 있습니다."

"자네는 강직한 사람이군."

"아니……."

"순수하고 천진난만해서 세상의 추한 부분을 하나도 몰라. 나도 전시 중에는 사람을 죽였다네." 위에 씨가 말했다. "일본군으로 미얀마에서 싸웠어요. 게다가 지원해서 갔죠."

"그러셨어요?"

"하지만 자네 할아버지를 죽이진 않았습니다."

"네."

"그럼 왜 매일 아침, 이리로?"

"모르겠어요." 나는 잠시 생각한 뒤 덧붙였다. "노래를 듣고 싶었는지도 모르죠."

위에 씨는 나를 가만히 응시했다. 그리고 나를 그룹 사람들에게서 조금 떨어진 벤치로 데려갔다.

우리는 나란히 앉아 이제 막 봉오리를 맺은 연꽃이 가득한 연못을 둘러봤다.

"자네 할아버지가 우리를 눈엣가시처럼 생각하는 마음을 모르는 것도 아니네." 위에 씨는 바로 본론으로 들어갔다. "당신들은 외성인이죠? 그리고 아마 자네 할아버지는 대륙에서 항일 전쟁에 가담했을 테고."

나는 고개를 끄덕였다.

"그의 눈에 일본 통치 시절을 그리워하는 우리 같은 사람들은 노예근성이 뼛속까지 박힌 배신자로 보였겠죠. 그건 오스트리아나 체코 사람들이 독일 노래를 부르며 나치 시절을 그리워하는 거나 마찬가지일 수도 있으니까요."

그의 차분한 말투에서 지성과 품격이 느껴졌다.

"우서사건을 아나?"

"네, 압니다."

1930년대 대만 선주민들이 일본 통치에 반대해 무장봉기를 일으킨 사건이다. 제일 먼저 파출소를 공격했고 약 140명의 일본인이 살해되었다. 총독부는 곧바로 군대와 경찰을 투입해 철저하게 무력 진압했다. 폭동을 진압한 후에도 일본인은 보복을 계속해 약 1,000명의 대만인이 살해당했다.

"일본 통치 시절 전체가 좋았다고 말할 생각은 전혀 없습니다. 하지만 우리 그룹은 많든 적든 다 일본인에게 도움을 받은 경험이 있어요. 보세요. 지금 마이크를 잡은 송 씨는 어릴 때 일본인이 경영하던 커피 농장에서 일했답니다. 가난해서 학교에 다니지 못했던 송 씨의 학비를 그 농장주가 대주었죠. 그 덕분에 송 씨는 고등학교를 졸업해 지금은 작은 회사 사장이랍니다. 나도 초등학교 때 자주 나카에 선생님에게 밥을 얻어먹었죠. 그런데 자네 할아버지는 어떻게?"

"모르겠어요. 다만 경찰 말로는 우발적인 범행은 아니라고."

"그러니까 계획적이었다는 말입니까?"

"현재 범인은 전혀 오리무중이지만." 여기서 생각나 물어봤다. "저우 경관이라는 사람이 탐문을 하러 오지 않았나요?"

"아뇨. 제게는 아무도 안 왔어요."

바로 여기서 나는 저우 경관이 의욕도 없는 인간으로 존경할 가치가 없음을 알았다. 그 남자가 어머니에게 위에 씨 일행 이야기를 흘린 게 벌써 몇 주 전이었다. 근무 태만도 정도가 있지 않나! 대만 경찰이 죄다 저우 경관처럼 한심하진 않겠으나 이 나라의 앞날이 밝을 것 같지는 않았다.

"할아버지는 장점보다 단점이 훨씬 많은 사람이었습니다."

위에 씨는 연못으로 시선을 돌리고 있었다.

"하지만 그런 건 상관없어요."

"우리가 일본을 그리워하는 것과 왠지 비슷하네요."

"네."

"자네 할아버지는 늘 화가 나 있었어요." 위에 씨가 말했다. "가슴속에 아직 희망이 있었던 거죠."

"희망?"

"조바심과 초조함은 희망의 다른 얼굴이니까요."

위에 씨의 말이 무슨 뜻인지 그냥 알 수 있었다. 할아버지에게 그 전쟁은 아직 끝나지 않았던 것이었다. 그래서 늘 모제르를 열심히 닦은 것이다. 그래서 리 할아버지나 구오 할아버지처럼 대만 생활에 적응하지도 않았고, 적응하려고도 하지 않았다. 분노의 불꽃이 꺼지지 않도록 자신을 늘 다그쳤다. 대륙을 떠날 때 멈췄던 할아버지의 시계는 대륙에 한 방 먹이기 전까지는 그대로 멈춰 있었던 것이다.

나는 손목시계를 보고 일어나 위에 씨에게 먼저 자리를 떠야 하는 무례함을 사과했다.

"버스 시간인가?"

"네."

"괜찮으면 또 오게."

나는 다시 고개를 숙이고 터벅터벅 버스정류장으로 걸어갔다. 그 아침을 끝으로 나의 탐정 놀이는 막을 내렸고 나는 다시는 위에 씨를 찾아가지 않았다.

나중에 독학으로 일본어를 배워 대만과 일본을 일로 오가게 되었는데 어쩌면 이때 경험이 어떤 형태로든 영향을 줬을지 모른다.

누가 알겠는가?

스모그에 뒤덮인 타이베이의 새빨간 노을을 보고 있자면 지금도 느닷없이 〈어스름한 달밤〉이 가슴에 차오른다.

## 봄바람이여 불어라

하늘을 보면

저녁달이 걸려 있고

희미한 냄새가 나네

그럴 때 청아한 노랫소리의 반주는 언제나 위에 씨의 바이올린이다.

그리고 살짝 마오마오를 떠올린다. 자, 말해봐. 그녀의 스무살 생일이었던 그날, 마오마오는 나를 위해 주먹을 쥐었다. 누가 너를 화나게 했는지는 모르겠지만 당장 같이 가서 녀석을 날려버리자.

단순한 소꿉친구가 아니라 한 여성으로 그녀를 의식하기 시작한 것은 아마 그때부터였을 것이다.

제7장

# 입시 실패와 첫사랑에 대해

예상했던 대로 아니면 뜻밖이라고 해야 할까, 역시 내 대학 입시는 끝을 맺지 못했다. 나는 그해 9월, 육군 군관 학교에 입학하게 되었다. 그렇다고 해도 내게 이 학교와 관련된 추억은 거의 없다. 그야 그럴 것이 반년쯤 지나 자퇴했으니까.

다 아는 사실이겠으나 규율이나 애국심, 엄격한 상하 관계를 익히기 위해 군관 학교에서는 선배의 후배 교육이 일상적으로 이루어졌다. 그래서 군대와 마찬가지로 밤이 되면 '소리 질러도 되는 시간'이 있다. '소리 질러도 되는 시간'은 미국 육군사관학교를 따라 정식으로 인정된 우리의 권리였던 터라, 낮 동안 잔뜩 쌓인 울분을 풀기 위해 우리는 매일 숙소에서, 화장실에서, 아무도 없는 운동장 구석에서 울며 소리쳤다. 못된 선배의 이름을 불러대며 온갖 험담과 욕으로 규탄했다. '소리 질러도 되는 시간'은 10분의 제한이 있었으므로 감정을 폭발하려면 서둘러야 했다. 우리의 절규는 숙소 지붕을 뚫고 이웃으로 퍼져나가 동네 개들의 울부짖음을 유발했다. 개 짖는 소리는 늘 주인의 분노를 사므로 개들도 아픈 경험을 해야 했다.

사실 우리 1학년생은 개나 마찬가지였다. 개보다 나은 점이 있다면 묶인 채 밥을 먹지 않는다는 정도였다. 게다가 못된 선배 위에도 또 못된 선배가 있고 이런 못된 선배들은 이 시간을 잘 이용했다. 한번은 낮 교련 시간에 내 배를 군화로 찬 선배를 저주하려고 용감하게 화장실로 뛰어 들어갔는데 당사자가 먼저 와서 자신의 선배를 욕하면서 벽을 차고 두드리고 있었다. 나는 그대로 화장실을 돌아 나와 침대에 누워 천장을 가만히 바라봤다. 누군가에 맞은 억울함에 대한 분노를 그 본인이 아니라 더 약한 사람에게 푸는 일을 도무지 받아들일 수 없었다. 언젠가 진급하면 우리도 후배를 괴롭히는 존재가 될 것이다. 이 학교에서 우리가 배우는 것은 절대복종과 괴롭힘을 함께 견딘 동료들에 대한 연대감과 소속감이다. 그리고 다음 세대에 물려주는 것은 분노의 칼끝을 원한도 없는 사람에게 돌리는, 교묘한 자기기만이다. 타인을 모방해 그 욕망을 받아들이는 것 외에는 자기 자신이 될 수 없다고 한 자크 라캉의 주장이 옳았다. 그렇게 전쟁도 모방하게 되는 것이다.

물론 그런 숭고한 생각으로 퇴학을 결정한 건 아니다. 배에 꽂히는 군화와 사정없는 따귀, 하염없이 이어지는 팔굽혀펴기에 질렸을 뿐이다. 이게 무슨 인생의 낭비인가! 실은 이런 이유도 아니다. 그냥 견딜 수 없었다. 그래서 설날 휴가로 집에 왔다가 그대로 다시는 학교로 돌아가지 않았다.

"학교에 안 가고 뭘 할 거니?" 아버지가 무표정한 얼굴로 물었다.

"아직 정하지 않았어." 내 태도도 그리 칭찬받을 만한 건 없었다. "하지만 이건 내가 하고 싶은 게 아니야."

"그럼 너는 뭘 하고 싶은데?"

짜증을 간신히 참고 있는 아버지에게 할아버지를 죽인 범인을 찾고 싶다는 말은 할 수 없었다. 물론 그건 거짓말이 아니었다. 할아버지가 살해당한 후 스스로가 점점 쪼그라드는 것만 같았다. 대학 수험이 실패하자 내 미래는 완전히 닫힌 듯했다. 이제까지 나의 인생에서 가장 빛나는 순간이라면 레이웨이의 자 칼로 내 허벅지를 스스로 찌른 일 정도다. 군관 학교에서는 종종 흉터를 만지며 자신을 달랬다. 그때의 각오를, 새로운 열쇠를 손에 쥔 듯한 뿌듯함을 떠올릴 때마다 언제나 조금 마음이 놓였다.

"네가 뭘 하고 싶든, 이 나라에서는 병역이 끝나야 인생이 시작된다." 아버지는 다 아는 이야기를 했다. "군관 학교만 졸업하면 누구나 소위가 된다. 알겠니? 누구나 말이야!"

"그래서?"

아버지가 눈을 부라렸다.

"직업 군인이 되어 원한도 없는 사람을 죽이고, 그래서 할아버지처럼 누군가에게 살해되라고?"

아버지는 분개했으나 이번에는 회초리를 꺼낼 기력조차 없을 정도로 외아들에게 절망했다. 그 탓에 마음도 대범해져, 나가라, 네 얼굴은 보고 싶지도 않다, 군대에 가든 거리의 양아치가 되든 맘대로 해라, 그것도 안 되면 위우원 삼촌과 배라도 타라고 하더니 개를 쫓듯 손사래를 쳤다.

"그거 좋네!" 나는 큰소리쳤다. 어른인 척해도 아직 열아홉이었다. "이런 집구석, 내가 나갈게! 당신 열등감에 더는 어울리기 싫어!"

"열등감? 너 지금 뭐라고 했냐?"

"할아버지가 위우원 삼촌만 편애해서 싫었지?" 나는 집요했다. "그래서 열심히 공부해 좋은 대학에 가 할아버지에게 인정받고 싶었겠지. 맞다. 할아버지는 당신을 인정했지. 예 집안에서 첫 번째 대학생이라고. 하지만 위우원 삼촌이나 밍첸 삼촌처럼 예뻐했느냐는 다른 문제지."

아버지의 얼굴이 순식간에 벌겋게 변하고 눈이 촉촉해졌다. 아무래도 아픈 데를 정확히 찌른 듯하다. 그걸로 충분했다. 그러나 탄력받은 내 입은 바로 멈추지 않았다.

"위우원 삼촌을 함부로 말하지 마. 고등학교 교사가 선원보다 그렇게 대단해? 온몸으로 일하는 사람을 깔보지 말라고!"

내 목소리가 아직 사라지지 않았을 때 어머니가 번개처럼 날아와 혼신의 따귀를 날렸다. 철썩, 뺨이 터질 것 같았고 별이 보였다. 입안 가득 담겨 있던 불평불만이 어딘가로 튀어 나가

버려 나는 눈만 껌뻑였다.

"입 다물어!" 반대 빰에도 묵직한 따귀가 날아왔다. "너는 뭐 대단하니? 좀 컸다고 부모에게 설교를 늘어놔! 사과해, 무릎 꿇고 아버지에게 빌어!"

내가 꿈쩍도 하지 않고 우두커니 서 있자, 어머니는 그 역시 반항으로 간주하고 네가 그런 식으로 나오면 나도 생각이 있다는 듯 고개를 끄덕였다. 기다리라는 말을 남기고 안으로 들어가더니 아버지의 회초리를 들고 돌아왔다.

"다시 말해 봐라……. 열등감은…… 네가 있는 거 아냐……? 군관 학교도…… 제대로 다니지 못한 주제에!"

어머니가 한마디씩 끊으면서 회초리로 나를 후려쳤다. 휙 바람을 가르는 소리가 단어와 단어를 갈라놓았다. 회초리가 닿을 때마다 나는 비명을 지르며 풀쩍풀쩍 뛰었고 몸을 둥글게 말고 웅크렸다.

"악!"

"이제 알겠니?" 휙!

"아파!"

"부모에게 그따위로 말하면……." 철썩!

"악!"

"어떻게 되는지……." 휙.

"아프다고!"

"알겠냐고?" 철썩!

"아야!"

"고등학교 교사가……." 휙.

"그만해!"

"당연히 훌륭하지." 철썩.

"적당히 좀 해. 나도 성질낸다!"

"성질을 내?" 휙.

"아프다니까!"

"어디 해봐라." 철썩.

"잠깐 타임!" 나는 야구선수처럼 양손으로 T 자를 만들었다. "피 났어! 피 났다고!"

"이래도 아직 까불어……. 아직 잘못했다고 안 빌어……. 때려죽여 주지……. 너 같은 자식은…… 내가 때려죽일 거야!"

어머니의 서슬은 평범함을 넘어섰고 나는 온 집 안을 도망쳐 다녔다. 완전히 당황한 아버지가 말렸을 정도였다.

나는 참지 못하고 집을 뛰쳐나왔다. 끈질기게 몸을 휘감는 회초리에서 벗어날 방법은 그것밖에 없었다.

"다시는 집에 돌아오지 마!"

어머니의 호통 소리가 망사 문을 뚫고 날아왔고, 제단에 올려져 있던 파인애플과 무가 포탄처럼 날아왔다.

나는 전속력으로 달릴 수밖에 없었다.

거리는 아직 설날 분위기가 남아 있었다. 폭죽 잔해가 바람에 날리고 로켓 불꽃놀이 막대기가 여기저기 떨어져 있었다. 축제 때는 언제나 불꽃놀이가 등장하는데 그 탓에 불이 나는 일도 많았다. 그해는 우리가 어려서부터 귀신 집이라고 불렀던 집이 타버렸다. 그 집은 노파의 가게로 가는 도중에 있는 검은 대문집이었는데, 대단한 전설이나 목격담은 없었으나 검은 대문 탓에 아이들이 꺼리며 싫어했다. 누구도 귀신 집의 내부를 본 적은 없었다. 주변 일이라면 뭐든 아는 샤오 할머니조차 누가 주인인지도 몰랐다. 다 타고 난 뒤에야 안 사실인데, 검은 문은 이 집의 뒷문이고 정문은 우리 집과 마찬가지로 붉은색이었다. 타버린 집터에는 뜨거운 햇살을 받는, 상쾌해 보이는 잔디밭이 있었다.

아이들의 세뱃돈을 갈취하는 수상쩍은 소시지 노점상도 아직 있었다. 이런 노점상은 소시지를 구우면서 옆에 귀뚜라미 망이나 슬롯머신 기계를 놓고 주인과 게임을 해서 이기면 커다란 소시지를 받을 수 있었다. 일확천금을 노리는 녀석들이 모여들었는데 이런 소시지 가게에는 소시지에 쥐 고기를 넣는다고 들었다.

갈 곳도 없어 리 할아버지에게 갔다.

리 할아버지의 집은 좁은 골목길의 막다른 곳에 있는데, 빛이 들지 않는 마당에 패기 없는 닭 한 마리를 기르고 있었다. 계속 기르다 보니 정이 들어 잡아먹지 못했더니 닭도 시나브로 나이가 들고 말았다. 이 늙은 닭은 다른 닭들이 어떻게 죽었는지 계속 봐왔으므로 웬만한 일에는 꿈쩍도 하지 않고 눈에 깊은 슬픔을 담고 있었다. 철 지난 목련꽃이 꽃향기를 내뿜고 있었다.

객실에서 리 할아버지와 구오 할아버지, 밍첸 삼촌, 설날에 맞춰 귀국한 위우원 삼촌이 마작을 두고 있었다. 내가 할아버지에게 기척을 내고 인사하자 할아버지는 바로 차를 타오라는 둥 노파의 가게까지 달려가 담배를 사 오라는 둥 심부름을 시켰다.

그 후 테이블 옆에 앉아 밍첸 삼촌이 마작 두는 걸 지켜봤다. 성격이 고스란히 드러나는 마작이었다. 허세는 부리면서도 소심한 밍첸 삼촌은 무슨 이삭줍기라도 하듯 패를 모아서 보고 있자니 지루하기 짝이 없었다.

"그런데 치우성, 군관 학교는 어떻게 됐니?"

구오 할아버지는 패를 버리면서 뒤가 길게 늘어지는 산둥 사투리로 물었다.

나는 입을 열려고 했는데 리 할아버지가 가로막았다.

"왜 전쟁하는데 학교 같은 데 가야 하지! 도무지 모르겠어. 결국은 비행기를 가진 놈이 이기니까 나라는 돈을 모아 비행기를 다 사들여야지."

"할아버지, 노망들었어요?" 밍첸 삼촌이 패를 버리면서 낄낄대고 웃었다. "공산당은 비행기가 없었는데도 이겼어요."

"네가 뭘 알아!"

“다 끝난 일이었어. 죄다 공산당 편이었으니까.” 구오 할아버지가 웃었다. “공산당 녀석들은 너무 가난해 속옷 같은 것도 입지 않았어. 그런데 간호사들은 속옷을 못 입은 녀석들만 구해줬지. 아무리 비행기가 많아도 그래선 이길 수가 없지.”

“장제스는 병사를 소중히 여기지 않았어.” 리 할아버지는 밍첸 삼촌이 버린 패를 깠다. “신장을 지켰던 타오지위에 총사령관도 버렸으니까. 적장이 누구였더라?”

“왕전이었지. 어쨌든 우린 졌어. 중국 전역에 흩어져 있던 병사를 다 불러모아 대만으로 데려오지 못했다고 해서 노장에게 책임을 물어선 안 되지. 그런 일을 해선 안 돼.”

구오 할아버지가 딱 잘라 말하자 일행 넷은 입을 다물고 승부에 집중했다. 한동안 피어오르는 담배 연기 속에서 패 부딪히는 소리만 났다.

리 할아버지는 할아버지가 국민당에 입당한 후에 만나 의형제를 맺은 사이로, 우리 가족을 대만으로 오는 배에 실어준 은인이었다. 자신의 처자식은 그대로 구오 할아버지에게 맡겼다. 구오 할아버지 역시 가족을 다른 의형제에게 맡겼는데 중간에 무슨 일이 있었는지 그대로 생이별했다. 이후 할아버지는 혼자 생활했다. 물론 우리 할아버지도 자기 가족은 제쳐두고 전사한 슈알후—할아버지에게 공산주의자를 생매장하라고 명령한 남자—와의 약속을 지키려고 그의 아들 위우원 삼촌을 목숨 걸고 대륙에서 데려왔다.

"어머, 치우성 왔니?"

리 할아버지의 부인이 안에서 나와 내 머리를 쓰다듬으며 세뱃돈이 든 빨간 봉투를 주었다.

"리 할머니, 고맙습니다. 새해 복 많이 받으세요."

"그래. 너도 복 많이 받아라." 할머니는 그렇게 말하면서 바로 내게 등을 보였다. "치우성, 이 지퍼 좀 올려다오."

나는 그녀의 원피스 지퍼를 올렸다. 리 할머니는 지금부터 마작하러 가려는지 화장을 꼼꼼히 하고 옆구리에 비즈가 달린 파우치를 끼고 있었다. 탐스러운 검은 가발도 쓰고 있었다.

"학교는 어떠니?"

"아, 사실은 금방 아버지에게 말했는데……."

"여보. 잠깐 리우 씨에게 갔다 올게……." 리 할머니는 다른 사람 말은 듣지 않는다. "치우성, 과자 먹어라."

"아, 예."

"실컷 먹어라, 알았니?"

"세상 좋아졌어." 구오 할아버지가 패를 까면서 큰 목소리로 말했다. "대륙에 있을 때는 다들 가난해서 과자는 정월이 지날 때까지 장식만 해뒀지. 어릴 때 참지 못하고 손을 댔다가 무척 혼났지."

"마작도 마찬가지지"라고 리 할아버지가 말했다. "처음 대만에 왔을 때는 관헌에게 걸리면 배급표를 몰수당했잖아."

도박은 여전히 당국이 금지하고 있는 일이라 리 할아버지의 집에는 성인 남자 넷이 숨을 만한 커다란 장롱이 있었다. 마작 테이블에 담요를 까는 것은 패 때리는 소리가 나지 않도록 하기 위해서가 아니라 헌병에게 걸렸을 때 패를 휙 감싸 도박의 흔적을 없애기 위해서였다.

위우원 삼촌이 패를 다 모으며 끝내자 웃음소리와 한탄하는 소리, 패가 테이블에 쏟아지는 소리가 교차했다.

패가 섞였다가 다시 빠르게 쌓였다. 노인들의 손이 피아노 건반 위를 미끄러지듯 패를 만지자 136장의 패가 녹색 등을 보이며 착 정렬했다. 주사위가 던져지고 네 사람의 손이 차례로 패를 가져갔다.

"어이, 이봐! 이번 달 계는 누가 타?" 리 할아버지의 탁한 목소리가 날아갔다. "이번이 모후이 아닌가?"

모후이(末会)란 마지막 계 모임을 가리킨다. 모후이를 끝으로 그 계는 소임을 다한다. 마지막 계 모임에는 모든 계원의 이자가 포함되어 있어서 가장 쏠쏠하다.

리 할머니는 거울을 보고 립스틱 상태를 점검하면서 "예 씨야"라고 대답했다.

"예?" 나는 놀라 물었다. "우리 어머니가 계를 들었어요?"

"네가 또 어디 대학에 들어갈 마음이 생기면 돈이 필요하지 않겠니?"

"……."

"네 어머니는 말이다, 네가 군관 학교에서 잘 지내리라 생각하지 않는단다."

뭐라 표현할 수 없는 심정이 가슴에 차올랐다.

나는 아버지의 기대를 저버리고 어머니의 기대에 응할 만한 각오도 없었다. 자신이 뭘 원하는지조차 알지 못했다. 확실히 나라에 대한 봉사가 끝나지 않으면 아무것도 시작할 수 없다. 하지만 그렇다고 전혀 초조하지 않다는 소리는 아니다. 공산주의자들을 두려워하는 것도 아니다. 아니, 무섭긴 무섭다. 하지만 녀석들이 마음만 먹으면 대만은 5분 만에 초토화될 테니 공산당을 두려워하는 것은 거대한 운석이나 핵폭탄을 두려워하는 것만큼이나 무의미한 일이다. 내 초조함은 훨씬 더 초라하고 애매하고 뭐라 설명할 수 없는 것이었다. 무엇보다도 내게는 남아돌 정도의 미래가 있었다.

거의 무의식적으로 허벅지에 난 오랜 상처를 손가락으로 더듬고 있었다. 할아버지를 쏟아지는 총알 속에서 구하고 위우원 삼촌을 해적의 습격에서 보호했던 도깨비불이 지금 내 안에 있다. 하지만 아무리 그걸 쓰다듬어도 도깨비불은 침묵만 지켰다.

자리의 공기가 점점 팽팽해졌다. 이제 슬슬 모두 패를 거의 다 맞췄다. 밍첸 삼촌에 관해 말하자면 온통 초록색 패만 들고 있었다. 일생일대의 큰 승부에 벌써 눈이 충혈되고 땀을 삐질삐질 흘리고 있었다. 만약 여기서 끝낼 수 있다면 밍첸 삼촌에게는 최고의 춘절이 될 것이다. 그 전에 심장발작으로 훌쩍 저세상으로 가지 않는다면 말이다. 옆자리의 위우원 삼촌의 패를 슬쩍 들여다보니 여기도 두 종류의 패를 놓고 한 장만 모으면 끝나는 상황이다.

리 할아버지도 매처럼 날카로운 눈빛으로 자리에 나온 버린 패를 읽고 있었다.

"그래서, 치우성." 필요 이상으로 밝게 행동하는 구오 할아버지에게 모두가 경계심을 드러냈다. "군관 학교는 어떻게 됐니?"

"나, 생각해 봤는데……."

"저기, 위우원. 이거 좀 부탁해." 가발 상태를 정리하던 리 할머니가 위우원 삼촌에게 편지 한 통을 맡겼다. "언제 떠나?"

"배는 모레 떠나니까 닷새나 엿새 안에는 일본으로 갈 거예요." 위우원 삼촌은 그 편지를 그대로 내게 건넸다. "치우성, 내 외투 주머니에 넣어둬라."

봉투를 보니 중화인민공화국 산둥성 칭다오시 어디, 마다준이라는 사람에게 보내는 편지였다.

1977년, 천하태평인 듯 보여도 대만과 중국은 여전히 전쟁 중이라 양쪽 지역의 소식은 제3국을 통해 전해야 했다. 일본이나 미국에 있는 친척이나 지인이 편지나 짐을 중계해 줬는데 우리 집은 배를 타는 위우원 삼촌이 그 역할을 맡았다.

"우리 할아버지도 자주 이 사람과 연락했던 것 같은데." 내가 물었다. "누구예요?"

"네 할아버지의 오랜 의형제지." 구오 할아버지가 그렇게 말하자 리 할아버지가 뒤를 이었다. "전쟁 때 네 가족을 칭다오

항구까지 데리고 와 내게 인계한 사람이지. 마 형이 없었으면 밍첸, 너는 대륙에서 야만인처럼 살았을 거다."

밍첸 삼촌은 또 시작이라는 표정으로 눈을 크게 뜨고는 눈알을 한 바퀴 돌렸다.

"기골이 있는 남자였지." 구오 할아버지가 내게 말했다. "싸움이 벌어지면 늘 제일 먼저 달려들었어. 나는 네 할아버지와 함께 이 눈으로 다 봤다고. 마다준은 리우헤이치의 부하를 혼자 죽이러 갔다니까."

"거짓말!" 리 할아버지가 호통쳤다. "리우헤이치는 우는 아이도 울음을 멈추게 했다는 도적 두목이야. 부하 하나가 당하면 그 일을 한 녀석의 마을 사람을 모두 죽이지 않으면 미친개가 되지. 네가 마다준이 그런 리우헤이치의 부하를 죽이는 걸 봤다고?"

"그 남자가 마다준의 여자에게 치근댔다고. 녀석들이 싸우려고 한다는 소리를 듣고 한걸음에 달려갔지. 그랬더니 마침 마다준이 녀석의 배를 식칼로 찌르고 있더라고."

리 할아버지는 그런 허풍은 들어본 적 없다는 듯 침 뱉는 시늉을 했다.

"그런 마 할아버지가 왜 대륙에 있는데요?" 밍첸 삼촌이 끼어들었다. "우리를 리 할아버지에게 보내고 훌쩍 사라졌잖아요."

"녀석은 공산당이었으니까." 패를 뒤집으면서 리 할아버지가 대답했다. "당은 상관없어. 적 중에도 친구는 많으니까. 그 덕분에 목숨을 구할 때도 있고."

"슈알후도 그랬지." 구오 할아버지는 슬쩍 위우원 삼촌을 보며 말했다. "공산당에 잡혀 죽을 뻔한 걸 마다준이 네 아버지를 놓아줬다."

콜라를 좋아하는 위우원 삼촌은 콜라를 들이켜고는 괴로운 듯 얼굴을 찡그렸다. 그리고 아무 말도 하지 않았다. 미간을 잔뜩 찌푸리고는 험악한 표정으로 자신의 패만 노려봤다. 아마도 마작 패 너머로 나로서는 상상만 할 수 없는 날들을 보고 있겠지.

할아버지가 전쟁터에서 슈 가문을 뒤쫓아가 보니 주변 일대가 모두 피바다였다고 했다. 위우원 삼촌의 아버지, 그러니까 슈알후는 이미 화이하이 전투에서 희생되어, 할아버지는 그의 가족을 전화에서 구해내기 위해 동분서주했는데 아내와 두 딸은 이미 누군가에게 처참하게 살해된 후였다.

"양아버지가 왔을 때 나는 거름통에 숨어 있었어." 위우원 삼촌이 툭 말을 내뱉었다. 반창고를 떼어내고 피가 나오는지를 확인하는 듯한 목소리였다. "어머니와 여동생들의 비명이 들렸는데 그냥 숨어만 있었어."

"어린 네가 뭘 할 수 있었겠니?" 노인들이 화를 내듯 내뱉었다. "이 멍청한 녀석아, 자책하지 마라."

"그때 나는 이미 열여섯이었어. 나는 이제 어엿한 어른이라고 생각했었다고. 하지만 양아버지가 뭘 묻든 입을 열지 않았어. 몸이 떨려 도무지 멈추질 않았어. '네가 슈위우원이냐?', '나는 네 아버지 부하야', '자, 나랑 같이 가자'. 거기에 나는 대답도 하지 못했어. 어쩌면 이놈은 아버지의 부하인 척하는 거고 사실은 나를 죽이러 왔을지도 모른다고 생각했지. 하지만 그래도 상관없었어. 더는 아무것도 생각할 수 없었거든."

"전쟁이었어!" 노인들이 또 나란히 소리쳤다. "내가 네 가족을 죽이고 네가 내 가족을 죽이지. 그런 시대였다."

회색 군복을 입은 남자들이 집에 들이닥쳐 어머니와 여동생들을 죽였어. 위우원 삼촌이 간신히 입을 떼고 그렇게 말한 것은 배가 곧 대만에 도착할 무렵이었다. 위우원 삼촌은 그때 비로소 소리 내어 울었다. 빠져 죽는 게 아닐까 할아버지가 걱정했을 정도로 하염없이 눈물을 흘렸다. 아마 그날 아침의 나처럼. 아침 안개 속을 떠도는 더우화 장수의 목소리에 위우원 삼촌의 어머니와 여동생들의 비명이 겹치더니 내 귓속에 멀리서 들리는 기적 소리처럼 길게 이어졌다.

회색 군복이라면 국민당 패잔병이겠구나. 훨씬 뒤에 할아버지는 내게 그렇게 말했다. 누가 진실을 알겠나? 그때는 누가 누군지 몰랐지. 죽은 공산주의자로 둔갑해 대륙에 남은 국민당원도 있지. 회색 군복? 허허. 그야 죽은 병사의 군복을 빼앗은 도적일 수도 있고 국민당으로 둔갑한 공산당일지도 모르지 않나!

"국민당이 이기든 공산당이 이기든." 구오 할아버지는 패를 내팽개치듯 버렸다. "전쟁이 끝나면 금방 같이 살 줄 알았지."

"대만에 살게 될 줄은 생각하지도 못했어." 리 할아버지가 안타깝다는 듯 맞장구를 쳤다. "잠시 피난했다가 바로 고향에 돌아갈 줄 알았지. 그래서 마다준과 같이 슈알후 가족을 죽인 놈을 찾아 피로 보복하자고!"

"마다준도 이후 삶이 편안치는 않았잖아?"

"그랬지. 한국전쟁 때 전선에서 총알받이가 되기도 하고 문화대혁명 때는 시골에서 거름이나 푸는 신세가 되었지. 그 후 선양의 기관차 제작에 보내지기도 하고. 최근 들어 간신히 칭다오로 돌아왔다고 편지에 적혀 있더군."

"이제 됐어요." 이런 지루한 옛날 이야기는 지긋지긋하다는 듯 밍첸 삼촌이 목소리를 높였다. "마작이나 계속하자고요."

밍첸 삼촌은 상당히 분발했으나 끝내 이 판은 아무도 나지 못하고 끝나버렸다. 나기 직전까지 갔던 터라 밍첸 삼촌은 매우 분해했다. 밍첸 삼촌의 인생은 매사 이런 식이었다.

나는 잠깐 더 마작을 구경하다가 집으로 돌아와 부모님에게 제대로 빌었다.

춘절 휴가가 끝나자 야금야금 무위도식의 날들로 들어갔다.

육군 군관 학교로는 돌아가지 않았으나 내게는 나름대로 계획이 있었다. 최대한 군관 학교에 학적을 두는 것이었다. 그러면 학생이라는 신분이 보장되어 병역을 치르지 않아도 됐다. 그렇게 어떻게든 7개월을 버텨 대학 수험에 재도전해 이번에야말로 멋지게 대학에 붙으면 병역을 4년이나 보류할 수 있었다.

학교에 가지 않은 지 한 달쯤 지났을 때 군관 학교에서 복학을 독촉하는 편지가 도착했다. 나는 일단 읽어보고 찢어버렸다. 두 달이 지났을 때 같은 편지가 왔다. 나는 봉투를 뜯지도 않고 찢어버렸다.

그 모습을 본 아버지는 떨떠름한 표정을 지을 뿐이었다. 내가 없을 때 어머니가 끈질기게 설득해 주었을 것이다. 아버지는 마침내 4월 들어서 내가 재수하는 것을 인정해 주었다. 그뿐만 아니라 7월까지 도망 다닐 수 있는 조언도 해주었다.

"절대 퇴학 절차를 밟으러 가지 마라. 틀림없이 금고 처분을 당할 거다."

그런 이유로 군관 학교가 보낸 세 번째 편지는 퇴학 절차에 관한 안내였는데 곧장 쓰레기통으로 들어갔다.

나는 부모님이 실망하지 않도록 공부에 매진했다. 예 집안에서 세 번째 학사가 되겠다는 의욕으로 충만했다. 실제로 5월까지는 시간 대부분을 책상에서 보냈다. 이제 다음은 없다. 군대에 가거나 대학에 붙거나, 둘 중 하나인 상황이었다.

그날 방에서 공부하고 있는데 객실 쪽이 소란스러웠다. 도대체 무슨 일인가 싶었는데 할머니가 나를 불렀다.

"치우성! 이리 와라, 치우성!"

가보니 할머니와 어머니가 창백한 얼굴의 마오마오의 손을 잡고 소파에 앉히고 있었다.

"왜 그래?"

"이상한 남자가 따라왔단다."

할머니의 말대로 마오마오는 잔뜩 겁먹은 상태였다. 퇴근길이었던 마오마오는 계속 자신의 뒤를 쫓아오는 발소리를 피하려고 순간 우리 집으로 피해 들어온 것이다. 어머니가 뜨거운 차를 끓여줬는데 찻잔을 든 손이 벌벌 떨렸다.

나는 바로 맨발로 뛰어나가 집 주위와 전봇대 뒤에 숨은 수상한 사람을 찾았다. 깨진 벽돌을 주워들고 우리 집에서는 사각지대인 큰 도로 모퉁이까지 달렸다. 뜨거운 밤바람이 인적 없는 골목을 훑었고 어두컴컴한 전봇대의 알전구에 하루살이가 잔뜩 몰려 있었다.

"기분 탓이 아니었다고." 땀을 흘리며 집으로 돌아온 내게 마오마오는 호소했다. "무엇보다 내가 뛰니까 쫓아왔다고!"

나는 고개를 끄덕였다.

마오마오가 안정을 찾을 때까지 기다려 할머니가 이렇게 명령했다.

"네가 데려다줘라."

어두운 골목길로 나오자, 그녀는 내게 꼭 붙어 걸었다. 나는 괜히 마음이 심란했다. 어릴 때는 자주 어깨동무를 하고 걸었다. 우리 집에도 그녀의 집에도, 우리가 위우원 삼촌의 품에 안겨 찍은 어릴 적 사진이 똑같이 놓여 있다.

"타이베이도 위험해졌네." 마음을 달래려는지 마오마오는 평소보다 훨씬 수다스러웠다. "너, 알아? 지난달, 청년 공원에서 사람이 살해당했대. 퇴근하던 여성이 아주 잔혹하게 죽었다잖아. 그리고 얼마 전 샤오잔의 집에도 도둑이 들어 TV를 훔쳐 갔잖아. 그래서 샤오잔이 엄청 화를 내며 험악한 녀석들을 끌고 범인을 찾아 다녔지."

나는 그녀의 옆얼굴을 훔쳐봤다. 바짝 위로 올라온 속눈썹은 어릴 때 그대로였다. 오뚝한 코, 뺨의 주근깨, 언제나 살짝 열려 있는 입술. 예전과 달라진 점은 언젠가부터 자신이 그녀를 내려다보게 되었다는 것과 그리고 그녀의 셔츠 품이 부풀어 올라오게 되었다는 점뿐이었다.

"요즘 어떻게 지내? 군관 학교는 그만뒀어?"

"다시 대학 시험을 보려고."

"대학에서 뭘 공부하고 싶어?"

"문학…… 일본어도 좋을 것 같아."

"일본어?"

"아직 몰라. 막연하게 생각한 것뿐이야."

"그럼 이제 곧 시험이네. 열심히 하고 있어?"

"그렇지 뭐." 나는 그렇게 말하면서 가로등 아래 있는 세 그림자에서 시선을 떼지 않았다. "여전히 춤추러 다녀?"

"가본 적 있어?"

나는 고개를 저었다.

"정말 신나. 다음에 같이……."

"천야후이!" 그림자 하나가 불쑥 나타나 마오마오의 이름을 불렀다. "그 녀석은 누구야?"

"리양지에리?" 마오마오는 바로 상대가 누군지 알았는지 작은 몸에 잔뜩 분노를 드러냈다. "이런 데서 뭐 하는 거야? 아까 나를 따라온 사람이 너야?"

"그 녀석은 누구냐고?"

"상관없잖아!"

나는 성을 내는 마오마오와 남자를 번갈아 봤다. 20대 중반쯤으로 보였는데 딱 보기에도 성실한 녀석은 아닌 듯했다. 그 녀석에게서 뚱보와 비슷한 분위기가 났기 때문이다. 아니, 더 나빴다. 뚱보는 여자를 먹잇감으로 이용하나 혼자 행동한다. 그런데 이 녀석들은 셋이서 마오마오를 쫓아온 것이다.

"오늘은 일 있다고 하지 않았냐!"

"있다니까." 마오마오가 비웃었다. "개를 산책시키고 길고양이 밥도 줘야 해."

"야!" 리양지에리는 앞으로 나서려는 동료를 제지하고 말했다. "나를 너무 우습게 보네."

"머리가 어디 이상해? 병이야? 너, 내가 분명히 말했잖아. 너랑 안 사귄다고."

"저 녀석 때문이야?" 이번에는 내게 화살을 돌렸다. "저 녀석이 나보다 좋아? 아직 애송이잖아!"

"너무 나대지 마라. 리양지에리!"

그 잘난 입에서 기관총처럼 이어 나온 것은 남자인 나도 귀를 막고 싶을 정도의 저급한 욕설이었다. 마오마오는 리양지에리의 아주 은밀한 장소에 난 털 하나까지 능멸했다. 마오마오는 뚱보의 조카라 이런 종류의 남자를 아주 잘 다뤘다. 어려서부터 뚱보에게 자신과 같은 여자 사냥꾼을 어떻게 처리하는지 배웠을지 모른다.

남자들이 돌진해 우리를 둘러쌌다. 둘이 나를 사이에 두고 턱을 들이밀며 뚫어지게 노려봤다.

"뭐가 마음에 안 드는데?" 리양지에리는 더 물고 늘어졌다. "자, 화해하게 밥이나 먹으러 가자."

"어떻게 말해야 알아듣겠어? 나는 간호사로서 너를 대했을 뿐이야. 내가 착각하게 했다면 사과할게."

"내가 대만인이라 그래?"

"너라 그렇다니까!"

"왜 안 되는데?"

"미안하다는 말밖에 할 말이 없네."

"됐으니까 따라와!"

리양지에리가 팔을 움켜쥐자 마오마오가 소리를 질렀다.

"젠장!" 나는 눈앞의 남자들을 뿌리치고 리양지에리를 때려 눕혔다. "그만하라잖아!"

다른 놈들이 뒤에서 덮친 데다 마침 일어나던 리양지에리에게 얼굴을 맞고 말았다.

"비켜!"

"치우성!" 마오마오가 녀석의 뺨을 휘갈겼다. "무슨 짓이야!"

"이게!" 리양지에리는 눈을 부릅뜨고 마오마오의 뺨을 때려 쓰러뜨렸다. "아주 의기양양하구나, 이 매춘부야!"

나는 의미를 담지 못한 으르렁대는 소리를 내며 리양지에리를 머리로 들이받았다. 얼굴을 때리고 배를 차버렸다. 달려드는 남자의 배를 힘껏 차 물리치고는 쓰러진 마오마오를 잡아 일으켰다.

"마오마오, 달려!"

순식간에 달리기 시작한 우리 뒤로 남자들이 고함을 치며 바로 쫓아오는 발소리가 들렸다.

나는 마오마오의 손을 잡고 광저우지에 골목길을 내달렸다. 그러면서 자전거나 나무상자를 쓰러뜨렸다. 그 탓에 상대는 멋지게 나뒹굴었으나 그렇다고 포기할 정도는 아니었다. 개들이 컹컹 짖으며 쫓아왔고 어른들이 깜짝 놀라 내 이름을 부르며 욕을 퍼부어댔다.

"이 녀석아, 저기 서!" 등 뒤로 욕설이 날아와 꽂혔다. "네 놈의 다리를 분질러 주지!"

어디를 어떻게 달렸는지는 모르겠으나 나는 마오마오의 손을 꼭 잡고 있었다. 그래서 그녀가 이미 한계라는 걸 깨달았다. 이렇게 된 이상 술래잡기는 그만두고 한바탕 붙는 수밖에 없다. 상대는 셋이다. 다리가 부러지지는 않겠으나 이빨 하나쯤은 각오해야 하리라.

그런데 이게 무슨 일인가. 하늘의 도움인지, 땅의 가호인지, 노파의 가게 앞을 지나가는데 취두부 노점 테이블에서 술을 마시고 있는 샤오잔이 눈에 들어왔다.

"샤오잔! 샤오잔!" 나는 폐에 남아 있던 얼마 안 되는 공기를 모두 토해냈다. "샤오잔, 좀 도와줘!"

웃통을 벗고 맥주를 마시고 있던 샤오잔이 몸을 내밀더니 잔을 테이블에 쾅 내려놓고 일어났다. 몸에 문신이 잔뜩 있는 의형제들도 따라 일어났다.

"제기랄!" 샤오잔을 포함한 다섯 명의 불량배가 추격자들을 맞았다. "내 형제를 못살게 굴다니, 어디 사는 누구냐!"

걸음을 멈추고 돌아보니 이번에는 리양지에리 일당이 샤오잔 일행에게 쫓기고 있었다. 샤오잔 일행 중에는 깨진 병을 움켜쥔 녀석도 있었다.

완전히 숨이 찬 마오마오는 몸을 둘로 접고 헉헉거리고 있었다. 나도 비슷한 상황이었다.

"이제 괜찮아." 호흡을 가다듬으면서 그렇게 말했다. "샤오잔이 끝내줄 거야."

그녀는 몸을 앞뒤로 흔들면서 여러 번 고개를 끄덕였다.

"그때 한 말, 진짜였네."

"그때?"

"말을 걸어오는 남자 정도는 있다고 했잖아? 뚱보가……." 침과 함께 란동슈에의 이름을 삼켰다. "누군가를 성묘하러 가는 뚱보와 마주쳤을 때."

마오마오는 생각이 난 것 같지는 않았는데 거친 호흡 사이로 "괜찮은 놈이 없어"라고 내뱉었다.

그다지 웃긴 말도 아니었는데 우리는 서로에게 기댄 채 한참을 웃어댔다. 웃다가 기침까지 하면서 나는 부모님의 만남을 떠올렸다. 혼자 영화를 보러 갔는데 뒤에서 손이 쑥 나오더니 어머니의 핸드백을 뺏으려 했다는 것이다. 어머니는 너무 놀라 소리도 지르지 못했으나 일단 온 힘을 다해 백을 지키려고 했다. 도둑은 백을 뺏으면서 낮은 목소리로, 나는 칼을 가지고 있단 말이야, 라고 협박까지 했다.

"그때 도와준 사람이 네 아버지란다." 언젠가 어머니가 말해주었다. "운명의 사람을 만날 때는 나쁜 일조차 도움이 되지."

이 사건 이후로 마오마오는 퇴근길에 종종 우리 집에 들렀다. 그러자 놀랍게도 내 하루 시간 배분도 그녀의 방문에 맞춰 자연스럽게 정리되었다. 특별히 의식한 것도 아닌데 마오마오가 집에 오기 두세 시간 전부터 집중력이 극도로 높아져 공부 이외에는 전혀 눈에 들어오지 않았다. 그리고 그녀의 목소리가 들릴 무렵에는 모든 체력을 다 소진해 마침 그만해야 할 참이었다. 나는 책상 앞에서 크게 기지개를 켜고 뭉친 어깨를 풀면서 휴식에 들어간다. 마오마오와 한동안 무난한 이야기를 하고 그녀의 집까지 데려다준다. 그 길에 책 이야기를 하거나 빙수 가게에 들르기도 했다.

6월이 되자 더위가 더 무겁게 광저우지에를 내리눌렀다. 야자나무조차 이제부터 찾아올 더위에 축 늘어져 있었다.

어느 목요일 황혼이 내려앉았을 때, 나는 마당에서 멀거니 닭을 쳐다보면서 괜스레 마오마오를 기다리고 있었다. 그때 나는 위우원 삼촌이 일본에서 사다 준 조깅 팬츠를 입고 있었다. 양쪽 옆에 파란 줄이 있는 세련된 하얀 바지로 바람이 정말 잘 통했다. 위우원 삼촌은 만약을 위해 다른 크기의 바지도 사 왔는데 그것은 하얀 파도가 한 면을 가득 채우고 있어서 너무나 일본적이었다. 본 순간 이건 멋쟁이인 마오마오에게 잘 어울리겠다고 생각했다. 그래서 마침내 나타난 그녀에게 어차피 나는 작아서 못 입는다며 선물로 줬다.

"신난다!" 마오마오는 깡충깡충 뛰며 좋아했다. "정말 멋진 반바지네."

"대만인에게는 이런 발상이 나오질 않는다니까! 반바지에 그림을 그리다니 과연 일본인이야." 스스로 생각해도 알듯 모를 듯한 소리를 지껄였다.

"저기, 치우성. 뭐 좀 먹으러 가지 않을래?"

"좋아."

"그럼, 나 잠깐 옷 좀 갈아입고 올게."

마오마오는 신나게 달려가더니 10분 후, 내가 선물한 조깅 팬츠를 입고 돌아왔다.

"짜잔!" 그녀는 내 앞에서 빙그르르 몸을 돌렸다. "어때?"

나는 고개를 끄덕여주고 할아버지의 스쿠터를 도로로 밀고 나갔다.

힐끔힐끔 쳐다보지 않으려고 노력했으나 반바지 밑으로 곧게 뻗은 갈색 피부는 너무나 아름다웠다. 머리에 농구선수처럼 머리띠를 하고 있었는데 그거야말로 내가 상상했던 이상적인 코디였다. 그녀는 마치 롤러스케이트를 신은 캘리포니아 걸 같았다.

우리는 스쿠터를 함께 타고 완화의 야시장으로 가서, 언젠가 샤오잔이 벽돌로 레이웨이의 머리를 내리쳤던 노점에서 산 주셰까오(찹쌀과 선지로 만든 일종의 떡)를 먹으며 화려한 거리를 어슬렁거렸다.

마오마오는 자연스럽게 내 팔짱을 끼고 웃다가 갑자기 달려가서는 비닐봉지에 담은 주스를 사 왔다. 야시장은 평소와 다름없이 활기가 넘쳐 우리는 대만에서 태어나길 잘했다고 생각했다. 사람들은 떠들썩거리고 웃으며 노점을 구경하고 서로 이마에 핏대를 세우며 소리 높여 물건값을 흥정했다. 담배를 문 요리사가 불을 뿜는 화로에 냄비를 올리고 요란하게 요리를 만들었고, 향기로운 연기가 닿는 곳마다 사람들을 유혹했다. 뱀집이 늘어선 구역에서는 입 주변을 빈랑즙으로 벌겋게 물들인 호객꾼이 우리에서 코브라를 끌어내 뱀 고기의 효능을 소리 높여 외쳤다. 자양 강장, 정력 상승, 피부가 반들반들! 마오마오는 반짝이는 눈으로 뱀을 도발하는 남자들을 바라봤다. 거기 오빠, 어때? 이 뱀술? 한 잔에 100위안이야!

"너는 장래 계획이 있어? 물론 대학을 나와야 의미가 있는 이야기겠지만."

나는 그녀를 보고, 또 어느새가 잡고 있던 둘의 손을 내려다본 뒤 입을 열었다.

"우리 할아버지가 살해당했잖아."

마오마오는 나를 똑바로 바라봤다.

"이제 꽤 괜찮아졌어." 나는 계속 말했다. "그래도 가끔은 뭘 그리 필사적으로 사나 싶어. 내가 처음으로 발견했는데 할아버지는 욕조에 빠져 있었어. 왜 그렇게 죽어야 했는지 도통 모르겠어. 그런 방법으로 살해한 녀석이 있다니 그것도 이해가 안 돼. 타이베이에는 확실히 나쁜 녀석들이 많지. 사실 우리가 그 점을 은근히 즐기는 부분도 있고. 우리 어릴 때, 부모님들은 종종 우리가 말을 듣지 않으면 인신 매매인에게 팔아버린다고 협박했잖아? 속으로는 진심이라 생각하지 않았어. 하지만 그런 나쁜 현실은 진짜 있어. 게다가 우리 바로 곁에. 어쩌면 이 현실이란 것은 정말 지독하고 우리가 아직 멀쩡한 건 운이라는 느낌이 들어. 대학에 가더라도 문학 같은 걸 공부해 봤자 밥 먹고 못 산다는 것 정도는 나도 알아. 하지만 아무리 열심히 미래를 설계해도 어차피 다 망가지지 않을까 하는 생각도 들고…… 내 말 알겠어?"

"지금 하는 일이 너무 바보처럼 느껴진다는 거지?"

"응."

"하지만 그건 다들 그래. 나도 그런걸. 일 같은 건 늘 그만두고 싶어."

"응."

"그래서 우리는, 누군가와 함께 있다고 생각해." 그녀의 손에 힘이 들어갔다. "외톨이로는 견딜 수 없는 게 너무 많아."

나는 마오마오의 손을 꼭 움켜쥐었다. 손에 땀이 차는 게 느껴졌으나 그게 내 땀인지 아니면 마오마오의 땀인지 알 수 없었다. 이 수많은 인파 속에서 우리는 오직 둘뿐이었다. 나는 지금 아주 소중한 걸 쥐고 있는 듯했다. 그녀를 끌어당겨 꼭 안고 싶어졌다. 해물 요리 노점 테이블에서 밍첸 삼촌이 말을 걸지 않았다면 정말 그랬을지도 모른다.

나와 마오마오를 감싸고 있던 투명하면서도 포근한 막이 툭 터지면서 주위의 소란이 흘러들어왔다. 우리는 불에 덴 듯 서로의 손을 뿌리쳤다.

상황은 최악이었다. 뚱보와 함께 빈 병이 여럿 놓여 있었다.

"너희들 언제부터 그런 사이가 됐냐?"

밍첸 삼촌이 싱글대며 그렇게 물어 우리는 이구동성으로 부정했다. 아니, 아니, 우리는 그런 사이가 아니야. 맞아, 무슨 소리야. 아저씨, 정말 아니라니까요.

"야! 예치우성!" 술에 취해 몽롱한 상태의 뚱보가 오징어 다리로 나를 가리켰다. "우리 마오마오에게 치근대지 말라고 했지? 이상한 짓 했다가는 내 손에 죽는다!"

나와 마오마오는 얼굴을 마주 봤다. 뚱보의 태도를 이상하게 여긴 사람은 우리만이 아니었다.

"너, 뭐야?" 밍첸 삼촌이 뚱보 쪽으로 몸을 푹 숙였다. "우리 치우성에게 불만 있냐?"

"어쨌든 걔는 절대 허락할 수 없어!" 뚱보는 테이블을 쾅쾅 두들겼다. "이 녀석은…… 이 녀석은……."

나는 깜짝 놀랐다. 구체적으로 짚이는 게 있었던 건 아니다. 하지만 뚱보의 성질을 건드린 일은 수없이 많았으니까 그중 하나가 지금 문제가 되었으리라 생각했다.

눈꺼풀을 툭 떨어뜨린 뚱보는 그냥 잠들었나 싶을 정도로 오랜 침묵 끝에 눈을 부릅떴다.

"너희들, 왜 그런 짓을 했냐?" 혀가 잘 돌아가지 않은 발음으로 따지고 들었다. "어이, 밍첸. 이 녀석들이 입고 있는 거…… 딸꾹, 그거지? 네가 얼마 전에 내게 준…… 딸꾹, 일본 팬티?"

마오마오의 눈이 커지더니 점점 데친 새우처럼 붉어졌다. 그것만이 아니다. 뚱보가 비틀비틀 자리에서 일어서는가 싶더니 휙 하고 자기가 입은 반바지를 잡아 내렸다.

"이거 보라고!"

안에 입고 있던 것은 내가 마오마오에게 선물한 것과 똑같은 조깅 팬츠였다.

"그거 일본 속옷이라고!" 뚱보는 오징어 다리를 휘둘렀다. "그런 걸 입고 좋아하느니 사랑이니 속삭였냐, 바보 같은 자식! 저런 한심한 녀석에게 소중한 조카를 맡기겠냐!"

마오마오가 갑자기 달리기 시작했고 나는 그 뒤를 쫓았다. 그런 나를 보고 박장대소하는 뚱보와 밍첸 삼촌의 목소리가 쫓아왔다.

"예치우성! 네가 우리 마오마오를 꼬시려면 아직 100년은 더 필요할 거다!"

속옷이었나. 그래서 바람이 그렇게 잘 통했구나.

마오마오는 눈물을 지으며 나를 힐책했다. 나를 연인도 아닌 여자에게 속옷을 선물하는 변태라고 불렀다. 이렇게 부끄러운 적은 없었어. 앞으로 어쩔 셈이냐고.

그런 사소한 사건으로 인해 우리는 정식으로 사귀게 되었다. 물론 내가 청했다. 연인만 되면 속옷을 선물해도 변태는 아니니까.

"진심이야?" 촉촉한 눈동자로 마오마오가 노려봤다.

"너를, 그러니까…… 좋아해."

"연하 주제에."

"고작 두 살이잖아."

"나, 연하는 싫어."

"하지만 나는 좋아."

"그럼……" 그녀는 눈물을 닦고 말했다. "네 앞에 두세 명쯤 있으니까 그다음에 네 이야기를 들어줄게."

"말도 안 돼!"

그녀가 웃음을 터뜨렸다.

남녀란 어떤 계기로 가까워질지 헤어질지 모르는 일이다. 그건 그렇고 일본인은 도대체 왜 그런 희한한 팬티를 만든 것일까. 팬티를 이렇게 반바지처럼 만들면 누가 좋은 사람인지, 나쁜 사람인지 어떻게 알 수 있단 말인가!

나와 마오마오가 밤 식물원에 숨어들기까지 그리 오랜 시간이 걸리지 않았다.

대나무 숲속, 연못 근처, 곳곳에 있는 정자 난간에 꼭 붙어 앉은 연인들을 자주 봤다. 밤 식물원의 풍물이라고도 할 수 있다. 전깃줄에 앉은 참새 같은 것인데 연인들은 책이나 잡지 뒤에 숨어 사랑을 속삭이고 입맞춤을 한다. 재킷을 머리에 뒤집어쓰고 둘만의 세계를 사수하는 사람들도 있다. 식물원에 있던 정자는 우리에게 친구 이상의 감정을 지니고 있음을 서로 인정하는 서명 날인의 장이었다.

나와 마오마오는 뜨거운 연인들을 힐끔힐끔 보면서 거리를 유지한 채 식물원을 돌아다녔다. 내 청바지 뒷주머니에는 평소 가지고 다니지 않는 손수건이 있었다. 마오마오가 앉을 때 깔아줄 계획이었다.

푸르스름한 달빛이 식물원을 훤히 내리비추고 종려나무의 그늘이 밤하늘에 또렷하게 떠올랐다. 서늘한 미풍이 스치고 나뭇잎 스치는 소리가 사각사각 귓가를 맴돌았다. 오후 10시를 훌쩍 지났는데 더위를 식히러 온 사람들이 부채를 흔들면서 어슬렁어슬렁 걷고 있었다. 연못에 있던 물고기가 튀어 올라 수면에 어른거리는 둥근 달을 흔들었다.

마오마오는 일이나 친구 이야기를 떠들었는데, 내 귀에는 거의 들어오지 않았다.

"맞다, 얼마 전 그 녀석 말이야. 그 녀석은 룽민종합병원 인턴인데 간호사를 여럿 울렸대. 그런데 샤오잔 일행에게 당한 후 아주 얌전해졌어. 얼굴이 퉁퉁 부어서 계속 마스크도 써야 했지. 어제도 복도에서 지나쳤는데 나랑 눈도 못 맞추더라."

나는, 아, 그랬구나, 하고 건성으로 대답하면서 충혈된 눈으로 정자를 둘러봤다. 빈자리를 찾으며 일부러 천천히 걸어 마오마오가 내 마음을 알아차려 주기를 기대했다. 그러나 그녀가 먼저 내 손을 잡고 성큼성큼 정자로 끌고 가 내 등을 한쪽 팔로 부축하고 입술을 뺏는 일은 끝내 일어나지 않았다.

이상적인 빈자리가 적었던 데다 그나마 있는 빈자리도 내 미련 섞인 눈빛 끝에서 수없이 사라져갔다. 한 바퀴 도는 사이에 다른 커플에게 빼앗기자 이를 악물고 분해했다.

두 바퀴가 세 바퀴로, 세 바퀴가 네 바퀴가 되었다.

우리는 땀투성이가 되었다. 그래도 말을 꺼내지 못했다. 해보자. 마오마오도 나랑 같은 생각일 거다. 그렇게 생각하자 용기가 솟았으나 그렇다고 변하는 건 하나도 없었다. 정자 주위에는 핑크빛 분위기가 두둥실 감돌고 있어도 내일 아침이면 청소부가 빗자루로 쓸어 담아야 할 것이다. 우리는 끈질기게 열대식물 사이를 걸어만 다녔다.

"피곤하다." 기어이 마오마오가 집에 가겠다는 의사를 비쳤다. "목도 마르고."

"아아…… 그럼 이제 돌아갈까?"

나는 자신의 한심함을 저주하면서 앞장서서 뒷문으로 향했다.

도대체 세상 남자들은 어떻게 연인을 정자로 데려가는 걸까? 어떻게 하면 숨은 뜻을, 그러니까 너와 키스하고 싶다는 진의를 숨긴 채, 그런 파렴치한 짓을 할 수 있을까?

여러 해가 흐른 뒤, 나는 택시를 타고 가다가 어떤 광경을 목격했다. 그것은 둘이 탄 오토바이였는데, 뒷자리에 탄 여성이 운전하는 남성의 사타구니를 주무르고 있었다. 여성은 짧은 치마를 입은 채 다리를 쫙 벌려 남성의 허리를 꼭 조이고 있었다. 그러면서 양손을 남성의 사타구니에 넣어 쉴 새 없이 주물러 댔다. 남성은, 이런 일은 아무것도 아니라는 듯 태연하게 오토바이를 운전했다. 내 택시가 루스벨트 거리로 꺾이면서 그들은 내 인생에서 퇴장했다.

시대는 엄청난 속도로 우리를 앞질러 가버렸다. 식물원에는 지금도 그때의 정자가 남아 있으나 그 주위를 파리처럼 돌아다니는 사춘기 젊은이들은 이제 없다. 하지만 그때는 곳곳에 있었다. 아직 숙녀와 매춘부의 구분도 제대로 없던 시대였다.

"예치우성!"

명백히 화난 듯한 목소리에 돌아보니 마오마오는 아까 있던 자리에서 꼼짝도 하지 않고 있었다.

"밤새 산책만 하고 끝낼 거야?" 그렇게 말하며 양손을 허리에 올렸다. "나, 그렇게 한가하지 않거든!"

나는 당황해 뭐라고 변명하려 했다.

그녀가 정자 쪽을 턱으로 휙 가리켰다.

준비라도 한 듯 뜨거운 연인들 사이에 빈자리가 있었다. 요염한 인동의 향기가 감돌았다.

나는 힘차게 끄덕였다.

우리는 정글로 들어가는 탐험대처럼 돌진해 한참을 그곳에 앉아 있었다.

제8장

# 열아홉 살의 액운

마오마오와 4시 30분 영화를 보기로 약속해 집을 나서다가 샤오잔의 오토바이에 치여 죽을 뻔했다.

"으악!" 순간적으로 뒤로 물러나던 나는 하마터면 도랑에 빠질 뻔했다. "조심 좀 해라. 어디에다 정신을 파냐!"

샤오잔은 뒷바퀴를 요란하게 미끄러뜨리며 오토바이의 방향을 바꿨고 타이어가 아스팔트와 마찰을 일으키며 하얀 연기를 일으켰다.

"젠장!" 엔진을 부릉부릉 돌리면서 소리쳤다. "치우성, 타!"

"왜 그러는데?"

"보여주고 싶은 게 있어, 빨리 타!"

"아니, 나 사실은 일이……."

"너희 할아버지 가죽구두, 도둑맞았지?"

"뭐?"

"그거, 파란 가죽구두였지?"

나는 오토바이 뒤에 얼른 올라탔다.

"잉 형님 계를 깨뜨린 녀석이 있어!" 샤오잔이 슬롯 그립을 돌리자 앞바퀴가 살짝 떴다. "그 녀석이 있는 델 알아서 돈을 받으러 갔지! 그런데 그 녀석 집에 있었어. 내 착각일지도 몰라서 네게 보여주고 싶었어. 하지만 그런 파란 가죽구두는 본 적 없으니까!"

"그 녀석, 지금 어디 있어?" 나는 바람과 엔진 소리에 지지 않으려고 소리를 높였다. "설마 그 녀석 집에 가서 구두 좀 보여달라고 부탁할 건 아니지?"

"가보면 알아!"

샤오잔은 그렇게 대답하자마자 기어를 한 단계 더 올리고는 운전에 집중했다.

우리는 식물원 뒤쪽 허핑시루로 들어가 대만대학을 지나쳐 그대로 남쪽으로 내려갔다. 이윽고 징메이까지 오자 샤오잔은 이 지역을 죄다 아는지 좁은 골목을 폭주했다. 우리 뒤로 하얀 연기가 흩날렸다.

도착한 곳은 도산한 작은 공장들이 늘어선 어두컴컴한 일대였다. 양쪽에 낡은 빌딩이 이어져 있고 조금씩 열린 셔터 안에서는 기름투성이 남자들이 무슨 부품을 만들거나 가공하거나 밥을 먹거나 잠자고 있었다. 철을 깎는 시끄러운 소리에 TV 소리가 섞여 있었으나 사람 목소리는 들리지 않았다.

골목 가장 안쪽까지 가서 샤오잔은 오토바이를 세웠다. 담배를 문 젊은 양아치가 "잔 형님"이라며 이름을 부르고 인사한 뒤, 닫힌 셔터를 밀어 올렸다. 샤오잔은 그에게 눈길 한번 주지 않고 나를 안으로 데려갔다. 그리고 이번에는 자신이 "잉 형님"과 다른 이름 몇을 부르며 인사했다. 팔꿈치로 나를 쿡 찔러 나도 고개를 숙이고 잉 형님이라고 불렀다.

안은 휑뎅그렁한 창고 같은 곳이었다. 내가 들어가자 남자들은 대화를 멈췄는데 그들의 목소리는 바로 사라지지 않고 먼지와 함께 웅웅거렸다.

가오잉썅과 일행 넷은 테이블을 둘러싸고 도시락을 먹고 있었다. 짧은 파마를 하고 반소매 셔츠를 풀어 헤치고 있었다. 땀으로 번들거리는 가슴에 새긴 문신은 미완성으로 선만 그려진 곳도 있었다. 소문대로 그는 왼손 새끼손가락이 없었다.

"네가 샤오잔의 친구*인게?*" 우걱우걱 음식을 씹으면서 가오잉썅은 젓가락으로 나를 가리켰다. 대만 사투리가 강하게 남은 표준어였다. "할아버지가 살해당했다고*야?*"

마치 시장의 채소 장사꾼 같은 말투였다. 나는 끄덕였다. 눈은 형광등 아래 의자에 못 박힌 채.

남자가 묶여 있었다. 누가 봐도 흠씬 두들겨 맞은 상태였다. 하얀 불빛을 받고 축 늘어진 그 모습은 그야말로 영화 같았다. 찢어진 입술에서 피 섞인 침이 실처럼 늘어져 있었다.

쿵 하는 소리에 심장이 뛰었다. 휙 고개를 돌리니 가오잉썅이 테이블에 파란 가죽구두를 내던졌다.

할아버지의 가죽구두였다.

"이 구두, 말이여, 네 할아버지 것이여?"

그는 구두를 이상하게 발음했다. 내 표정이 아주 이상했는지 남자들이 킥킥댔다.

"확실한가?"

"그 구두는 우리 삼촌이 이탈리아에서 사 온 겁니다." 내가 말했다. "대만에서는 본 적 없어요."

남자들이 수긍했다.

"이 녀석은 말이여, *나으* 계를 깨뜨렸어." 가오잉썅은 닭 다리를 물어뜯었다. 순수한 대만인이 '내가'를 '나으가'로 말하는 건 어쩔 수 없는 일이다. "100만이야, 100만, 애국 복권 특등과 같은 액수지."

나와 샤오잔은 그가 입속의 것을 삼킬 때까지 기다렸다.

"여, 깨워."

가오잉썅이 쌀밥을 우걱우걱 씹으면서 명령하자 샤오잔이 창고 안쪽으로 사라졌다. 영화처럼 물이라도 끼얹나 했는데 정말 그랬다. 샤오잔은 양동이에 퍼온 물을 힘껏 의자의 남자에게 퍼부었다.

남자는 입을 크게 벌리고 공기를 들이켜더니 몸을 비틀며 기침했다. 젖은 얼굴에서 물이 뚝뚝 떨어졌다.

"여, 이 구두를 훔쳤을 때 너, 노인을 죽였*다냐*?"

남자는 몽롱한 눈으로 주위를 둘러보더니 고개를 기울이듯 끄덕였다. 가오잉쌰이 의기양양하게 양손을 펼쳤다. 꼬마야, 이걸로 할아버지의 원수를 갚은 거다. 일당은 저마다 나를 위로하는 말을 했는데 내게는 하나도 들리지 않았다. 직접 해도 좋고, 못 하겠으면 우리가 해줄 수도 있어. 어차피 이 녀석의 목숨은 오늘 밤으로 끝이니까.

샤오잔은 내 어깨에 손을 얹었다.

"잠깐 이야기해도 될까요?"

가오잉쌰이 어깨를 으쓱해 보이더니 도시락을 먹어댔다.

나는 의자의 남자를 내려다봤다. 일그러진 그 얼굴에서 나이를 알아내기 어려웠으나 없어진 머리숱을 보고 50대 중반일 거라고 짐작했다. 퉁퉁 부은 눈에는 빛이 없었고 헤벌쭉 벌어진 입은 너무 맞아 다물어지지 않게 된 듯했다. 접착테이프가 파고들어 성냥개비처럼 가는 손발이 종이처럼 하얬다. 아이 신발 같은 운동화를 한쪽만 신고 있었다.

"저 파란 구두, 당신 거야?"

반응이 없다.

"그럼 훔쳤나?"

남자의 머리가 살짝 움직였다.

"어디서 산 건 아니고?"

반응이 없다.

"그럼, 디화지에의 포목점에서 훔쳤어?"

끄덕인 듯 보였다.

"훔쳤어, 안 훔쳤어?"

이번에는 확실히 끄덕였다.

"몇 월 며칠인지 기억해?"

고개를 저었다.

"그 가게에 몇 번이나 훔치러 들어갔어?"

긴 침묵 뒤에 남자의 입술이 살짝 움직였다. 내가 다시 묻자 이번에는 "두 번"이라는 말을 간신히 들을 수 있었다.

"그래서, 그때 가게에 있던 노인을 죽였어?"

반응이 없다.

"*여!*" 가오잉썅이 거칠게 소리 질렀다. "이 구두를 훔쳤을 때 *말이여*, 네가 노인을 죽였냐고 묻잖아!"

남자의 머리가 조금 올라오다가 툭 떨어졌다.

"보라고."

"당신, 디화지에 포목점에서 노인을 죽였어?" 내가 다시 못을 박았다. "구두를 훔쳤을 때 내 할아버지를 죽였냐고?"

남자가 고개를 끄덕였다.

"이제 성이 찼냐?" 가오잉썅의 짜증 섞인 목소리가 날아왔다. "이 녀석이 틀림없지, 안 *그려*? 잘 되었네, *여*, 꼬마, 안 *그려*?"

나는 고개를 돌려 그를 봤다.

"내 할아버지를 죽인 사람은 이 사람이 아니야."

음식을 씹고 있던 가오잉썅의 입이 멈추고 갑자기 가만히 노려봤다.

"재작년, 우리 할아버지 가게는 두 번 도둑이 들었습니다. 1월과 4월이죠. 구두가 없어진 건 4월이고 할아버지가 살해된 것은 5월 20일부터 21일 사이입니다."

"*그라서* 어쩌라고?"

"그러므로……" 나도 가오잉썅을 응시했다. "구두를 훔쳤을 때 이 사람이 할아버지를 죽였을 리 없죠."

"저 녀석 기억이……" 다음을 표준어로 어떻게 말해야 좋을지 모르겠는지, 가오잉썅은 자기 머리를 가리키고는 빙글빙글 돌렸다. "*안 그려*?"

"이 사람은 잉 형님의 계에 들어왔죠?" 내가 말했다. "그건 곧 잉 형님은 이 사람을 잘 안다는 이야기죠. 살인을 할 만한 사람인가요?"

"이 녀석은 말이야, 다른 형제 소개로 왔어." 그는 손으로 내 말을 뿌리치며 말했다. "그래서 *말이여*, 이런 것들이 꼭 흙탕물을 튀긴다니까."

"이 사람이 할아버지를 죽였다고 생각할 수 없습니다."

가오잉썅만이 아니라 다른 부하들의 눈에서도 그냥 넘길 수 없는 날카로운 빛이 감돌았다.

나는 그들의 테이블까지 가서, 할아버지의 구두를 집어 들어 그것을 묶여 있는 남자에게 신겼다. 신길 필요도 없었다. 남자가 발목의 힘을 빼자 구두가 바닥에 미끄러져 떨어졌다.

"할아버지는 이 사람보다 훨씬 키가 컸죠." 나는 쭈그려 앉은 채 가오잉썅에게 고개를 돌렸다. "몸도 탄탄했고요. 이런 비실비실한 사람이 우리 할아버지를 그런 식으로 죽였을 리가 없어요."

두 발과 손이 뒤로 묶이고 기역 자로 몸이 꺾인 채 욕조에 잠겨 있던 할아버지의 모습이 눈 속에서 흔들렸다. 일어나려는데 현기증에 찾아왔다. 단순한 도둑이 사람을 그렇게 죽일 리 없다. 비틀대는 나를 샤오잔이 황급히 부축해 주었다.

이 새끼, 잉 형님을 거짓말쟁이라고 하는 거야! 성난 목소리가 이어지며 테이블 내려치는 소리가 들렸다. 애당초 범인이 혼자일 거란 법은 없잖아, 우리는 친절을 베풀었다고. 우리를 얕보면 너도 죽여주지!

"그만해. 저런 꼬마를 겁줘 봐야 한 푼도 안 *생겨야*." 가오잉썅은 부하를 대만어로 제지하고 그 후 다시 표준어로 돌아왔다. "*여*, 꼬마."

"네."

"사람은 말이야, 궁지에 몰리면 뭐든 *해야*." 묶인 남자를 턱으로 가리켰다. "이런 녀석도 말이야, 옛날에는 사람을 죽인 적 있지."

나는 물에 빠진 생쥐 같은 남자를 봤다. 여전히 고개를 숙이고 있었으나 확실히 오열하고 있었다. 온몸에서 떨어진 물이 의자 아래를 적시고 있었다.

"그래도 네 할아버지를 죽인 놈이 저놈이 아니라고 할 건가?"

"이 사람이 몇이나 죽였나요? 하나? 둘?"

"뭐?" 그 눈이 날카롭게 빛났다.

"우리 할아버지는 적어도 50명 이상을 죽였죠."

가오잉썅만이 아니라 남자들이 일제히 동요했다.

"전쟁 때요." 나는 목소리 톤을 신경 쓰면서 계속 말했다. "몇몇 마을을 습격해 마을 사람을 생매장했다고 들었어요."

그렇다면 살해당한 것도 자업자득이지, 누군가가 그렇게 내뱉자 몇 명인가가 동조하는 말을 했다. 폭탄으로 사람을 날려 버리는 일과 칼로 배를 찌르는 일은 완전히 다른 이야기지.

"제가 하고 싶은 말은, 할아버지는 궁지에 몰린 사람을 지긋지긋할 정도로 상대해 봤다는 겁니다."

"그래서?"

나는 도둑을 가리키며 말했다. "이런 녀석에게 살해당했을 리 없습니다."

"그만해!" 샤오잔이 내 멱살을 움켜잡았다. "잉 형님은 생판 알지도 못하는 너를 위해 힘을 써주셨어. 언제까지 응석을 부릴 건데?"

"그건 감사해요."

가오잉썅은 나를 가만히 응시하더니 샤오잔에게 턱짓했다. 샤오잔은 울음을 터뜨릴 듯한 얼굴을 분노로 얼버무리고 내던지듯 나를 밀쳤다.

"이 녀석으로 충분하지 않냐, 여?"

"……."

"그래야 너도 털어버리지." 그러고는 파안대소하며 동료들의 어깨를 잡고 흔들어댔다. "멍청한 녀석이네, 안 *그려!*"

깡패들이 웃었다.

"*가여.*" 가오잉썅도 웃었으나 그 눈만은 달랐다. "아직 일이 *있어야*, 너랑 놀 여유가 없네."

남자들이 젓가락과 발포 스티로폼 도시락을 내던지고 바닥에서 쇠망치와 칼을 주워들어 묶인 남자 주위로 줄줄이 모여들었다. 나는 뒷걸음질 쳤다. 남자를 내려다보는 그들의 눈에서 빛이 사라져, 마치 정육점 주인이 고기를 보듯 공허했다.

"*내*는 사무소로 돌아갈 테니까." 가오잉썅이 창고를 나갔다. "*여서* 하지 마, 주인이 *내* 숙모란 걸 잊지 *마여.*"

나는 부랴부랴 샤오잔의 팔을 끌고 밖으로 데리고 나오려고 했는데 가오잉썅이 일갈했다.

"샤오잔, 너도 *혀!*"

샤오잔의 몸이 흠칫 굳었다.

"너도 *설설* 다음 일을 배워야지, 안 *그려?*"

도둑을 둘러싸고 있던 남자들은 조용히 눈을 우리에게 돌리고, 다음에 일어날 일을 기다렸다.

가오잉썅이 셔터를 발로 차자 셔터가 올라갔다. 창고를 나간 그가 차를 대라고 하는 소리가 들렸다.

비틀대며 걸음을 내디디려는 샤오잔을 나는 힘껏 잡아당겼다. 돌아보니 그가 뭔가를 묻는 듯도 했고, 내가 왜 이런 곳에 있는지 모르는 듯도 했다. 눈을 깜빡이더니 내게서 자신의 팔을 떼어내고 몇 걸음 물러난 후 몸을 돌려 남자들에게 걸어갔다.

샤오잔의 등이 한 걸음씩 멀어졌다. 그가 결코 넘어선 안 되는 선을 넘는 것을, 나는 어쩔 도리 없이 지켜만 봤다.

시야가 흐려졌다. 그래서 나는 내가 울고 있다고 생각했다. 하지만 그게 아니었다. 샤오잔의 머리 위에 떠 있는 둥근 빛이 형광등 아래에서 퍼져 보인 것이었다.

생각보다 몸이 먼저 움직였다.

자 칼을 내 허벅지에 꽂았을 때와 완벽하게 똑같은 감각이었다. 튕기듯 뛰어나가 나는 조금 전까지 남자들이 도시락을 먹고 있던 테이블로 돌진해 바닥에 떨어진 쇠파이프를 잡았다.

"샤오잔, 그만해!" 그것을 이리저리 휘두르면서 남자들 안으로 뛰어들었다. "그런 짓은 하지 마!"

젠장, 죽고 싶냐! 호통이 날아왔다. 이 새끼 죽여! 벌집을 쑤신 듯 큰 소동이 벌어진 가운데 남자들은 쇠망치로 내 머리를 노리고 배를 향해 칼을 휘둘렀다.

나는 도둑이 묶인 의자를 발로 차 넘어뜨려 적을 쓰러뜨렸다. 등신 같은 새끼! 정신없이 쇠 파이프를 휘둘러 녀석들 머리 몇 개를 갈랐다. 저리 비켜, 이 양아치야!

"내가 아니야! 내가 아니라고!" 도둑이 울부짖었다. "나는 네 할아버지를 죽이지 않았어!"

"오토바이에 타!" 샤오잔을 잡아 셔터 쪽으로 내던졌다. "샤오잔, 가!"

도깨비불이 눈앞에 나타나 순간 시야가 새하얘졌다. 비틀대는 내 잔상에 쇠망치가 떨어져 셔터가 움푹 패였다. 그 커다란 소리에 샤오잔은 더 허둥지둥 셔터를 밀어 올렸다. 나는 한쪽 무릎을 꿇고 적의 정강이에 힘껏 쇠파이프를 휘두르고 그 반동으로 밖에까지 굴러 나왔다.

"치우성!" 오토바이 엔진이 소리 높여 울부짖었고 배기구에서 허연 연기가 뿜어져 나왔다. "치우성, 타!"

하마터면 잡힐 뻔한 순간에 셔터가 내려가면서 몰려들던 적이 물러났다. 미쳐 날뛰는 깡패들이 셔터를 다시 올렸을 때 나는 이미 오토바이 뒷자리에 타고 있었다.

샤오잔이 스크롤 그립을 최대한 돌리자 오토바이는 앞바퀴를 높이 쳐들고는 앞으로 튀어 나갔다.

"달려! 달려!" 하얀 연기에 감싸인 적을 돌아보며 선두로 달리는 녀석에게 쇠파이프를 던졌다. "뒈져라!"

샤오잔은 기어를 점점 높였고 우리는 좁은 골목길을 시속 80킬로미터로 폭주했다.

택시 옆구리를 들이박은 트럭이 길을 막고 있었다. 두 남자가 흩어진 유리 위에서 서로 고함을 치고 있었다. 흠칫 놀라 뒤를 돌아봤으나 추격자의 모습은 보이지 않았다. 샤오잔의 손이 휘청이고 오토바이가 크게 돌았다. 마침 지나가던 검은 차의 옆을 스치듯 지나갔을 때 뒷좌석에 앉은 가오잉썅과 눈이 마주쳤다. 오토바이가 부딪히면서 자동차 사이드미러가 날아갔다. 가오잉썅이 창문으로 고개를 내밀고 뭐라고 고함을 쳐댔다.

우리는 고양이만 겨우 다닐 수 있을 정도의 뒷골목으로 우회해 달리고 또 달렸다. 정차한 경찰 오토바이가 보여 간담이 서늘해졌으나 경찰은 없었다. 샤오잔은 경찰 오토바이를 보지도 못한 듯했다. 나는 아무 말도 하지 않았다.

샤오잔이 마침내 속도를 생각하기 시작한 것은 루스벨트 거리로 돌아오고 나서였다.

떨어지는 속도와 비례해 몸이 덜덜 떨리기 시작했다. 아스팔트에서 피어오르는 열기로 굵은 땀을 흘리고 있는데도 몸의 심지까지 차가웠다. 그것은 샤오잔도 마찬가지여서 이를 딱딱 부딪치고 있었다.

거리는 점점 혼잡해져 이윽고 도로를 메운 차 탓에 생각만큼 달리지 못했다. 수많은 스쿠터가 쥐들처럼 자동차 사이로 비집고 지나갔다. 샤오잔은 화라도 난 듯 핸들을 꺾어 좌회전했고 우리는 가라앉는 커다란 석양을 정면으로 바라보면서 팅저우루를 따라 천천히 서쪽을 향해 달렸다.

"젠장!" 샤오잔이 핸들을 마구 때렸다. "젠장, 어떻게 해야 좋지?! 우리, 죽게 될 거야!"

"샤오잔, 진정해!"

"제기랄, 전부 네 탓이야!"

"웃기지 마!" 나도 화를 내며 소리쳤다. "그럼 어떻게 했으면 됐을까? 어? 너, 사람 죽일 배짱이 있어?"

샤오잔이 울부짖었다. 피를 토하는 듯 포효하며 우리를 태운 오토바이는 한참을 달렸다. 옆을 달리던 오토바이가 놀라 휘청거렸다. 욕설과 경적을 동시에 받았으나 녀석이 실컷 성질을 내도록 그냥 뒀다. 샤오잔은 그 후로도 여러 번 포효했고, 그런 뒤에야 조용히 오토바이를 운전했다. 난하이루에서 우회전해 광저우지에로 돌아오려고 하기에 나는 계속 가라고 명령했다.

"어디 갈 건데?"

"디화지에로 가."

샤오잔은 괜한 질문을 던지지 않고 직진해 중화루로 우회전했다. 여기까지 오면 디화지에까지는 거의 일직선이다. 왼쪽으로 중화상창이 보여 나는 녀석에게 오토바이를 멈추게 했다.

"이번에는 뭔데?"

"따라와."

중화상창의 계단을 뛰어올라 잰걸음으로 바깥 복도를 빠져나갔다. 웃통을 벗은 노인이 가게에서 나와 의아한 표정으로 우리를 바라봤다.

도깨비불 사당의 셔터는 올려져 있었고 젊은 여성이 향을 이마에 대고 참배하고 있었다. 제단 안쪽에서 샤오메이 고모가 원고를 읽고 있었다. 그녀는 편집자라 어디서든 일할 수 있었다. 우리를 발견하고는 갑자기 얼굴이 어두워졌다. 샤오잔이 고모의 이름을 불러 인사했다.

"무슨 일이니!" 샤오메이 고모는 안경을 벗으면 자리에서 일어났다. "치우성, 샤오잔, 너희들 또 싸웠니?"

"고모." 나는 고모에게 매달렸다. "디화지에의 열쇠 좀 줘."

"뭐?" 그녀의 눈이 허공을 맴돌았다. "무슨 일이 있었니?"

"샤오메이 아주머니!" 샤오잔이 옆에서 소리쳤다. "설명할 틈이 없어요. 얼른 빌려나 주세요!"

"틈이 없어?" 고모는 우리의 다급한 형상에 망설였다. 그러나 그것도 잠시, 갑자기 아우성치기 시작했다. "이런 머리에 피도 안 마른 자식들이! 누구 보고 함부로 입을 놀려? 이제 다 컸다고 건방지게 굴어도 된다고 생각했니?"

샤오잔이 머리를 마구 헝클었고 참배객은 놀라 도망쳤다.

"고모, 고모!" 닭처럼 소란을 떠는 고모를 나는 어떻게든 달래려고 했다. "정말 지금은 시간이 없어. 샤오잔이 가오잉썅을 좀 화나게 해서……."

"가오잉썅!" 고모는 소리치고 표정을 바꾸더니 샤오잔의 뺨을 철썩철썩 때렸다. "나는 알고 있었어, 언젠가 이렇게 될 줄! 너, 어쩔 셈이니? 그 남자는 정말 정상이 아니라고! 중학교 때부터 깡패였으니까. 살인에 방화, 뭐든 한다고! 어떻게 할 거니, 응? 자오잔송, 어떻게 해!"

"아파요!" 샤오잔은 몸을 둥글게 말고 겨우 참아냈다. "그러니까 지금 곤란하다고요! 됐으니까 얼른 열쇠 좀 줘요!"

"너도 죽으면 좋겠다!" 샤오메이 고모는 샤오잔을 때리고 돌아오는 손등으로는 나를 때렸다. "가오잉썅! 주유소에서 잠깐 경적을 울렸다고 그 짐승은 상대를 끌어내려 배를 찔렀다고! 사형당하지 않은 게 이상할 정도니까!"

"아, 정말 아파!" 나는 고모의 가는 손목을 확 잡고 말했다. "어떻게 그리 잘 알아?"

"어떻게?" 샤오메이 고모는 자신의 손을 휙 빼더니 내 머리를 때렸다. "같은 중학교였으니까!"

"어? 친구였어?"

"그런 개만도 못한 짐승이랑 친구라니! 녀석은 네 밍첸 삼촌이랑 동급생이야."

나와 샤오잔은 몸을 웅크리고 실망한 뒤 신묘한 기분에 빠졌다. 샤오메이 고모는 마지막으로 나와 샤오잔의 머리를 한 대씩 때리고 커다랗게 한숨을 쉬더니 열쇠고리에서 열쇠를 빼 주었다.

"미리 말해두겠는데 밍첸 오빠에게 말해봤자 소용없어. 뚱보랑 둘이 가오잉썅을 무척 괴롭혔던 사이라."

아무것도 묻지 않는 걸 보니 고모는 소란이 가라앉을 때까지 우리가 디화지에에 숨어 있는 것을 허락해 준 듯했다. 우리가 고맙다고 인사하자 파리라도 쫓듯 손을 저으며 제단 안쪽으로 들어가버렸다.

나와 샤오잔은 향에 불을 붙여 도깨비불에 삼배 구배의 예를 올린 뒤 오토바이를 타고 다시 달리기 시작했다.

그날 밤, 늦은 저녁을 사러 나간 김에 잡화점 공중전화로 마오마오에게 전화했다. 전화를 받은 뚱보가 "마오마오는 너랑 얘기하고 싶지 않단다. 무슨 일 있었냐?"라고 신나서 물었다.

나는 전화를 끊었다.

지금은 재봉틀 받침대와 잡동사니, 위우원 삼촌의 얼마 안 되는 개인 물건이 남아 있는 할아버지의 포목점으로 돌아오자, 샤오잔은 매트리스에 앉아 무릎을 안고 있었다. 나는 녀석 앞에 사 온 곱창국수(돼지 대창과 함께 끓인 소면)를 내려놓았다.

"너, 정말 그 구두 도둑놈이 우리 할아버지를 죽였다고 생각했어?"

대답이 없어, 나는 오토바이에 걸터앉아 내 국수를 먹어 치웠다. 우리는 오토바이를 가게 안으로 끌어다 놓았다.

다음 날 밤에도 저녁을 사러 갔다가 전화를 걸었다. 전화를 받은 여동생 웨이웨이가 "언니는 너랑 말하고 싶지 않대. 저기, 예치우성? 언니랑 무슨 일이야?"라고 흥미진진하게 물었다.

나는 전화를 끊었다.

가게로 돌아오자, 샤오잔이 축축하고 어두운 눈으로 담배를 피우고 있었다. 나는 녀석 앞에 오징어국수(쌀국수에 오징어 끓인 국물을 부은 것)를 내려놓았다.

"너, 가오잉썅이 그 구두 도둑을 죽이려고 했던 거 알았어?"

이번에도 침묵을 지킬 게 빤해 나는 오토바이에 걸터앉아 내 국수를 해치웠다.

다음 날 밤도 전화를 걸려고 나갔다. 전화를 받은 마오마오의 어머니가 반쯤 환자 같은 목소리로 "마오마오는 친구들과 나갔어"라고 말했다.

"그보다 예치우성, 뚱보에게 들었을 텐데 우리 마오마오에게 치근거리지 말아라."

"죄송합니다. 하지만……."

"그 아이는 너랑은 어울리지 않는단다."

"……."

"가문을 생각해 다오. 우리는 다 광저우지에에 살지만, 너와 마오마오가 사는 세계는 전혀 달라."

찰칵 전화가 끊어지고 말았다.

마오마오의 어머니는 뚱보의 누나로, 있는 그대로 말하자면 광저우지에 지역에서의 평판은 그리 좋지 않다. 젊었을 때 상당히 여러 남자와 단정치 못한 관계를 맺었다고, 리 할머니뿐만 아니라 내 할머니도 말했다. 결국은 인내심의 한계에 달한 시에 의사(그녀의 아버지)가 억지로 맞선을 보게 했고, 거의 친정에 감금된 상태에서 마오마오를 낳았는데 그러자마자 뭔가에 씌었던 게 떨어져 나간 듯 옛날 버릇이 사라졌다고 한다. 하룻밤 사이에 남자와 놀던 버릇을 중단한 것뿐만 아니라 죄를 갚기라도 하려는 듯 딸들에게 정조 관념에 대한 설교를 늘어놓고, 몸을 소중히 여겨야 한다는 자신이 만든 격언을 밤낮으로 외우게 했다. 딸들을 지키기 위해서라면 귀신이라도 되겠다는 듯. 학교에서 마오마오의 치마를 들친 아이의 집까지 찾아가 그 아이 어머니의 머리채를 잡은 일은 이 동네에서도 유명한 일화다. 딸밖에 안중에 없어 끝내 지인을 만나도 인사조차 하지 않았으니 노인들이 곱게 볼 리 없었다. 이것도 인과응보지, 마작하며 할머니들이 이야기했다. 뚱보가 여자에게 나쁜 짓을 하니까 다른 남자가 그 여자를 함부로 다룬 게지. 보라고, 시에 의사도 젊은 시절에는 아주…….

샤오잔은 담배를 피우면서 만화책을 보며 낄낄댔다.

정말, 지긋지긋하네.

이런 녀석과, 벌써 사흘이나 꼼짝하지 못하고 있다. 낮에는 자거나, 벽을 노려보거나, 속으로 상대를 원망하는 말이나 하는 수밖에 없다. 혹은 2년 전 신문을 구석구석 읽거나. 화장실에 가면 싫어도 할아버지를 생각하게 된다. 수험 공부도 중단이고 마오마오도 만날 수 없다.

나는 사 온 냉면을 샤오잔의 얼굴에 냅다 던져버렸다. 참깨 소스 봉지가 터져 면과 함께 녀석의 얼굴에 잔뜩 묻었다.

"뭐, 뭐 하는 짓이야?!"

"입 닥쳐!"

우리는 울분을 달래려고 조금 싸웠다.

샤오잔이 내 얼굴을 때렸고, 나는 녀석의 목을 잡고 비틀었다. 샤오잔이 몸을 날리면 나는 당당히 그의 코에 주먹을 날렸다. 녀석이 코피를 흘렸다. 그 후 진심으로 붙어 서로 때려댔다. 포효하며 달려들던 내 배에 발길질이 꽂혔다. 거꾸로 녀석이 내게 달려들어 뒤엉켜 바닥을 굴러다녔다. 그러는 동안 서로 때리기도 하고 맞기도 했다. 정통으로 관자놀이를 맞아, 모든 게 둘로 보였다.

"너를 위해서라고 생각했다고!"

"적당히 얼버무릴 생각 마라!" 나는 녀석을 엎어뜨렸다. "네 손을 더럽히고 싶지 않아서 내가 그 구두 도둑을 처리해 주길 바랐지!"

샤오잔이 훌쩍훌쩍 울기 시작해서, 나는 녀석을 차버리고 재빨리 내 몫의 냉면을 먹어 치웠다.

그리고 다음 날 밤에도 전화를 걸었다. 매일 밤 전화하러 오는 내게 잡화점 아주머니가 "그런 식으로 여자를 몰아붙이면 안 된다"라고 충고했다. 나는 고개를 끄덕인 뒤 동전을 넣고 다이얼을 돌렸다. 드디어 마오마오가 전화를 받아 나와는 이야기하고 싶지 않다는 말을 본인 입으로 딱 잘라 말했다.

"잠깐만." 나는 수화기에 달려들었다. "영화 약속을 잊은 게 아니야. 하지만 샤오잔이 조금 위험한 일에 휘말렸어."

회선이 침묵했다. 조금 있다가 의심하는 듯한 목소리가 돌아왔다.

"어떤?"

나는 전화에 동전을 넣으면서 사건의 요지를 이야기했다. 마오마오와 이야기하는 것만으로도 마음이 차분해졌다. 이야기가 끝났을 때는 동전이 거의 없어졌다.

"지난 사나흘, 샤오잔은 무서워 밖에 나오지도 못했어."

주머니를 더듬는 나를 보다 못한 잡화점 아주머니가 동전 몇 개를 내밀었다. 나는 눈으로 인사하고 그 친절함을 전화에 밀어 넣었다.

"가오잉썅에게 돌아갈 마음은 없는 것 같아. 하지만 손을 씻으려면 새끼손가락 하나는 잘라야…… 어떻게 해야 좋을지 모르겠어. 손가락 하나로 끝날지도."

"너는 괜찮아?"

"몰라." 그녀의 목소리에서 분노가 사라지고 있는 것에 일단 가슴을 쓸어내렸다. 그러자 단단히 마음먹었던 곳의 허술한 부분에서 약한 소리가 흘러나왔다. "하지만 그 전에 어떻게든 되겠지."

"그런 일이 있었던 곳이잖아."

"밤에도 잘 못 자. 눈을 감으면 아무래도 할아버지가 생각나. 샤오잔 녀석의 잠꼬대도 시끄럽고…… 네가 보고 싶어."

"그럼 보자." 마오마오가 말했다. "당장 내가 그리로 갈게."

"아냐, 그건 안 돼. 무슨 일이라도 생기면……."

"그럼, 네가 만나러 와"라는 말과 내 말이 겹쳤다. "식물원에서 볼까?"

대답을 던지는 나를 보고 잡화점 아주머니가 엄지를 세웠다. 마오마오가 장소를 정하자 나는 전화를 끊고 달리기 시작했다.

도로로 뛰어나오니 경적이 빵빵 울렸다. 나는 인파를 뚫고 달렸다. 전력 질주로 숨을 헐떡이는 몸은 기루(2층 부분이 인도로 튀어나온 건물)의 기둥을 잡지 않으면 방향을 바꿀 수 없을 정도였다. 오토바이라면 식물원까지 20분 정도이다. 흥분을 억누르지 못하고 포목점 훨씬 전부터 샤오잔의 이름을 불러댔다.

"샤오잔! 샤오잔! 잠깐 오토바이 좀 쓸게……."

발이 제멋대로 멈췄다. 마치 찬물을 뒤집어쓴 것처럼 기분이 착 가라앉았다. 무슨 일이 일어났는지 도무지 이해할 수 없었다.

"샤오잔……?"

셔터를 억지로 연 흔적이 있었다.

샤오잔은 어디에도 없었고 빈 깡통 위에 남겨진 담배에서 연기만이 훨훨 피어오르고 있었다.

지렛대 같은 공구로 억지로 열었는지, 반쯤 올라간 셔터는 아래쪽이 젖은 종이상자처럼 말려 올라가 있었다.

가게 안은 어질러져 있지 않았으나 몇 개의 발자국이 남아 있었다. 안에 넣어뒀던 오토바이는 무사했다. 재봉틀 받침대 다리에 피처럼 보이는 게 묻어 있어서 기절할 뻔했으나 박하 비슷한 냄새가 코끝을 스쳤다. 빈랑을 씹고 뱉은 즙이었다.

"샤오잔!"

안으로 빨려 들어가는 자신의 목소리를 쫓듯, 나는 욕실로 뛰어 들어갔다. 벽의 스위치를 두들기듯 눌렀다. 천장 형광등이 소리를 내면서 깜빡이며 욕조를 살짝살짝 비췄다. 순간 어두운 물 밑에 샤오잔이 잠겨 있는 듯해 심장이 튀어나올 것만 같았다. 흙투성이 욕조에는 아무도 잠겨 있지 않았다.

잠시 우두커니 서 있다가 일단 밖으로 뛰어나왔으나 자신이 뭘 찾는지 몰라 우왕좌왕하고 말았다. 오직 친구가 위험하다는 것만 알았다. 찌그러진 셔터를 넘어, 가게 안으로 돌아온 나는 재봉틀 받침대 하나를 발로 찼다. 바닥에 볼트로 고정된 탓에 꿈쩍도 하지 않았다.

"젠장!"

가게 안을 둘러보고, 예전에는 계산대로 사용되었고 지금은 오래된 신문이 쌓여 있는 곳으로 돌진했다. 종이상자와 빈 병을 마구 치우자 스패너가 있었다!

그 녹슨 스패너를 낚아채 조금 전의 재봉틀 받침대로 달려들었다. 스패너를 역시 녹슨 볼트 머리에 맞추고 힘껏 돌렸다. 완전히 녹슬어 좀처럼 움직이지 않는 볼트를 저주하면서 나는 확신했다. 할아버지가 돌아가신 후 아직 아무도 이걸 열지 않았구나. 원래 놓여 있던 곳에 스패너가 있던 사실이 그걸 증명했다.

볼트를 풀려고 재봉틀 받침대를 여러 번 발로 차고, 다시 힘을 주어 스패너를 돌렸다. 얼굴에서 땀이 뚝뚝 떨어졌다. 스패너가 여러 번 빠져 볼트 머리를 긁었다. 그때마다 각도를 바꿔 육각형 머리에 스패너를 맞물렸다. 머리 모서리가 뭉개지면 이걸로는 풀지 못하게 된다. 나는 재봉틀 받침대를 발로 차며 스패너를 신중히 돌렸다. 볼트가 조금씩 내게 굴복하기 시작했다. 드디어 한고비 넘은 듯한 느낌이 왔을 때는 손바닥이 자주색으로 변해 있었다.

볼트가 끽 소리를 내며 움직이더니 다음은 쉬웠다. 스패너를 내던지고 맨손으로 볼트를 뺐다. 일어나 혼신의 발차기를 날리자, 남은 다른 볼트를 중심으로 재봉틀 받침대가 조금씩 회전했다. 마룻바닥의 감춰진 구멍이 완전히 드러날 때까지 나는 재봉틀 받침대를 마구 차댔다.

커다란 바퀴벌레가 한 마리 기어 나왔으나 망설이지 않고 감춰진 구멍에 손을 집어넣어 할아버지의 모제르 권총을 꺼냈다. 할아버지가 돌아가신 후 2년 가까이 그냥 내버려 뒀는데도 권총은 형광등 불빛을 받아 번쩍거렸다. 마치 누가 매일 닦은 듯 반들반들했다. 어린 시절에 본 할아버지의 손질을 떠올리면서 프레임 위에서 클립을 당겼다. 총알을 담아 놓은 바셀린 병을 꺼내려고 다시 감춰진 구멍에 손을 넣었을 때 손끝에 뭔가가 닿았다.

한 장의 사진이었다.

색바랜 흑백 사진. 관청 같은 멋진 건물을 배경으로, 일가 네 명이 무표정하게 이쪽을 바라보고 있었다. 접힌 부분은 허옇

게 색이 바래 있고 손때가 묻어 있었는데, 건물 벽에 크게 적힌 글자는 '축 칭다오 점령'으로 읽혔다. 그러니까 이 사진은 항일 전쟁 무렵의 산둥성에서 찍었다는 소리다. 할아버지의 젊은 시절인 듯해 사진 속의 남자를 응시했다. 아무래도 그렇지 않은 것 같았다. 남자는 죽창처럼 말랐고 팔에 어떤 완장을 차고 있었는데, 자세히 보니 일본 일장기인 듯했다. 그럼 할아버지의 어린 시절인가 싶어 남자아이를 응시했다. 역시 전혀 닮지 않았다. 앉아 있는 여성은 일가의 어머니인 듯 옆에 있는 여자아이가 착 달라붙어 있다. 전체적으로 봤을 때 사진 속 일가는 뭔가 겁먹은 듯한 인상이었다. 뒷면에 바랜 잉크로 뭐라고 적혀 있었다.

1939년, 칭다오, 왕커창 일가 4인, 일본군이 점령한 칭다오시 정부청사 앞에서. 왕커창…….

절로 입 밖으로 소리 내어 중얼거렸다. 어디선가 들은 것도 같은데 도무지 생각나지 않았다. 왕커창, 왕커창……. 그러나 너무나 흔한 이름이라 더 신경에 거슬렸다.

나는 다시 사진을 물끄러미 바라봤다. 내 할머니는 할아버지의 두 번째 아내이니까 어쩌면 사진 속 여성은 할아버지의 첫 부인일지 모른다. 할아버지에게 버려진 뒤 이 왕커창이라는 남자와 살림을 차렸을지 모른다. 그러나 내가 들은 바로는 그녀는 아이를 낳지 못하는 몸이라고 했다. 마른 남자아이는 대여섯쯤 되었을까. 너무 큰 외투를 입었고 귀마개가 달린 모피 모자를 쓰고 있었다. 미간에 까다로운 인상의 주름을 잡고 있다.

바깥에서 오토바이 지나가는 소리가 크게 들렸다.

사진을 청바지 뒷주머니에 쑤셔 넣었다. 나는 구멍에서 바셀린 병을 꺼내 클립에 총알을 하나씩 밀어 넣었다. 고등학교 교련 시간에 하도 지독하게 훈련했던 터라 장전에 어려움은 없었다. 그뿐만 아니라 총알 이름까지 알고 있었다. 45구경 철갑탄(armor piercing, 방어물-장갑을 관통하는 총알)이다. 몸에 들어가면 내장을 휘저어 철근 굵기의 구멍을 낸다. 인체와 같은 탄력의 젤라틴을 사용한 실험 사진을 봤을 때 공포를 얼버무리려는 휘파람이 교실 안을 날아다녔다.

클립을 총에 때려 넣고 허리에 푹 꽂았다. 그리고 샤오잔의 오토바이에 올라타 시동을 걸었다. 몸을 기름 탱크 쪽으로 기울이고 셔터를 지나갔다. 인도로 나오다가 보행자를 칠 뻔했다. 나는 슬롯을 힘껏 돌려 엔진 소리로 사람들을 위협하면서 그대로 차도로 내려서려 했다.

"치우성!"

아닌 밤중에 홍두깨라고 느닷없이 누가 이름을 불러 반사적으로 브레이크를 밟았다. 붕 떴던 엉덩이가 시트로 돌아왔는데 잽싸게 엄청난 힘이 손을 낚아챘다.

"너, 뭐 하니?" 콜라 캔을 든 위우원 삼촌이었다. "왜 그래,

무슨 일이니?"

"삼촌, 왜……?"

"방금 배가 도착했어." 삼촌은 대만으로 돌아오면 늘 여기서 지냈다. "그보다 그건 왜……."

"친구가 납치당했어!" 나는 삼촌의 손을 뿌리치고 몸을 숙이고 슬롯을 돌렸다. "설명할 시간이 없어!"

아주 세게 머리를 맞았다. 통증이 뇌를 통과해 코로 빠져나왔고 나는 혀를 씹고 말았다. 위우원 삼촌에게 맞은 게 물론 처음은 아니었으나 선원의 주먹은 역시 죽을 만큼 셌다.

콜라가 남은 캔을 내던지고 일그러진 셔터 안으로 더플백을 던져 넣은 삼촌은 오토바이 뒤에 탔다.

"뭐, 뭐야…… 삼촌은 상관없는 일이야." 혀가 아파 내 목소리는 제대로 나오지 않았다. "이건 내 문제야."

"성가시네! 얼른 가!"

나는 혀를 차고 오토바이를 차도로 내려 그대로 가속했다.

제일 먼저 떠오른 것은 구두 도둑을 혼내줬던 그 창고였는데 가오잉쌍은 그곳이 숙모 소유라고 했다. *여서* 하지 마, 주인이 *내* 숙모란 걸 잊지 *마여*. 만약 가오잉쌍이 샤오잔을 죽이려고 마음먹었다면 거기로는 데려가지 않았을 것이다. 녀석은 샤오잔을 어떻게 할 셈일까? 밤의 중화루를 질주하면서 나는 필사적으로 생각했다. 샤오잔의 앞날이 그 구두 도둑보다 나을 것 같지 않았다. 조직을 나가려는 자에게 깡패들은 결코 좋은 얼굴을 하지 않을 것이다.

“상대가 누군데?” 뒤에서 위우원 삼촌의 목소리가 날아왔다.

앞선 차를 추월하고 노란 신호에서 교차로를 날 듯 건너면서 나는 고개를 돌리고 소리쳤다. “가오잉썅!”

“젠장!” 삼촌이 또 내 머리에 돌주먹을 날렸다. “제대로 공부나 하는 줄 알았더니 이번에는 깡패랑 얽혔냐? 대학생도 군인도 아니고 깡패가 될 셈이야, 너는? 어, 치우성 형님?”

나는 입술을 깨물었다.

“말해.”

“샤오잔이 할아버지 구두를 훔친 놈을 찾아냈어. 삼촌이 이탈리아에서 사 온 거 말이야. 그 녀석은 가오잉썅의 계를 깨뜨려서 잡혔어. 나는 그 녀석이 할아버지를 죽인 범인이 아닐까 생각했는데 아니었어.”

“…….”

“가오잉썅이 샤오잔에게 그 녀석을 죽이라고 했어. 녀석이 그런 짓을 할 수 있을 리 없잖아. 그래서 옥신각신 끝에 어떻게 도망쳐 나와서 할아버지 가게에 숨어 있었어.”

“그런데 자오잔숑이 납치당했다?”

“응.”

“내 참!” 삼촌은 분노와 번민을 담아 한숨을 쉬며 말했다. “내가 몇 번이나 말했지? 자오잔숑과는 어울리지 말라고.”

나는 잠자코 오토바이를 운전했다.

삼촌도 더는 샤오잔을 욕하지 않았다. 꾸이린루로 들어왔을 때 삼촌은 느닷없이 내 머리를 때려 우회전시켰다. 무슨 영문인지는 몰랐으나 삼촌이 나를 어딘가로 인도하려는 것만은 알 수 있었다. 그래서 머리를 맞을 때마다 얌전히 그 방향으로 핸들을 꺾었다.

우리는 사람들로 붐비는 화시지에 야시장을 지나쳐 단슈이허 쪽으로 달렸다. 야시장의 소란이 여전히 들리는 거리에서 삼촌은 내게 오토바이를 멈추게 했다.

흰 타일의 낡은 빌딩은 1층에 자조반점(셀프서비스 식당), 2층에 침·뜸 치료소, 그리고 3층에 '바이잉금융'이라는 간판이 걸려 있었다. 변변치 않은 계단 옆에는 오토바이가 쭉 세워져 있었다. 국민당은 오토바이를 좋아해 대만에는 오토바이가 한없이 늘어나, 가는 곳마다 불법 주차가 이루어졌다. 오토바이의 보호를 받듯 샤오잔이 사이드미러를 날려버린 문제의 검은 차도 주차해 있었다.

내가 엔진을 끄기 전에 위우원 삼촌이 내 허리에서 재빨리 권총을 뺐다.

"이걸로 어쩔 셈인데?" 총신을 내 뺨에 힘껏 눌렀다. "꼬마야, 장난이라도 칠 셈이었어? 어? 그럼 내가 지금 당장 쏴 죽여줄게."

나는 고개를 저었다.

"너는 여기서 기다려."

"나도 갈 거야."

삼촌은 내 멱살을 움켜쥐었다. "네가 따라오면 도울 수 있는 것도 못 도와."

눈을 피하지 않으려 했으나 5초가 한계였다. 그만큼 위우원 삼촌의 눈빛은 흔들림 없는 분노로 가득했다.

"절대 올라오지 마라." 눈을 피한 내게 삼촌은 다시 못을 박았다. "더는 가족이 상처받는 일은 보고 싶지 않아."

"……."

이때 나는, 인생 처음으로 다른 누군가의 마음을 알 것 같았다. 할아버지를 잃고 육친이 상처받았다는 의미를 나름 이해하기 시작했다. 칼로 이마에 사인을 새기고 영혼에 침이 뱉어진 듯한 기분을, 위우원 삼촌도 오래전 맛본 것이다. 할아버지가 슈알후의 가족을 전란에서 구하려 동분서주했을 때 위우원 삼촌은 거름통에 몸을 숨기고 자신의 무기력함을 저주하면서 죽어가는 어머니와 여동생의 비명을 들었으니까.

내가 고개를 끄덕이자 굳었던 삼촌의 표정이 조금 풀렸다. 고개를 끄덕이고 뚜벅뚜벅 어두컴컴한 계단을 올라갔다.

위우원 삼촌이 사라지자 나는 도로 좌우를 둘러보고 눈에 들어온 잡화점으로 달려갔다. 삼촌의 마음은 알겠으나 역시 가만히 있을 수만은 없었다. 샤오잔은 질 나쁜 양아치일지 모르나 내 친구다. 그 친구가 인생 최대의 위기에 빠졌는데 여기서 수수방관만 하고 있다면 평생 나는 소심함이야말로 성장의 증거라고 자신을 속이며 살아가야 하리라. 그렇게 살 바에는 솔직히 죽는 게 더 낫다. 사람에게는 성장해야 하는 부분과 성장할 수 없는 부분과 성장해선 안 되는 부분이 있다고 생각한다. 그 혼합된 비율이 인격이고, 우리 가족에 관해 말하자면 마지막 부분을 존중하는 피가 흐르고 있음이 분명하다.

나는 진열장 사이를 달려 찾던 걸 발견하고 낚아채 값을 치렀다.

가게 아저씨가 진열장 너머에서 우스갯소리를 던졌다. "어이, 사람 죽이러 가는 건 아니지?"

내가 종이 포장에서 쓱 칼을 꺼내자 아저씨의 얼굴이 굳어졌다.

손잡이를 잡고 빌딩을 향해 겨눴다. 여기서 걸음을 멈추면 겁쟁이의 본성이 올라오고 말 것이다. 그래서 그대로 단숨에 계단을 뛰어올라 '바이잉금융'이라는 간판이 달린 문을 걷어차 열었다.

"젠장! 하나 더 왔어!" 놀란 깡패들이 일제히 아우성쳤다. 일곱이나 여덟 명쯤 있었다. "죽으러 왔냐!"

일본도를 든 녀석도 있었다. 묵직한 테이블 너머에서 가오잉썅이 눈을 부릅뜨고 우두커니 서 있었다.

널브러져 있는 샤오잔의 얼굴은 엉망으로 얻어맞은 상태였다. 도마와 단도가 앞에 있는 것으로 보아 아무래도 손가락을 자르려던 참인 듯했다. 나는 식칼로 깡패들을 가리켰다.

"해봐!"

그러나 나의 성난 고함은, 위우원 삼촌의 벼락같은 소리 앞에서는 속삭임이나 마찬가지였다.

"움직이지 마!"

나뿐만 아니라 깡패들도 움직임을 멈췄다. 삼촌의 손에는 할아버지의 모제르 권총이 있었다.

"멍청한 녀석. 치우성, 오지 말라고 했을 텐데!"

내가 이번에는 결단코 눈을 피하지 않자 삼촌은 한숨을 쉬고 고개와 권총을 같이 흔들었다.

"자오잔숑을 데리고 나가라."

나는 한없이 넋을 놓고 있는 샤오잔에게 호되게 호통쳤다. "뭐 하는 거야, 빨리 이리로 와!"

샤오잔은 기어와 내 뒤에 숨었다. 새끼손가락은 아직 붙어 있는 듯했다.

"가라." 위우원 삼촌이 말했다.

"어? 삼촌은?"

"이 새끼들." 가오잉쌍이 뭐라고 무서운 말을 했는데 대만어라 잘 들리지 않았다. "도망칠 수 있을 것 같어야?"

"아아?" 삼촌은 얼굴과 총구를 가오잉쌍에게 돌렸다. "이 새끼, 사람은 너만 죽인다고 생각해?"

"뭐?" 가오잉쌍이 눈을 더 크게 떴다. "쏠 테면 쏴."

"잘 들어. 녀석들은 아직 천지 분간도 하지 못하는 꼬마들이야. 더는 건들지 마라. 자오잔숑은 오늘로 손을 씻는다. 알겠나?"

"웃기고 있네!" 가오잉썅이 자신의 가슴을 퍽퍽 두드렸다. "*내*, 두려울 게 있을까? 오호! 자오잔숑은 우리 것*이라*, 관계도 없는 새끼가 감 놓아라, 배……."

녀석의 호통은 무시무시했으나 총성만큼은 아니었다.

삼촌의 오른팔이 튕겨 올라갔다. 전원이 일제히 목을 움츠렸고 가오잉썅도 예외는 아니었다. 녀석의 얼굴 바로 옆 벽에 구멍이 났고 연기도 살짝 났다.

"다음에 이 녀석들 주위를 어슬렁댔다가는 정말 쏴 죽일 테니까."

비틀대던 가오잉썅이 털썩 의자에 앉았다.

대답한 사람은 아무도 없었으나 곧 총성의 울림을 지울 무시무시한 존재가 찾아왔다. 멀리 들리던 사이렌 소리가 아니, 저런, 하는 사이에 다가와 빌딩을 둘러쌌다.

"짭새다!" 누군가가 밖을 보고 소리쳤다. "잉 형님, 어떻게 할까요?!"

"삼촌!" 나는 삼촌의 팔을 잡아당겼다. "빨리 도망쳐!"

"이걸!" 위우원 삼촌은 내게 권총을 떠밀었다. "어딘가에 숨겨."

나는 권총을 청바지 앞에 넣고 티셔츠로 가렸다.

"거기가 아니라 밖에 숨기라고!"

"아, 알았어."

"지문을 닦고!"

내 등에다 대고 호통치며 삼촌은 성큼성큼 가오잉쌍에게 다가가 얼굴을 바싹 가져다 댔다. 상대의 눈을 들여다보며 "나는 한다면 해"라고 못을 박았다. 가오잉쌍은 씩 웃더니 삼촌에게서 눈을 피하지 않고 침을 퉤 뱉었다.

사무소를 뛰어나온 나는 재빨리 숨길 장소를 찾았다. 전기미터기가 있는 벽의 철판, 쌓여 있는 나무 상자, 시든 화분. 여긴 아니야, 여기는 숨길 곳이 없어. 나는 2층으로 달려 내려갔다. 불이 꺼진 치료소 주위를 우왕좌왕하고 있는데 천장의 갈라진 틈을 발견했다. 정신없이 그곳으로 권총을 던졌다. 권총은 쿵 천장에 부딪혔다가 바닥으로 떨어져 튕겼다.

"악!"

반사적으로 목을 움츠렸는데 발사를 면한 권총은 빙글빙글 돌면서 복도를 미끄러져 나갔다.

"젠장!"

나는 권총에 달려들어 다시 시도했다. 실패를 거듭하다가 네 번째 간신히 권총은 천장 속으로 빨려 들어갔다. 경찰이 들이닥치기 3초 전이었다.

"움직이지 마!" 방탄복을 입은 경찰관들이 계단을 뛰어 올라왔다. "한 사람도 움직이지 마!"

경찰은 내 팔을 난폭하게 비틀고 얼굴을 벽에 들이밀었다.

경찰관은 내 뒤를 지나쳐 우르르 계단을 올라 사무소로 돌진했다.

빌어먹을 잽새, 어떻게 할 수 없을까?! 온갖 욕설이 오가는 가운데 경찰관들은 깡패들을 거칠게 다루는 듯했다. 아우성과 뭔가 부딪히는 큰 소리가 들렸다. 우리는 아무 짓도 안 했어, 한심한 놈을 좀 괴롭혔을 뿐이야!

수갑을 차고 밖에까지 끌려 나왔을 때 계단에서 굴러떨어지는 샤오잔이 보였다. 녀석도 수갑을 차고 있었다.

주위는 소란스러웠다.

빌딩 주위에는 이미 노란색 통제선이 쳐졌고, 구경꾼들이 가득했다. 내가 식칼을 산 잡화점 주인이 회전하는 순찰차의 경고등 뒤에서 경찰관에게 뭐라고 떠들고 있었다. 나를 발견하자 이쪽을 가리키며 "저 녀석이야! 저 녀석!"이라며 요란을 피웠다.

경찰관은 샤오잔을 순찰차 뒷자리에 집어넣고 이어서 내 머리를 밀어 넣었다. 그때 연행되어 나온 위우원 삼촌이 보였다. 뭔가 분위기가 이상하다는 걸 금방 깨달았다. 연행되었다기보다 부축받고 있는 느낌이었다. 삼촌의 얼굴은 창백했고 걸음걸이도 위태로웠으며 폭포처럼 땀을 쏟아내고 있었다.

"삼촌!" 나는 목소리를 쥐어짰다. "위우원 삼촌, 가오잉썅에게 당했어?!"

나를 발견한 삼촌이 경찰관을 부축을 받으며 다가왔다.

"삼촌, 가오잉썅에게 당했냐고?"

"괜찮아. 아무것도 아냐."

"진짜?"

위우원 삼촌은 기침해대면서 고개를 끄덕였다.

"미안, 나 때문에 이런 일이 벌어지다니……."

격해지는 내 목소리를 순찰차 안에 있던 샤오잔의 울음소리가 지워버렸다. "미안해요, 위우원 아저씨. 나 같은 놈 때문에…… 정말 죄송해요!"

삼촌은 고개를 끄덕였으나 숨쉬기가 정말 힘든 듯 보였다. 여러 번 크게 기침하고 침을 퉤 뱉었다. 그 침에 피가 섞여 있었다.

"삼촌, 괜찮아?"

마오마오를 위해 가지고 있던 손수건이 생각났다. 수갑을 차고 있어서 청바지 뒷주머니에서 꺼내려면 몸을 비트는 수밖에 없었다.

"자, 이거……. 삼촌, 어디 아파?"

손수건으로 입을 막은 삼촌은 헐떡이기만 했다.

"이게 뭐지?" 경찰관은 그렇게 말하면서 땅에서 뭔가를 주웠다. "어이, 이 사진이 네 주머니에서 떨어졌어."

"아아, 그거, 아까 디화지에에서 찾았어." 나는 삼촌의 묻는 듯한 시선에 대답했다. "할아버지의…… 그거랑 같이 있었어."

경찰관이 왕커창 일가의 흑백 사진을 내밀었다.

삼촌의 눈이 크게 벌어졌다. 빙글빙글 도는 경고등의 푸른 빛이 경악이라고밖에 할 수 없는 아무렇게나 수염을 기른 얼굴을 훑고 지나갔다. 기침을 막고 있던 손이 툭 떨어졌다. 멀거니 벌어진 창백한 입가에 새빨간 피가 묻어 있었다.

"삼촌……?" 내 목소리는 다음 순간 비명으로 바뀌었다. "삼촌! 삼촌!"

격렬하게 기침하던 삼촌의 눈이 뒤집히더니 타이베이의 더러운 아스팔트에 무릎부터 무너져내렸다.

나중에 안 사실인데 이때 삼촌은 이미 폐가 석탄처럼 되는 사르코이드증이라는 원인 불명의 난치병에 걸려, 병원 진단을 받기 위해 하선한 것이었다. 삼촌이 의사에게 난치병이라는 선고를 들은 것은 이 발포사건으로 실형 판결을 받기 얼마 전이었다. 그때 위우원 삼촌은 별일 아니라는 듯 이렇게 말했다고 한다.

"앞으로는 인공호흡기가 필요하다고? 그럼 지금은 콜라를 마셔도 되나?"

삼촌은 조사에서 정신없는 와중에 권총을 잃어버렸다고 주장했고 경찰도 끝내 권총을 찾지 못했다.

소지품을 돌려받고 새벽이 되기 전에 경찰서에서 나올 수 있었다.

아버지의 주먹과 무서운 질타가 기다리고 있었다. 아버지는 경찰관이 나서서 말릴 때까지 나를 두들겨 팬 후 택시에 차 넣었다.

"저기 말이야……."

"왜!"

"아, 아니, 이거……" 나는 조심스레 사진을 꺼냈다. "이게 권총이랑 같이 있었는데."

"아직도 뭐가 남았냐, 이 한심한 자식아!"

나를 때리느라 녹초가 되었음에도 아버지는 차의 실내등을 켜고 사진을 낚아채 확인했다. 그리고 뒷면을 봤다. 왕커창의 사진에는 위우원 삼촌이 뱉은 피의 흔적이 살짝 남아 있었다.

"왕커창……" 아버지는 중얼거리고는 고개를 기울였다. "아아, 검은 개인가. 항일 전쟁 때 일본군을 위해 일한 매국노."

그때 기억이 났다.

할아버지가 살해됐을 때 리 할아버지와 구오 할아버지가 말했던 남자다. 분명 이름이 일본어의 '강아지'랑 발음이 비슷해서 일본군이 '왕코'라고 불렀다고 했다. 이 남자의 농간으로 여러 마을이 몰살되었다고 할아버지 중 하나가 말했다. 위우원 삼촌의 아버지와 같이 할아버지가 이 검은 개를 토벌했던 무용담도.

"할아버지는 왜 이런 사진을 소중히 간직했을까?" 내가 물었다.

"글쎄다." 아버지는 사진을 돌려주며 성가시다는 듯 실내등을 껐다. "대륙에 있던 의형제의 편지에 들어 있었겠지."

"노인이란 그런 거지." 운전사가 끼어들었다. "우리 아버지가 뭘 평생 소중히 여겼는지 알아? 독일제 호치키스였어! 벌써 저세상 사람이 되었는데 그 호치키스는 아직 우리 집에 있지."

나는 사진으로 시선을 떨구었다. 이따금 들어오는 가로등 불빛이 검은 개의 무표정한 눈을 순간적으로 비췄다. 그 시대에는 변절자가 된다는 게 매력적인 선택지였을까? 나는 거의 마비된 머리로 멀거니 생각했다. 이게 유혹에 굴해 귀신에게 영혼을 판 자의 얼굴일까?

"아버지와 위우원 삼촌은 몇 살 차이야?"

"내가 세 살 위지."

"아버지는 언제 중국을 떠났어?"

"열다섯 때야." 아버지가 혀를 찼다. "왜 그런 걸 묻는 거냐? 또 숨기는 게 있으면 지금 말해라. 나중에 알게 되면 그때는 정말 죽을 줄 알아."

"아냐, 별로……."

"총은 어디서 났니?"

룸미러 속에서 운전사의 눈이 움직였다.

"위우원이 발포했다는 총 말이다. 설마 네 할아버지 총은 아니지?"

나는 침묵했다.

"뭐, 됐다." 아버지는 한숨을 섞어가며 말했다. "찾을 수 없는 곳에 잘 숨겼지?"

"……어?"

"가령 그 총이 나오지 않더라도 위우원이 발포한 건 많은 사람이 봤어. 총을 불법 소지한 사실에는 변함이 없지. 하지만 총 자체가 발견되지 않으면 죄가 조금 가벼워질 거야."

"내가…… 할아버지 총을 가지고 나왔어."

"당연하지. 위우원이 가지고 나왔을 리 없지."

"응."

"그래서?"

"뭐?"

"아까 왜 옛날 이야기를 물었니?"

"아아" 나는 사진을 들고 말했다. "아까 이걸 보여줬는데 삼촌이 너무 놀라서."

"그럼, 녀석도 검은 개의 얼굴을 기억하고 있었던 거지. 그렇지 않으면 그렇게 상태가 갑자기 나빠지지 않았겠지."

"삼촌, 병이야?"

"두 주쯤 전에 싱가포르에서 전화가 왔었다. 가래에 피가 섞여 나온다고. 검사하러 돌아오겠다고 했지."

"아아, 그거 결핵이야." 운전사가 스산한 목소리로 단언했다. "우리 장인어른도 그걸로 죽었어."

"위우원 삼촌은 어떻게 되는 거야?"

"네 탓에 인생이 엉망이 되었지."

"……."

"그 녀석이니, 총은 자기 거라고 하겠지."

"말도 안 돼요! 내가……."

"분명히 말하는데 위우원을 도울 생각은 꿈도 꾸지 마라!"

"하지만!"

"하지만이라니! 아이는 잠자코 어른 말 들어. 게다가 녀석이 발포한 것도 사실이잖아. 뭐, 다친 사람은 없으니 그리 큰 죄는 아닐 거다. 샤오잔도 오늘 중으로 석방될 거라고 하더라. 가오잉썅도……."

말하다가 다시 화가 난 아버지는 또 한바탕 내게 욕설을 퍼부었다. 네가 이런 녀석인 줄 알았으면 낙태시켰을 거라고 소리치고 대만의 징병 제도를 예찬했다. 군대는 너처럼 썩어빠진 인간의 근성을 뜯어고치기 위해 있는 거라고. 날이 밝으면 다시 위우원 삼촌의 면회를 가, 이제 어떻게 할지 의논할 생각이라고도 했다.

택시는 어두운 거리를 달렸다. 라디오에서는 스님의 설교가 나오고 있었다. 박사도 좋고 거리의 채소 장사도 좋고 미인도 좋고 추녀도 좋고 부자도 좋고 가난뱅이도 좋고 모두 사이좋게 지내면 그걸로 좋다고…….

"항일 전쟁 때 아버지는 몇 살이었어?"

"아까 이야기가 아직 안 끝난 거냐?" 아버지는 어이없어하면서도 잠시 생각한 후 말했다. "일본군이 산둥에 온 게 38년인가 39년이니까…… 항일 전쟁을 시작했을 때 다섯 살이나 여섯 살이었을 거다."

"그럼 할아버지가 이 왕커창을 죽였을 때……" 말을 흐렸다. "아버지는 열 살쯤이었나?"

"너, 그 말은 어디서 들었니?"

"할아버지들이 이야기했어." 나는 계속 의문을 던졌다. "열 살 때 기억나?"

"그때는 왕커창의 얼굴 사진이 신문에 실렸다. 일본군이 흥분해 범인을 찾았지. 적어도 나는 그렇게 들었다. 일본인이 살기등등하니까 어머니가 밖에 나가 놀지 말라고 했어. 그런데 네 할아버지는 그 신문을 소중히 오려내 종종 꺼내서 나와 밍첸에게 검은 개가 얼마나 나쁜 놈인지 들려줬지. 그때마다 어머니가 난리를 치며 신문을 찢으려 해서 아버지에게 얻어맞고는 했다."

"하지만 아까 사진을 봤을 때 바로 검은 개인지 몰랐잖아."

"아주 옛날 일이니까."

택시가 집에 도착하자 어머니와 할머니, 눈빛이 매서운 닭들이 나를 맞아주었다. 어머니는 회초리로 내 엉덩이를 후려치고 지치면 할머니가 나섰다. 나는 맞는 수밖에 없었다. 더우화 장사의 목소리가 아침 안개 속을 떠돌자 아버지가 배가 고프냐고 물었다. 나는 고개를 끄덕였다. 할머니는 부엌에서 그릇을 찾아 들고는 더우화 장사를 쫓아 달렸다.

"마오마오가 여러 번 전화했다."

어머니의 한마디에 나는 다시 달리기 시작했다. 지난 4, 5일 동안 달리기만 한 것 같다. 어머니의 욕설을 등으로 들이면서 약속 장소로 열심히 달렸다. 동네에서 가장 먼저 일어난 노인들을 추월해 새벽안개를 차며 연못의 물고기들을 놀라게 했다. 아무래도 여태껏 있을 것 같지는 않았다. 알고는 있었지만, 직접 확인할 수밖에 없었다.

그녀는 혼자 약속한 정자에 있었다. 내 황급한 발소리에 고개를 들었다.

나는 걸음을 멈췄고 그녀는 자리에서 일어났다.

우리는 말 없이 조용히 서로를 바라봤다.

작은 새가 지저귀고 만개한 수련이 바람에 흔들렸다. 그 커다란 녹색 잎에는 맑고 투명한 물방울이 매달려 아침 햇살을 받으며 반짝이고 있었다. 어디선가 아침 사교댄스 음악이 들어오자 연못의 거북이가 불쑥 고개를 내밀었다.

"미안해, 나, 또 약속을……."

마오마오가 달려와 내게 입술을 댔다. 너무나 애절하게 매달려 와서 내가 얼마나 그녀를 걱정시켰는지 깨달았다. 나는 마오마오의 가는 허리를 꽉 껴안았다. 그녀의 눈물이 입술 사이로 새어 들어왔다. 그건 내가 죽을 때까지 한 키스 중에서 손가락에 꼽을 정도로 짠 키스였다. 부모님이 나를 때린 것도, 마오마오가 뜨겁게 키스하는 것도, 내게는 마찬가지였다. 단단한 주먹 같았던 그 딱딱하고 아픈 키스는 그전에도 없었고 앞으로도 그때뿐일 것이다.

생각나는 한 가장 최악의 일을 생각해 보길 바란다. 감히 말하겠는데 무엇을 생각하든 그에 뒤지지 않을 성가신 일이 이 세상에 딱 하나 있다면, 그건 깡패가 목숨을 노리는 일이다.

그런 이유로 나와 샤오잔에게는 위우원 삼촌의 말을 듣지 않을 이유가 하나도 없었다.

"자오잔숑." 구치소의 강화 아크릴판 너머에서 삼촌이 수화기를 고쳐 잡았다. "너는 빨리 여권을 만들어라."

샤오잔은 수화기 든 손으로 눈물을 닦으며 여러 번 고개를 끄덕였다. 나는 녀석의 수화기에 얼굴을 대고 새어 나오는 목소리를 들으려 애썼다.

"회사에는 내가 말해뒀다." 삼촌은 헐렁한 쥐색 바지에 하얀 반소매 셔츠를 입고 있었다. "나 대신 배를 타라. 걱정하지 마라. 네가 탈 배에는 내 의형제들이 많아. 처음 몇 년은 힘들지 모르지만, 하늘에 부끄럽지 않은 일이다. 그리고 외국 여자는 좋단다, 중국 여자는 너무 드세서 못 써."

샤오잔이 울다 웃었다.

"가오잉썅도 바다 위까지는 쫓아가지 못하지. 이 사달이 좀 조용해지면 계속 배를 타도 좋고 다시 돌아와도 된다. 다만 한 가지 말해두겠는데 선원은 깡패보다 성질이 급하단다."

"아저씨……."

"삼촌." 샤오잔에게서 수화기를 뺏어 귀에 댔다. 이번에는 샤오잔이 내게 얼굴을 디밀고 삼촌의 말에 귀를 기울였다. "몸은 어때? 안에서 힘든 건 없어?"

"그건 어떻게 됐니?"

"괜찮아." 할아버지의 권총 이야기라는 걸 바로 알았다. "원래 있던 데 돌려놨어."

"양아버지의 유품이니까."

"이 녀석과 같이 찾으러 갔었어."

샤오잔이 수없이 고개를 끄덕였다.

"그랬니?" 삼촌은 안심한 듯했다. "치우성, 너는 병역을 마칠 때까지 여권이 나오지 않는다. 사실은 너도 같이 배에 실어 보내고 싶은데."

"나는 삼촌 말대로 군대에 갈게."

"그럼 됐다. 군대도 나쁘지만은 않단다. 이 동네를 떠날 수 있고 네게도 너만의 의형제들이 생길 거다. 사람이란 결국, 그렇게 누군가의 도움을 받거나 누군가를 도와주며 사는 거란다."

"삼촌, 뭐라고 해야 할지 모르겠어……. 이런 일에 휘말리게 해서 정말 미안해요."

"내가 맘대로 너를 따라간 거다. 휘말리고 싶어서 휘말린 거니 네가 사과할 일이 아니다. 네 할아버지에게 평생 신세를 졌다. 그런데 나는……" 기침이 말을 막았다. "이런 일밖에 할 수 없구나."

나는 솟아오르는 눈물을 팔로 훔쳤다.

“우리 마음은 늘 과거 어딘가에 붙잡혀 있지. 억지로 그걸 떼어내려 해봤자 좋을 게 없단다.”

나와 샤오잔은 눈빛을 교환하고 이야기가 이어지길 기다렸으나 위우원 삼촌의 입에서는 기침만 나왔다. 어차피 면회 시간도 얼마 남지 않았다. 교도관이 점잔을 빼며 시간이 다 되었다고 알리자 삼촌은 수화기를 내려놓고는 천천히 일어났다.

나와 샤오잔도 일어났다. 샤오잔이 아크릴판에 매달려 들리지도 않을 텐데 고맙다고 소리쳤다.

면회실을 나오기 전에 삼촌이 돌아봤다. 나는 뭔가 기대했는데 삼촌은 설핏 웃었을 뿐 역시 아무 말도 하지 않았다.

제9장

# 춤을 제대로 추지 못해

퇴학 절차를 밟기 위해 육군 군관 학교 교문을 들어서자마자 다부진 상급생에 붙잡혀 독방에 넣어졌다. 독방이 있는 벽돌 건물은 학교 밖에 있었고 일본 통치 시절 건물이었다.

5월에 끝나가는, 바람 없는 오후였다.

두 시간쯤 내버려 둔 뒤에 군복을 완벽하게 차려입은 교관이 찾아와 내게 내려진 조치를 알렸다.

"금고 1개월. 여기 있는 동안에는 간수의 말을 엄수해라. 간수가 너의 주인이고 너는 간수의 개다."

바지의 빳빳한 주름만큼이나 머리가 좋을 듯한 남자였다. 세상이 지글지글 탈 듯 더운 날이었는데도 그 하얀 얼굴에는 땀 한 방울도 흐르지 않았다. 로봇처럼 냉정한 이 남자는 눈 한번 깜빡이지 않고 젊은이를 전쟁터로 보내고 성공과 실패를 숫자만으로 헤아리겠지. 그는 내게 종이 한 장과 펜을 내밀었다. 육군 군관 학교의 퇴학 서류였다.

"오늘로 너는 사회적 신분을 잃는다. 이 구류가 끝나면 신체검사를 받고 적당한 부대로 보내질 것이다."

나는 고개를 끄덕이고 퇴학 서류에 서명했다. 그러는 동안 간수가 기르는 초라한 늙은 개가 비실비실 들어왔다. 혀를 쭉 내민 개는 우와! 덥네, 라는 얼굴을 하고 몸을 돌려 독방 건물에서 나가버렸다. 독방이란 갇힌 젊은이를 괴롭히기 위해 만들어진 것이라, 바람조차 허락 없이는 드나들 수 없는 곳이었다.

교관은 서명한 퇴학 서류를 요리조리 살펴보더니 마음에 든 듯 고개를 끄덕였다. 이후 옆구리에 끼고 있던 육군 군모를 머리에 쓰고 번쩍번쩍 빛나는 군화를 부딪쳐 소리를 냈다. 철커덕, 하는 소리가 텅 빈 독방에 울리자, 나는 차렷 자세로 교관에게 경례했다. 그는 발소리를 높이며 걸어갔는데 그가 가는 길에 옥수수 크기의 개똥이 놓여 있었다. 교관은 턱을 당기고 똑바로 앞만 보며 개똥을 향해 일직선으로 걸어갔다. 나는 경례한 채 설마 했다. 그런데 놀랍게도 그는 제대로 보기만 했으면 절대 밟지 않았을 것을 밟고 말았다. 귀퉁이를 살짝 스친 정도가 아니라 옥수수 양쪽이 거의 비슷할 정도로 한가운데를 밟았다.

"젠장!" 교관은 한쪽 발을 들고 펄쩍펄쩍 뛰었다. "반드시 저놈의 개를 내가 죽이고 말겠어!"

이게 뭐야!

나는 독방 돌바닥에 앉아 무릎을 안았다. 암담했다. 전쟁은 나쁘다. 완벽하게 나쁘다. 하지만 꼭 해야 한다면 나는 이기고 싶다. 그런데 우리나라의 직업 군인이라는 사람이 전황은커녕 눈앞의 개똥조차 제대로 보지 못했다.

형무소에 대해서는 전혀 모르나 독방은 형무소나 마찬가지였다. 싸움이나 군율을 위배한 자(나 같은 사람) 그리고 탈주병이 수감당했다.

다음 날부터 나는 간수인 장 씨의 인솔에 따라 잡초 제거나 온갖 잡무, 부서진 담장 보수, 마당 청소, 쓰레기 줍기 등을 했다. 할 일이 전혀 없을 때는 잡초 뽑기를 했는데 그것도 장 씨 마음에 달렸다. 나무 그늘에서 멀거니 담배만 피우며 보내는 날도 있었다. 개는 역시 장 씨가 길렀고, 장 씨처럼 늘 눈을 게슴츠레 떴다. 늘 오줌을 싸고 다니는 늙은 개의 이름은 데이비드였다.

하루 세 번의 식사는 장 씨가 만들었는데 군율에 따라 독방에서 먹어야 했으나, 장 씨가 귀찮았는지 나는 늘 장 씨와 함께 먹었다. 이때 독방에는 마침 나 혼자만 갇혀 있었다. 후난성 출신의 장 씨는 예순으로 직접 훈제한 베이컨으로 죽도록 매운 볶음 요리를 만들어주었다. 장 씨는 대륙에 아내와 아이가 있었으나 대만에서도 가정을 꾸렸다. 그건 물론 드문 일이 아니었다.

독방 생활 닷새째, 위장복을 입은 해군 육전대의 연대장이

와서, 나를 뙤약볕에 세워놓고 심문했다.

연대장은 내 앞을 호랑이처럼 왔다 갔다 하면서 소리를 높였다.

"너는 왜 여기 있나?!"

"군율 위반으로 있습니다, 연대장님!"

"무슨 짓을 했나?!"

"새해 휴가로 집에 갔다가 학교에 돌아오지 않았습니다!"

"너는 우리나라의 징병 제도를 어떻게 생각하나?!"

"18세 이상이면 모두 병역을 마쳐야 한다!"

"그건 알아! 너는 어떻게 생각하냐고?!"

"아, 그게……" 나는 할 말이 궁해 땀을 줄줄 흘리면서 우물거렸다. "사, 삼민주의 만세!"

연대장은 얼굴을 훅 들이밀더니 내 눈을 들여다봤다. 나는 필사적으로 안구를 움직이지 않으려 했다. 그는 내 모자를 쳐 떨어뜨리고는 일갈했다.

"저기 드럼통을 가져와 계속한다!"

나는 독방 건물 옆에 버려진 드럼통을 가지러 달려갔다. 그것을 안고 연대장이 있는 곳으로 돌아와 차렷했다. 부용나무 아래에서 느긋하게 담배를 피우던 장 씨가 나를 보고 안 됐다는 듯 고개를 저었다. 장 씨는 이제부터 무슨 일이 일어날지 알고 있는 것이었다.

"따라와!"

연대장이 호통을 치고는 앞장서 걷기 시작했다. 나는 대충 30킬로그램은 될 듯한 드럼통을 어깨에 메고 서둘러 그의 뒤를 따랐다.

우리는 독방 건물 뒤쪽의 민둥산을 올랐다. 황토가 덮힌 경사로는 가팔랐고 살아 있는 것이라고는 풀 뿐이었다. 연대장은 좁은 지름길을 헤치며 올랐다. 가끔 돌아봤으나 내게 다정한 말을 걸기 위해서는 아니었다.

"나는 너 같은 녀석이 정말 싫다! 너는 돌격 때 죽은 척할 비겁한 놈이야. 너는 비겁한 놈인가?"

"아뇨, 아닙니다!"

"너는 비겁한 놈이다!"

"아뇨, 아닙니다!"

"그럼 왜 학교로 돌아오지 않았나?"

"대학에……" 나는 숨이 끊어질 것만 같았다. "대학에 갈까 생각했기 때문입니다!"

"너는 역시 비겁한 놈이다!"

우리는 산을 올랐다.

내리쬐는 햇볕은 따가웠고 뜨거웠다. 녹슨 드럼통은 어깨와 허리를 무겁게 내리눌렀다. 등의 근육이 비명을 질렀고 허벅지가 굳어졌고 엉덩이가 덜덜 떨렸다. 한 걸음 내디딜 때마다 군화 밑에서 마른 먼지가 피어올랐고 땀이 뚝뚝 땅에 떨어졌다. 작은 돌을 밟고 비틀대는 바람에 몇 번이나 드럼통을 떨어뜨릴 뻔했다. 그때마다 질타를 받았다. 나를 내려다보는 연대장의 눈은 명백히 조소를 담고 재미있는 일은 이제부터라고 이야기하고 있었다.

나는 그의 의도를 이해했다. 이 드럼통을 산꼭대기까지 메고 올라가면 이번에는 아래까지 메고 내려가라고 할 셈이다. 그 짓을 여러 번 반복시킬 것이다. 무의미한 짓을 계속 시켜 내 정신을 마비시키고 지배하고 애국심이 들어갈 자리를 억지로 만들어 절대복종을 심어줄 계획이리라. 나는 오늘 막 만난 이 남자를 증오했다. 그리고 아무리 산을 오르내리더라도 무조건 시키는 대로 하기로 마음먹었다.

이를 악물고 조그만 산을 오르자 연대장은 드럼통을 내려놓으라고 명령했다.

숨을 고르면서 내려다보니, 산 반대편의 울퉁불퉁한 경사면 아래의 사격장에서 마침 군관 학교 학생들이 엎드려 사격 중이었다. 총알은 검은 표적을 뚫고 황토 절벽에 꽂히며 노란 먼지를 일으켰다. 한발 늦게 김빠진 총성이 울렸다.

"좋았어."

나는 어금니를 꽉 악물고 반항심을 눈에 담았다.

"그 드럼통을 옆으로 눕혀."

나는 시키는 대로 했다.

"자, 이제 안에 들어가라."

"……예?"

"그 안에 들어가라고 했다. 어서!"

기어서 허둥지둥 드럼통 안으로 들어가니, 쿵 하는 충격이 오고 천지가 빙글빙글 돌았다. 몸이 밀려 얼굴이 세게 부딪치면서 코피가 터졌다는 건 알았는데 내가 아는 건 그 정도가 다였다. 순식간에 정체 모를 커다란 힘에 눌려버렸다.

"악!"

무슨 일이 일어났는지 모르겠는데 모든 방향에서 차례로 충격이 가해지며 가차 없이 나를 때려눕혔다. 마치 내게 '가차 없이'라는 단어의 뜻을 알려주려는 듯.

"으악, 으악, 으악!" 굴러가는 드럼통 안에서 쓰러지고 또 넘어졌다. "으아아아아악!"

여기 부딪히고 저기 또 부딪혔다. 동쪽에서 얻어맞고 서쪽에서 채이고 남북으로 당겨졌다. 귀가 먹먹해질 정도의 소음이 쾅쾅 울렸다. 천재지변처럼 인간이 얼마나 작은 존재인지, 생명이 얼마나 가벼운지를 뼈아프게 알려주었다. 내가 아무리 몸부림쳐도 세상에는 어쩌지 못할 일이 있다. 평형감각이 사라지고 입안에서 씁쓸한 게 올라왔다. 다리가 위로 가고 머리가 아래였다. 혀를 심하게 씹었는데 아플 틈도 없었다.

순간 중력이 사라졌다. 완벽한 정적이라고 생각할 틈도 없이 등골이 훅 공중으로 올라가더니 다시 데굴데굴 굴렀다. 공중에 던져진 드럼통이 경사면에 부딪혔음을 직감했다.

"으아아아아아아악!"

나는 짓이겨지고 얻어맞고 밀리고 또 뭉개져 버려졌다. 드디어 드럼통에서 기어 나올 수 있었을 때는 자신이 누구인지조차 알 수 없었다. 내가 마지막으로 본 산 정상의 광경은 어디에도 없었고, 흔들리는 부용나무가 비스듬히 서 있고 물엿처럼 일그러진 장 씨가 일그러진 나무 그늘 밑에서 일그러진 담배를 피우고 있었다.

일어날 수조차 없었다.

이마에서 흐른 피가 눈으로 들어왔고 코에서 나온 피가 입에 들어왔다. 어느샌가 가슴에는 점심때 먹고 미처 소화하지 못한 베이컨이 붙어 있었다. 어떻게든 다리에 힘을 주어 일어나려 했으나 다리가 휘청여 다시 고꾸라졌다. 머리가 쿵쿵 울리고 금속성 이명이 송곳처럼 고막을 찔러댔다. 양손을 땅에 대고 나는 개처럼 토했다. 개처럼 토하는 나를 보고 닥스훈트처럼 길어진 데이비드가 짖었다. 누군가가 가죽구두로 머리를 툭툭 칠 때까지 나는 그대로 땅에 뻗어 있었다.

"정신 차려!"

하늘에서 호통 소리가 떨어졌다.

나는 사력을 다해 막 태어난 망아지처럼 비틀대면서 차렷 자세를 했다.

"드럼통을 메!" 연대장이 명령을 내렸다. "따라와!"

후들후들 떨리는 무릎으로 거의 질질 끌다시피 드럼통을 산꼭대기까지 끌고 갔다. 중간에 두 번쯤 구역질을 시작했으나 헛구역질만 심하게 했을 뿐이다.

"옛날이라면 너 같은 녀석은 포대에 처넣어 바다에 던졌어. 어때? 너는 비겁한 놈인가?"

"아닙니다. 나는 비겁한 사람이 아닙니다!"

"그래? 드럼통에 들어가!"

나는 발길질을 당한 작은 개의 눈빛으로 자비를 구걸하려 했으나 연대장은 씩 웃을 뿐 친절하게도 내가 들어가기 쉽도록 드럼통을 발로 고정하고 있었다.

두 번째는 마음의 준비가 된 만큼 신선함은 없었다. 그렇다고 위안이 되었던 것도 아니다.

"으아아아아아아악!"

맹렬하게 경사면을 굴러떨어지는 드럼통 안에서 버터라도 된 듯 이리저리 철퍼덕대고 있자니 산산이 부서지는 자긍심과 자존심을 어쩔 도리가 없었다. 나는 비겁한 놈일까? 그럴지도 몰라! 산전수전을 다 겪은 해군 육전대 연대장님에게 나 같은 일개 졸병이 반항심을 불태우다니 말도 안 된다는 사실을 뼈저리게 느꼈다. 나는 배웠다. 인간, 드럼통 안에 넣어져 산 정상에서 굴러떨어지는 일 정도로 이렇게 완벽하게 변절할 수 있다면, 진짜 전쟁에서는 어떤 일이 벌어졌을까.

드럼통은 날뛰는 말처럼 날뛰고 머리를 쳐들고 뒷발을 차면서 돌에 부딪쳐 불꽃을 튀었다.

끝내 나는, 해가 질 때까지 세 번이나 드럼통 형벌을 받았다.

정신을 잃은 나를 장 씨가 나무 그늘까지 끌고 와 차가운 물로 얼굴을 닦아주고 부채질을 해주었다. 현재 국방부는 징병제 폐지를 검토하고 있다. 지원병을 모집하기 위해 군인의 처우를 개선해 병사의 첫 월급은 대졸자 초봉보다 높아졌다. 그러나 우리 때는 아직 이런 혹독한 일이 너무나 흔했다.

독방 생활은 한 달이었는데 무슨 영문인지 두 주 만에 풀려났다. 이유는 지금도 모른다. 그게 군대라는 곳이다. 이유 같은 건 이차적인 문제다. 상관이 하얗다면 하얗고 검다면 검은 것이다. 우리 졸병에게 요구되는 것은 위의 결정을 잠자코 따라 죽이거나 죽임을 당하는 것일 뿐이다.

데이비드의 똥을 밟았던 그 교관이 다시 찾아와 내게 신체검사를 받게 했다. 그때 내 키는 170센티미터를 훌쩍 넘었던 터라 두말할 것 없이 '갑' 판정을 받았다. 좀 더 몸집이 좋았다면 '갑' 위에 '상'까지 붙어 공포의 해군 육전대에 배치되었을지도 모른다. 그랬다면 매일 드럼통에 들어가 실컷 산에서 굴러떨어졌겠지. 구사일생이라는 말은 바로 이럴 때 쓰는 말일 것이다. 얼굴이 조금만 더 괜찮았다면 헌병대로 보내졌을지 모른다. 그랬다면 영령을 달래는 충렬사 같은 곳에 장식품처럼 서서, 헌병 교대식 때 번쩍이는 총검을 빙글빙글 돌리거나 관광객과 기념사진을 찍으며 즐겁게 병역을 마쳤을 텐데.

내 운명은 지극히 평범해 좋지도 나쁘지도 않았다. 제비뽑기

결과 대만 중부의 자이 지방에 주둔하는 총 병력 3만의 육군 제10사단 소속 보병 제275여단에 배속되었다. 청궁링이라는 신병교육을 3개월간 받은 후 입영 준비 차 일단 집에 돌아왔다.

말할 것도 없이 매일 마오마오와 지냈다. 우리는 야시장을 돌아다니며 먹고 영화를 보고 유원지에 갔고 식물원 정자에서 수없이 시간을 보내고 단슈이허 입구에 스쿠터를 세워놓고 손 잡고 제방에 올라 석양을 바라봤다.

당시 타이베이에는 지하 춤판, 그러니까 불법 영업하는 디스코텍이 많았다. 민간에서의 마지막 밤, 마오마오가 나를 데리고 간 곳은 시먼딩의, 지하인 주제에 무려 '펜트하우스'라는 이름이 붙은 디스코텍이었다. 이런 장소는 화재 방지라는 관점에서 문제가 있어, 어쩌다 불이 나면 손님이 죄다 타 죽은 일도 있었다. 그런 이유로 시 정부가 단속을 강화하고 있던 터라 언제 경찰 단속이 있을지 몰랐다.

"괜찮아." 마오마오는 매달렸다. "지금 안 가면 다음에 같이 갈 수 있을 때는 2년 뒤야."

트위스트, 몽키 댄스, 지루박…… 눈이 돌아갈 정도로 바뀌는 곡에 맞춰 댄스 플로어에 빼곡하게 모인 사람들이 쉴 새 없이 스텝을 바꿨다. 나는 바로 비명을 지르고는 전선에서 이탈하고 말았다.

격렬하게 깜빡이는 빛 탓에 춤추는 사람들의 움직임이 초 단위로 비디오가 흘러가는 듯 보였다. 귀를 때리는 신시사이저

소리, 어디선가 쉴 새 없이 쉭쉭 뿜어 나오는 드라이아이스 연기, 사방에서 쏘아지는 레이저빔을 튕겨내면서 미러볼이 태양처럼 댄스 플로어를 지배하고 있었다. 혼자 춤추는 마오마오에게 모르는 남자가 말을 걸었다. 마오마오는 고개를 흔들고 테이블에 있는 나를 가리켰다. 남자는 이쪽을 흘긋 보고 어깨를 으쓱하더니 인파 속으로 들어갔다.

"같이 추자고 하더라." 마오마오가 돌아와 커다란 음악 소리에 뒤지지 않는 소리를 냈다. "네가 안 추면 다른 사람과 출 거야."

"여기, 자주 와?"

"가끔, 가끔 오지."

"나는 이런 데는 좋아하지 않아."

"왜? 재밌잖아."

"내가 군대에 있는 동안에도 너는 이런 데 드나들 거야?"

"왜?" 그녀의 눈이 장난스럽게 반짝였다. "걱정돼?"

"그런 건 아니고."

"너도 자이에 가면 귀여운 시골 아가씨와 알게 될 수도 있잖아."

"그야 그렇겠지."

"뭐야! 못됐어."

토라진 시늉을 하는 마오마오의 옆구리를 찔렀다. 그녀는 고개를 돌린 채였다. 다시 찔렀다. 그리고 한 번 더. 그러자 그녀가 웃어주었다.

“자, 춤추자.”

나는 고개를 저었다.

“이런 데서는 머리를 비우고 즐겨야 해.”

“그렇지.”

“2년은 순식간이야.”

“2년이면 모든 게 변해.”

마오마오는 가만히 플로어를 응시했다. 그러더니 이렇게 말했다.

“나는 말이야. 내 인생은 그리 지독하진 않을 것 같아. 근거는 전혀 없지만. 그런 내가 치우성을 선택했다고. 치우성은 내가 선택한 사람이야. 그러니까 틀림없이 별일 없을 거야.”

교차하는 레이저빔 속에서도 내게 똑바로 날아오는 그녀의 눈빛은 전혀 흔들림이 없었다. 나는 자신의 나약한 모습이 부끄러웠다. 마오마오가 훨씬 더 남자답지 않은가! 나는 남자로서 행동해야만 했다. 그녀를 안심시키는 행동. 마오마오는 그걸 기다리고 있다.

흘러넘치는 드라이아이스 연기가 나를 조금은 대담하게 행동하게 했다. 테이블에 몸을 내밀어 그녀에게 얼굴을 가져갔다. 귀를 흔드는 디스코 음악도 우리의 심장 소리를 지우지는 못했다. 마오마오가 몸을 앞으로 숙였다. 내 입술에서 1밀리미터쯤 떨어진 곳에서 날카롭게 말했다.

"가오잉썅이야."

찬물을 뒤집어쓴 것처럼 등줄기에 오한이 찾아왔다.

돌아보니 부하들을 거느린 가오잉썅이 입구 언저리에서 기도 형님과 실랑이를 벌이고 있었다. 부하들은 고개를 빼고 댄스 플로어를 살피고 있었다. 누군가를 찾고 있는 게 분명한데 그 누군가가 바로 나일 것이다.

"이리 와."

마오마오가 내 손을 잡고 달리기 시작했다. 인파에 묻혀 간신히 DJ 부스에 도착해, 마오마오가 DJ에게 뭐라고 소리쳤다. 헤드폰을 쓰고 있던 DJ가 머리로 리듬을 타면서 끄덕였다. 그러자 마오마오는 잽싸게 몸을 구부려 부스 안으로 들어갔다. 그녀는 아주 짧은 치마를 입고 있었는데 조심하는 기색이 전혀 없었다. 찝찝한 기분으로 나도 뒤를 따랐다. 마오마오가 "땡큐"라고 말하자 DJ가 엄지를 세웠다. 나는 이 DJ의 얼굴을 기억해두기로 했다.

부스 뒤로 난 문을 통해 복도로 나왔다.

"경찰 단속이 떴을 때 도망치는 길이야." 내 손을 잡고 달리기 시작한 마오마오가 말했다. "그리고 분명히 말하는데 아까 그 디제이는 게이야."

지상으로 나오는 계단은 하나밖에 없었다. 복도 끝까지 오자 마오마오는 "내가 신호하면 와"라는 말을 남기고 말간 얼굴로 가게 쪽으로 걸어갔다. 펜트하우스 간판에서 나오는 핑크빛 네

온이 주위를 옅은 분홍색으로 물들이고 있었다. 벽에 등을 대고 모퉁이에서 고개를 내밀자, 아무리 봐도 디스코텍과는 어울리지 않을 녀석들이 가게 안으로 쏟아져 들어가는 참이었다. 마오마오가 뒤로 돌린 손으로 나를 불렀다. 나는 모퉁이를 뛰어나와 그 손을 잡고 단숨에 계단을 뛰어올랐다.

우리는 깔깔대고 웃으면서 시먼딩의 인파를 헤집고 달렸다.

영화를 보기에는 이미 늦었으나 잠들기에는 이른 시각이었다. 셔터가 내려진 백화점 앞에는 노점이 늘어서 있었고 잘 차려입은 타이베이의 아이들이 먹고 마셔댔다. 다양한 가게에서 흘러나오는 다양한 음악 덕분에 거리가 춤추는 듯 보였다.

도로는 쓰레기투성이였고 공기에서는 평소와 다름없이 쉰 냄새가 났다. 그래도 나와 마오마오는 손을 맞잡고 강아지처럼 웃어대며 마치 세상을 굴복시킨 용사들처럼 위풍당당하게 거리를 활보했다. 육교에 올라가 난간에 기대 차의 흐름을 내려다봤다.

"가오잉썅 녀석, 정말 끈질기네." 마오마오가 아래 펼쳐진 중화루에 대고 소리쳤다. "너 때문에 치우성은 대학을 포기하고 군대에 간다고!"

"그동안 조용해지면 좋겠는데."

"최선은 자오잔숑 그 멍청이가 가오잉썅에게 가서 손가락을 자르는 거야. '내가 다 잘못했어, 내 친구는 건들지 말아줘'라고 해주면 되는데."

밤하늘에는 커다란 달이 걸려 있었다.

갑자기 어린 시절이 떠올라 마오마오의 귀를 훔쳐보고 말았다. 밤바람이 그녀의 긴 머리카락을 날려 작고 파란 귀걸이가 보였다. 나는 일부러 기지개를 켜고 달을 가리키면서 말했다.

"달이 예쁘네."

"앗!" 그녀가 조그맣게 소리쳤다. "달에 손가락질하면 안 돼!"

"아직도 믿어?" 나도 모르게 웃고 말았다. "그건 그저 미신이야."

"미신이 아냐." 마오마오는 부루퉁하게 대답했다. "그래서 귀를 다쳤으니까. 치우성도 빨리 달님에게 사과해."

마오마오는 지금까지도 달에 손가락질해 귀를 다쳤다고 굳게 믿고 있었다. 그도 그럴 것이 어렸을 때 밍첸 삼촌에게 그렇게 들었기 때문이다. 잘 들어라, 절대로 달에 손가락질해선 안 된다, 어라! 이유는 묻지 마라, 이 세상에는 이유 같은 게 없는 일이 정말 많으니까. 특히 귀를 다치지 않도록 달을 손가락질하지 마라. 그날 밤도 커다란 달이 밤하늘에 턱 걸려 있었다. 나와 마오마오 그리고 뚱뚱했던 여동생이 있었고 모두 정월 대보름 등을 들고 있었다. 샤오잔도 있었을지 모른다. 밍첸 삼촌이 허풍쟁이로 유명한 터라 우리는 웃기만 했을 뿐 믿지는 않았다. 오히려 우리 앞의 달을 가리키며 깔깔대고 웃었다. 그런데 며칠 뒤, 마오마오가 정말 귀를 다치고 말았다. 여동생이 안

전핀으로 뚫어준 피어스 구멍이 곪아버린 것이다. 이후 마오마오는 달을 조심하게 되었다.

빨리, 빨리 빌어! 마오마오가 하도 끈질기게 성화를 부려 나는 달을 향해 합장한 채 눈을 감고 세 번 사과했다.

"제대로 빌어." 그녀는 내 어깨를 쿡쿡 찔렀다. "불행한 일을 당한 뒤에는 늦으니까."

"불행할 것도 없잖아." 나는 눈을 뜨고 그녀를 봤다. "덕분에 예쁜 피어싱을 할 수 있으니까."

"하지 않아도 될 고통을 겪었으니 불행이지. 행복과 불행은 번갈아 오는 거라고 하지 마. 죽을 때까지 그렇게 수지를 맞추다니, 나는 그런 거 안 믿으니까."

"그럼 내내 행복하게 살다가 죽을 때만 불행한 것과 평생 불행하다가 죽을 때만 행복한 것 중 어느 쪽이 더 행복할까?"

마오마오가 나를 물끄러미 바라봤다.

"아냐, 아무것도 아냐." 나는 그녀의 시선을 견디지 못했다. "가자."

우리는 육교를 내려와 소란한 인파 속을 조용히 걸었다. 완니앤상업대루 앞을 지나, 진르백화공사 모퉁이를 돌았다. 목적지 같은 것도 없으면서 지름길로 가려고 주차장을 가로지르던 참이었다. 어디선가 흘러나온 로맨틱한 노래가 온몸을 휘감았다. 흑인 같은 창법의 가슴이 찢어질 듯 애절한 목소리였다. 영어라 가사는 전혀 몰랐으나 어두운 길 끝에서 상대를 기다리는 남녀와 밤하늘에 걸린 으스름달, 하나로 녹아든 영혼을 노래하는 것 같았다.

"아까 이야기 말인데." 마오마오가 조심스럽게 말을 꺼냈다. "있을 수 없다고 생각해."

"있을 수 없어?"

"죽을 때만 행복하거나 불행하거나, 그런 일은 없어. 만약 내가 내내 행복하다가 죽을 때 차에 치여 죽는다고 해도 지금까지 행복했으니까 뭐, 괜찮네, 라고 생각할 거야. 거꾸로 내내 불행했는데 죽기 전에 복권에 당첨되었다면 지금 새삼스럽게? 라고 생각하겠지."

"그런 게 아니야. 내가 하고 싶은 말은……."

"알아. 너는 할아버지 이야기를 한 거지."

나는 고개를 숙였다.

"예 할아버지는 말이야, 틀림없이 뭐, 괜찮네, 라고 생각했을 거야."

"그럴까?"

"게다가 할아버지는 불행하지 않아. 무엇보다 네가 이렇게 늘 생각해 주잖아."

"응."

"만약 나라면 저세상에서 자랑할걸? '저게 내 손자야, 여자애와 데이트할 때는 나를 잊어도 좋을 텐데!'라고 자랑할걸."

"응."

"그러니까 더는 괴로워하지 않아도 된다고 생각해."

"그렇겠지."

"미안해. 무책임한 말을 마구 지껄여서."

닿을 듯 결단코 닿지 않기를 기도하고, 스치듯 멀어져가는 운명의 남녀, 공중전화에 떨어지는 마지막 동전. 로맨틱한 노래가 지저분한 주차장의, 목적지 없는 우리를 노래하고 있었다.

나는 한 손으로 마오마오의 손을 잡고 한 손으로 그녀의 허리를 감았다.

"디스코는 좋아하지 않아."

"……치우성?"

"나는 키스 타임을 기다렸지."

마오마오는 등을 젖히고 웃었다. 너무 크게 웃는 바람에 나는 그녀의 허리를 단단히 받쳐야만 했다.

제10장

# 군혼부대에서의 2년간

9월 태풍이 부는 날, 나는 자이현에 있는 부대에 배치되었다.

제비뽑기 운이 좋은지 나쁜지, 뭐라 정의 내릴 수 없는 부대였다. 괴롭힘은 늘 있었고 상관도 부처님은 아니었으나 어딘가 느긋한 분위기가 흘렀다. 주둔지 주위에는 논만 있고 논에는 물소가 늘 풀을 뜯고 있기 때문이었을지 모른다. 아침에는 기상나팔보다 먼저 닭들이 시간을 알려줬고, 날이 저물면 반딧불이가 막사 안까지 들어왔다. 다른 부대와 마찬가지로 우리 부대에도 '군혼부대'라는 무시무시한 별명이 붙어 있었으나 그 이름을 댈 때는 상관들조차 쑥스러워했다.

군혼부대에서의 첫날은 대체로 다음과 같았다.

기상은 5시 30분. 이후 7시 30분의 아침 식사까지는 운동 시간이었다. 아침 식사가 끝나면 교련이 있어, 점심 식사까지 총 손질, 사격 훈련, 격투기 그리고 주둔지를 청소했다. 우리 연대장은 청소가 제대로 이루어졌는지 확인하려고 일부러 하얀 장갑을 끼고 여기저기를 쓸고 다녔다. 변기 안이라고 해서 그의 눈을 피할 수는 없었다. 차렷 자세를 취한 우리 코앞에 그 더러운 손끝을 들이댄 채 씩 웃고는 신이 난 듯 "다시!"라고 명령하는 게 그의 일과였다. 그 매일의 즐거움을 위해 그는 하얀 장갑을 잔뜩 가지고 있었으므로 자연스레 뒤에서 '하얀 장갑'이라 불렀다.

정오에 점심을 먹은 후에는 한 시간 낮잠을 잤다. 그 후 군사 수업과 행군, 아니면 아침과 같은 일을 했다. 저녁 식사 후에는 정치 수업과 '소리 질러도 되는 시간'이 있고, 9시 30분 취침 전에는 점호가 있었다.

그리고 취침 후 화장실에서 우리는 그날 첫 담배를 피운다. 늘 몇 명이 타일 바닥에 둥그렇게 쭈그리고 앉아 담배를 돌려 피웠다. 우리의 화제는 짜증 나는 상관부터 여자까지 지극히 흔한 것들이었다.

"신병 훈련 때 말이야." 내게 담배를 돌리면서 취홍장이 말했다. "나는 방송 쪽 여자를 뒷산으로 데려가 신음하게 했지."

"내 형님은 지금 태국에 있는데." 왕우원밍은 담배로 원을 만들었다.

"골든 트라이앵글이라고 알아? 1949년에 국민당이 대만으로 도망칠 때 장제스는 모든 부대를 데려오지 못했어. 국민당 군대였던, 제27부대의 예하부대였던 제93군은 태국 북부로 도망쳐 마약을 재배해 공산당과 싸울 자금을 마련하려 했지. 그게 골든 트라이앵글이라 불리는 최대 마약 산지로 커졌고, 이제 거기는 평범한 잡화점에서도 마약을 판대."

"무슨 소리야?" 위엔지에, 일명 대어가 짜증스럽게 물었다. "지금 우리는 여자 이야기 중이었다고."

"일단 들어봐." 왕우원밍은 대어에게 담배를 건네며 말했다. "어쩌다가 형이 골든 트라이앵글에 갔어. 그때 상인 하나가 말을 걸었어. 그 사람은 일단 형에게 얼마나 머물 생각인지 물었어. 형이 일주일이라고 하자 그럼 피워보라며 아편을 팔았지. 만약 네가 한 달이라고 했다면 이런 건 안 팔 거라면서. 이상하게 생각한 형이 왜냐고 물었지. 그랬더니 상인이 이렇게 말했대. 일주일이면 괜찮은데 한 달이나 아편을 피우면 중독이 된다고."

취홍장이 소리쳤다. "의리 있는 장사꾼이네."

"자, 여기서부터 여자 이야기야. 그 상인이 판 아편을 피우고 형은 쓰러졌대. 이거 큰일 났다 싶었는데 눈을 떠보니까 상인이 아직 거기 있더래. 형은 의아했지. 이 녀석이 내가 정신을 잃은 사이 짐을 훔친 게 아닐까? 그런데 그건 위화감의 정체가 아니었어. 상인이 말했지. 자는 동안 자네 거기가 빳빳해졌어. 보니까 정말 그렇더래. 거시기가 바지를 찢고 나올 기세로 발기되어 있었다니까! 상인이 씩 웃으며 말했어. 아편을 하면 다들 그렇다고. 그래서 자기는 여자도 소개해 준다고."

젠장, 나도 제대하면 태국에 가야지! 전원이 싱글대며 감탄했다. 그 장사꾼, 비즈니스를 아네. 바로 장사는 그렇게 해야 해. 눈앞의 이익에 매달리면 안 돼.

"이봐, 예치우성." 대어가 말했다. "너, 여자 있어?"

내가 마오마오의 사진을 보여주자 일제히 휘파람을 불었다. 그리고 담배를 변기에 버리고 물을 내린 뒤 빈대가 득실득실한 침대로 돌아갔다. 이렇게 우리의 하루는 끝났다.

마침 같은 분대에 배치된 바람에 우리 셋은 아주 친해졌는데, 친해진 계기는 샤워할 때 취홍장이 내 허벅지의 자상을 놓치지 않고 발견한 탓이었다.

"그 상처, 칼이지?"

"고등학교 때 생겼어."

"찔렸어?"

"아니, 스스로 찔렀어."

다음은 더 이야기할 필요도 없었다. 중국인끼리의 싸움에서는 종종 있는 일이었기 때문이다. 나는 자해할 수 있는 인간이야, 그러니 너 정도는 아무것도 아니야. 그런 뜻이다. 허세임이 분명하나 거기에 있는 일종의 예정조화설(독립적인 개체가 하나의 조화를 이루어 간다는 라이프니츠의 학설)이 작동한다. 자해를 가한 상대를 쓰러뜨리는 일은 그리 칭찬받을 일이 아니라는 암묵적인 동의가 있는 것이다. 취홍장은 이미 왕우원밍이나 대어와 어울리고 있던 터라 거기에 내가 가세하는 모양새였다.

그들 속에서 나는 과묵하지만 할 때는 하는 놈이었다. 허풍을 떠는 왕우원밍이 늘 재잘재잘 떠들어대니까 나는 가끔 맞장구만 쳐주면 그만이었다. 멍청한 실수는 대어가 다 저질러주어서 이 남자와 있으면 누구나 실제보다 훨씬 괜찮은 사람처럼 보였다. 싸움이 일어나면 언제나 취홍창이 솔선해서 뛰어들었다. 나는 신의를 지키는 정도로만 가담하면 충분했다.

그런 이유로 괜한 말을 떠드는 것도, 싸움 상대를 몰아붙이는 일도, 실패에 대한 변명을 대는 일도 다른 사람이 해주니까 내 말수는 더 줄었다.

내뱉지 못한 감정이나 생각이 늘 몸 안에 머물러 있게 되었고, 그걸 먹잇감으로 해 더 큰 감정과 생각을 물고기처럼 낚을 수 있었다. 병역을 치르는 2년간, 열기를 머금은 막사 침대에 누워 코 골고 이 가는 소리를 들으며 나는 두 가지 생각을 했다.

마오마오를 생각하지 않은 날이 없었는데, 그 탓에 격렬하고 야릇한 감정에 사로잡히고 말았다. 사격 훈련을 하다가, 격투기 수업 중에, 취침 전 한 모금을 빨다가도, 마오마오는 늘 불의의 순간 나를 덮쳤다. 그때마다 군복 바지 속에서 봄의 폭풍우가 불었다. 나는 과묵하지만 할 때는 하는 놈이라 그런 한심한 모습을 동료들에게 들킬 수는 없었다. 그래서 어떻게 했느냐면 아무도 모르게 화장실 개인 칸에 숨었다. 다른 방법이 또 뭐가 있겠나? 최악은 포복으로 전진할 때였다. 상관의 호통이 저 멀리 어렴풋하게 느껴질 정도로 아직 보지도 못한 마오마오의 가랑이에 안절부절못했다. 게다가 나는 그때 땅에 허리를 붙이고 계속 꾸물꾸물 움직이고 있었다. 나중에는 포복 전진 중인지, 땅을 상대로 성행위를 하고 있는지 알 수 없는 상황이었다.

마오마오에게는 자주 편지가 왔고 나도 성실히 답장했다. 폐질환으로 위우원 삼촌의 형기가 1년 2개월에서 9개월로 줄어든 것도 그녀의 편지로 알았다. 출소하는 날, 아버지와 밍첸 삼촌이 형무소까지 데리러 갔다. 하지만 아무리 기다려도 위우원 삼촌은 나오지 않았다. 문의한 결과 출소 예정일이 일주일 빨랐던 터라 삼촌은 이미 출소한 뒤였다. 아버지는 밍첸 삼촌을 질책했다. 위우원 삼촌의 전화를 받아 출소일을 들은 사람이 밍첸 삼촌이었기 때문이다. 밍첸 삼촌은 천지신명, 도깨비불 그리고 일본의 어떤 포르노 여배우의 이름을 걸고 맹세코 들은 날짜가 그날이 맞다고 항변했다. 만약 잘못 들었다면 자신이 갖고 있는 포르노 비디오를 모두 불태우겠다고 단언했다. 아버지는 사흘을 기다렸다가 삼촌의 해운회사에 전화를 걸었는데 또 한발 늦었다. 위우원 삼촌은 이미 화물선을 타고 남미로 가는 중이었다. 말할 것도 없이 이 모든 과정은 밍첸 삼촌에게서 뚱보에게로 그리고 뚱보에게서 마오마오에게로 전해졌다. 마오마오는 늘 편지 끝에 작은 하트와 네 잎 클로버를 그려 나를 안심시킴과 동시에 애절한 심정을 품게 했다.

샤오잔? 그런 멍청한 자식을 내가 알게 뭐란 말인가!

마오마오의 말로는, 위우원 삼촌이 애써 태워준 배에서 달랑 넉 달 만에 도망쳐 참지 못하고 가오잉썅에게 달려갔다는 것이다. 새끼손가락을 잘리지는 않았으나 '이번에야말로 샤오잔은 진심으로 조폭이 될 생각일 테니까 살인도 시간문제'라고 마오마오는 편지에 썼다. 그녀의 예언대로 샤오잔은 내가 군대에 있는 동안 한심한 싸움 끝에 조폭 하나를 찔러 죽여, 6년 징역형을 받았다고 한다. '똥개는 똥을 먹을 수밖에 없다'라고들 하는데 샤오잔이라는 개자식을 생각할 때마다 그야말로 진리라는 생각이 든다.

다시 위우원 삼촌 이야기다.

그때 위우원 삼촌이 심히 동요한 듯 보인 것은 왕커창의 사진을 본 탓이었을까? 아니면 아버지의 말처럼 그저 속이 안 좋았기 때문일까? 시간이 흐름에 따라 내 안에서 이 두 가지 생각은 하나로 이어져 뭉친 한 덩이 점토처럼 떼어낼 수 없었다. 더군다나 속이 안 좋았다고 해서는 재미가 없었다. 그래서 나는 무료함이나 달래려고 위우원 삼촌이 그토록 낭패한 이유는 왕커창의 사진을 봐서 일어난 것이라는 쪽으로 공상을 키워나갔다.

내 마음에 쏙 드는 시나리오는 사진을 보자 위우원 삼촌의 트라우마가 자극되었다는 것이다. 왕커창 탓에 할아버지의 마을은 일본군에게 학살당했다. 할아버지는 슈알후와 함께 그 원수를 잡으려고 분주했고 보기 좋게 왕커창을 죽였다. 아버지가 그랬던 것처럼, 예닐곱 살에 지나지 않았던 위우원 삼촌도 신문에 실린 왕커창의 얼굴 사진을 봤을 것이다. 위우원 삼촌은 자신의 아버지가 한 일을 자랑스럽게 생각했을까? 예닐곱 살이라면 그럴지도 모른다. 나라면 그렇게 좋아할 수만은 없었을 것이다. 오히려 이번에는 왕커창의 의형제들이 복수하러 나서지 않을까 두려웠으리라. 인과응보의 수레바퀴는 그렇게 돌고 도는 거니까. 그리고 살인자들이 왔다. 아버지인 슈알후는 전쟁에 나가 부재중이었다. 어머니와 두 여동생을 지킬 사람은 삼촌뿐이었다. 그런데 위우원 삼촌은 거름통에 숨었다. 살인자들의 손에서 죽어가는 어머니와 여동생들의 비명을, 그저 듣고 있을 수밖에 없었다. 어린 네가 뭘 할 수 있었겠니? 마작하면서리 할아버지와 구오 할아버지는 삼촌을 그렇게 위로했다. 이 멍청한 녀석아, 자책하지 마라. 그러자 삼촌이 뭐라고 했더라? 그때 나는 벌써 열여섯이었어. 나는 어엿한 어른이라고 생각했었다고. 하지만 양아버지가 뭘 묻든 입을 열지 않았어. 몸이 떨렸는데 도무지 멈추질 않았어…….

지직지직 전류가 뇌수를 타고 흘러 튕기듯 침대에서 벌떡 일어났다. 너무 힘껏 상반신을 일으킨 탓에 침대 다리가 콘크리트 바닥에 끌려 귀를 자극하는 소리가 막사 안에 울렸다. 젠장, 시끄럽네! 사방팔방에서 욕설이 쏟아졌다. 누구야, 또 그러면 죽여버릴 테다!

"예치우성, 괜찮아?" 옆 침대에서 왕우원밍이 말을 걸었다.

"아아."

나는 신음하듯 대답했다. 왕우원밍이 그 정도로 이해할 것 같진 않았으나 일단 등을 돌리고 다시 누웠다. 후덥지근한 막사 안에서 나는 정체 모를 식은땀을 흘렸다.

*그때 나는 벌써 열여섯이었어.*

그게 1949년의 일이었다면 위우원 삼촌이 열여섯이었을 리 없다. 중국을 떠날 때 아버지는 열다섯이었고 그리고 아버지는 위우원 삼촌보다 세 살 많으니까.

열여섯과 열둘의 기억을 혼동할 수 있을까? 나는 다시 몸을 돌려 캄캄한 천장을 바라보면서 벌레 우는 소리를 들었다. 성질 급한 농가의 닭이 시간을 알렸다. 게다가 평범한 해가 아니다. 1949년은 국민당이 전쟁에 졌고, 게다가 위우원 삼촌에게는 적의 손에 어머니와 여동생들이 살해당한 해다.

열두 살 때 나는 품행이 방정하고 성적이 우수해 선생님들의 총애를 받는 초등학교 6학년생이었다. 열여섯의 나는 교복 단추를 세 개나 풀고 옷깃을 세워 거칠게 행동하며 샤오잔의 대리 시험 의뢰를 덥석 받아들이는 바보 같은 짓을 저질렀다. 그러나 내게 열여섯은 불과 3년 전이다. 위우원 삼촌에게는 30년 가까이 전의 일이다. 게다가 전쟁 중이었다. 기억이 혼란스럽다 해도 이상할 게 없다.

하얗게 밤이 샐 무렵, 오랜만에 할아버지 꿈을 꿨다.

연기가 자욱한 황폐한 집으로 뛰어든 할아버지가 여자들의 시체를 넘어 곧장 거름통으로 돌진해 위우원 삼촌을 끌어냈다. 네가 슈위우원이냐? 대답은 없다. 나는 네 아버지 부하다. 역시 대답이 없다. 자, 나랑 같이 가자! 할아버지는 온몸에 똥칠한 위우원 삼촌을 업고 집을 뛰쳐나온다. 그 과정을 나는 공중에서 내려다보고 있다. 할아버지! 할아버지! 목소리를 짜내어 외쳤으나 말은 커다란 덩어리가 되어 목에 걸려 나오지 않았다. 할아버지, 조심해! 할아버지의 등에서 위우원 삼촌은 위우원 삼촌과 정말 닮은, 무언가로 변했다. 할아버지, 그건 위우원 삼촌이 아니야! 위우원 삼촌이 점점 시커멓게 변해갔다. 마치 죽은 사람처럼. 할아버지는 전혀 알아차리지 못한다. 나는 반쯤 미쳐 날뛰었으나, 그때 구름 사이로 스며든 빛과 함께 천사들의 나팔이 울려 퍼지더니 위우원 삼촌이 위우원 삼촌으로 돌아왔다. 역시 위우원 삼촌은 위우원 삼촌이었구나! 천사의 나팔은 어느새 기상나팔로 바뀌어 구름 위의 신이 "기상! 기상!"이라고 외쳐댔다.

우리는 침상 옆에서 차렷 자세로 아침 점호를 받았다.

"예치우성, 정말 괜찮아?" 왕우원밍이 재빨리 몸을 기울이며 속삭였다. "악몽 꿨어? 얼굴 닦아. 운 흔적이 보여."

병역을 반쯤 마쳤을 때 뜻밖의 인물과 재회했다.

8월, 끊임없는 빗속에서 우리 분대는 다시 대어의 멍청한 실수 탓에 연대책임을 지고 있었다. 상관에게 수없이 주의를 받았는데도 이불 개는 방법이 도무지 규정에 맞지 않은 탓에 기어이 아홉 명 전원이 자신의 이불을 머리에 이고 농구 코트에서 기마자세로 서 있는 벌을 받고 있었다.

쏟아지는 비에 푹 젖었으나 아무도 대어를 책망하지는 않았다.

"젠장, 저 새끼!" 그도 그럴 것이 화가 머리끝까지 오른 취홍장이 실컷 분통을 터뜨리고 있었기 때문이다. "나는 이제 더는 못 참아. 위옌지에, 이 쓸모도 없는 돼지 새끼야, 막사로 돌아가면 죽여주지!"

사소한 일로 자기 대신 분노를 뿜어주는 사람이 있으면 우리는 늘 조금쯤 친절해진다. 그런 법이다.

막사와 교실을 잇는 무지개다리 언저리에서 모스그린의 전투복을 입은 남자가 이쪽을 가만히 바라보고 있었다. 비의 커튼이 그 모습을 뿌옇게 만들었는데 물결 모양의 함석지붕에서 떨어지는 빗방울이 그의 모자를 적시고 있었다. 튕기는 물방울이 모자를 하얗게 둘러싸고 있었다. 아무래도 남자는 빗속에 머리를 내밀어 이쪽을 살펴보는 듯했다.

"저 녀석, 누구지?"

누군가 그렇게 말했으나 아무도 대답하지 않았다. 그 대신 허리를 숙여 이불을 받치고 있던 손을 쭉 뻗었다. 물을 잔뜩 머금은 이불은 묵직해져 도무지 상관의 요구대로 높이 들어 올릴 수 없었다. 우리는 이불을 머리에서 내리고 팔을 쉬게 했다. 다들 우리를 가만히 응시하는 남자가 누구든 자기를 보는 게 아니길 기도했다.

무지개다리를 뛰어나온 남자가 퍼부어대는 비를 뚫고 달려왔다. 저도 모르게 왈칵 안을 정도로 기쁜 소식을 가져오는 것 같지는 않았다. 거의 전원이 혀를 찼다. 젠장, 포복 전진하라고 하겠구나. 진흙탕 속을 포복 전진하는 일은 지극히 타당한 예상이었다.

남자는 빗물을 툭툭 털면서 내 앞에서 걸음을 멈췄다.

"예치우성?"

"네!"

나는 고개를 숙이고 그의 더러워진 부츠만을 봤다. 그 부츠가 내 배에 꽂힐 때를 대비했다.

"너도 이곳에 배속됐구나."

나는 고개를 들었다.

"나도 그래."

"……."

"레이웨이야." 남자는 빗방울이 떨어지는 모자를 들어 올렸다. "다리 상처는 이제 다 나았나, 예치우성?"

엿 먹어라, 위엔지에 돼지 새끼! 저녁을 먹은 후 나와 레이웨이는 막사 벽에 기대 '소리 질러도 되는 시간'을 마음껏 활용하는 취홍장의 포효를 듣고 있었다. 그 새끼의 이불을 찢어서 그 안에 든 솜을 다 처먹게 할 테다!

"그래서?" 내가 먼저 말문을 열었다. "그 후로 어떻게 지냈어?"

"고등학교도 못 나온 내가 뭘 하겠냐?"

"아니, 분명히 말하는데 그 싸움은 네가 시작한 거다."

"새삼 따질 생각은 없어." 레이웨이는 목을 움츠리고 말했다. "지금은 아버지를 돕고 있어. 야한 사진이나 강장제를 팔지."

"완화에서?"

"응."

"광화성은?" 나와 레이웨이가 싸운 원인이었던 그 땅콩 말이다. "아직도 어울려 다녀?"

"아니." 레이웨이는 고개를 흔들었다. "원래 그렇게 사이가 좋았던 것도 아니고."

"그럼, 왜 그런 녀석을 돕겠다고 나선 거야?"

"의형제의 의형제였으니까." 새삼 다 아는 걸 왜 묻냐는 투로 한쪽 눈썹을 치켜올렸다. "우리 싸움이란 게 다 그렇잖아."

"그렇지."

"내 머리를 깬 그 새끼는?"

"조폭이야. 젠장, 생각하니까 열 받네."

"너도 많은 일이 있었나 보다."

"그 새끼 이야기는 하고 싶지도 않아."

"누구와 붙었는데?"

"가오잉썅이라는 녀석이야." 알겠다는 듯 고개를 끄덕이는 레이웨이를 보고 내가 물었다. "알아?"

"화시지에에서 단슈이허 쪽으로 좀 더 가면 나오는 곳에 사무소를 꾸린 녀석이지?"

"맞아."

"우리 구역에 클럽을 내겠다며 최근 완화의 노인네들과 인사를 트겠다고 왔더라."

"그래? 하긴 완화와는 엎어지면 코 닿는 거리지."

"아버지들은 그 녀석이 마음에 들 리 없지. 하지만 옛날 방식으로는 큰돈을 만질 수 없어. 이제 곧 80년대이니까. 새로운 손님을 거리로 불러들이기 위해 결국은 녀석과 손을 잡기로 했어. 그렇구나. 네 친구가 가오잉썅 밑에 있구나……. 어쩌면 곧 또 얼굴을 보겠네."

"왜? 무슨 문제라도 있어?"

"가오잉썅은 방심할 수 없는 놈이야." 레이웨이가 말했다. "만약 싸움이 나면 무기를 들고 치러 오는 녀석은 나나 네 친구 같은 말단이지."

"맞아."

"그러고 보니, 얼마 전에 어떤 녀석이 싸움을 걸어왔다고 들었어. 풋내기 주제에 총까지 휘둘렀다고. 누가 조폭이고 누가 일반인인지 알 수 없는 세상이 되었다니까."

"그게 나야."

"뭐?"

"네 머리를 깬 샤오잔이란 새끼가 실수해서 손가락을 잘리게 생겨서 나와 우리 삼촌이 쳐들어갔어. 그 탓에 삼촌은 징역을 먹었지. 애써 손을 씻게 했는데 그 멍청한 새끼가 다시 가오잉샹 밑으로 들어간 거야."

"그랬던 거구나."

"정말 조폭이란……."

"그래. 일단 발을 집어넣으면 평생 헤어나올 수 없지."

레이웨이는 교육 소집에 응해 군훈부대로 온 것이었다.

대만에서는 병역이 끝나면 예비군이 되어 전역 후 5년간 세 번의 교육 소집을 받는다. 받는 교육은 병역 때와 별 차이가 없으나 우리는 이 교육 소집을 인생의 낭비라고 생각할 뿐 아니라 증오했다. 소집 영장을 우편함에서 발견하면 어떤 일이든 일단 중단하고 소집에 응해야 했다. 병역은 소집 시기가 정해져 있으므로 어느 정도는 납득할 수 있다. 그에 반해 교육 소집은 소집 기한을 전혀 예상할 수 없다. 그건 집을 나서자마자 자동차에 치이는 것처럼 한 달 동안 꼼짝도 할 수 없게 되는 것이다. 국민의 그런 불평불만을 정부도 잘 알고 있었는지 한 달 동안의 교육 소집을 하루로 줄인 점검 소집이라는 것도 존재했다.

이런 주먹구구 정책이 어디 있나!

그렇다면 아예 교육 소집 자체를 없애버리면 될 텐데, 당시의 대만은 여전히 계엄령 아래 있어서 우리는 이런 부조리에 수긍하는 데 익숙했다. 어쩌면 교육 소집 자체가 우리를 사회

적 모순에 익숙해지게 하려고 만든 과외 수업이었을지 모른다. 꼬박 하루 동안 이루어지는 점검 소집에서는 정치색이 짙은 영화를 보여주거나 피임 강연을 한다. 정부는 인구를 억제하려고 콘돔을 무료로 나눠주기도 했다. 무료 콘돔. 그것이 교육 소집에 응한 자가 얻을 수 있는 최고의 선물이었다.

"그래서 어떻게 생활해?" 내가 물었다. "돈은 잘 벌어?"

"벌면 가오잉썅 같은 놈이랑 손은 안 잡지."

"그렇겠지."

"뭐, 힘들지만 먹고는 살아."

"직업 군인이 될까 생각한 적 없어?"

"너는 직업 군인이 될 거야?" 그는 내 대답을 기다리지 않고 말했다. "뭐, 자신은 겁쟁이가 아님을 끊임없이 증명해야 한다는 점은 군인이나 조폭이나 마찬가지지지만."

"나는 대학 수험에 실패해 이 모양이야." 내가 말했다. "그 바보 고등학교로 떨어졌을 때 내 운은 다했어."

"전역하고 또 보면 되잖아. 그런 사람 많아."

나는 애매하게 고개를 저었다. 스스로 어떻게 해나가야 할지 모르겠다. 내가 대학에 가고 싶었던 이유는 병역을 1년이라도 늦추고 싶었기 때문이다. 물론 그것만은 아니지만, 그래도 가장 큰 이유 중 하나였다. 이미 병역을 치르고 있는 지금, 대학에 갈 의미를 찾지 못하고 있었다.

"곧 아이가 태어나."

나는 깜짝 놀라 그를 봤다.

"아이도 나 같은 인생을 살게 하고 싶지 않아." 고개를 숙인 레이웨이는 자신의 부츠에 말을 거는 듯했다. "많은 것을 바꿔야 해."

"많은 것을?"

"많은 것을."

"그래서 어쩌자고?"

"뭐든 좋아."

나는 담배에 불을 붙여 한 모금 빨고 그에게 넘겼다.

"옳다는 건 아는데 좀처럼 되지 않는 게 있지?" 담배와 함께 말이 나왔다. 레이웨이가 이렇게 온화한 말투로 이야기할 줄은 고등학교 때는 상상도 하지 못했다. "거리에 떨어진 쓰레기를 줍는 거라도 좋아. 그런 것부터 시작해 조금씩 나를 바꿔야 해."

"쓰레기 줍기를 하겠다고?"

"비유야. 하지만 뭐, 비슷할지도 모르겠다."

그가 속을 털어놓을 때까지 담배가 우리 사이를 몇 번쯤 왕복했다.

묵을 풀어놓은 듯한 비구름이 달을 가리고, 시원한 밤바람이 소철 잎을 쉴 새 없이 흔들었다.

쓰레기 줍기에 빗대어 그가 하려던 말은 시였다. 수상쩍은 잡동사니를 파는 노점에 손님의 발길이 끊겼을 때, 룽산사의 돌계단에 앉아 담배를 피울 때, 절름발이 장사꾼이 누레진 목련을 짓밟았을 때, 비쩍 마른 개와 눈이 마주쳤을 때, 서로 호통치는 이웃의 목소리가 얇은 벽을 흔드는 야밤에, 정을 나눈 여자가 샤워하는 소리를 들으면서, 네온 틈으로 밤을 올려다보면서, 리에웨이는 머리에 떠오른 단어를 하나씩 적어갔다.

"우연히 신문인지 어딘가에서 왕쉬안이라는 녀석의 시를 읽었어." 그렇게 말하고 쑥스러워하며 한 구절을 읊었다. "물고기가 말했다. 나는 물속에 살아서 당신은 내 눈물을 볼 수 없어요. 내가 시를 이해할 수 있으리라고는 생각하지도 못했어. 그런데 아아, 그런 일도 있더라."

나는 고개를 끄덕였다.

"고등학교 때 내가 왜 그렇게 거칠었는지 알 것 같더라. 우리는 자기 고통에만 민감해서 다른 사람도 같은 고통을 안고 있다는 생각은 해보지 못했어. 네가 허벅지를 찔렀을 때 나는 마치 내가 찔린 듯 꼼짝도 할 수 없었어. 물론 놀라기도 했어. 하지만 꼭 그것만은 아닌 것 같더라. 뭔가가 나를 쳤어. 그게 뭔지 늘 마음에 걸렸지. 그리고 이 시를 만났어. 아마도 우리는 다……."

"물속의 물고기였다, 그래?"

"응……. 한심하지."

"뭐." 나는 말했다. "하지만 좋은 시네."

"그래서 나도 시를 쓰기 시작했어."

으아아아악! 달빛이 쏟아지는 비 젖은 농구 코트에 취홍장의 실루엣이 도약했다. 젠장, 다 죽여버릴 거야! 막사 뒤쪽에서 누군가가 누군가를 저주하고 있었다.

레이웨이의 교육 소집이 끝날 때까지 우리는 많은 이야기를 나누었다. 대부분은 문학에 대해.

문학은 때로 비겁하기 그지없고, 때로는 용감무쌍하다. 그런 문학이 현실을 대하는 태도는 싸움과 흡사했다. 그 무렵 문학은 대부분 대륙에서 국민당과 함께 내려온 외성인의 것으로, 소재는 항일 전쟁이거나 공산당과의 전투를 그린 것밖에 없었다. 왕란의《청과 흑》이나 슈수의《별, 달, 태양》같은.

"대만의 문학은 정치에 빌붙어 달리지." 레이웨이가 말했다. "국민당을 칭송해야 하고 아니면 확실히 감옥행이지."

그런 시대에 대만에서 태어나고 자란, 그러니까 본성인인 레이웨이는 하늘을 나는 새처럼 자유로운 시를 썼다. 마치 미국 흑인들의 블루스처럼 그는 친근한 일상에 정치사상을 버무릴 수 있었다. 바람을 피운 여자를 한탄하며 정권을 비판했다. 일테면 이런 식으로.

> 남편이 부루퉁하다.
>
> 내가 다른 남자에게 꼬리 치니까
>
> 남편은 모른다.
>
> 나는 누구에게도 꼬리 치지 않아
>
> 아주 옛날

당신들에게 정나미가 떨어졌거든.

레이웨이는 말을 흐렸으나 '남편'을 국민당, '다른 남자'를 공산당, 그리고 '나'를 대만인의 은유로 생각하면 다음에 이어지는 구절의 의미가 보인다.

남편 같은 거 필요하지 않아.
나를 괴롭히는 남편 따위
다른 남자도 필요하지 않아.
집이 크다 해도
어차피 남자는 남자니까.

그러니까 문학도 싸움처럼, 실컷 허풍을 치며 앞으로 나설 때는 나서면서도 뒤로 빠질 때를 빈틈없이 계산하는 게 관건이다.

"그러니까 대학에 가, 예치우성." 담배를 짓이겨 끄면서 레이웨이가 말했다. "이대로 끝내고 싶지 않으면."

레이웨이의 교육 소집이 일주일쯤 남았을 때 한 노병이 권총을 들고 탈영하는 사건이 일어났다. 그 소식이 우리 부대까지 도착했을 때 이미 그 노병은 민간인 하나를 총살했다.

이런 종류의 일은 드물지 않았다. 아버지는 젊었을 때 대만에서 병역을 마쳤는데 그때도 영어를 할 줄 아는 소위가 총에 맞아 살해당했다고 했다. 싸우는 바람에 휴식 시간을 몰수당한 앙갚음으로 저지른 범행이었다.

이번 사건은 치정이라는 소문이 돌았다. 탈영한 노병에게는 젊은 부인이 있었는데 담배를 팔던 부인이 어릴 적 친구에게 강간당한 탓이라고 왕우원밍은 떠들고 다녔는데 마치 노병과 같이 술이라도 마시면서 이야기를 들은 듯 아주 구체적이었다.

"그 노병의 총에는 총알이 이제 얼마나 남았어?" 대어가 물었다.

"내가 그걸 어떻게 아냐?" 왕우원밍이 대답했다.

"발견되는 즉시 사살이겠지?" 취훙장이 물었다.

"그야 그렇겠지." 왕우원밍이 말했다. "들어보라고. 대륙에서 공산주의자들과 싸운 고참들은 평생 전쟁밖에 모르고 살았어. 물론 돈을 어떻게 쓰는지도 모르지. 돈 같은 거 없더라도 노병들에게는 전우들이 잔뜩 있고 그런 전우만 있으면 굶어 죽지는 않지."

전원이 고개를 끄덕였다.

"평생 군대에 있으면서 부대에서 먹고 자. 한 푼도 안 쓰니 월급이 그대로 모이지, 안 그래? 평생 돈을 모아 딸뻘쯤 되는 대만인 아가씨와 결혼해. 거리에서 쭈그리고 앉아 담배를 파는 까무잡잡한 여자야. 이쪽은 늘그막에 찾아온 사랑일지 모르나 상대는 돈과 수명까지 계산에 넣었지. 그런데 이놈의 노인네는 집에 없고 부대에 있어. 아내는 한창때야. 어떻게 될지는 말할 필요도 없지 않냐?"

"어떻게 되는데?" 대어가 물었다.

"너는 바보냐?" 취홍장이 대어의 모자를 쳐 떨어뜨렸다. "젊은 남자와 바람이 나겠지. 이 멍청한 녀석아."

바로 두 개 연대, 그러니까 약 200명이 수색대를 편성해 출동했는데 우리 분대는 교육 소집으로 온 레이웨이 일행의 분대와 같은 소대에 편입되어 있었던 데다 레이웨이가 소대장을 맡고 있었다.

우리는 그날 오후에 소집이 걸려 M-16 자동소총을 들고 산으로 흩어져 들어갔다. 그런데 분위기가 이상했다. 다른 수색대가 보이지 않게 되자 바로(역이나 도로를 감시하는 대원도 있었다.) 교육 소집 대원들은 보란 듯 장비를 내던지고 나무 아래에 앉아 쉬거나 담배를 피웠다. 레이웨이는 책을 읽기 시작했다.

나무 사이로 햇살이 스며드는 가운데 우리는 당혹한 상태로 서로의 얼굴을 멀뚱히 바라봤다.

"너희들도 쉬면 어때?" 교육 소집 중인 남자가 소리쳤다. "어차피 못 찾아."

"임무잖아." 취홍장이 노기등등하게 대답했다. "자, 내가 노인네를 잡아 올 테니까 봐."

"잡아서 어쩔 건데?"

"어?"

"너, 직업 군인이 될 거야?" 남자가 소리를 높였다. "이 중에 직업 군인이 될 놈 있나?"

입을 여는 사람은 없었다.

"노인네를 잡으면 공을 세우는 일이긴 하지. 그런데 전역 후 인생에 무슨 도움이 되지? 찾지 못한다고 해서 곤란할 사람은 하나도 없어. 적어도 나는 곤란하지 않아. 거꾸로 찾으면 곤란해. 어쩌면 내가 죽을 수도 있다고."

"하지만 상대가 우리를 발견할 수도 있잖아?"

취홍장이 화를 내며 그렇게 말하자 교육 소집 온 거의 전원이 웃었다.

"상대가 우리에게 다가온다고?" 다른 남자가 입을 열었다. "만약 노인네가 도망칠 생각이면 밤에만 움직이면 되는 얘기야. 우리는 해가 지면 막사로 돌아갈 테니까."

"그냥 쇼야." 레이웨이가 이어갔다. "너희들도 알지? 사람이 죽었는데 아무것도 안 할 수는 없어서 생색이나 내려고 수색대를 짠 거라고."

나는 취홍장이 누군가에게 달려들지 않을까 걱정했는데 그러지 않았다.

"그것도 그러네."

취홍장은 어깨를 움츠리더니 자동소총을 나무에 세우고 털썩 앉았다. 교육 소집 온 남자 하나가 그에게 담배를 권했다. 우리도 저마다 자리를 잡고 앉아 낮잠을 자거나 생각에 잠겼다. 교육 소집 온 사람들의 소총에 실탄이 들어있지 않다는 사실을 안 것은 사흘 뒤였다.

나무들로 덮여 있어선지, 산속은 서늘하니 기분이 좋았다. 나뭇가지 사이로 스며드는 면도칼 같은 햇살을 피해, 우리는 그날도 아침부터 휴양을 만끽하고 있었다. 수색 개시 후 나흘이 지나고 있었으나 어떤 수색대도 성과를 올리지 못하고 있었다. 왕우원밍의 추리에 따르면, 노병은 이미 자살했다.

"생각해 봐. 대만 땅덩이는 이렇게 작다고. 게다가 노인네 걸음으로 도대체 어디까지 도망칠 수 있겠어?"

모두 별다른 반응을 보이지 않았다.

대부분은 풀밭에 누워 모자를 얼굴에 덮고 잠들어 있었다. 나무 기둥에 칼로 바보 같은 문구를 열심히 새기는 멍청한 녀석도 있었다. 노병이 죽었든 살았든 신경 쓰는 사람은 하나도 없었다.

해가 높아지면서 지면에서 올라오는 열기가 찜통처럼 우리를 삶아버릴 듯했다. 땀으로 번들대는 우리의 몸을 타고 기어오르는 개미와 산모기를 때려잡는 것 외에 시간은 거의 멈춰 있었다.

나는 마른 땅 위에 뒹굴며 레이웨이에게 빌린 소설을 건성으로 읽고 있었다. 무시무시하게 울어대는 매미 소리가 숲속에서 들끓었다. 마치 여자 유령의 유해를 발견한 그날 들었던 매미 소리처럼. 죽어서까지 뚱보에게 자신의 마음을 전하려 했던 란동슈에. 그녀가 느꼈던 몸을 태울 듯한 원한에 비하면 내 고민은 아무것도 아니었다.

생각이 마구 흩어졌다. 집중할 수 없던 나는 책을 배 위에 올려놓았다.

거의 매주 도착하던 마오마오의 편지가 요즘 들어 뜸해졌다. 그래서 나는 시간만 나면, 만날 기약도 없는 우리 관계에 굳이 손가락을 찔러 후벼대고 이리저리 걸러내며 멋대로 허둥댔다. 실밥은 풀릴 운명이므로 뜻밖에 생긴 구멍에서 마오마오와의 소중한 추억이 하염없이 흘러나왔고, 상당히 불길한 생각이 공장의 배수처럼 콸콸 쏟아졌다. 너무 불길한 생각만 나서 '소리 질러도 되는 시간'이 없었다면 도무지 정신 건강을 유지할 수 없을 정도였다. 밤이면 밤바다 그녀의 변심을 망상하며 침대 위에서 엎치락뒤치락했다. 사실, 사랑에 매달리는 것도, 그 애절함도 즐거운 한때였다.

"아, 더워." 레이웨이가 다가와 앉았다. "이번 주로 수색은 끝이라더라."

"그래?" 나는 마오마오 생각을 떨치며 누운 채 대답했다. "뭐, 미워하지도 않는 노인을 괴롭히지 않고 끝내서 다행이야."

"어떤 이야기를 읽었어?" 레이웨이가 내 배 위에서 책을 집어 올렸다. "《피안》이야?"

"응."

"어때?"

“잘 모르겠어.” 소설 해석을 놓고 왈가왈부하기에는 너무 더운 오후였다. 나는 화제를 바꿨다. “너, 유령 본 적 있어?”

“부대 괴담이야?”

“아니야. 유령을 봤어. 안 믿을 수도 있겠지만, 정말이야. 고등학교 때 너랑 싸웠지? 그해 5월에 할아버지가 살해당했어. 유령을 본 건 그다음 해.”

“그거 큰일이었네. 범인은 잡았어?”

나는 고개를 저었다.

“그럼, 할아버지가 유령이 되어 나온 거야?”

“나랑 전혀 관계없는 여자 유령이었어. 20년도 더 전에 그 여자는 내가 아는 남자와 야반도주할 계획이었는데 당일, 다른 남자에게 살해당했어. 그래서 좋아했던 남자에게 사정을 전하려고 내 앞에 나타났지. 바라는 대로 해줬더니 성불했어. 그때 이웃 할머니가 유령이 내게 사례를 할 거라고 했는데 이제까지 아무것도 없었어.”

“왜 그런 이야기를 내게 해?”

“그냥 심심풀이로.”

“그래?” 레이웨이는 잠시 생각하고 말했다. “네 소원이 뭔데?”

“글쎄, 할아버지를 죽인 범인을 잡는 걸까?”

“그럼, 그 유령은 할아버지를 죽인 범인에 대한 힌트를 남기지 않았을까? 잘 생각해 봐. 뭔가 이상한 거 없었어?”

"이상한 거라고는 바퀴벌레가 무척 많이 나왔다는 거지."

"바퀴벌레?"

"일개 사단만큼 나왔어. 선원인 삼촌이 일본에서 바퀴벌레 잡는 약을 보내줬는데……."

기억을 더듬던 손가락에 뭔가가 걸렸다.

레이웨이가 미간을 찌푸렸다. "왜 그래?"

"아니, 지금 뭔가 기억이 났는데 그게 뭔지……."

"그럼 분신사바를 해보자." 갑자기 대어가 끼어들었다. 자는 척하며 이야기를 엿듣고 있었던 것이다. "나는 예전에 분신사바를 해서 첫사랑과 잘 안 되냐고 물었는데, 정말 잘 안 됐어."

"그걸 굳이 분신사바까지 해서 물을 필요가 있었을까?" 주머니에서 10위안짜리 동전을 꺼내면서 왕우원밍이 가세했다. "상대방 눈만 제대로 봤어도 알 일인데. 종지가 없으니까 동전을 쓰자."

"젠장, 과거의 나를 알지도 못하면서. 지금보다 10킬로그램이나 말랐었다고."

"됐으니까 빨리해." 자동소총을 저울의 막대기처럼 어깨에 걸친 취훙장이 대어를 발로 걷어찼다. "누가 영혼 응답 판을 그릴래?"

"어쨌든 한자를 써넣어야 하는데." 왕우원밍이 말하자 대어가 이어받았다. "예스와 노 그리고 대표적인 성과 방향 정도면 될 거야. 어이, 누구, 노란 종이 가진 사람 없어?"

우리는 서로의 얼굴을 바라봤다.

"없으면 영혼 응답 판은 못 그려." 대어가 덧붙였다.

레이웨이가 배낭에서 작문 노트를 꺼내 이거면 되냐고 물었다. 노트 색깔은 노란색이라기보다 갈색이었으나, 뭐, 이거면 되겠지, 라는 식이 되었다. 적어도 줄은 쳐 있지 않았으니까.

"흰 초." 대어 대사가 말했다.

아무래도 그건 아무도 가지고 있지 않으리라 생각했다. 그런데 교육 소집 온 사람 중에 주도면밀한 사람이 있었다. 야간에 필요할 수도 있다는 생각에 초 한 상자를 가지고 왔단다. 우리는 환호성을 질렀다. 그 남자의 배낭에는 그것 말고도 많은 게 들어 있었다. 깡통 따개, 손톱 깎기, 모기향, 반짇고리, 나비 도감, 그리고 어디에 사용하는지도 모르는 드라이어까지.

향 대신 담배에 불을 붙이자, 몇 명이 더 구경하러 왔다.

레이웨이에게 볼펜을 빌린 대어가 재빨리 노란(이 되어 버렸다.) 종이에 'YES'와 'NO'를 크게 적었다.

"아니, 아니지. 그게 아니야." 왕우원밍은 일일이 잔소리를 늘어놓았다. "왜 알파벳인데? 대만의 분신사바인데."

구경꾼들이 수긍하자 대어가 화를 냈다.

"시끄럽네. 우리 동네에서는 이렇게 했다고!"

취훙장이 그 종이를 접어 버리고 왕우원밍이 새 종이에 '네'와 '아니오'라고 적었다. 대어 대사는 둘을 사이비니, 이단이니 독설을 퍼부으면서도 그다지 맥락이 있다고 할 수 없는 사자성어—빙천설지(冰天雪地), 유두유미(有頭有尾), 삼심양의(三心兩意), 사갈심장(蛇蠍心腸), 저구불여(猪狗不如)—와 숫자를 방사선 형태로 쭉쭉 적어나갔다. 마침내 반원형의 영혼 응답 판이 완성되고 동전이 정해진 장소에 놓이자 전원이 나를 가만히 주시했다.

나는 두 발에 힘을 주었다.

"그냥 심심풀이야." 부르르 두려움에 떠는 나를 보고 동료들이 미간을 찌푸렸다. "왜 진심으로 쫄았냐?"

이유가 있다.

내가 초등학교 저학년 때, 대만에서 분신사바가 열광적으로 유행했다. 1960년대였다. 온갖 곳에서 분신사바만 해대는 바보 같은 아이들을 보다 못한 국민당이 금지령을 내렸을 정도였다. 영혼 응답 판의 제조 판매가 금지되자 업자는 정부에 불만을 쏟아냈다. 그런데 하지 말라고 하면 더 하고 싶은 게 사람 마음이다. 대낮에 길거리에서 하던 아이들은 잠복했다. 누군가의 방, 폐허 속, 학교 건물 뒤편, 폐자재 창고 등이 영혼을 영접하는 장소로 인기를 끌었다. 분신사바와 관련된 괴담이라면 우리는 헤아릴 수 없을 정도로 많이 알고 있다. 영혼을 영접한 후 악의, 우울, 구토, 원형 탈모, 집단 히스테리에 빠졌다는 이야기가 그럴싸하게 퍼졌는데 아이들 사이에서는 그런 이야기 또한 분신사바의 영험한 매력 중 하나였다. 누구나 강시를 부르는 도사의 능력을 자신이 갖추고 있는지 알고 싶어 했다.

그 일은 쌍십절(10월 10일, 중화민국 건국기념일) 전후였으니까 10월이었을 것이다. 어느 흐린 날 방과 후, 우리 몇 명은 폐자재 창고에서 분신사바를 시작했다. 누가 있었는지는 이제 기억하지 못하지만, 샤오잔과 판지아창은 분명히 있었다. 판지아창은 노파의 예언대로 머리에 연필이 찔렸던 그 아이이다. 그때 판지아창은 머리에 붕대를 감고 있었다. 그러니까 우리가 폐자재 창고에서 분신사바를 한 게, 노파의 불길한 예언이 있고 얼마 뒤였다는 소리다.

동료들의 재촉에 나는 10위안짜리 동전에 손가락을 올렸다.

취홍장이 씩 웃더니 나를 따라 했고, 이건 내 영혼 응답 판이라고 주장하는 듯한 대어도 그 굵은 손가락을 위에 올렸다. 마지막으로 왕우원밍이 향 대신 담배를 이마에 대고 동서남북을 향해 머리를 조아리고 동전에 손가락을 놓았다.

레이웨이가 초에 불을 켜고, 급조한 영혼 응답 판 옆에 섰다. 레이웨이도 하는 방법은 아는 모양이었다. 구경꾼들이 점점 모여들었다. 우리는 서로 눈빛을 교환하고 대어의 신호로 목소리를 맞춰 냈다.

“분신사바, 분신사바! 분신사바, 분신사바!” 잠시 기다렸다가 다시 복창했다. “분신사바, 분신사바! 분신사바, 분신사바!”

그다음 숨을 죽이고 다음에 일어날 일을 기다렸다. 나무 속 매미 소리는 맹렬했고 풀숲에서 뿜어져 나오는 열기는 묵직했으며 바람 한 점 없었다. 동료들의 심장 소리가 손가락을 통해 전해졌다. 산모기가 붕 날아와 취홍장의 손등에 앉았다. 날카로운 주둥이가 그의 손을 찔렀다. 물론 피를 빨리고 있는 본인도 그걸 보고 있었다. 빼빼 마른 모기의 배에 붉은 기가 돌더니 쿨럭쿨럭 팽창했다. 분신사바를 하던 중이라 모기를 때려죽인다는 선택지는 우리 누구에게도 없었다. 모기는 취홍장의 신선한 피를 쭉쭉, 더는 못 먹겠다 할 정도까지 마시고, 커다란 배를 안고 어정어정 날아갔다. 모기에게는 최근 들어 최고의 날이었을 것이다.

이마에서 땀이 흘러 떨어졌다.

의식이 폐자재 창고에서 분신사바를 했던 그 흐린 날로 날아갔다. 우리는 영혼 응답 판을 둘러싸고 작은 손을 연결한 채 "분신사바, 분신사바!"를 노래했다. 낡은 목재와 톱밥 냄새가 코끝을 스쳤다. 우리는 샤오잔과 판지아창 그리고 얼굴이 검게 칠해진 동급생 누군가와 종지에 손가락을 놓은 채 가만히 무슨 일이 일어나길 기다렸다.

"젠장, 아무 일도 안 일어나잖아." 참지 못하고 샤오잔이 말했다. "판지아창. 너, 정말 방법을 제대로 아는 거야?"

"틀림없어." 판지아창이 입을 내밀었다. "형들이 하는 걸 옆에서 봤으니까."

"자, 그럼 다시 불러보자." 얼굴 없는 누군가가 말했다. "여기서 성공하지 못하면 내일 시험에서 100점은 헛꿈이 된다고."

"분신사바, 분신사바! 분신사바, 분신사바!" 우리는 마음을 다해 소리를 맞췄다. “분신사바, 분신사바! 분신사바, 분신사바!”

어디선가 아이의 비명이 나고 이어서 “뚱보다, 뚱보야!”라고 아우성치면서 달려가는 발소리가 들렸다. 그 무렵부터 뚱보는 아이들의 불구대천 적이었다.

바로 그때 우리가 손가락을 올려놓고 있던 종지가 덜덜 떨리기 시작했다!

샤오잔의 눈이 커졌던 게 기억난다. 그 눈동자 속에 눈을 부릅뜬 내가 있었다. 판지아창은 내가 아니야, 내가 움직이지 않았어, 라고 말하듯 고개를 절레절레 저었다. 얼굴 없는 동급생이 쌩한 얼굴로 판지아창을 노려보며, 종지를 움직이고 있는 게 정말 신인지, 유령인지 빨리 물어보라고 눈으로 재촉했다.

그 폐자재 창고와 정말 똑같은 일이 자이의 산속에서 일어났다.

눈을 부릅뜬 대어가 침을 꿀꺽 삼켰다. 취홍장은 왕우원밍을 노려봤고, 왕우원밍은 내가 아니야, 나는 아무 짓도 안 했어, 라고 말하듯 고개를 흔들었다. 나는 대어에게 빨리 다음 주문을 외우라는 신호를 하라고 눈짓했다. 대어가 여러 번 끄덕였다.

“신인가 귀신인가?” 우리 목소리가 10년 전의 우리 목소리와 겹쳤다. “신인가 귀신인가?”

10년 전, 우리는 여기서 앞으로 나아가지 못했다. 영계와 대면할 순간이 바로 코앞이었던 터라 높아지는 기대에 입안이 바싹 말랐다. 두방망이질 치는 심장을 산산이 날린 것은 느닷없이 울린 대포 같은 호통이었다. 어느새 폐자재 위에 기어 올라온 마오마오와 다른 여자애들이 소리를 모아 "여기!"라며 소리친 것이다. 게다가 어른 목소리를 흉내 내.

우리는 문자 그대로 얼이 나갔다. 헌병에게 걸린 줄 알았다. 국민당에 반기를 든 행동이었으니까 절해고도에 있는 루다오 감옥에 보내질 게 분명했다. 얼굴 없는 동급생들이 으악 하며 도망치기 시작했고 판지아창은 심하게 넘어졌다. 여덟 살에 이미 조폭의 소질을 드러내고 있던 샤오잔은 가차 없이 여자애들에게 욕설을 퍼부었다. 천야후히 이 못생긴 계집애, 당장 내려와! 그러자 마오마오 일행은 배를 잡고 웃으며 돌멩이로 반격해 왔다. 샤오잔, 욕하지 마! 선생님에게 이를 테니까! 나는 그 소동에 어울릴 처지가 아니었다. 너무 놀라 엉덩방아를 찧었는데 녹슨 못 위에 덜컥 주저앉아버린 것이다.

당시 우리를 두려움에 떨게 했던 병은 광견병과 파상풍이었다. 이 둘 중 하나에 걸리면 생명은 없다고 생각해야 했다. 엉금엉금 기어 나와 돌아보니 각목에서 튀어나온 못에 피가 묻어 있었다. 자신의 엉덩이를 직접 보는 일은 인체 구조상 무리임에도 나는 공포에 질린 나머지 상처를 확인하려고 자신의 꼬리를 잡으려는 개처럼 빙글빙글 돌았다. 그 모습을 보고 마오마오 일행의 얼굴이 창백해졌다. 내 엉덩이와 피 묻은 못을 번갈아 봤다. 손으로 만져 보니 교복 바지에 구멍이 나고 거기서 피가 계속 흘러나왔다. 무릎에서 힘이 빠져 바닥에 털썩 주저앉았다. 샤오잔이 마오마오 일행에게 큰 소리로 저주를 퍼부으면서 전력 질주로 할아버지를 불러왔다.

그러므로 언제 어느 순간에 큰 소리가 나도 놀라지 않도록 나는 정신을 바짝 차렸다. 주위를 휙 둘러보면서 나무 어디선가 녹슨 못이 튀어나와 있지 않은지 확인했다. 정작 우리 주위를 잡아챈 것은 손끝에 느껴지는 뭐라 표현할 수 없는 위화감이었다. 취훙장이 눈을 부릅뜨고, 대어와 왕우원밍이 서로의 얼굴을 바라봤다. 아마도 나도 그들과 비슷한 표정을 지었을 것이다.

10위안짜리 동전이 천천히 움직이기 시작했다. 어색하게, 삐걱삐걱, 하는 느낌은 아니었다. 한자를 가득 적은 영혼 응답 판 위를 부드럽게 미끄러져 망설임 없이 신출귀몰의 '귀' 위에서 딱 멈췄다. 최단 거리 이동이었다.

흠칫하지 않을 수 없었다. 동전에 손가락을 올리고 있던 다른 세 명도 눈을 희번덕댔다. 분신사바에서 종지에 빙의하는 것은 다들 소선(小仙), 그러니까 외롭게 떠도는 귀신이라고들 했다. 그런 유령은 인간의 정기를 빨아들인다고도 했다. 우리는 힐끔힐끔 서로를 훔쳐보며 자신에게 씐 혐의를 무언으로 부정했다. 적어도 나는 아니야. 세심한 주의와 최대의 경의가 요구되는 국면으로, 그런 불손한 짓을 할 배짱 같은 건 없었다.

"훙! 누군가 움직인 게 분명해." 의심 많은 외야에서 지극히 당연한 지적이 날아들었다. "분신사바를 해본 적 있는 녀석이라면, 누구나 처음 질문을 안다고. '귀' 장소를 알아뒀을 거야. 빤하네."

그러나 동전을 놓고 손가락으로 이어져 있는 우리 넷은 그렇지 않다는 걸 알고 있었다. 그건 우리밖에 모르는, 이른바 말하기 힘든 기묘한 일체감이었다. 비유하자면 뗏목을 타고 표류할 때 끊임없이 주위를 도는 상어의 공포와 비슷했다.(아니, 경험해 본 적은 없지만) 말하자면 위에서는 물고기 그림자가 보이지 않으나, 영혼 응답 판이라는 뗏목 밑을 어떤 요사스러운 기운이 상어처럼 어슬렁어슬렁 헤엄치고 있음을 분명히 느낄 수 있었다.

아니면, 정말 누군가의 장난일까?

"아, 그러니까" 상황을 이어가려고 대어가 말했다. "아……, 여기 있는 예치우성이 묻고 싶은 게 있다고 합니다."

"아?" 나는 입만 뻐끔거리고 말았다. 저세상 존재를 기다리게 해선 안 될 것 같아 서둘러 목소리를 짜냈다. "제, 제 할아버지를 죽인 사람을 알고 있나요?"

그러자 동전은 우리의 검지를 실은 채 파이어버드처럼 휙휙 아니오 쪽으로 미끄러졌다.

"바보냐?" 왕우원밍이 날카롭게 질타했다. "네 할아버지가 누군지, 분신사바가 어떻게 알겠냐?"

"주소도 말하는 게 좋겠다." 취홍장이 충고하자 레이웨이가 서둘러 덧붙였다. "그리고 언제 살해됐는지도."

"아아, 그런가……" 나는 헛기침을 했다. "아, 그러니까 타이베이시 디화지에 146에서 4년 전에…… 그러니까 1975년 5월 20일에 예준린을 죽인 사람을 아십니까?"

분신사바의 답은 예였다.

일동이 감탄의 신음을 흘렸다. 전원이 애를 태우며 내게 뜨거운 시선을 쏟았다. 흉포라고 할 수 있을 만한 눈빛, 이미 유령의 차가운 손에 심장이 잡힌 듯한 얼굴들이었다. 특히 대어는 평소 사과처럼 혈색이 좋은데 이때만은 얼굴이 흙빛이었다.

"그……" 나는 완전히 말라 쩍쩍 달라붙는 입을 열었다. "그게 누굽니까?"

동전이 왕 자 위에 멈췄다.

"범인은 왕이란 놈이야!"

귀신의 목이라도 딴 듯 요란을 떠는 대어의 모자를, 취홍장이 후려쳐 떨어뜨렸다.

"여기에 온통 왕 씨야. 이 바보야."

"쉿!" 왕우원밍이 말했다. "또 움직인다!"

분신사바가 천천히 움직인 끝에는…….

"고도열장(古道熱腸)" 레이웨이가 소리 내 읽었다. "어이, 예치우성, 이 네 글자가 들어간 이름을 지닌 사람 몰라?"

왕고도, 왕열장, 왕고열…… 나는 머릿속으로 문자를 조합했다. 아무래도 묘한 발음의 이름만 나왔다. 왕고, 왕도…… 마치

필명 같네. 어이, 고도열장이라니 무슨 뜻이야? 구경꾼들이 수군수군 속삭였다. 바보, 너, 글을 보면 알잖아? 옛날부터 열은 장에서 온다고 했잖아. 바보는 너야. 이건 의리 있고 인정이 많다는 뜻이야.

의리 있고 인정 많은 남자……제일 먼저 떠오른 사람은 못 위에 엉덩방아를 찧은 나를 단숨에 구해준 할아버지의 얼굴이었다.

파랗게 질린 할아버지가 폐자재 창고로 뛰어들었을 때 나는 여덟 살의 나이에 죽어야 하는 신세가 서러워 엉엉 울고 있었다.

여자애들은 다 도망쳤는데 마오마오만은 그 자리에 남아 나와 같이 울어주었다. 샤오잔 또한 눈물을 감추지 못했다. 할아버지는 일단 내 엉덩이를 확인한 후 한쪽 팔로 나를 휙 안아 올렸다. 나는 할아버지의 목에 매달려 울었다. 백단 냄새가 났다.

"치우성, 괜찮다. 울지 마라. 할아버지가 금방 고쳐줄게."

할아버지는 마오마오를 달래고, 못을 가리키며 울부짖는 샤오잔의 머리를 쓰다듬어주고는 바로 도로로 뛰쳐나왔다. 급제동을 건 택시가 휘청하더니 창문으로 운전사가 호통을 쳤다. 할아버지는 나를 안고 택시로 뛰어들어 병원 이름을 외쳤다. 이 아이에게 무슨 일이 생기면 너도 죽여 줄 테다! 그 무시무시한 모습에 운전사는 태도를 고치고 보통은 15분쯤 걸릴 거리를 5분 만에 주파했다. 얘야, 이런 일은 별일 아니란다. 가는 길에 훌쩍훌쩍 우는 내게 할아버지는 다정하게 말했다. 잘못한 사람은 하나도 없단다, 마오마오도 잘못한 게 아니야, 그 못도 그래, 아무도 너를 다치게 하려던 게 아니니까, 이럴 때는 그저 운이 나빴다고 생각하렴, 설령 목숨을 잃더라도 아무도 원망해선 안 된다……. 어이, 운전사 양반, 더 빨리 달려, 나는 한다면 하니까! 얘야, 잘 들어라. 남자는 말이다, 갈 때는 깨끗이 가는 거다. 내가 품 안에서 눈물과 콧물을 닦으며 고개를 끄덕이자 할아버지는 환하게 웃었다.

"그래야 이 할애비 손자지!"

그때의 엉덩이 통증을, 나는 자랑스러운 기분으로 추억할 수 있다. 할아버지에게 처음으로 남자로 인정받았으니까 눈물 같은 건 절대 보여선 안 된다고 생각해 이를 악물었다. 나는 피를 흘릴 때의 마음가짐을 용감하게 배웠고 등잔불처럼 위태로운 생명의 질김을 과감하게 받아들여, 산준종합병원에서 죽을 만큼 아팠던 파상풍 주사를 엉덩이에 맞을 때도 우는소리 하나 내지 않았다. 여덟 살의 어느 날, 나는 예준린의 손자로 존재할 대가를 한 푼도 깎지 않고 치렀다.

"모르겠어." 나는 고개를 저었다. "아무리 생각해도 그럴 만한 사람이 짚이지 않아."

동료들 사이에서 탄식이 흘렀다.

"왠지 속이 울렁거려." 왕우원밍이 속이 안 좋은 듯 가슴을 누르자 레이웨이는 다 안다는 듯 상황을 해설했다. "아마도 저세상의 기운을 받아서 그럴 거야. 이제 그만하는 게 좋겠어."

"아, 그래." 취홍장이 수긍했다. "분신사바는 이제 돌아갔으면 좋겠어."

뒤쪽이 술렁인 것은 그때였다.

적을 위협하는 성난 소리와 당혹한 듯한 고함이 어지럽게 오가더니 총기를 챙기는 불온한 소리가 주위를 제압했다. 뭐야? 도망병을 찾았나? 우리도 자동소총을 낚아채며 일어났다.

"왜 그래? 노인네를 찾았나?"

총성이 취홍장의 목소리에 구멍을 냈다. 거의 전원이 땅에 몸을 던졌다. 쏘지 마! 쏘지 마! 조금 떨어진 나무 그늘에서 쉬고 있던 몇 명이 소리쳤다. 뱀이야! 그냥 뱀이라고! 두세 명이 튀어나오다가 나무 밑동에 발이 걸려 뒤로 넘어졌다. 젠장, 누가 물렸어!

들장미 덤불에 있던 것은 몸길이 1.5미터는 될 법한 커다란 코브라였다. 목을 쳐들고 목덜미를 펼친 채 병사들을 위협하고 있었다. 시뻘건 혀를 날름거리는 사악한 입은 학살의 기쁨에 웃고 있는 듯 보였다. 몇 사람이 발을 붙잡고 웅크린 남자를 끌어내 독사에게서 떼어냈다.

"비켜!" 무리를 헤치고 제일 먼저 뛰어든 것은 취홍장이었다. 이미 M-16 총구를 뱀에 겨누고 있었다. "표적 안에 들어오지 마! 비켜!"

다다다, 다다다, 두 번의 발사로 코브라의 머리가 멋지게 날아갔다. 하얀 들장미에 피가 튀었다. 물린 남자는 상처 입구를 묶고 네 사람에게 들려 산에서 내려갔다. 다른 사람들도 그들을 따라갔다.

이 뱀 소동으로, 우리의 분신사바 놀이는 흐지부지 끝났다. 그 후 강간당한 젊은 아내를 둔 노병의 행방은 묘연해졌고 수색도 당연한 듯 끝났는데, 내 마음에는 '의리 있고 인정 많은 왕이라는 이름의 남자'라는 한 줄이 새겨졌다.

"코브라였지." 취홍장이 귀에 꽂은 담배를 빼 한 모금을 빨고 모두에게 돌렸다. "알아? 뱀에 따라 혈청이 달라. 뱀의 종류를 모르면 계속 다른 혈청을 바꿔가며 맞아야 해."

"혈청, 어떻게 만드는지 알아?" 왕우원밍이 말했다. "우선 독사가 말을 물게 해. 그래서 그 말이 몸 안에서 만드는 항체를 추출하지. 애써 만든 항체를 인간이 훔쳐 가니까 말은 내내 뱀독에 시달린다고."

"인간이란 참 지독해."

레이웨이가 그렇게 말하자 전원이 고개를 끄덕였다.

레이웨이나 취홍장, 왕우원밍, 대어와의 교류도 평생 이어지진 않았다. 우리는 함께 전쟁을 대비했으나 함께 전쟁터를 누빈 건 아니므로 그 또한 어쩔 수 없는 일이었다.

제11장

# 격렬한 실의

내가 전역한 1979년 이후의 몇 년은 눈 돌아갈 정도로 빨리 지나갔다. 80년에는 홈런을 868개나 친 왕정치가 도쿄 요미우리 자이언츠를 은퇴했고, 존 레논이 뉴욕의 집 앞에서 총에 맞아 죽었다. 찰스 황태자와 다이애나비가 결혼한 게 81년이고, 그다음 해에는 영국과 아르헨티나 사이에서 포클랜드 전쟁이 발발했다. 도쿄 디즈니랜드가 문을 연 것은 83년이었다. 많은 일이 일어났다. 그런데도 개인적인 일은 두세 가지밖에 생각나지 않는다.

아버지가 디화지에의 가게를 처분한 것은 전역 후에 알았다. 내가 제일 먼저 떠올린 것은 당연히 할아버지의 권총이었다. 내가 따져 묻기 전까지 아버지는 권총에 대해 완전히 잊은 듯 가게에는 없지 않았을까, 하고 남 일처럼 대답했다.

"만약 있었으면 핑 씨가 이야기해 줬겠지. 아니면 공사 인부라도."

나는 바로 디화지에로 갔으나 할아버지의 포목점은 옆 건어물 가게의 일부가 되어 있었다. 할아버지의 가게를 사들인 건어물 가게의 핑 씨는 벽을 허물어 가게를 확장했다. 장사가 상당히 잘되는지 가게 앞에는 상어 지느러미와 제비집이 잔뜩 쌓여 있었다. 구멍이 있던 자리는 콘크리트로 완전히 덮여 있었다.

"권총?" 핑 씨는 화들짝 놀라며 콘크리트 바닥을 발로 탁탁 쳤다. "*내*는 몰라. 만약 있었어도 이 콘크리트 밑이*제*."

할아버지의 권총이 사라지고 말았다. 위우원 삼촌을 형무소에 넣고 나를 군대로 몰아넣은 그 모제르가. 하지만 나는 오래 고민하지 않았다. 그럴 여유가 없었다. 더 큰 문제가 기다리고 있었다. 얼마나 컸냐면 할아버지의 일 정도는 희미해질 정도로 컸다. 솔직히 말하자면 나는 할아버지를 거의 잊었다. 죽은 자에 대한 추억에는 먼지가 꽤 쌓이고 오래된 거미줄이 내려앉아 마치 빈집 창문으로 들어오는 석양처럼 내 안에서 희미해졌다.

광저우지에로 돌아온 직후부터 끝이라는 예감이 들었다.

어릴 때부터 똑 부러지고 솔직하게 말하던 마오마오가 매사 애매했다. 마음이 딴 데 있는 듯했다. 무리도 아니라고 나는 스스로 다독였다. 2년간이나 멀리 떨어져 있었으니까.

그리고 일주일이 지나고 2주가 지나고, 3주가 되어도 그녀가 예전처럼 마음을 터놓는 일은 오지 않았다. 마음을 털어놓지 않았던 건 아니다. 그녀의 태도는 시원시원했고 전과 다름없이 입을 크게 벌리고 웃거나 마음에 들지 않으면 바로 부루퉁한 얼굴이 되고는 했다. 다만 그건 내가 막사 침대에서 2년간 꿈꿨던 만남이 아니었다. 그것과는 아주 멀었다.

나 또한 재회하자마자, 좋지? 그래, 좋지? 하며 그녀에게 들이댄 건 아니다. 그래도 밤의 식물원에 가자고도 했고 연인들 사이를 비집고 정자로 데려가기도 했다. 그런데 일단 용기를 내 2년간 기대했던 행위에 나서려 하면 그녀는 늘 갑자기 급한 용무가 있다거나 더 이야기하고 싶다며 상황을 얼버무렸다.

"무슨 얘길 해?" 내 짜증에 주위 연인들이 동요했다. "하고 싶은 말이 있으면 분명하게 해."

"군대는 어땠어?" 머리가 자라기 시작한 내 짧은 머리를 그녀는 쓱쓱 쓰다듬었다. "체격이 정말 좋아졌네."

"군대 이야기가 무슨 상관이야?" 나는 그 손을 뿌리치며 말했다. "어린애 취급은 그만해."

"아니, 애잖아." 마오마오는 웃으면서 계속했다. "치우성은 역시 치우성이야."

"그게, 무슨 뜻이야?"

"치우성은 역시 내 동생이라는 거지."

"나는…… 우리, 사귀는 거 아니었어?"

"잘 모르겠어."

"……."

"우리, 태어날 때부터 계속 같이 있었잖아? 그런 둘이 남녀 관계가 된다는 거, 역시 무리 아닐까?"

그녀는 내가 구역질을 참고 있다는 사실을 알아차리지 못했다. 등에 땀을 흘리고 있는 것도, 뺨이 흠칫흠칫 경련하는 것도. 그걸 알아차린 것은 정자에 있던 다른 연인들이었다. 그들은 숨을 죽이고 우리를 살폈다.

"소꿉친구였다가 자연스럽게 어울렸던 것뿐이지 않을까?" 마오마오는 밝게 말했다. "잘 생각해 보면 나와 너는 공통점이 거의 없잖아? 내가 좋아하는 걸 너는 좋아하지 않고 반대도 마찬가지고."

"혹시…… 좋아하는 다른 사람이 생겼어?"

"그런 거 아냐."

"그럼 뭔데!" 잽싸게 자리를 피하는 연인들을 노려보면서 나는 소리를 낮췄다. "왜 그런 이야기를 하는데? 내 편지에 왜 답장하지 않았는데?"

"어머, 화났어?" 마오마오가 킥킥대고 웃으면서 말했다. "금방 화내는 것도, 어릴 때부터 하나도 안 변했어."

"대답하라고!"

"뭐, 쓸 게 별로 없었어."

그리고는 아무 일 없다는 듯, 지난 2년 동안 좋아했던 여자는 없었냐고 물어 나를 전율시켰다.

지금 생각하면 마오마오는 도발하고 있었을지 모른다. 그녀의 목적대로 내가 난리를 치면 마오마오는 속내를 드러내고 나를 비난할 테고, 우리는 큰 싸움 끝에 이별했을 것이다.

나는 오로지 갈팡질팡했을 뿐이다.

정말 애가 탔겠다, 라는 분석을 아주 오랜 뒤에 시야메이링이 했다. 그녀는 내가 마오마오 다음에 사귄 여성이다. 아마도, 라며 시야메이링은 담담하게 말을 이어 나갔다. 스스로 양심의 가책을 느껴 헤어지는 원인을 나누려고 했던 거야. 냉정하게 대처한 당신이 그 여자보다 훨씬 어른이었네.

그러나 시야메이링이 모르는 사실이 있다. 막 전역했을 그 무렵에는 나도 몰랐다. 마오마오는 헤어질 이유를 나누려고 했던 게 아니었다. 내게 진짜 이유를 알리지 않고, 나를 상처 입히지 않고 헤어지려고 했을 뿐이다.

어쨌든 나는 시야메이링의 말을 완벽하게 가슴에 새겨, 나중에 그녀와 이혼할 때도 결코 화내거나 무너지지 않았다. 화내도 돼. 시야메이링이 슬프게 웃었다. 자기 아내가 다른 남자와 잔 걸 알면 보통은 더 화를 내지 않을까. 그래도 그녀에 대한 분노는 끓어오르지 않았다. 자신에게는 그럴 자격이 없는 듯했다. 아이가 무사히 태어났다면 이렇게 되지 않았을까? 그녀가 던진 마지막 질문에도 나는 침묵으로 일관하고 말았다. 아이가 크지 않는 병은 시야메이링의 잘못이 아니다. 그런데 나는 유산과 사산을 되풀이하는 그녀를 돕지 않았다. 그녀 속에 잉태된 작은 생명을 잃을 때마다 내 마음에는 전역 직후에 맛봤던 격렬한 실의가 되살아났다. 어두운 객실에서 나는 우두커니 서 있었다.

"그날, 공항에서 처음으로 당신에게 임신을 알렸을 때" 작은 트렁크를 들고 집을 나가기 전에 시야메이링은 그렇게 말했다. "아이처럼 날뛰는 당신을 보며 나는 자랑스러웠고 뿌듯했어."

1975년 5월, 내 마음은 짓밟혔고 출구 없는 미로를 헤매다가 격렬한 실의에 빠지고 말았다.

나에 대한 태도만이 아니라 마오마오는 입는 옷까지 완전히 바꿨다. 화려한 셔츠에 나팔바지, 머리에 커다란 선글라스를 얹어 놓고 있던 마오마오는 이제 어디에도 없었다. 대신 면 원피스와 찰랑대는 치마를 좋다고 입었다. 그리고 가슴에 버찌 브로치 같은 걸 달았다. 이것만 봐도 파국의 전주곡으로 충분했는데 나는 계속 우물쭈물 마오마오를 따라다녀 그녀를 곤란하게 했다.

같은 동네에 사는데 왠지 그녀를 도통 만날 수 없는 날이 이어졌다. 빙수 가게에도, 아지우의 과일 가게에도, 노파의 가게에도, 식물원에도 그리고 집에도 마오마오는 없었다. 광저우지에에서 그녀만이 사라진 듯했다.

6월이 시작된 어느 날, 나는 어쩌다 길거리에서 만난 마오마오의 여동생을 잡고 매달렸다.

"말해! 마오마오 어디 있어?!" 나는 무력행사도 서슴지 않겠다는 태도였다. "말하지 않으면 가만히 안 둬!"

"때리지 마, 예치우성!" 웨이웨이가 울부짖었다. "친구 집에서 잔다고! 어딘지는 몰라, 정말이야! 한동안 집에는 안 올 거야!"

그게 사실이라면 내가 할 수 있는 일이 별로 없었다. 그래서 며칠 뒤, 마오마오의 일 끝나는 시간에 맞춰 그녀의 병원까지 만나러 갔다.

세 시간에 걸쳐 담배 한 갑을 다 피웠을 때, 마오마오가 동료들과 같이 병원 출입구에서 나왔다. 그녀는 황록색 티셔츠에 색 바란 청바지를 입고 있었다. 나를 보고도 거의 놀라지 않고 그 자리에 멈춰 팔짱을 꼈다. 나와 마오마오를 에둘러가며 바라보는 동료들이 더 놀란 듯 보였다.

"마오마오." 나는 급히 담배를 비벼 끄며 부드럽게 웃으려 했다. "마침 근처까지 왔던 터라. 어디 근처에……."

"뭘?"

"……어?"

"뭘 하냐고?"

"아니, 잠깐 이야기나 할까 싶어서……."

"나, 지금 피곤해."

"아, 그래……. 일을 막 끝냈구나. 하지만 할 얘기가 좀 있어."

"이제 이런 짓 하지 마." 마오마오는 그렇게 말하고 동료들과 함께 떠나려 했다. "내가 이런 짓 싫어하는 거 알 텐데."

"잠깐만!" 나는 그녀의 팔을 잡았다. "잠깐 얘기 좀 하자, 응?"

마오마오는 차갑게 나를 응시했다. 그녀의 동료들은 몸을 바싹 모아, 만약 내가 더 추태를 부리면 일치단결해 악에 맞서겠다는 결의를 굳히고 있었다.

"좋아." 쌀쌀맞게 말했다. "말해."

"나는…… 너, 왜 그러냐고?! 우리, 왜 이렇게 됐냐고?"

"이렇게?"

"그래, 이렇게!" 나는 팔을 마구 휘저었다. "나와 너의, 지금 이 상태 말이야!"

"좋아하는 사람이 생겼어……."

나는 숨을 삼켰다.

"……이렇게 말하면 이해할래? 말했지? 나와 너는 무리라고."

"저기 말이야, 이런 일은 너무 바보 같아. 무엇보다 우리가 이렇게 될 이유가……."

"착각하게 했다면 미안해."

"……."

"하지만 나는 늘 이랬어."

최악의 전개였으나 최악은 이것만이 아니었다.

7월.

태풍이 막 지나간 무더운 날에, 나는 할머니 심부름으로 아지우의 과일 가게에 갔다. 구관조는 이미 없었다. 아지우의 말로는 구관조는 내가 군대에 있는 동안 고양이의 습격을 받아 목숨을 잃었다고 했다.

"처절한 최후였어." 한숨 섞인 말이었다. "*내*는 스님을 불러 독경했어."

나는 조의를 표하고 구관조의 인품과 골격을 칭찬했다. 그토록 훌륭하게 중화민국 만세를 말할 줄 아는 새는 없다, 그 새야말로 대만 최고의 구관조였다고. 아지우는 그래, 그래, 하며 고개를 끄덕이고 콧물을 흘리면서 보답으로 구아바를 몇 개 덤으로 주었다.

파파야와 구아바가 든 비닐봉지를 들고 집으로 돌아오는 중, 뚱보를 봤다. 저 부끄러운 줄 모르는 자식, 지금도 망상을 품은 채 여자에게 독니를 번뜩이려고 길거리에서 엔진을 붕붕 울려대던 참이었다. 뚱보는 여전히 파이어버드에 타고 있었다.

"이봐, 예치우성." 뚱보가 길 건너편에 불렀다. "늘 말했지! 윗사람을 보면 인사 좀 하라고!"

나는 삐딱한 태도로 녀석의 이름을 부르며 인사했다.

"너, 뭐야? 부루퉁한 낯짝을 하고, 무슨 안 좋은 일이라도 있었냐?"

"아니, 별로."

"뭐, 됐다. 초대장은 받았냐?"

"무슨 초대장?"

"뭐긴? 청첩장이지, 이 바보야! 밍첸 보면 꼭 오라고 해라."

나는 도로를 건너, 자동차 루프에 손을 대고 운전석을 들여다봤다. 조수석에 커다란 백합 꽃다발이 있었다.

"청첩장이라니, 형 결혼해?"

"뭐? 내가 아니야, 이 멍청한 놈아."

"그럼 누구?"

"당연히 마오마오지!"

"……."

"상대는 의사야." 뚱보는 흙먼지를 뿌려대며 사라지기 전에 그렇게 내뱉었다. "젠장, 과연 내 조카구나!"

나는 집으로 돌아와 새벽까지 무릎을 안고 있었다.

라디오에서 린이푸라는 남자가 대만해협을 헤엄쳐 중국에 망명했다는 뉴스를 들은 게, 이 전후였을 것이다. 1979년 2월이라니까 전역을 앞둔 내가 막사에서 미치도록 마오마오를 생각할 때, 린이푸는 푸젠성의 아모이와 대치한 우리나라의 최전선, 진먼다오에 군인으로 부임한 것이다. 그 옛날, 내가 대리 시험을 봐줬던 남자의 아버지 부임지가 진먼다오였다. 그 석 달 뒤, 그러니까 5월 16일 밤, 즉 내가 식물원에서 마오마오의 차가운 태도에 당혹해하고 있을 때, 나중에 아시아인 최초의 세계은행 상급 부총재 겸 최고의 이코노미스트로까지 출세하는 린이푸는 튜브 대신 농구공 두 개를 안고 혼자 어두운 바다로 들어갔다. 진먼다오에서 아모이까지는 약 5킬로미터. 조류의 흐름이 빠르고 상어도 어슬렁거린다. 제정신으로 할 수 있는 일은 아니다. 이 젊은이는 왜 이런 망망대해에 몸을 던졌나? 마음에 어떤 큰 뜻을 품었나? 캄캄한 바다에 표류하면서 그는 오로지 건너편 등불을 목표로 했다. 공포와 고독을 친구로 삼았고, 가슴에 품은 희망은 나침반의 빨간 바늘뿐이었다.

도대체 중국 본토에는 뭐가 있었나?

더는 견딜 수 없어진 나는 조용해진 집을 빠져나와, 스쿠터를 타고 내달렸다. 나트륨등에 노랗게 물든 중화루를 달려, 어둠 속을 내달렸다. 샤오잔을 너무나도 만나고 싶었으나 녀석은 사람을 죽여 복역 중이었다. 샤오잔과 함께 마오마오의 험담이라도 하고 싶었다. 그럴 수 있다면 얼마나 좋을까. 칫, 샤오잔이 자식, 늘 중요할 때 없다니까!

누군가에게 매달리고 싶을 때 아무도 옆에 있어 주지 않는다면, 어쩔 수 없이 다른 무언가에 매달릴 수밖에 없다. 나는 단수이허를 따라 달렸다. 오래전, 이 강에 커다란 상어가 올라와 사람을 먹었다는데 그것도 밍첸 삼촌이 말한 거니까 어디까지 믿어야 좋을지 모를 일이다. 오직 자신이 어두운 회색 거리의 바닥을 벌레처럼 기어 다니고 있다는 사실만은 알 수 있었다. 그래서 방향을 바꿔 한없이 동쪽으로 향했다.

눈 사이에 흔들리는 것은, 그 아침에 만났던 마오마오였다.

가오잉썅의 조직에 쳐들어갔다가 경찰에 붙잡힌 나를, 마오마오는 꼬박 하룻밤 동안 식물원에서 기다렸다. 옅은 복숭아 색깔을 띤 수련에 들러붙은 유백색 아침 안개, 구름 사이로 새어드는 희미한 서광 그리고 짠맛 나던 따뜻한 입맞춤, 그런 생각이 두서없이 떠오르자 정말로 입안이 짭조름해졌다. 놀란 나머지 팔에 너무 힘을 주는 바람에 오토바이가 이리저리 비틀댔다. 중앙분리대를 넘어 무섭게 반대 차선으로 뛰어들었다. 다가오는 헤드라이트가 경적을 빵빵 울리며 피했다.

"이 빌어먹을 자식아!" 나는 돌아보며 고함쳤다. "불만 있으면 언제든지 찾아와!"

눈물과 콧물로 엉망이 된 얼굴 가득 밤바람을 맞으면서 나는 될 대로 되라지 하는 심정으로 차도를 역주행했다. 어디서부터 원래 차선으로 돌아왔는지 전혀 기억에 없다.

남쪽 항구 시즈가 멀어지고, 정신을 차리자 지룽의 호안에 스쿠터를 세우고 제방을 기어오르고 있었다. 열심히 슬롯을 비틀어 스쿠터에 무리를 시킨 덕분에 해가 뜨기 전의 바다를 볼 수 있었다.

이런 나도 마음만 먹으면 중국 본토까지 이 바다를 첨벙첨벙 헤엄쳐 갈 수 있을까? 진지하게 생각해봤다. 지금이라면 할 수 있을 것도 같았다. 장징궈는 중국 공산당과는 '불·접촉', '불·교섭', '불·타협'이라는 '삼불정책'을 택했는데 그게 뭐라고, 젊은이가 마음만 먹으면 막을 수 없는데.

뼈아픈 실연은 내 마음을 초토화해 계속 뭉근한 불로 푹 지져댔다. 신부에게 축하한다는 말 한마디 건네지 못했을 뿐만 아니라 그녀에게서 몸을 숨기고 어두운 눈으로 여름을 보내고, 가을을 저주하고, 그렇게 겨울을 맞았다. 피로연 전날에 마오마오가 찾아왔을 때도, 토라진 채 만나려 하지도 않았다.

"치우성, 미안해." 문 너머로 마오마오가 말했다. "그럼, 나

결혼할게."

나는 침대에 벌러덩 누워 천장만 노려봤다. 밝은 대낮에 창문을 꽁꽁 닫고 커튼까지 꼼꼼하게 쳐 놓았다. 햇살에도 지금의 한심한 자신의 모습을 보여주고 싶지 않았다. 겨울이라고는 해도 따뜻한 날이 이어지고 있었다.

"치우성."

"……."

"나는 말이야, 식이 끝나면 바로 미국에 가."

"……."

"나는 정말로 네가 좋았어."

"그런데 왜 다른 놈과 결혼하냐고!" 나는 내 목소리에 깜짝 놀랐고 상대가 알아차리지 못하도록 부끄러움을 가리려 했다. "어차피 동생으로 좋아했던 거지! 알아, 나와 너는 너무 다르지!"

문 너머 저쪽과 이쪽에 다른 밀도의 침묵이 흘렀다. 이쪽의 침묵은 분노와 초조함에 더럽혀졌고, 건너는 포기와 슬픔이 섞여 있었다. 이제 곧 결혼할 여자가 버린 남자를 놓고 뭐가 저리 슬플까? 이 상황에 취해 있다고밖에 할 수 없었다. 그렇게 생각했다. 마오마오는 이별을 즐기고 있구나. 이 집을 한 걸음 나가면 머릿속은 드레스와 머리와 손톱 생각으로 가득 차리라. 그리고 정말로 사랑하는 남자와 맞는 새로운 출발에 가슴 뛰겠지.

"미안해. 제대로 이야기하지 못해서……. 하지만 뭘 어떻게 이야기해야 좋을지 몰라서."

"어차피 이야기해 봤자 소용없어. 너는 너만 생각하니까."

"그래."

"젠장!"

"얼마 전 말이야, 웨딩드레스를 입어 보러 갔었어."

"……."

"그때 할머니가 말했어. '네가 결혼하다니. 너, 기억하니? 예 치우성이 태어났을 때 너, 저 아이의 신부가 되겠다고 했잖니. 아아, 정말 세월 빠르구나!' 웃고 말았어. 나, 기억해. 막 태어난 치우성을, 다 기억해."

"그래서 어쩌라고?" 나는 호통을 쳤다. "상대는 의사라며. 어! 잘됐네. 나 같은 놈이 아니라 괜찮은 놈을 잡았구나!"

"이번 생에서는 인연이 아니었던 거야……. 괜찮아, 너라면 아주 멋진 아가씨를 금방 잡을 테니까."

"맘 편해서 좋겠네. 어차피 나는 네 어머니가 싫어했을 테니까!"

"아니야. 엄마는 치우성을 싫어한 게 아니라……."

나는 기다렸으나 다음 말은 나오지 않았다. 슬픔과 구분이 되지 않는 침묵이 바람처럼 우리 사이를 훑고 지나갔다.

"그럼, 이제 갈게." 그 목소리는 조금 떨렸다. "안녕, 치우성."

복도가 살짝 삐걱거렸다. 아주 작게 삐걱댔는데 그녀가 한 걸음 내디딜 때마다 세상에 균열이 생겼다.

방을 뛰어나와 그녀를 품에 안았다면 얼마나 좋았을까. 그랬다면 뭔가가 바뀌었을지 모른다. 나와 마오마오를 찢어놓은 잔혹한 사실조차, 둘이 맞설 수 있었을지 모른다.

나는 움직이지 않았다.

멀어지는 마오마오의 기척에 그저 귀를 기울였다. 갑자기 걸음 소리가 멈추자 나는 숨을 죽였다. 마오마오가 달려와 내 품에 뛰어들지 않을까 기대했다. 심장이 가슴을 쾅쾅 때렸다. 목숨을 건 남자가 마지막 힘을 쥐어짜 문을 두드리듯. 모든 게 아주 정교하게 짜인 농담이 아닐까 생각했다.

그랬으면 좋았을 텐데.

다시금 걷기 시작한 마오마오의 발소리가 멀어지고 바로 아무것도 들리지 않았다. 나는 침대 위에서 몸을 동그랗게 말고 귀를 꽉 막았다. 군대 가기 전날 밤, 더러운 주차장에서 그녀와 치크댄스를 췄다. 그때의 노래가 귀에 달라붙어 떨어지지 않았다. 나는 너무나 공허해졌고, 우리의 사랑이 남긴 울림이 끝없이 몸 안에서 쾅쾅 울려댔다.

이어진 몇 개월은, 껍데기처럼 지냈다. 부모는 고민에 빠진 아들을 모른 척하는 것으로 배려했는데 할머니는 오로지 이해하지 못하겠다는 태도를 관철하는 것으로 한심한 손자를 격려해 주었다.

"여자에게 차여도 밥은 먹어야지."

할머니는 여차 싶으면 이틀이나 사흘씩 방에 처박히는 나를 방에서 끌어내, 아니, 왜 이리 한심하니, 라며 이마에 꿀밤을 먹였다.

"차이길 잘했네. 그런 집안이랑 사돈이 될 바에는 내가 미국에 가버릴 테다."

"가만히 좀 둬!" 할머니에게 폭언을 내뱉고 나는 흰 쌀밥을 우걱우걱 씹었다. "나는 상관하지 말고 리 할머니랑 마작이나 둬."

"이런 거 보면 할아버지랑 쏙 빼닮았네. 그 사람이 첫 부인을 버리고 나를 선택했을 때도 이렇게 내내 후회했다니까. 뭘 후회할 게 있니? 후회하든 아니든 어쩔 도리가 없으니까 얼른 다시 시작하는 수밖에 없다고. 이 바보야."

그래도, 적어도 그해 말까지, 나는 할아버지처럼 내내 후회했다.

그러나 할머니의 말대로, 여자에게 차여도 밥은 먹어야 한다. 마침 밍첸 삼촌이, 역시 밍첸 삼촌처럼 한 방을 노리는 동료들과 장사를 시작한 덕에, 나는 룽꽌식품무역유한공사에서 잡일을 맡게 되었다. 1980년대에 들어, 경기가 상승 곡선을 탄 일본에서는 외식 산업이 마른 들판의 불길처럼 일어나 퍼졌다. 우리의 회사는 그런 일본의 패밀리레스토랑 산업에 시금치나 당근 같은 채소를 도매로 팔았는데 이게 크게 터졌다.

1985년 플라자합의 이후, 일본에서는 급속한 엔고가 진행되어, 미증유의 거품경기에 돌입했다. 지가와 주가는 천정부지로 솟구쳤고 한몫 챙긴 녀석들은 웃음을 멈추지 못했다. 실제로 도쿄도 23구의 땅값만으로 미국을 통째로 살 수 있다고 했다. 남자들은 검은 양복에 고급 차를 타고 돌아다녔고 여자들은 팬티를 다 보여주며 디스코장에서 춤을 춰댔다. 밤이면 밤마다 돔페리뇽의 코르크 마개가 날아다녔다.

이 광란의 거품경제와 함께 룽꽌식품무역유한공사의 업적도 파죽지세로 상승하며 10년쯤 이어졌다. 그러나 한번 성한 것은 반드시 쇠한다고 했던가. 1989년 6월 4일에 톈안먼사건이 일어났고 11월 9일에는 베를린 장벽이 무너졌다. 이 두 가지 큰 사건의 영향은 세계 곳곳에 미쳤는데 광저우지에도 예외는 아니었다. 그게 밍첸 삼촌의 동물적 위기감에 불을 지폈다.

"자본이란 생물이야." 밍첸 삼촌은 회사에 사표를 냈을 때 그렇게 호언장담했다. "동서 독일이 통일되고 중국이 민주화의 길을 걷기 시작하면 자본가들은 일본에서 돈을 빼서 그쪽에 투자할 거야."

놀랍게도 그 말 그대로 실현되었다!

거품이 꺼지자 천하를 잡겠다던 일본인은 재빨리 자살했다. 그 영향을 받아 룽꽌의 사장도 자택 침실에서 조용히 목을 매달았는데, 그것은 또 다른 이야기다.

이야기를 마저 하자.

룽꽌에서 조금씩 일하게 된 나는, 우연히 내게 어학 재능이 있음을 깨달았다. 처음에는 국제전화를 받으려고 독학으로 일본어를 배우기 시작했는데 곧 간단한 일상회화를 할 수 있게 되었고 2, 3년쯤 흐르자 일본인과 말싸움도 할 정도로 능숙해졌다. 생각해 보면 나는 〈어스름한 달밤〉을 흥얼거리던 고교생 때부터, 결코 일본어가 싫지 않았다.

마오마오를 잃은 슬픔과 분노를, 나는 모두 일본어에 쏟아부었다. 내 일본어는 비굴하고 불온한 표현 속에서 첫울음을 터뜨렸다. "내가 알게 뭐냐?", "이놈의 새끼!", "이제는 너무 늦었어!", "미안하지만, 그건 못 해." 등등을 나는 곧 셋에서 다섯 종류의 말로 표현할 수 있었다. 일하러 오가는 차 안에서도 내내 일본어 교재를 들었다. 마침내 일본어로 꿈까지 꾸게 되었다.

큰 회사가 아니었던 터라, 당시 아직 살아 있었던 사장은 다행히 나를 통역으로 발탁해 일본과 교섭하는 일에 동행시켜 주었다. 우리는 도쿄와 지바에 자주 갔다. 출장 때마다 밍첸 삼촌은 내게 포르노 비디오를 가져오게 했다. 그 무렵 밍첸 삼촌이 좋아하던 여배우는 아이조메 교코였다.

시야메이링은 거래처의 통역사였다. 가오슝 태생의 본성인으로, 아주 멋진 표준어를 구사하는 여성이네, 라는 게 내 첫인상이었다. 자유분방한 마오마오와는 달리 그녀의 세련된 태도는 일본인처럼 조심스럽고 고상했고, 안경 속의 커다란 눈동자는 애교 많은 개암나무 색깔이었다.

아직 무더위가 기승을 부리는 9월 어느 날, 지바현에서 땅콩

밭 시찰을 끝낸 후 그녀는 차로 나를 호텔까지 데려다주었다. 우리 회사 사장은 행선지도 고하지 않고 단독 행동에 나선 터라 우리는 단둘이 차를 탔다.

갑자기 라디오에서 애달픈 노래가 흘러나온 것은 황혼으로 물든 야치마타 가도를 달리고 있을 때였다. 두 번째 사랑인데도 제대로 사랑을 전하지 못하는 서툰 여성의 마음을 드문드문 노래하는 노래. 여성은 남성의 스웨터를 잡고 고개만 숙인 채 집에 가고 싶지 않다는 한마디를 도무지 꺼내지 못하고 있다.

안아서 나를 데려가 시간째
어딘가로 데려가 줘
애달픈 속도는 빨라져
망설일 뿐인 나

두 번째 사랑조차 이렇게 어렵다면, 나는 생각했다. 첫 번째 사랑이 이루어지는 일은 그야말로 기적에 가깝지 않을까.

"나카모리 아키나의 〈세컨드·러브〉라는 노래예요." 시야메이링은 그렇게 말하고 카스테레오의 소리를 높였다. "지금 아주 유행 중이죠."

나는 창밖의 풍경으로 도망치고는 크게 하품을 하는 척하며 눈을 문질렀다. 그녀는 그대로 아무 말 없이 살짝 콧소리가 나는 나른한 목소리로 라디오에 맞춰 노래를 흥얼거렸다.

사랑도 두 번째라면 조금은 능숙하게
달콤한 속삭임에 응하고 싶어
앞머리를 조금 고치는 척하며
고개만 숙이고 있다니
포장도로에 뻗은 당신의 그림자를
움직이지 않도록 잡고 싶어

피차 서로를 잘 모른다는 편안함에 이국의 정서까지 도와 그날 밤, 나와 시야메이링은 누가 먼저 권하지도 않았는데 함께 술을 마시고 누가 먼저랄 것도 없이 손을 잡고 그대로 호텔 내 방에서 아침을 맞았다.

내 생각으로는, 여성은 그런 경솔한 행동을 자제해야만 한다. 그러나 때는 1980년대로, 경솔한 행동의 대가는 무시무시한 속도로 폭락했다. 무료나 마찬가지였다. 정숙한 여자와 매춘부의 경계선은 모호해졌다. 누구나 그 경계를 가볍게 오가며 완전히 짓밟은 터라 단단히 응시해야 구분할 수 있었다. 오래전 정조 관념은 여성의 정신적 토대였다. 지금 그것은 정신의 개로 추락해 버렸다. 아아, 이 치명적인 악마의 알림이 지구상을 내달린 순간, 남몰래 신물을 삼킨 모든 고색창연한 자들이여 행복하라. 악마여, 너의 이름은 에이즈!

스물네 살에 처음 만진 여성의 피부는 부드러웠고 따뜻해 슬픈 예감이 가득 담겨 있는 듯했다. 마음만 앞서 좀처럼 생각처럼 되지 않는 내게, 그녀는 초조해할 필요 없다고 말해주었다. 만약 섹스가 상대의 마음을 확인하기 위한 것이라면 이미 그 목적을 충분히 이뤘어, 라고.

"그 말은, 내 생각을 알았다는 소리?"

"눈을 감고도 알 수 있어요." 내 아래에서 그녀는 아이처럼 웃었다. "우리는 모두, 늘 우리가 누군지 모르지."

제12장

# 사랑도
# 두 번째가 되면

3월의 강한 바람이 불던 날이었다.

내가 일본 출장에서(즉, 시야메이링과 보낸 음란한 주말에서) 돌아오자, 거실에서 할머니와 리 할아버지가 차를 마시며 무슨 이야기를 나누고 있었다. 둘은 의자 바닥에 대리석을 넣은 방케트(ban-quette) 긴 의자에 나란히 앉아, 검버섯 가득한 늙은 손을 맞잡고 있었다. 노인들이 성별을 넘어 손을 맞잡은 그림은 늘 나를 살짝 흐뭇하게 했다. 거기에 있는 것은 온전한 배려뿐이다. 아니면 공범자 의식. 성별을 뛰어넘은 만큼, 노인들은 의외로 권모술수에 능했다.

나는 리 할아버지의 이름을 부르며 인사했다.

"치우성, 양복 같은 걸 입고 어디 갔었니?"

"이 아이는 요즘 두세 달은 늘 일본에 있어." 할머니가 대신 대답해 주었다. "이제부터 본토에 편지를 보낼 때는 애한테 부탁해도 돼."

"그럼 곧 일본인 신부를 데려올지도 모르겠구나."

"농담하지 마! 일본인이라니!"

할머니가 그렇게 말하는 데는 분명한 이유가 있다. 전쟁 이야기와는 전혀 관계가 없다. 내가 선물로 사 온 여자 프로레슬링 비디오 탓이다. 할머니는 뷰티 페어의 보디 슬럼과 다이빙 보디 프레스를 보고는 벌린 입을 다물지 못했다. 그 탓에 일본 여자들은 모두 거칠다고 오해해버린 것이다. 여담인데 할머니의 이런 편견은 몇 년 후, 덤프 마쓰모토의 등장으로 돌이킬 수 없게 되었다.

나는 방에 짐을 놓고 편한 옷으로 갈아입은 뒤 거실로 돌아왔다. 할머니와 리 할아버지는 아직도 수다를 떨고 있었다.

"그러고 보니 검은 개의 아내는 거의 입을 열지 않았지. 일본인인 걸 숨기는 게 아닐까 모두 생각했어. 들은 사람이 있다고. 녀석의 아내가 우리 모르는 말로 아이들을 부르는걸. 뭐, 나야, 내 귀로 들은 게 아니니까 뭐라고 할 수 없지. 그래도 주위 사람들은 다 의심했지. 보라고, 검은 개는 사허의 촌장이었으니까 아내가 일본인이면 남들 보기 그렇지 않겠어? 칭다오에 침공해 온 일본군이 녀석을 간첩으로 삼은 것도, 그런 경위가 있었던 거지. 그런데 검은 개가 뭘 할 수 있었을까? 지금 생각해보면 녀석도 불쌍한 놈이야. 일본놈들 때문이 아니라 아내와 아이를 위해 매국노가 되었을 테니까."

"그 당시는 누구나 살려고 필사적이었으니까." 할머니가 깊은 한숨을 쉬었다. "다른 사람 사정까지 신경 쓸 여유가 없었지. 어제까지 사이가 좋았던 이웃에게 밀고 당하는 일도 종종 있었지. 그래서 마다준은 어떻게 살아?"

"편지에는 새 아내를 얻었다고 적혀 있어. 자식들은 새어머니를 좋아하지 않는다고 하는데, 재산이 목적이라고 생각한다네. '내게 재산 같은 게 있겠어?' 마다준은 그렇게 썼어."

"그 사람도 벌써 70이 넘지 않았어?"

"아아, 그 정도 될 거야."

"그 나이가 되면 일단 자기 마음 가는 대로 하는 게 좋지. 재산이 목적이면 어때? 그래서 마다준이 기분 좋게 여생을 보낼 수 있다면."

"그야 그렇지."

둘이 동시에 차를 마셔서 내가 입을 열었다.

"본토의 마 할아버지에게서 편지가 왔나요?"

"너는 왕커창이라는 남자를 아니?" 리 할아버지가 입에 들어간 찻잎을 퉤퉤 컵에 뱉고 말했다. "검은 개라고 불리던 변절자야. 그건 1943년 8월 일이다. 그날, 나와 마다준과 네 할아버지는 시내에 식용유를 팔러 나갔어. 일본인에게 들키면 그냥은 안 끝나니까 밤중에 몰래 나갔지. 다음 날, 마을에 돌아왔더니……."

"왕커창의 수작으로 모두 살해됐다는 이야기죠?"

"네 할아버지에게 들었니?"

"전에 리 할아버지와 구오 할아버지가 말하지 않았나?" 나는 어깨를 움츠렸다. "그래서 우리 할아버지가 슈알후와 같이 왕커창을 죽이러 갔다고."

"그때 우리는 네 할아버지가 검은 개의 일가를 모두 죽였다고 생각했는데, 얼마 전에 왕커창의 아들이 훌쩍 마을로 돌아왔대. 모두 다 무척 놀랐지! 보라고, 이게 그때 사진이야."

리 할아버지는 그렇게 말하고 몇 장의 컬러 사진을 내밀었다.

사당 같은 대문을 등지고 얼굴이 그을린 마을 사람들이 주르르 서 있었다. 컬러 사진인데 색채가 너무 부족해 무슨 흑백 사진 같았다. 벽에 페인트로 '타도 공자!'라는 낙서가 있어서 그게 산둥성임을 알 수 있다. 다음 사진은 붉은 벽에 매립된 돌 플레이트를 찍은 것이었다. '후예동(胡爺洞)'이라고 읽혔다.

"이게 뭐야, 후예동?"

"네 할아버지는 계속 마 할아버지에게 돈을 보냈단다." 할머니가 설명해 주었다. "마 할아버지는 의리 있는 사람이라 그 돈을 자기를 위해 쓰지 않고 도깨비불 사당을 만들었어. 네 할아버지가 세운 셈이지. 후예는 도깨비불을 말하지."

"지금은 나름 현지에서 명소가 됐단다"라고 리 할아버지가 말했다. "마다준이 직접 관리한다고."

"중화상창의 도깨비불 사당보다 훨씬 훌륭하네."

다음 사진에는 대륙의 도깨비불 사당 전경이 담겨 있었다. 암벽에 매달리듯 세워진 빨간 사당 양쪽에는 겨울이 되어 시든

버드나무가 가지를 늘어뜨리고 있었다.

"아하, 여기가 할아버지 고향이야?"

"신기한 일이야"라고 리 할아버지가 말했다. "네 할아버지의 도깨비불 사당에 네 할아버지가 죽인 남자의 아들이 스스럼없이 방문하다니. 오래전 서로 죽이던 사람들이 지금은 사진 한 장에 담겨 웃고 있으니까."

사진을 넘겨 처음 사진으로 돌아왔다. 리 할아버지의 말처럼 확실히 모두가 환한 얼굴로 카메라를 보고 있었다.

"어라?" 절로 사진에 얼굴을 들이댔다. "이 한가운데 찍힌 사람……."

"마다준 녀석, 누가 검은 개의 아들이라고 적어 놓질 않았어." 리 할아버지가 그렇게 말하자 할머니가 말을 이었다. "한가운데 사람 아닐까? 옷이 다른 사람보다 말쑥해."

"하지만 이 사람은……."

나는 사진을 둘에게 보여주려 했는데 둘 다 어차피 돋보기가 없으면 보이지 않는다고 해서 나는 그만두었다. 그러고는 이번 달 계 모임에 대해 한없이 떠들었다.

나는 다시 뚫어지게 사진을 봤다. 한가운데서 웃고 있는 남자는 감색 반코트를 입고 발밑에 더플 백을 툭 던져 놓았다. 그 이외의 사람들은 같은 밭에서 캐낸 감자처럼 도통 분간이 되지 않았다. 할머니가 검은 개의 아들이라고 추정했던 남자는 뺨이 움푹 패고 낯빛이 종잇장처럼 하얬지만, 내가 위우원 삼촌을 몰라볼 수는 없었다.

그 무렵, 중국에서는 덩샤오핑이 개혁개방정책을 내세웠다. 그 핵심은, 물론 계획경제에 시장 원리를 도입하는 것인데 국가 목표로 '대만 복귀에 의한 조국 통일 완수'를 꼽고 있어서, 린이푸처럼 용기를 내어 대만을 버리기만 하면 누구나 환영했다.

그렇다고는 해도, 나는 생각했다. 왜 위우원 삼촌은 자신이 슈알후의 아들이라는 사실을 마 할아버지에게 밝히지 않았을까? 만약 위우원 삼촌이 이야기했다면 마 할아버지는 그 사실을 리 할아버지에게 전하지 않았을 리 없다. 내 할아버지를 비롯해 그쪽 사람들은 모두 생사를 함께한 형제였으니까. 게다가 마 할아버지는 슈알후를 살린 은인이기도 했다. 공산당에 잡힌 슈알후를 도와준 사람이 바로 마 할아버지였다.

출소 후 위우원 삼촌은 우리 가족에게 알리지 않고 배를 탔다. 그렇다고 지금까지 삼촌과 내내 연락이 끊긴 상태는 아니다. 항구에 도착할 때마다 전화를 걸어왔고 동료 선원에게 밍첸 삼촌에게 줄 포르노 비디오를 챙겨 보내주고도 있다. 그러나 우리 앞에 모습을 드러내지는 않고 있다. 지난 1, 2년 동안은 연락도 뜸해졌다. 그런 위우원 삼촌이 산둥성을 찾은 것이다. 게다가 자신의 정체를 밝히지 않고, 게다가 갑자기 마을로 돌아온 왕커창의 아들과 같이 사진을 찍었다.

그런 우연이 있을 수 있을까?

명치 언저리에 묵직한 응어리가 느껴졌다. 철봉으로 눌러 빙빙 휘젓는 듯한 불쾌한 느낌이었다.

"왜 그러니?" 젓가락질을 멈춘 나를 보고 어머니가 미간을 찌푸렸다. "어디 안 좋은 데라도 있니?"

저녁 식탁을 둘러싼 다른 얼굴들, 그러니까 아버지와 할머니, 그리고 샤오메이 고모까지 의아한 표정으로 나를 보고 있었다.

"아, 아냐……. 아무것도 아냐." 나는 양고기 한 조각을 집어 밥에 놓았다. "잠깐 생각할 게 있어서. 응, 일 생각."

"그러고 보니 얼마 전에 뚱보와 우연히 만났어." 공심채 볶음을 집으면서 샤오메이 고모가 천천히 이야기를 꺼냈다. "마오마오, 그리 행복하지 않은가 봐."

아닌 밤중에 홍두깨라고, 느닷없이 그 이름을 듣고 입안에 있던 것을 뿜을 뻔했다. 할머니와 어머니는 천천히 씹지 않으니까 그렇게 되는 거라며 동시에 나를 나무랐다.

"아, 흠…… 그렇구나." 나는 최선을 다해 평정을 가장했다. "뚱보가 뭐랬는데?"

"마오마오가 유산했대."

"……."

"아직 미국에 있나?" 할머니가 물었다.

고모는 끄덕이고 대답했다. "남편 집이 개업의라 아무래도 후손을 원한다네."

아버지와 어머니는 그런 일이야 특별할 것도 없다는 투였다. 어머니는 이미 소시지와 함께 볶은 줄 줄기에 대한 불평을 늘어놓고 있었다.

"아들을 못 낳는 며느리는 우리 집도 필요 없다." 할머니는 고루한 생각을 작렬하면서 젓가락을 휘둘렀다. "치우성, 너 몇 살이니?"

"스물다섯인데."

"나는 스물다섯에 애를 다 낳았단다. 너는 언제 결혼할래?"

결혼이라니……그렇게 말하려고 입을 열려는데 할머니에게 대든 사람은 샤오메이 고모였다.

"엄마, 에둘러 빈정대지 좀 마. 좋은 사람 생기면 한다고 했잖아!"

"너, 네 나이가 몇인지 아니?" 할머니는 콧방귀를 뀌며 웃었다. "나는 말이다. 네 결혼 같은 건 예전에 포기했다!"

"밍첸 오빠도 혼자잖아!"

"아, 그래! 자식이 셋이나 되는데 이번 생에 내 손자는 치우성 하나구나! 무슨 팔자가 이 모양이냐!"

"엄마. 지금은 80년대야. 여성은 집안의 노예가 아니라고."

"어차피 나는 이 집의 노예야!"

할머니는 샤오메이 고모의 어린 시절의 변덕을 잔소리 소재로 삼았고 아버지는 재빨리 거실로 물러나 7시 뉴스를 봤다. 어머니는 아버지 들으라는 듯 목소리를 높여 작두콩과 볶은 마른 새우에 대한 불만을 늘어놓았다.

마오마오가 유산했다.

마오마오는 그다지 행복하지 않다.

이런 사실은 나를 놀라게 했다. 하지만 가장 놀란 것은, 4년이나 지났는데 여전히 자신이 이런 일에 동요한다는 사실이었다. 시간은 착실히 흘러, 나는 언제까지나 열아홉일 수 없었고, 바다 너머에는 정을 나누는 여성도 있었다. 그런데 마오마오의 이름은 지금도 짐승 잡는 덫처럼 내 마음을 물어뜯었다.

부글거리는 마음을 안고 식사를 끝낸 나는 거실로 가 아버지와 함께 TV를 봤다. 대만 TV(대만전시공사)가 무시무시한 뉴스를 보도하고 있었다. 신주에 사는 한 초등학생의 배가 점점 부풀어 올라 병원에 가서 진찰했더니 기생충이 있다는 진단이 내려졌다. 바로 그 자리에서 구충제가 처방되었는데 그 아이의 배에서 무려 한 그릇 분량의 기생충이 나왔다는 것이다. 아버지는 얼굴을 찌푸린 채 배를 문지르며 그 뉴스를 보고 있었다.

무언가가 번개처럼 나를 쳤다.

우두커니 선 내 눈은 TV 화면에 못 박혀 있었다. 연상작용이라는 문이 과거로 날아가 점점 열리는 과정을 우두커니 지켜봤다. 기생충, 무시무시한 것, 바퀴벌레 그리고 란둥슈에. 문이 하나 열릴 때마다 나는 젊어지며 기억도 선명해졌다. 열여덟의 내게 노파가 말했다. 그녀는 네 도움을 받는 대신 너를 도와주려 한단다.

그리고 갑자기 깨달았다. 구름 사이로 한 줄기 빛이 새어 나오듯. 그때 엄청나게 발생한 바퀴벌레야말로 란동슈에의 메시지였다!

국회의원 누구의 집에 생달걀이 던져졌다는 뉴스로 바뀌는 순간 나는 포문을 열었다.

"나 고등학교 때, 바퀴벌레가 갑자기 집에 많이 나왔던 해 있었지?"

"뭐?" 아버지는 머리에 생달걀을 뒤집어쓴 국회의원을 보며 싱글거리고 있었다. "그랬나?"

"위우원 삼촌의 동료가 일본의 바퀴벌레약을 가져왔잖아. 그 사람이 말했어. 위우원 삼촌과 함께 아프리카까지 갔어야 했는데 아내가 조산하는 바람에 중간에 내려 다른 배를 타고 귀국했다고. 세관 몰래 돌아왔다고. 그러니까 마음만 먹으면 위우원 삼촌은 세관을 통하지 않고 대만을 드나들 수 있다는 거지." 한 호흡 쉬고 정신을 바싹 차렸다. "할아버지가 살해당했을 때 위우원 삼촌은 정말 배를 타고 있었을까?"

아버지는 물끄러미 TV 화면을 노려보고 있었다.

"어쩌면 위우원 삼촌이 왕커창의 아들 아닐까?"

앵커가 일본의 오야 마사코라는 기인을 소개하고 있었다. 오야 마사코는 프랑스에 성을 소유할 정도로 억만장자인데, 분홍색의 기묘한 옷만 입고 쨍쨍 머리를 울리는 목소리로 떠든다. 술도 담배도 도박도 일절 안 하는 대신 요란을 떨며 성형수술을 계속하고 어디를 가든 카메라맨을 동행해 자신을 기록하게 했다.

"그런 말도 안 되는" 아버지가 신음했다. "믿을 수 없어."

"하지만 그렇게 생각하면 앞뒤가 맞아."

"치우성, 저거 봤냐?" 그리고 손뼉을 치며 크게 웃었다. "저기 오야 마사코라는 사람, 죽은 남편의 팬티를 늘 입는다는구나!"

"……."

"사랑이란 정말 많은 종류가 있구나……. 안 그러니? 금방 뭐라고 하지 않았니?"

나는 내 방으로 돌아와 침대에 몸을 던졌다. 이거야말로 7년 전, 그 여자 유령이 내게 보낸 메시지라고 생각했다. 위우원 삼촌이 정말 조커일까?

나는 바로 리 할아버지에게 본토의 마 할아버지 주소를 물어, 그리 길지 않은 편지를 보냈다. 내가 품은 의심을 밝히지 않고 자신은 예준린의 손자이며 슈위우원이 2년쯤 전부터 행방불명되었는데 혹시 고향으로 돌아간 게 아닐까 한다며 에둘러 물었다. 나는 일로 대만과 일본을 오가고 있으므로 답장을 주시려면 일본 도쿄도 나카노구 어디, 시야메이링 앞으로 보내 주시면 고맙겠다고 적고 예법에 따라 마 할아버지의 건강을 기원하는 말로 맺었다. 그러고는 다음 출장 때 그 편지를 나리타 공항의 우체통에 넣었다.

위우원 삼촌의 승선 기록을 보려고 회사에 휴가를 내고 지룽에 있는 선박 회사를 찾아갔다.

타이베이에서 고속버스로 30분 정도 걸리는 길이었다. 선박 회사에 물으니, 그런 건 항만사무소에 물으라고 했다. 그래서 택시를 타고 항만사무소로 갔는데 그쪽은 그쪽대로 선박 회사에 물으라고 버텼다. 그래서 다시 택시를 타고 회사로 돌아오니 내게 항만사무소로 가라고 했던 접수대 아가씨가 기다리라고 했다. 나는 로비 벤치에 앉아 기다렸다. 한 시간 뒤에 다시 묻자 다시 기다리라고 했다. 나는 기다렸다. 접수대 아가씨는 어딘가 전화를 걸거나 신문을 읽기도 하고 도시락을 먹거나 동료와 수다를 떨었다. 아침 9시에 집을 나왔는데 이미 오후 3시가 넘었다. 오후 4시, 접수대 아가씨가 일어나기에 기대를 담아 벤치에서 일어났다. 그러나 접수대 아가씨는 그대로 어딘가로 사라졌고 대신 다른 접수대 아가씨가 와 카운터에 자리를 잡았다. 나는 새로운 아가씨에게 처음부터 다시 이곳에 온 이유를 말했다. 그러자 그녀가 말했다.

"그런 걸 여기서 알 수 없어요. 항만사무소에 물어보세요."

나는 선박 회사를 나와 버스를 타고 집으로 돌아왔다.

그래서 포기했느냐면 천만의 말씀, 할아버지 사건은 내 안에서 다시 불타올랐다. 이번 불은 열일곱 때처럼 격렬하거나 뜨겁지는 않았으나 논리정연하고 차갑게 나를 달궜다. 나의 모든 인격을 먼지처럼 날려버릴 충격적인 사실을 사장에게 들을 때조차, 그 작은 불꽃이 사라지는 일은 없었다.

그날, 나와 사장은 군마현의 곤약 농가를 방문 중이었다. 우리는 일본산 곤약을 대만에 소개할 계획이었다.

곤약 공장 견학을 마치고 호텔로 돌아오는 택시 안에서였다. 일과를 끝낸 해방감, 편안한 피로감과 성취감까지 더해져, 그날 사장은 평소보다 수다스러웠다.(밍첸 삼촌의 친구들이 하나같이 수다스러운 건 왜일까?) 자신의 음란한 밤에 대한 기대도 있었을지 모른다. 사장이 일본에 현지처를 두고 있다는 건 다 아는 사실이었다. 어쨌든 내 여자관계를 집요하게 물었다.

나와 시야메이링이 사귀는지, 나는 전혀 자신이 없었다. 그녀를 좋아하는지 아닌지도, 감히 생각해보지 못했는지도 모른다. 첫사랑이 남긴 교훈을 잊지 않도록, 언제 자연스럽게 이별의 말을 듣더라도 아무렇지 않으려고 마음의 준비만은 단단히 했다. 그 마음가짐은 시야메이링과 결혼한 후에도 전혀 풀어지지 않아, 결국 우리 이혼의 원인이 되었다. 시야메이링은 매력적인 여성이었던 터라 애정 같은 걸 느끼고 있었다. 하지만 당시의 내가 그녀를 생각할 때는 늘 당치도 않은 모습이 따라왔고 그것은 성욕과 구분되지 못한 애정이었다. 다행히 나는 대만, 상대는 일본에 살아서 나는 내심을 들키지 않고 미지근한 관계를 즐길 수 있었다.

"뭐, 도쿄에 비슷한 사람이 있습니다." 나는 결국 버티지 못하고 털어놓았다. "연인인지 아닌지는 잘 모르겠지만."

"누군지 맞춰볼까?" 사장이 씩 웃었다. "다쓰미산업의 통역 아가씨?"

"……."

"딱 보면 알지."

쥐구멍이라도 있으면 들어가고 싶은 심정이었다. 그런 기분이 된다는 것 자체가 시야메이링을 부정하는 일이다. 자신이 말도 안 되는 놈이라는 생각이 들었다. 그러나 모든 남녀 관계가 그렇듯 파도와 바람이 일지 않을 때는 자기혐오조차 대충 넘길 수 있다. 그리고 아주 많은 시간이 흐른 뒤에야, 둘의 관계가 더는 돌이킬 수 없을 데까지 뒤틀렸을 때야, 모든 균열이 시작된 시점으로서 비로소 아련하게 떠올리는 것이다.

"자네가 사과하기 전에 말해두는데, 사과할 일은 아니야." 사장이 아는 체했다. "그 아가씨도 사정이 많은 듯하니까."

"사정이라니…… 그녀에게 무슨 일이 있나요?"

"그녀의 아버지는 다쓰미 사장의 오랜 친구라고 하더군. 그래서 다쓰미에게 딸을 맡겼다네." 사장은 거기서 말을 끊었는데 그것은 망설인다기보다 이야기의 효과를 높이기 위한 것 같았다. "다쓰미의 말로는, 대만에 있었을 때 그녀는 연인을 잃었다더군."

"죽었단 말입니까?"

"병역 중 사고였다고."

"어느 부대였나요?"

"해군 육전대라고 했어."

그 말을 듣는 순간 시야가 획 일그러졌다. 드럼통에 떠밀려 들어가 산에서 굴러떨어졌던 일이 바로 눈앞에서 되살아났다.

"훈련 중 사고였다네. 육전대 신병에게 10킬로그램이었나 20킬로그램이나 하는 장비를 메게 하고 바다에 떨어뜨린다는 건 유명한 일화지. 그리고 한 시간이나 두 시간 후에 다시 배로 끌어 올리지. 그래서 매년 사람이 죽어."

뭐라고 대답해야 할지 몰랐다.

"그러니 그녀에게 자네 같은 연인이 생기면 기쁠 일이지. 그녀에게도, 자네에게도."

일단은 애매하게 "네"라고 대답했는데 사장이 뭘 보고 "자네에게도"라고 했는지 잘 이해할 수 없었다.

"밍첸이 많이 걱정했어."

"그래요?"

"아니, 자네 전 여자친구는 피가 이어진 남매였을지도 몰랐다며?"

"……."

"가령 1퍼센트라도 그럴 가능성이 있으면, 뭐, 그거지…… 내 말이 뭔지 알겠지? 그런데 자네는 이미 시야 씨와 사귀고 있어. 그건 곧 자네들이 과거와 결별했다는 소리지. 적어도 앞을 향해 나아가고 있다는 말이야. 안 그런가?"

나는 재빨리 창밖으로 고개를 돌렸다. 해가 지는 어스름한 풍경 위에 눈을 부릅뜬 창백한 얼굴이 훌쩍 떠올랐다. 그게 창문 유리에 비친 자신의 얼굴임을 깨닫는 데 조금 시간이 걸렸다. 방금 들은 말에 뇌가 불끈거렸다. 방대한 정보와 그때까지 사용한 적 없는 추억의 단편이 순식간에 머리로 흘러들어, 숨도 쉴 수 없을 정도였다.

내 전 여자친구?

그거 마오마오 아닌가?

피가 이어져?

"예치우성, 왜 그래?"

"죄송해요……. 차멀미가 나서."

"미안하네. 괜한 생각을 하게 했나?"

나는 고개를 저었다. 이 남자의 목을 졸라 죽이고 싶었다. 시큼한 것이 위에서 올라왔다. 지금 당장 밍첸 삼촌에게 전화해 따져 물어야 한다. 머릿속에는 그 생각밖에 없었다.

내 혼란과 살의를 싣고 택시는 영원이라고 여겨질 만한 시간을 달려 드디어 목적지인 호텔에 도착했다. 여기서도 나는 몸이 좋지 않다는 이유로 사장에게서 도망쳐 재빨리 자기 방에 틀어박혔다. 곧장 국제전화를 걸었으나 밍첸 삼촌은 회사에도 융허의 자기 집에도 우리 집에도 없었다.

"왜 그래, 치우성?" 어머니의 목소리는 회선 안에서 툭툭 끊겼다. "무슨 일이니?"

"무슨 일이라니!"

소리치면 그 기세로 모두 다 내뱉어버리려던 참이었다. 어머니, 몰랐어?! 마오마오와 내가 남매일지 모른다니, 도대체 무슨 소리야?!

"아냐. 아무것도 아니야." 간신히 억눌렀다. 여기서 잘못 입을 놀렸다가는 돌이킬 수 없는 일이 벌어진다. 만약 사장의 말이 사실이라면 이는 가족의 위기였다. "물어보고 싶은 게 좀 있어서."

"물어보고 싶은 거? 너, 이제 그만해라."

"……응?"

"이제 그 사람에게 포르노 비디오 사주지 마라." 어머니가 말했다. "세관에 잡히는 사람은 너니까."

어머니의 착각에 진심으로 감사하면서 수화기를 내려놓았다. 그리고 방 안을 원숭이처럼 돌아다녔다. 언제였더라, 샤오메이 고모가 마오마오의 유산 이야기를 꺼냈을 때, 우리 집 식탁은 평소와 다름없이 평화롭기 그지없었다. 어머니는 줄 줄기를 불평했고 할머니는 결혼하지 않는 고모를 타박했고 아버지는 배에 기생충을 가득 담고 산 아이 뉴스를 보며 얼굴을 찌푸렸다. 마오마오의 화제는 곪은 부스럼처럼 조심스러운 게 아니었다.

그렇다면 밍첸 삼촌 말고는 아무도 이 사실을 모른다는 건가? 손톱을 씹으면서 내가 떠올린 것은, 마오마오와의 마지막,

문을 사이에 놓고 나눴던 대화였다.

'나는 정말로 네가 좋았어.'

'이번 생에서는 인연이 아니었던 거야.'

그러니까 마오마오는 알았단 말인가? 그래서 나와 헤어졌나? 배 속 밑바닥에서 끓어오르는 구역질의 정체는 웃음의 발작이었다. 나는 침대에 엎어져 몸을 비틀며 웃었다.

"설마! 그런 일이. 말도 안 돼!"

눈물과 침을 흘리면서 웃고 또 울었다. 옆구리가 결렸고 그게 또 웃겨 더 웃었다.

"밍첸 삼촌의 허풍이야. 틀림없어!"

전화벨이 울려 나는 달려들었다.

"여보세요!" 일본에 있다는 사실을 잊고 중국어로 받고 말았다. "밍첸 삼촌?!"

"나예요." 시야메이링의 조심스러운 목소리가 돌아왔다. "왜 그래요? 그렇게 헐떡이고?"

"아아, 아니……" 일어나 이마의 땀을 닦았다. "대만에서 올 전화를 기다리던 참이라."

"지금 호텔 로비."

나는 방 번호를 말한 뒤 전화를 끊고 세면실로 가 얼굴을 씻었다.

내가 일본에 올 때는 대체로 그녀가 호텔로 찾아왔다. 도쿄에 있는 그녀의 아파트에서 만난 적도 있는데 시야메이링은 호텔에 오는 걸 선호했다. 평소보다 좀 더 차려입고. 나와의 밀회를 일상생활과는 별개의 것으로 여기고 싶은 것이다. 그녀는 일상과 연애는 어울리지 않는다는 정답을 알고 있었으나 나는 둘 다에 관심이 없었다. 내가 하고 싶은 일은 연애가 아니라 마오마오를 이 팔에 품는 것이었다. 내가 바라는 것은 평안하고 행복한 생활이 아니라 마오마오와 한없이 걷는 일이었다. 그걸 깨닫고 경악했다.

그리고 조용한 노크 소리가 들렸다.

나는 거울을 바라보며 수건으로 얼굴의 물기를 닦고 양손으로 머리를 다듬고 웃는 얼굴로 그녀를 맞이했다. 걱정은 걱정으로, 기만은 기만으로 미뤄둘 수 있을 정도로, 나는 어른이 되어 있었다.

나와 눈이 마주치자마자 밍첸 삼촌은 몸을 돌려 달리기 시작했다.

물론 나도 아스팔트를 발로 차며 쫓아갔다. 찻길을 가로질러 건너가는 바람에 여기저기서 급정거하는 소리가 나고 경적과 욕설이 잔뜩 날아왔다.

"거기 서!" 나는 밍첸 삼촌의 이름을 계속 불러대며 추격했다. "이대로 평생 도망칠 수는 없잖아!"

고개 너머로 돌아보는 삼촌의 얼굴은 공포와 후회로 일그러져 있었다. 사장에게 무슨 말을 들은 게 틀림없다. 그런 생각이 들자 내 속도가 더 올라갔다. 한편, 늘 이랬다저랬다 하고 경박해 믿을 수 없는 밍첸 삼촌의 숨은 턱끝까지 차올랐다. 사람이란 쉬운 일만 하고 지내면 이 모양이 되는 법이다.

"멈추라고 했지!"

기어이 샤오난먼의 아지우 과일 트럭 바로 앞에서 삼촌의 뒷덜미를 잡는 데 성공했다.

"내게서 도망칠 생각하지 마!" 머리에 대고 고함쳤다. "지구 끝까지 쫓아갈 테니까!"

아지우의 새 구관조가 흥분해 새장 안에서 퍼드득거렸다.

밍첸 삼촌은 폭포 같은 땀을 흘리고 얼굴을 벌겋게 상기시킨 채 공기를 탐했다. 정직한 아지우가 도대체 무슨 일인가 싶어 고개를 내밀고 이쪽을 살폈다.

"자, 말해!" 삼촌의 메마른 어깨를 잡고 흔들어댔다. "사장이 한 말이 진짜야?! 아는 걸 다 말하라고!"

삼촌은 허리를 숙이고 헐떡였다. 나는 그가 진정하기를 기다렸다가 근처 빙수 가게로 끌고 갔다.

"자, 어서!"

밍첸 삼촌은 고집스럽게 입을 다물고 있었다. 삼촌에게는 말해도 지옥, 말하지 않아도 지옥인 상황이었다.

"말하라고!" 나는 주먹을 내밀었다. "빨리!"

그리하여 삼촌은 마침내 체념하고 마지못해 이야기하기 시작했다.

"마오마오의 어머니 이야기는 알지?"

나는 삼촌을 노려봤다.

"젊었을 때 아주 요란하게 남자랑 놀아났지. 그리고 네 아버지와도 한때 그런 사이였고."

"……."

"아주 짧은 시기였으나 뭐, 임신이란 5분이면 가능하니까." 애당초 입만 산 삼촌이다. 일단 입을 떼자 경계가 없었다. "말해두겠는데 네 아버지와 어머니가 만나기 전 일이야. 그때 형은…… 네 아버지는 책임지고 마오마오의 어머니와 결혼하려 했어. 하지만 그 여자에게는 다른 남자도 있었지. 그리고 배 속에 있던 아기는 당신 아이가 아니라고 딱 잘라 말했대. 지금도 기억해. 형은 별로 낙담하지 않았어. 그녀에게 형은 두 번째는 커녕 세 번째도 아니었으니까. 보라고, 집안은 의사지? 아버지 시에 선생은 온후한 사람이었지만, 전부터 사람을 깔보는 부분이 있었으니까. 뭐, 네 할아버지가 그런 성격인지라 시에 선생의 눈에는 교양 없는 야만인으로 비치지 않았을까? 부인도 마찬가지고. 이건 뚱보가 한 말인데, 어릴 때 나랑 놀지 말라고 했다더라. 그 노인네가 우리 집에 마작이라도 하러 오면 우리 어머니는 아침부터 난리였지. 그래! 너도 어렸을 때 키우던 닭을 그 노인네가 먹어 치운 적도 있잖아."

어린 시절, 나는 닭을 키웠다. 지금도 키우고는 있지만, 전혀 의미가 달랐다. 그건 내가 할아버지에게 받아 병아리 때부터 키운 닭이었다. 어느 날, 학교에서 돌아오니 어머니가 그 닭의 머리를 자르고 피를 뽑고 있었다. 울면서 왜 그런 짓을 했냐고 묻자 어머니는 "시에 할머니가 먹고 싶다고 하셨다"라고 대답했다. 그 후 나는 마오마오의 할머니를 아주 싫어했다.

"대만에 막 건너왔을 무렵, 광저우지에에는 다른 의사가 없었으니까. 모두 그 집을 어려워했지……. 아, 그리고 어디까지 이야기했더라……. 아아, 맞다. 끝내 마오마오의 어머니는 다른 남자와 결혼했고 조금 있다가 마오마오와 여동생이 태어났어. 이 이야기는 여기서 끝났지. 우리도 다 잊고 있었어. 너와 마오마오가 사귀기 전까지는 말이야. 네가 군대에 가 있는 동안 마오마오는 엄마에게 너와의 관계를 자연스럽게 흘렸어. 어떻게 됐을 것 같니? 그 여자는 말이야, 동생인 뚱보를 이용해 딸을 설득시켰어. 그런 일을 억지로 떠맡다니 뚱보 녀석 참 속도 좋아. 네 악담을 수없이 했지. 하지만 마오마오는 들으려고도 하지 않았어. 그래서 끝내 말하고야 말았어. 어쩌면 너와 마오마오는 피를 나눈 남매일지 모른다고. 아니, 사실 너희는 남매가 아닐 수도 있어. 하지만 누가 알겠니? 만에 하나라는 게 있잖아? 너도 힘들었겠으나 마오마오도 한동안 정말 앙상하게 마른 채 유령처럼 지냈다. 저기, 치우성. 어쩔 수 없는 일이란 게 있단다. 형도 마오마오의 어머니도 아무래도 찜찜한 부분이 있어. 그런 위험한 다리를 건널 수는 없잖아? 아무리 생각해도 헤어지는 게 좋아……. 어이, 치우성, 괜찮아?"

나는 주먹으로 테이블을 내리치고 곧장 빙수 가게를 뛰쳐나왔다.

"이봐, 치우성! 치우성!"

밍첸 삼촌에게 화풀이를 해봤자 소용없는 일이겠으나 자신으로서도 어쩔 도리가 없었다. 부글대는 게 머리를 뚫고 올라오고 콧속을 휘갈기며 눈물이 되어 눈에서 툭툭 떨어졌다. 어깨를 들썩이며 헉헉 거친 숨을 몰아쉬면서 식물원으로 도망쳐 들어갔다.

한여름의 식물원은 한산했다. 연못가에서 웃으며 속삭이는 소리가 들려왔다. 1983년 그 무렵, DNA 감정이라는 말은 들어본 바 없었다. 피의 금기는 결단코 어쩔 수 없는 일이었다. 나는 어린애처럼 오열하면서 걸어, 지나치는 사람을 전율케 했고 완벽하게 푸른 하늘을 향해 울부짖었다.

'그럼, 나, 결혼할게.'

목이 아플 때까지 수없이, 수없이, 목소리를 쥐어짰으나 아무리 울부짖어도 귀에 남아 있는 마오마오의 서글픈 목소리를 지울 수 없었다.

제13장

# 바람에 실려 들어올 수 있어도
# 소가 끌어도 나갈 수 없는 장소

나는 점점 고집스럽게 할아버지 사건에 매달렸다. 심리학에서 말하는 방어기제가 작동했을지 모른다. 프로이트가 주장한 '퇴행'은 견딜 수 없는 일에 직면했을 때, 인간의 마음이 더 유치한 발달단계로 돌아간다는 것이다. 그렇다, 견딜 수 없는 일 따위 하나도 없던 시절로. 그럼으로써 괴로운 현실에서 도피할 수 있다. 마오마오와 관련해 내가 받은 두 번째 타격은 쌀겨처럼 내 마음을 아주 쉽게 과거로 날려버렸다는 것이다.

산둥성의 마 할아버지와 연락하는 일은 거북이처럼 한없이 느렸으나 착실히 진전되었다.

일본 출장 중 내가 직접 넣을 때도 있었지만 시야메이링을 번거롭게 하기도 했다. 그럴 때는 우선 마 할아버지에게 부치는 편지를 이중으로 봉투에 넣고 일단 대만에서 일본으로 보낸다. 그리고 시야메이링이 겉봉투 안에 숨은 진짜 봉투에 우표를 붙여 도쿄의 한 우체국에서 보내는 방법이었다. 몇 번의 우편 사고가 있었으나 중국 본토에서의 편지는 이 반대 과정을 거쳐 내게 도착했다.

이런 편지 교환으로 밝혀진 것은 마 할아버지가 실은 슈알후에 관해 제대로 모른다는 사실이다. 슈알후는 국민당 유격대장이었고 마 할아버지는 공산당이었다. 물과 기름 같은 둘의 인연을 이어준 것은 내 할아버지 예준린이다. 슈알후가 공산당에 잡혔을 때 마 할아버지가 그를 풀어준 것도 내 할아버지가 뒤에서 손을 썼기 때문이다. 할아버지 시대의 의리는 의형제의 의형제도 내 의형제, 그 한마디면 족했다. 자신은 잘 모르는 남자라도, 그게 의형제가 믿는 남자라면 그것만으로도 그 남자를 위해 위험을 무릅쓰는 이유로 충분했다.

'미안하구나, 손자야.' 편지에서 마 할아버지는 나를 '손자'라고 불렀다. '그래서 슈알후의 아들 얼굴은 모른단다. 내가 슈알후를 만난 것은 녀석을 묶어둔 밧줄을 끊고 감옥에서 내보낼 때뿐이었단다.'

나는 이렇게 답장했다.

얼마 전에 리융썅 할아버지에게 사진을 보내셨죠? 죽은 줄 알았던 왕커창의 아들이 사허 마을로 돌아왔을 때 마을 사람들과 함께 도깨비불 사당 앞에서 찍은 기념사진이요. 그 안에 감색 외투를 입은 마른 남자가 슈위우원입니다.

중간에 한 번의 우편 사고를 끼고 다음 편지가 도착한 것은 다섯 달이 지나서였다.

내게 있던 사진은 그거 한 장뿐이었단다. 그걸 리융썅에게 보냈으니 지금은 없구나. 그런데 마을 사람들에게 보여달라고 했더니, 손자야, 다들 네가 말한 감색 외투를 입은 마른 남자는 왕쥬에라고 하는구나. 네가 슈위우원이라고 한 사람은 왕커창의 아들이야. 둘이 비슷할지 모르겠으나. 사진이라면, 손자야, 네 사진을 보내주지 않겠니? 예준린의 손자라면 내 손자나 마찬가지니까. 나이는 얼마나 먹었니? 결혼은 했니?'

어느 정도 예상한 전개였으나 그래도 온몸이 덜덜 떨렸다. 역시 둘은 동일 인물이었다. 손이 너무 떨려 펜을 들고 있을 수조차 없었다. 갑자기 군대 시절 분신사바가 떠올랐다. 내가 할아버지를 죽인 범인을 묻자, 분신사바는 우리의 손가락을 '왕' 자로 이끌었다. '고도열장'이라는 네 글자, 의리 있고 인정 많은 남자.

왕쥬에.

책상 서랍을 열어 할아버지가 권총과 함께 숨겨 놓은 흑백 사진을 꺼냈다. 뒤에 휘갈겨 쓴 '1939년, 칭다오, 왕커창 일가 4인, 일본군 점령 하의 칭다오시 정부청사 앞에서'를 전기스탠드 빛에 비추었다. 그리고 사진을 뒤집었다. 관청 같은 건물 앞에서 찍은 왕커창 일가, 벽에 적힌 '축 칭다오 점령'이라는 글자. 나는 왕커창 옆에 선 대여섯 살쯤 되는 남자아이를 물끄러미 바라봤다. 너무 큰 외투 아래에서 그 작은 몸이 잔뜩 굳어 있는 듯 보였다. 귀마개가 달린 모피 모자를 쓰고 카메라를 노려보고 있었다. 고집스러운 표정이었다. 이 아이가 왕쥬에임이 분명하다. 주먹을 꼭 쥐고 있는 것으로 보아, 누군가에게 화가 나 있는 걸까.

나는 사진 속의 왕쥬에와 기억 속의 위우원 삼촌을 겹쳐봤다. 너무 황당무계한 일처럼 느껴졌다. 하지만 만약 둘이 정말 동일 인물이라면 위우원 삼촌에게는 할아버지를 죽일 동기가 있다. 뭐라든 할아버지는 왕쥬에의 아버지 검은 개를 죽였으니까. 화이하이전투라는 사지에서 도깨비불의 인도로 생환한 할아버지는 할머니와 아버지, 밍첸 삼촌과 샤오메이 고모를 마 할아버지에게 맡기고 바로 슈알후의 가족을 구출하러 갔다. 슈의 집으로 뛰어들었을 때 슈알후의 아내와 두 딸은 이미 누군가에게 살해된 뒤였다. 남자아이 혼자 거름통에 숨어 난을 피했다. 할아버지는 그 사람을 당연히 슈위우원이라고 생각했다.

'네가 슈위우원이니?'

'나는 네 아버지 부하야.'

'자, 나랑 같이 가자!'

그리고 위우원 삼촌을 대만으로 오는 배에 태웠다. 위우원 삼촌이 슈 일가를 모두 죽인 범인일지 모른다는 한 점의 의심도 없이. 도통 알 수 없는 것은 삼촌은 왜 할아버지를 죽일 때까지 26년이나 기다렸냐는 것이다. 주도면밀하게 완전 범죄를 준비한 걸까? 가오잉썅의 조직에 뛰어들어 싸울 때의 위우원 삼촌의 모습이 눈앞에 떠올랐다. 그때 위우원 삼촌은 같이 가겠다는 나를 제지하며 이렇게 말했다.

'절대 올라오지 마라. 더는 가족이 상처받는 일은 보고 싶지 않아.'

그건 무슨 뜻이었을까? 우리를 가족이라고 하면서 왜 할아버지를 죽였을까? 아니면 살해한 후 뜻하지 않게 가족의 정에 사무쳤나? 사진으로 눈을 떨구었다. 그날 밤, 순찰차에 끌려 들어가기 전 삼촌은 이 사진을 봤다. 눈을 부릅뜬 삼촌의 얼굴을, 나는 아직도 잊지 못하고 있다. 위우원 삼촌은 멀거니 서 있다가 갑자기 격렬하게 기침하며 땅에 쓰러졌다. 그건 폐병 탓이 아니라, 내가 군대 때 수없이 망상했듯 이 사진이 일으킨 과잉 반응이었을까?

사진을 봉투에 넣고 오른손을 세게 쥐었다 폈다를 반복한 후 펜을 들어 편지를 마무리했다.

동봉하는 것은 할아버지가 가지고 있던 왕커창 일가의 사진입니다. 혹시 마 할아버지가 할아버지에게 보냈나요?

지렁이가 기어가는 듯한 글자밖에 쓸 수 없었다. 한동안 생각에 잠겼다가 편지지를 구겨 쓰레기통에 던졌다. 새로운 편지지로 다시 몸을 돌리고 전기스탠드를 잡아당겨 다시 처음부터 글자를 하나씩 늘어놓았다.

내년에 한번 산둥성에 가보고 싶습니다. 장징궈가 대만인의 중국 방문을 금하고 있으나 도쿄의 중국대사관에서 비자를 받을 수 있을 겁니다. 마 할아버지에게 부탁드리고 싶은데, 왕쥬에가 어디 사는지 알아봐 주셨으면 합니다.

머릿속으로 계획을 세우면서 신중하게 문장을 이어 나갔다. 손의 떨림은 꽤 가라앉았다.

사실은 할아버지 유품 가운데 왕커창 일가의 사진이 있었습니다. 할아버지는 돌아가시기 전까지 검은 개를 죽인 걸 후회하신 듯합니다. 할아버지 덕분에 우리 일가는 대만에서 편안하게 살았습니다. 그리고 스물다섯이 된 지금, 저는 할아버지에 대해 더 알고 싶습니다. 필경 그것은 저의 뿌리를 아는 걸 테니까요. 황색 대지를 모르면 우리는 뿌리 없는 풀이 되고 맙니다. 인생이란 한때의 꿈에 불과한데 〈몽리부지신시객〉(夢里不知身是客, 꿈속에서는 자신의 몸이 타향에 있음을 알지 못하네.)이라는 송나라 시도 있지 않습니까. 그 전쟁으로부터 35년이라는 시간이 흐른 지금, 왕쥬에 씨를 한번 만나 당시 이야기를 듣고 싶은 생각이 강합니다.

검은 개를 죽인 일을 할아버지가 후회했으리라고는 도저히 생각할 수 없었으나 다소의 거짓말은 도움이 되리라. 펜이 멈췄다. 정말 거짓말일까? 만약 할아버지가 후회하지 않았다면 왜 그런 사진을 평생 소중히 숨기고 있었을까?

나는 사진을 다시 봉투에서 꺼내 한동안 바라본 후 편지를 마무리했다.

허나 저에 대해서는 절대 왕쥬에에게 알리지 말아주세요. 탈 없이 고향에 도착하면 반드시 마 할아버지에게 그 이유를 말씀드리겠습니다. 그러나 지금은 부디 비밀로 해주십시오. 마 할아버지의 건강을 기원합니다. 추신. 제 사진도 동봉하겠습니다. 작년 말에 도쿄 메이지 신궁이라는 곳에서 찍은 겁니다. 옆에 찍힌 사람은 지금 제가 사귀고 있는 아가씨입니다.

1983년 10월, 나는 쌍십절 휴가를 이용해 처음으로 출장이 아니라 순수하게 시야메이링과 지내기 위해 일본에 왔다. 우리가 사귀게 되고 무사히 2년이 지난 것을 기념하기 위해서였다.

총양루 보석 가게에서 비취 귀걸이를 사 간 내게, 그녀는 세이코의 멋진 시계를 선물해 주었다.

3박 4일의 체류 중에 우리는 다양한 곳을 찾았다. 아사쿠사에서 유람선을 타고 스미다강을 내려갔다. 도쿄타워에 올랐다. 메이지 신궁에 참배하고 요코하마의 차이나타운까지 갔다. 시야메이링이 고라쿠엔 야구장 내야석 표를 입수해 우리는 자이언츠가 야쿠르트를 물리치고 2년 만에 리그 우승을 거머쥐는 일전을 관전했다. 그녀가 사는 나카노 상점가에서는 다음 날부터 우승 세일을 대대적으로 펼쳤다.

그리고 아주 오랜 시간을 들여 사랑을 나누었다.

도쿄에서는 가로수에 물이 들며 날마다 가을이 깊어졌다.

깊고 부드러운 사랑의 행위를 끝낸 후 나는 시야메이링을 품에 안고 조심스레 그녀의 방을 둘러봤다. 흰색을 바탕으로 한 방은 딱 알맞게 정돈되어 있었다. 내가 방문할 때마다 늘 그렇듯. 가구는 고가는 아니나 목조로 통일되어 있었다. 지금은 꽃무늬 커튼으로 가려져 보이지 않으나 창밖에는 커다란 은행나무가 있었다. 벽의 유화 〈푸른 바다 앞의 하얀 등대〉는 그녀가 고등학생 때 그린 것이다. TV, 스테레오, 작은 책상과 그 옆의 나무 책장. 일본어 교재, 영어 교재, 사전, 일본 소설, 대만 소설…….

"왕쉬안의 책이 있네."

그녀는 고개를 들어서 내 시선을 따라왔다.

"알아?"

"군대에 있었을 때 친구에게 빌려 한 권 읽었……다고 해야 하나. 단편 몇 개를 주워 읽었어."

"그랬구나." 그녀는 내 옆에 엎드려 양팔로 몸을 지탱했다. "내게는 좀 어려웠어. 재밌었어?"

"이제는 거의 기억나지 않아." 나는 천장을 올려다봤다. "하지만 그 친구는 이 작품의 영향을 받아 시를 썼어."

짧은 침묵 뒤에 그녀가 입을 열었다.

"저기, 우리 관계는 뭘까?"

나는 양손을 머리 뒤로 돌려 깍지를 끼고 다시 잠자코 천장을 올려다봤다. 상점가의 소음이 커졌다. 머리가 차가워지는 걸 느끼면서 대답했다.

"자유로운 관계라고 할까?"

말이 입에서 떨어진 순간, 시야메이링도 쓱 차가워졌다는 걸 알 수 있었다. 그녀는 애매한 미소로 자신을 지키며 부드럽게 나를 나무랐다.

"지금은 아직 결혼까지는 생각할 수 없어." 나는 무겁게 말했다. "만약 당신이 묻는 게 그거라면."

"아니, 그건 아니야." 그녀는 걱정스럽게 내 눈을 들여다봤다. "당신이 할아버지 일로 중국에 간다는 걸 알아."

침몰할 듯한 피로가 덮쳤다.

그날 오후, 나는 혼자 모토아자부에 있는 중국대사관에 가, 비자 발급에 대해 이리저리 질문했다. 분명 대만을 떠나기 전부터 계획한 일이나 그게 이번 여행의 목적은 아니었다. 나는 시야메이링과의 2주년을 기념하려고 일부러 대만에서 온 것이다. 오해할지도 모르겠구나, 그런 어림짐작이 나를 초조하게 했다. 그러나 더 나를 초조하게 만든 것은 그녀가 사실은 아무것도 오해하지 않았다는 점이다.

"나, 중국에 가." 내 말투는 내가 생각해도 놀랄 정도로 잔혹했다. "그래서 아무것도 약속할 수 없어."

"그냥 물어본 거야. 신경 쓰지 마……. 미안해."

"사과하지 마."

"하지만……."

"앞으로의 일은 모르겠다고 말하고 싶었을 뿐이야."

"응."

"나는 당신의 모든 걸 원하는 건 아니야."

"……."

"우리가 사귀기 시작했을 때 당신이 말했지. 우리는 모두, 늘 우리가 누군지 모른다고. 그 말은 곧 나도 다른 사람 대신이라는 거지?"

"말도 안 돼……."

"아니라고는 못 할걸." 벽의 그림을 가리켰다. "당신 연인, 바다에 빠져 죽었지? 우리 사장이 그러더라."

그녀의 민낯은 거의 가면처럼 미소 속에 녹아 있었다.

"그런데 당신은 저런 그림을 걸어놓고 있네, 왜? 그를 잊지 못했기 때문 아닐까?"

시야메이링은 아무 말도 하지 않았다. 그저 미소만 지었다. 미소를 짓지 않으면 얼굴이 녹아버릴 거라고 말하듯.

"그러면 안 된다고 말하려는 게 아니야." 나는 말했다. "그저 우리 관계가 뭔지, 지금은 아직 생각할 여력이 없어."

나는 진정한 쓰레기였다.

해가 바뀐 1월 18일 오전 11시. 나는 차 안에서 감옥 문이 열리기를 초조하게 기다렸다.

차가운 비가 쏟아졌다. 음울한 날이었다.

타이베이 감옥의 벽은, 교도소 벽답게 회색으로, 거의 시적이라고 할 수 있을 정도로 더러운 비와 어울렸다. 빼곡하게 쳐진 철조망에 걸려 바람에 나부끼는 비닐봉지가 애달프게 몸을 비틀고 있다. 감옥 문 주변에는 과일과 담배를 파는 노점상이 처마 끝에서 빗방울을 떨어뜨리며 음울하게 자리 잡고 있었다.

앞 유리창에 웅덩이를 만들고 있는 빗방울을 멀거니 바라보면서, 나는 담배에 불을 붙였다.

중국으로 건너가는 것은 형무소에 들어가는 것이나 다름없다. 의지만 있으면 바람을 타고도 갈 수 있다. 다만 대만으로 돌아오는 순간 투옥될 수도 있다. 당국이 간첩 혐의를 씌워 고문할지도 모른다. 길을 걷고 있는데 머리 위에서 딱딱하고 무거운 게 떨어질지도 모른다. 두고두고 성가신 일이 벌어질 것은 불 보듯 빤했다. 가족에게도 화가 미칠지 모른다. 가령 소가 끌어낸다고 해도 누구도 이 진흙탕에서 벗어날 수 없다.

그래도 내 결심은 흔들리지 않았다. 할아버지의 추태를 지긋지긋하게 봐온 우리 가족이니 이 정도는 일도 아닐 것이다. 나는 아버지에게 흠씬 두들겨 맞을 것이다. 어머니도 때릴 테고 할머니도 가만히 있지는 않을 것이다. 오직 밍첸 삼촌만이 재미있어할지 모르나 그런 삼촌을 샤오메이 고모는 한심해할 것이다. 그리고 모두가 내 이야기를 듣고 싶어 하리라. 마지막으로 리 할아버지와 구오 할아버지까지 와서 할아버지의 피와 뼈가 차세대로 이어졌음을 기뻐하리라.

위우원 삼촌을 만나 어쩔 셈인지 자신도 알 수 없었다. 할아버지가 살해당하고 10년이라는 시간이 흘렀다. 욕조에 잠긴 할아버지를 발견했을 때의 충격은 내 안에서 딱딱한 결정으로 변해 매우 다루기 쉬워졌다. 적어도 지금 당장 범인을 매달고 싶어 안달할 정도는 아니었다. 마음이란 떼쟁이라, 일단 떼를 부리기 시작하면 손 쓸 도리가 없다. 땅바닥에 덜렁 누워 발버둥을 치며 이게 갖고 싶다, 저게 갖고 싶다, 사줘, 사줘, 하며 울부짖는다. 열일곱의 내가 그랬다. 우리는 끝내 마음을 따르거나 아니면 단호하게 앞으로 나아가는 수밖에 없다. 어느 쪽으로 가야 좋은지는 죽을 때까지 모를 일이다. 그렇게 단호하게 마음을 거절하다 보면 우리는 더는 우리가 아니게 되고, 그렇게 우리는 우리가 되어 간다. 우리는 우리 나름대로 그날부터 10년분만큼 걸어왔다. 다른 사람처럼 군대에서 굴렀고 다른 사람처럼 실연의 아픔을 겪었고, 다른 사람처럼 사회에 나가 다른 사람처럼 작은 온기를 발견했다. 만나고 헤어지고 타협하고 포기하는 걸 배웠다. 그것은 그것대로 어른이 되는 과정이었는데 더는 마음을 내버려 두고는 한 걸음도 나아갈 수 없게 되었다.

감옥 문 열리는 소리가 장엄하게 울렸다. 나는 담배를 재떨이에 비벼껐다. 철문이 빼꼼 열리더니 회색 점퍼를 입은 초라한 남자를 내뱉고 다시 트림 같은 소리를 내며 닫혔다.

나는 차에서 내렸다.

샤오잔은 주위를 이리저리 둘러보며 한동안 우두커니 서 있었다. 계속 새장에 갇혀 있다가 어느 날 갑자기, 자, 어디든 가고 싶은 데로 가렴, 하고 풀려난 작은 새처럼. 윗옷 주머니에 손을 찔러 넣고 시원섭섭한 감정이 남은 형무소를 돌아보고 또 돌아보면서 터덜터덜 걷기 시작했다. 쏟아지는 비를 맞아, 꿈도 희망도 없는 듯한 모습이었다. 나는 녀석이 언제 나를 발견할까 싶어 기다려봤다. 녀석이 나를 발견하면 따뜻한 한마디쯤은 건넬 생각이었다. 너는 다 갚았어. 그러니 앞으로 제대로 살아.

그러나 샤오잔은 발을 질질 끌면서 뚱하니 내 앞을 그냥 지나쳤다.

"어이! 무시당하려고 애써 여기까지 온 게 아니야!"

돌아본 샤오잔은 의심스럽다는 듯 눈을 가늘게 뜨더니 갑자기 환하게 웃었다.

"치우성!"

"유감스럽게도 가오잉썅 쪽에서는 아무도 안 왔어." 나는 내뱉었다. "그리고 네 어머니가 '너 같은 자식은 이제 아들도 아니야'라고 전해달라더라."

"젠장!"

우리는 배를 잡고 웃으면서 서로를 꽉 안았다. 샤오잔은 살짝 울었다. 나는 감탄했다. 6년이나 감옥 속에 있던 탓인지, 녀석의 몸은 완벽한 균형을 이루고 있었다. 점퍼 위로도 그 탄탄한 근육을 느낄 수 있었다.

"몸을 단련했어?"

"달리 할 일도 없었어." 그렇게 말하고는 이제야 알았다는 듯 내 모습을 확인했다. "너는 꼭 회사원 같다?"

"네가 담 안에서 쭈그리고 있는 동안 시간이 멈춰 있을 줄 알았어?" 나는 녀석의 목에 팔을 감고 까까머리를 마구 문질렀다. "지금은 밍첸 삼촌 친구 회사에서 일해."

담배를 내밀자 샤오잔은 맛있게 한 모금 빨았다. 연기가 빗속으로 사라졌다. 정말 기분 좋은, 후련한 비였다.

"타." 나는 차 문을 열었다. "뭐라도 먹으러 가자."

"네 차야?" 샤오잔이 눈을 크게 떴다.

"회사 차야."

고등학교 때는 샤오잔이 파이어버드를 운전하고 내가 조수석에 우두커니 앉아 있었다. 지금은 내가 운전하는 닛산 서니의 조수석에 샤오잔이 멀거니 있었다.

"머리를 감는데 물이 뚝 그쳐. 온통 거품을 묻히고 자기도 했어." 샤오잔은 담 안의 일화를 신나게 떠들었다.

닭을 범하는 일도 드물지 않아. 가끔은 남자라도 몸가짐이 나쁜 녀석이 있지. 자동차 절도범인 홍더텐이라는 녀석이 있는데 이 녀석은 여자로 태어났으면 평생 임신하고 있었을 거야. 샤오잔은 6년의 공백을 메우려는 듯 떠들어댔다. 우리가 오래전 비치보이스의 노래를 듣던 미군 방송 AFRS는 이미 사라졌고 대신 ICRT(인터내셔널 커뮤니티 라디오 타이베이)가 맨 앳 워크의 경쾌한 노래를 틀고 있다. 이제 조폭은 지긋지긋해, 샤오잔은 씁쓸하게 말했다. 내가 지금 제일 먹고 싶은 게 뭔지 알아? 취두부야. 정말 죽을 만큼 먹고 싶었어. 다음은 샤오빙 요우티아오(튀겨 낸 긴 빵을 깨를 바른 구운 빵에 끼운 대만의 대표적인 아침 식사)야. 치우성, 알겠냐. 조폭을 하며 더러운 돈을 모았는데 내가 먹고 싶은 건 결국은 한 그릇에 10위안 하는 취두부라고. 초등학생이 하굣길에 사 먹을 수 있는 걸 위해 누굴 찌르거나 쏠 필요가 있겠냐? 안 그래, 그렇지? 취두부와 샤오빙 요우티아오, 그게 내 행복이야…….

"그래서?" 그리고 마침내 내게 물었다. "마오마오는 어떻게 됐냐? 설마, 내가 안에 있는 동안에 결혼이라도 했냐?"

"아냐. 그녀와 잘되지 않았어."

샤오잔의 시선이 옆얼굴을 찔러왔다.

"마오마오는 지금 결혼해서 미국에 살아." 이미 마음의 준비를 끝냈던 터라 나는 차를 운전하면서 평온하게 말을 이었다. "나는 일본에 사귀는 아가씨가 있어."

"일본인이야?"

"가오슝 출신 아가씨야."

"그래?"

"그래." 그리고 자연스럽게 화제를 바꿨다. "그리고 위우원 삼촌은 중국으로 돌아갔어."

샤오잔은 눈을 내리깔았다. 어쨌든 이 녀석은 위우원 삼촌이 애써 구해준 선원 일을 넉 달 만에 때려치우는 바람에 이 꼴이 되었으니까.

"신경 쓰지 마. 조금 멀리 돌아오긴 했지만, 이걸로 네가 가오잉샹과 인연을 끊으면 삼촌은 좋아할 거야."

녀석은 여러 번 고개를 조그맣게 끄덕였다.

"위우원 삼촌에게 집은 대륙이야." 나는 진실과 거짓, 바람을 뒤섞어 말했다. "그래서 나이가 들면서 고향이 그리웠나 봐. 아무리 장징궈가 안 된다고 해도 대만을 버릴 마음만 있으면 어떻게든 되지. 린리푸도 그렇잖아. 리 할아버지와 구오 할아버지도 늘 돌아가고 싶다고 타령하잖아. 뭐, 그 나이에 다시 인생에 파란을 일으킬 것 같지는 않지만. 대륙에는 기억하고 싶지 않은 것도 많을 테고."

"노인들에게는 20년이나 30년은 순간이겠지." 샤오잔이 말했다. "지옥은 죽은 다음에 가는 곳이 아니야. 전쟁이든 나 같은 조폭이든, 사람이 사람을 죽이면 염라대왕에게 평생을 담보로 잡히는 거지. 살아 있는 동안에도 활활 지옥 불이 엉덩이를 태운다고."

고속도로로 들어가 타이베이 방면으로 차를 몰았다. 가는 길에는 어두운 비구름이 낮게 드리워져, 하늘도 길도 회색빛이었다. 누구보다 빨리 달리려는 운전사들이 다른 차에 물방울을 튀기며 무섭게 추월했다. 앞 유리창을 오가는 와이퍼가 좌우로 움직일 때마다 뭔가가 바짝 졸아드는 것만 같았다. 샤오잔은 이야기가 계속되길 기다리고 있었다. 자신의 출소 날에 왜 내가 중국 이야기를 꺼냈는지 생각하고 있었다. 나는 마음을 다잡기 위해 자동차 속도를 일정하게 유지하면서 이야기를 꺼냈다.

"위우원 삼촌이……" 입안이 쩍쩍 달라붙어 소리가 엉켰다. "할아버지를 죽인 사람, 위우원 삼촌이 아닐까 해."

샤오잔이 망연자실한 표정으로 이쪽으로 몸을 돌렸다.

"얼마 전에 리 할아버지에게 중국에서 사진이 왔어." 나는 사실을 하나씩 쓰다듬듯 조심스레 이야기를 이어 나갔다. "옛날에 할아버지가 죽인 남자의 아들이 훌쩍 마을로 돌아왔을 때 다 같이 찍은 기념사진이야. 그 안에……."

"위우원 삼촌이 찍혀 있다고?"

"나는 중국의 마 할아버지에게 물어봤어. 마 할아버지는 공산당이지만, 우리 할아버지의 오랜 친구야. 마 할아버지가 편지로 말하기에는 내가 위우원 삼촌이 아니냐고 물어본 사람이 예전에 할아버지에게 살해당한 남자의 아들이라는 거야. 다른 사람에게도 다 물어봤다고 하니까 아무래도 틀리진 않은 듯해. 위우원 삼촌이 내 진짜 삼촌이 아닌 건 알지?"

"예 할아버지가 전쟁 때 도와준 아이잖아."

"위우원 삼촌은 할아버지의 전우인 슈알후라는 남자가 남긴 아이야. 할아버지가 대만으로 데려와서 아들로 키웠지. 우리 할머니는 너도 알다시피 편애가 심해서 위우원 삼촌을 무척 구박했다더라. 그래서 삼촌은 고등학교를 졸업하고는 바로 병역을 마치고 그대로 배를 탔지. 하지만 다른 가족은 다 위우원 삼촌을 좋아했어. 특히 할아버지는 삼촌의 그런 기질을 아주 마음에 들어 했어. 위우원 삼촌에게는 목숨을 두려워하지 않는 부분이 있으니까."

"그날……, 나는 위우원 아저씨가 진심으로 가오잉썅을 쏴 죽이지 않을까 생각했어."

"나도 그래."

"구치소에서도 우리를 진심으로 걱정했지."

"응."

"그건 연기가 아니었어."

"그런 위우원 삼촌과 할아버지가 죽인 남자의 아들이 같은 사람이라고? 도대체 어떻게 된 건가 생각했어. 아무리 생각해도 전란의 혼란 속에서 할아버지가 착각했을 거라는 생각밖에 안 들더라. 할아버지는 위우원 삼촌이 슈알후의 아들이라고 진심으로 믿었는데 사실은 자신이 죽인 남자의 아들을 계속 키운 셈이지. 위우원 삼촌이 슈알후의 가족을 모두 죽였을지 몰라. 할아버지가 위우원 삼촌을 발견했을 때 상황이 그랬거든. 슈알후 가족이 모두 죽은 가운데 위우원 삼촌만이 살아남아 있었으니까."

"위우원 아저씨의 진짜 아버지는 어떤 사람이야?"

"일본군 첩자였대. 그 녀석 탓에 중국인이 많이 죽었대. 그래서 다들 검은 개라고 부르며 경멸했대."

샤오잔은 생각을 정리할 시간이 필요했다. 침묵을 메우기 위해 담배에 불을 붙였다. 그리고 말했다.

"그러니까 너는 위우원 아저씨가 원수를 갚으려고 예 할아버지를 죽였다는 거야?"

"너도 아까 이야기했지만, 만약 사람을 죽이는 게 염라대왕에게 빚을 지는 일이라고 한다면 위우원 삼촌은 이미 오래전부터 빚투성이야. 그리고 원래 빚쟁이는 빚을 무서워하지 않지. 빚지는 데 마비되어 버려. 그렇지 않아? 그러니까 그게 원수를 갚는 일이었냐고 묻는다면" 나는 말을 끊었다. "응. 그럴 거야."

그 후 타이베이시로 들어올 때까지 우리는 거의 입을 열지 않았다. 오랫동안 마음에 담아두었던 것을 토로한 탓인지 나는 완전히 녹초가 되었다. 아무것도 생각할 수 없었다.

"위우원 아저씨의 진짜 이름이 뭐야?"

"왕쥬에……, 각오할 때의 각이야."

"어쩔 셈이야?"

"중국에 가볼까 해." 나는 말했다. "위우원 삼촌을 만나 확실히 하고 싶어."

"중국에 어떻게 가려고? 헤엄이라도 칠 거야?"

"일본에서 비자를 받아서. 도쿄의 중국대사관 사람들은 친절하더라. 필요한 서류를 이미 다 갖췄으니까 이제 내기만 하면 돼."

"공산당을 믿어?"

"지금은 대만으로 돌아왔을 때가 더 두려워. 가족에게 피해가 갈지 모르니까."

"그래도 가려고?"

"응."

"분명히 해서 어쩌려고?"

"위우원 삼촌이 범인이라고 죽일 셈이냐, 벌써 10년도 전 일인데……, 그렇게 말하려는 거지?"

"그래서, 너는 시간 같은 건 상관없다는 거야?"

"……."

"내 말은 후환이 크다는 소리야." 샤오잔은 목을 움츠렸다.

"하지만 그런 건 해보지 않으면 모르는 일이기도 하지."

길 끝에 위엔산호텔이 보이기에 나는 고속도로를 빠져나왔다. 비 탓에 도로만이 아니라 모든 게 흐릿하게 보였다. 처마를 낸 지붕 아래는 불법 주차한 오토바이가 점거하고 있어서 사람들은 불편을 떠안을 수밖에 없었다. 건물에 달라붙은 스모그가 비에 녹아 흘러나와 벽에 검은 줄기가 생겼다. 빗물에 흘러간 쓰레기가 배수구 격자 위에 산을 이루었고 그 옆에서 소녀가 우산도 없이 버스를 기다리고 있었다. 신은 깨끗한 걸 좋아하는 게 분명하지만, 더러운 거리를 물청소한 걸레를 우리 머리 위에서 짜고 있었다.

"젠장!" 느닷없이 샤오잔이 몸을 내밀며 앞을 가리켰다. "잠깐 저기서 세워 봐."

"왜?" 나는 깜빡이를 켜고 차를 길가에 세웠다. "취두부 가게라도 발견했어?"

"저기 잠깐 가서 사진 찍어 와."

"뭐?" 10미터 정도 앞에 사진관이 있었다. "왜?"

"교도소 안에서 문서 위조범을 알게 됐지." 샤오잔이 씩 웃었다. "이별 선물로 내가 여권을 만들어줄게."

그런 이유로 나는 '런산리양'이라는 이름으로 비자를 신청해 깔끔하게 승인받았다. 걱정할 필요는 하나도 없었다. 중국 측은 진심으로 '대만 복귀에 의한 조국 통일의 완성'을 목표로 하는 듯 여권에 비자 도장을 찍어주는 대신 일부러 따로 발급해 주는 배려를 마다하지 않았다. 이렇게 되면 대만 당국에 내가 중국으로 건너갔었던 사실이 드러날 일은 없다. 그러나 국민당이든 공산당이든, 국민에게 쓴맛을 보여주는 걸 조금도 개의치 않는 기질들이니, 조심스러워 나쁠 게 없다. 그러니까 위조 여권 사용은 이중 보험인 셈이다.

2월 말, 나가노현의 배추밭 견학 후 나는 사장을 호텔까지 데려다주고 그 자리에서 사표를 냈다. 몇 년 후에 자택에서 목을 매달게 되는 사장에게는 아닌 밤중에 홍두깨 같은 일이었을 것이나, 잠시 도쿄의 연인과 함께 살고 싶다는 내 거짓말을 믿어준 데다 헤어질 때 "내가 스무 살만 젊었어도" 같은 말로 이해를 표하기도 했다.

사람이 동시에 두 가지 인생을 살 수 없다면 어떻게 살든 후회는 따르기 마련이다. 중국에 가도 후회하고 안 가도 역시 후회한다. 어차피 후회할 바에는 나로서는 얼른 후회하는 게 낫다. 그러면 그만큼 빨리 다시 시작할 수 있고 다시 시작만 하면 또 다른 데서 후회할 여유도 생길 터이다. 끝까지 파고든다면 그게 바로 앞으로 나아가는 게 아닐까.

나는 신칸센으로 도쿄역까지 가서, 거기서 주오선으로 갈아타 나카노로 갔다. 도쿄역에서는 금발의 남자가 의욕 없이 휴지를 돌리고 있었는데 내게도 슬쩍 건넸다. 바로 이 휴지가 나중에 나를 정신적 궁지에서 구해주었는데, 그때는 물론 그런 사실을 전혀 예측하지 못했다. 나는 평소처럼 두근거리는 마음으로, 또 하던 대로 조금 찜찜한 기분으로 익숙한 상점가를 지나 익숙한 모퉁이를 돌아, 또 익숙한 계단을 올라 시야메이링의 집을 두드렸다.

문을 열어준 그녀에게서 새 비누 냄새가 났다. 그랬다, 평소와 다름없이.

“일찍 왔네.”

“예정했던 것보다 하나 앞 신칸센을 탔어.”

“사표는 냈어?”

“응.”

“밥은?”

“신칸센 안에서 먹었어.”

“들어와.”

열정적일 정도로 무뚝뚝하게 나를 맞아들이는 시야메이링이 가여웠다. 기분 좋게 정돈된 따뜻한 방에, 욕실에서 살짝 수증기가 흘러나오고 있었다. 마룻바닥에 축축한 발자국이 나 있다.

나와 그녀는 거의 완벽하게 좌우 대칭이었다. 그녀에게 없는 것은 내게도 없고 내가 가진 것은 그녀도 가지고 있다. 누가 먼저랄 것도 없이 몸을 맞대면, 그녀가 늘 하는 거짓말을, 우리는 서로를 구속하는 사이가 아니야, 가령 당신이 회사를 그만두고 일본에 오지 않더라도, 마음이 동하면 또 만나면 그만이라는 거짓말을, 온몸으로 느낄 수 있었다. 손바닥으로, 젖은 손끝으로, 감은 머리카락으로, 눈부신 숨결로, 가슴에 짓눌린 유방으로, 서로 얽힌 다리로.

"나도 이제 대만으로 돌아갈까 생각했어." 내 품에 안긴 시야메이링은 그렇게 말했다. "그러니까 좀 더 가볍게 생각해도 되는데."

"당신은 좀 더 자신에게 자신을 가져도 돼." 정을 나눈 후의 만족감과 환멸 속에서, 나는 그녀에게 다가가는 척하면서 실은 그녀와의 사이에 가는 선을 그었다. "그렇게 무리할 필요 없어."

그녀의 커다란 눈동자가 촉촉해지는 일은 없었다. 빰이 붉어지지도, 입술이 떨리는 일도 없었다. 둑이 무너지듯 감정을 폭발시키지도 않았다. 다 알고 있구나, 내 기만 같은 것은. 내내 천장을 올려다보는 그 눈은 건조했고 평소와 다름없이 그저 잔잔했다.

그런데도 나는 그녀가 우는 것만 같았다.

그날, 나는 흐르는 눈물의 뜨거움을 느꼈다.

그러자 그날의 마오마오가 보였다. 문 너머에서 들린 안녕. 내 인생에서 영원히 사라진 마오마오도 울고 있었다. 나는 내 눈물에만 정신이 팔려 그녀의 눈물은 보려 하지도 않았다. 문을 살짝 열기만 했어도 제대로 봤을 텐데.

시야메이링은 울고 있었다. 눈물을 보이지 않고 얼굴을 찌푸리지도 않은 채. 오히려 미소 지으면서.

아아, 그런 건가.

우리는 물고기다. 그래서 아무리 울어도 눈물 같은 건 볼 수 없다. 그녀의 눈물은 떨어지자마자 물에 씻겨 사라진다. 그 모습을 나는 내내 보고도 못 본 척해왔다.

가슴에 뜨거운 덩어리가 올라와, 정신을 차려보니 그녀를 꼭 안고 입술을 맞대고 있었다. 2년이나 사귀었는데 마치 지금 처음으로 시야메이링이라는 여성을 품에 안은 듯했다. 우리의 혀는 말보다 더 많은 대화를 나누었다.

그녀가 빙긋 웃으며 고개를 기울였다.

"왜 그래?"

"내게는 정말 좋아하는 여자가 있었어."

"……."

"당신에게 제대로 말하지 않았는데, 당신을 만나기 전 나는……."

모 아니면 도일지 모른다는 각오가 그녀의 눈에 내려앉았다.

"계속 그 아가씨를 잊지 못했어." 심호흡하고 자신의 마음을 단속했다. "내가 중국에 가는 것도 어쩌면 그 아가씨를 잊기 위해서일지 몰라."

그녀가 고개를 숙였다.

진심으로 원하는 게 손에 들어오지 않을 때 우리는 그와 비슷한 것으로 만족할 수밖에 없다. 아니면 정반대의 것으로. 그리고 영원히 비슷한 것을 비슷한 것으로 인정하지 않는다. 그것을 볼 때마다 타협했다는 현실이 코앞에 놓인다. 하지만 대부분은 알아차리지 못한다. 비슷한 그것조차 이 손으로 잡은 것은 거의 기적에 가깝다는 것을.

"하지만 어떤 사람이라도" 나는 말했다. "언제까지 누군가의 대신으로 있을 수는 없어."

"응."

"나는 늘 당신에게 나쁜 짓을 했어. 당신의 다정함을 짓밟았지."

"아니, 그렇지 않아." 그녀는 열심히 고개를 흔들었다. "나도…… 나는 그걸로 충분했어."

나는 그림이 걸려 있던 곳으로 시선을 돌렸다. 사실은 방에 들어왔을 때부터 알았다. 푸른 바다 그림은 이제 거기에 없었다. 벽에는 액자가 걸렸던 흔적이 하얗게 두드러져 있었다. 아주 오랫동안 그곳에 걸려 있던 것이다. 그래서 그녀의 대답이 거짓이 아니라는 걸 알았다.

"내게는 시간이 필요했어. 아마 당신도 그랬겠지. 하지만 우리는, 우리의 만남을 더 소중히 생각해야 해."

"맞아."

"잘 표현할 수는 없지만, 지금 그녀와의 일이 드디어 과거가 된 것 같아."

시야메이링이 고개를 끄덕이고 뺨을 붉히면서 말했다.

"같이 살자." 내가 말했다. "내가 중국에서 돌아오면 결혼해 줄래?"

그녀의 눈이 촉촉해지더니 차오른 눈물이 뺨을 타고 흘렀다. 코를 훌쩍이고 울고 웃으면서 수없이 내 가슴을 때렸다. 그것은 멋진 일을 수없이 예상하게 하는, 봄 폭풍우 같은 눈물이었다.

제14장

# 대륙의 땅에서

1984년 3월 14일, 나리타 공항을 떠난 나는 베이징 국제공항을 거쳐, 마침내 칭다오의 아직 이름도 없는 공항을 통해 산둥성에 내려섰다.

겨우 2년 전에 완성한 공항은 청결했고 아직 새 공항 냄새가 났다.

맡긴 짐이 좀처럼 나오지 않아 작업원으로 보이는 사람에게 물어보니, "난 몰라"라고 대답해 작은 감동을 주었다. 일본어의 '나'는 일인칭이고 물론 중국어도 마찬가지다. 다만 '난'은 산둥성 근처에서만 쓰는 일인칭이다. 할아버지는 같은 고향 사람인 리 할아버지와 구오 할아버지와 말할 때 자신을 '나'가 아니라 '난'이라고 말했는데 내게는 어릴 때부터 귀에 익은 소리였다. 그렇다고는 해도 그걸 당연하게 쓰는 곳에 왔다는 게 너무나 신기했다. 난 몰라. 죄다 그렇게 말했다. 난 몰라.

"그렇다면 동지, 내 짐은 도대체 어디서 찾아야 합니까!"

아무리 거친 목소리를 내도 작업원의 대답에는 변함이 없었다.

내 몸은 타향에 있으나 마치 고향에 온 듯한, 푸근한 감각에 사로잡혔다. 그랬다. 드디어 돌아온 것이다. 할아버지가 그 할아버지에게 물려받고, 할아버지의 할아버지가 또 그의 할아버지에게 물려받은 황토색 토지로 말이다. 그러나 산둥 출신의 거친 피가 흐르는 이들의 실체는 내 눈을 의심케 했다. 짐 찾는 벨트에 등장한 내 여행용 가방은 무참하게 뒤틀린 채 비닐 테이프로 둘둘 감겨 있었다. 게다가 그 벨트는 내가 탄 비행기와는 다른 곳에서 온 비행기의 짐들이 나오는 곳이었다. 이래서는 내 짐을 찾을 도리가 있겠나. 그들에게 산둥의 피가 흐르고 있다면 나도 마찬가지다. 그래서 제복을 대충 입은 직원을 잡고 격렬하게 항의했으나, 도리어 그는 네 가방이 망가져서 우리가 고쳐줬잖아! 그런 태도로 나를 쫓아 버렸다. 내용물을 확인하니 담배 스무 갑과 아키하바라에서 산 소니 워크맨, 선물로 나눠줄 생각이었던 100엔짜리 라이터와 여성용 스타킹이 통째로 사라졌다. 카메라를 비행기에 탈 때 가져간 게 그나마 불행 중 다행이었다.

헐레벌떡 세관을 통과해 로비로 나가자, 바로 내 이름이 적힌 보드를 발견했다. '환영 예치우성 선생'이라는 보드를 들고 있는 사람은 짙은 갈색 가죽 코트를 입은 노인이었다. 얼굴은 말라 뼈가 튀어나와 있고 검었으나 잘 손질한 가죽처럼 반질반

질했다. 온몸에 강철 같은 강인함을 두르고 있었지만, 모직 모자 밑의 두 눈은 게슴츠레 졸린 듯했다.

"마 할아버지?" 내가 다가가 말을 걸었다. "예준린의 손자 치우성입니다."

"치우성이니?" 쉰 그 목소리에서 할아버지나 리 할아버지, 구오 할아버지와 마찬가지로 흙냄새가 났다. "네가 치우성이니?"

"네."

우리는 악수했다. 뼈마디가 울퉁불퉁한 손이라고 나는 생각했다. 우는 아이도 울음을 그치게 하는 도적 일당을 찔러 죽였을까. 35년 전, 슈알후를 묶은 밧줄을 끊고 전쟁통에 할머니를 지키고 아버지와 밍첸 삼촌, 샤오메이 고모를 대만 가는 배에 태운 것이, 이 강력한 손이었구나.

마 할아버지는 여전히 내 손을 놓지 않았다. 놓기는커녕 내 팔과 어깨를 만지며 수없이 고개를 끄덕이면서 잘 왔다고 말했다.

"치우성, 피곤하니?"

"괜찮습니다."

"아버지는 건강하니? 내가 마지막으로 밍후이를 본 게, 녀석이 너 정도였을 때였는데."

"저는 이제 스물여섯입니다."

"정말? 열일곱이나 여덟으로 생각했다. 대만 음식은 영양이 좋구나. 나도 국민당을 따를 걸 그랬다."

나는 웃었다.

"형수는 건강하시나?"

"암탉처럼 쌩쌩하세요." 여기서 형수는 '누님' 정도의 뜻으로, 그러니까 우리 할머니를 가리킨다. "리 할아버지 집으로 자주 마작하러 가시죠. 리 할아버지도 할머니도, 구오 할아버지도 모두 정정하십니다."

마 할아버지는 또 그래, 그래, 하며 고개를 끄덕였다. 이토록 온 마음을 담은 "그래"라는 소리를 들은 것은 26년 평생 처음이었다. 눈두덩이가 뜨거워졌다. 가령 온 세상 사람이 나를 적대하더라도 마 할아버지만은 내 편이 되어주리라. 이게 내 할아버지의 의형제구나 싶어 자부심이 가슴에 차올랐다.

가족에 대해 이야기하면서 공항 로비를 나오자 마 할아버지가 대절한 택시가 기다리고 있었다. 담배를 문 운전사가 나와 내 망가진 가방을 트렁크에 던져 넣었다. 가령 이게 본인의 가방이었다고 하더라도 그는 이렇게 거칠게 다뤘을 것 같았다.

중국 땅을 밟은 지 얼마 안 되었지만 나는 이해하기 시작했다. 이 나라는 큰 것은 상상을 초월할 정도로 크고, 작은 것은 어이없을 정도로 비루하다. 대만이나 일본처럼 한심한 평균화를 거부하는, 거대한 너울 같은 걸 느꼈다.

산둥성은 예전에 독일 식민지였던 터라 아름다운 유럽식 건물이 여전히 뜨문뜨문 남아 있었다. 그래서인지 택시 창문을 흐르는 풍경은 정겨움보다는 이국적인 정서를 느끼게 했다. 완만한 언덕길을 따라 세워진 석조 주택의 굴뚝에서는 가는 연기가 여럿 피어오르고 있었다. 교차로에서는 녹색의 긴 외투를 입은 경찰관이 호루라기를 불며 차와 자전거와 노새가 끄는 짐수레를 정리하고 있었다. 지게에 땔감을 산처럼 쌓은 할머니를 발견했다. 버스는 두 개 차량이 이어져 있었는데 연결 부분은 아코디언 같았다. 산둥성에서 제일 유명한 것이라면 산둥왕만두다. 거리에는 김이 오르는 찜통 주변에 많은 사람이 모여 있었다.

가톨릭 교회와 프로테스탄트 교회가 있었다. 그 옛날, 산둥성에는 백련교의 흐름을 이어받은 의화권이라는 권법을 쓰는 사람들이 있었다. 그들은 비밀결사를 만들어 서양인과 기독교인을 죽였다. 이 비밀결사가 의화단으로 이름을 바꾼 것은 1900년이다. 서태후의 후원이 더해져 화베이 일대에서 반제국주의 무장항쟁을 전개한 의화단은 베이징까지 쳐들어가 독일 공사를 살해했다. 그토록 기 센 동네인데도 낡은 교회는 역시 아름다웠다.

공항에 내렸을 때 느낀, 돌아왔다는 감각이 옅어졌다. 아니, 그런 말은 정확하지 않다. 내가 칭다오의 거리를 보면서 느낀 것은 잘 쓴 청춘소설을 읽을 때 느끼는 정겨움이었다. 인연도 관계도 없는 타인의 이야기에 자신의 소년 시절을 투영하고 처음 지나가는 거리에서 개인적인 옛 추억을 발견하고, 바람 속에서 반짝반짝 빛날 꿈과 열정에 흐뭇해하면서, 나는 스스로에게 마법을 걸었다. 내 인생은 이 대지에 뿌리박혀 있다는 마법을. 그 마법은 돌아오는 비행기의 계단을 밟는 순간, 흔적도 없이 사라질 것이다. 하지만 솔직히 그것은 아주 멋진 감각이었다.

시내를 빠져나와 우리는 외길을 타고 교외로 내달렸다. 사시나무 가로수, 땅바닥에 쭈그리고 앉아 담배를 피우는 인민모자를 쓴 남자들, 도로 옆에 잔뜩 쌓인 또 하나의 산둥 명물 푸른 무. 이런 것들이 스치듯 지나가자, 여기저기 함몰된 아스팔트 길은 황량한 대지를 관통하며 한없이 이어져 있을 뿐이었다.

"저런 집의 흙벽을 떼어냈지." 조수석의 마 할아버지가 황량한 땅에 선 오두막을 가리켰다. "옛날에는 자주 소금을 만들었어. 흙벽을 하룻밤 물에 담갔다가 냄비에 넣고 끓이면 돌소금을 얻을 수 있지. 푸석한 흙 같은 소금인데 네 할아버지가 아주 잘 만들었어. 네 할아버지는 뭐든 잘했어. 우리는 어릴 때부터 어울렸는데 항일 전쟁 때는 같이 땅콩기름을 사들여 이 길을 따라 팔러 다녔단다. 봐라, 저기 시든 나무가 하나 있지? 한번은 기름을 팔고 돌아오는 길에 도적 떼를 만났어. 네 할아버지가 순식간에 도적놈들을 쏴 죽였고 둘이 저 나무 밑에 묻었다. 우리는 열여섯, 열일곱이었는데 그때부터 총을 가지고 다녔어."

산궁수진의무로(山窮水尽疑無路)

유암화명차일촌(柳暗花明叉一村)

산은 황량하고 물도 없어 이 앞에 길 같은 건 없는 듯 보여도,
꽃이 흐드러진 마을에 도착한다.

우리가 가는 길에 그런 마을이 있으리라고는 도무지 생각할 수 없었다. 대륙의 길은 오로지 곧게 뻗어 있었고 바람도 건조했으며, 한없이 펼쳐진 겨울의 시든 밭은 거칠고 강력했다. 연보랏빛으로 흐릿한 산등성이를 가리키며 마 할아버지가 말했다.

"우리안산이다. 쉬저우로 가기 전에 네 할아버지는 이 부근에서 공산당과 싸웠단다. 내가 슈알후를 놔준 곳도 이 근처야. 쉬저우는 아니?"

"네." 나는 창으로 고개를 돌렸다. "화이하이전투가 벌어진 곳이죠."

할아버지는 여기서 쉬저우를 향해 싸우면서 이동한 것이다. 우리안산을 넘어 똑바로 남하했다. 중간에 타이얼좡을 통과했을지도 모른다. 항일 전쟁 중이었던 1938년, 패배에 패배를 거듭하던 우리 군이 처음으로 일본군을 물리친 곳이다. 장제스는 바로 승전 분위기를 경계하고 나서서 일본 군벌을 비판했으나 황실과 일본 민족에 대한 중상과 비방은 엄중히 금했다. 항일 전쟁에서 승리한 1945년 8월, 일본이라는 공통의 적을 잃은 국민당과 공산당은 다시 분열해 내전에 돌입했다. 그리고 1948년 말, 할아버지는 마침내 쉬저우에 도착했다.

해가 바뀌고 1949년 1월, 공산당의 포위망이 점점 좁혀오는 가운데 할아버지는 몸을 도려내는 듯한 찬바람에 곱은 손가락으로 소총 방아쇠를 당겼다. 전해 12월 18일부터 내린 진눈깨비 탓에 하늘에서의 공급은 끊어진 상태였다. 혹시 비행기가 떴더라도 악천후와 그보다는 적에게 추격당할 두려움에 조종사는 지상 수천 미터 상공에서 보급품을 떨어뜨렸다. 그 탓에 그나마 얼마 되지 않았던 식량과 탄약 상당 부분이 적진에 떨어지고 말았다.

눈은 열흘 동안 계속 내렸다. 보급 비행기는 좀처럼 난징을 떠나지 못했고 할아버지 일행은 굶주림에 시달렸다. 어쩌다 하늘에서 보급품이 떨어지기라도 하면 같은 편끼리 아귀다툼을 하는 추태가 벌어졌다. 굶주린 병사들은 전쟁터에 있던 짐승들을 모두 먹어 치웠고 태울 수 있는 것이라면 뭐든 태웠다. 집을 부수고 관이라도 꺼내 땔감으로 썼다. 공산당은 이들을 포위했다. 이 기회를 놓치지 않고 기아 직전의 국민당 병사들에게 투항하라고 권했다. 야밤을 틈타 식량과 담배, 도살한 돼지 배 속에 투항을 권하는 전단과 공산당 선전물을 꽉 채워 몰래 보냈다.

"어차피 질 전쟁이었으니까 우리 쪽으로 돌아서는 녀석이 끊이질 않았지." 내 속마음을 꿰뚫어 본 듯 마 할아버지가 툭 내뱉었다. "나는 공산당에 잡혀 국민당과 싸우게 되었는데 도망쳐 나온 병사는 모두 선물로 총을 가지고 왔지. 뭐, 그렇게 고생했으니 무리도 아니지. 네 할아버지와 동료들은 우리에게 포위된 뒤 풀이나 참마 뿌리를 캐 먹었다고 하더구나.”

“국민당은 탈주병을 어떻게 했나요?”

“발견하면 쐈지. 달리 뭘 하겠니. 항복을 권하는 소리에 씩 웃었다는 것만으로도 총살했어.”

그리고 1월 3일, 할아버지와 동료들은 포위망을 뚫으라는 장제스의 마지막 명령을 받았다. 그리하여 할아버지와 동료들은 위장도 탄창도 텅텅 빈 상태에서, 1월 9일, 적진을 뚫고 나가기로 정했다.

어릴 때 나는 종종 밍첸 삼촌과 영화를 보러 갔다. 당시 자주 상영되던 정책 교육용에 가까운 전쟁 영화에서는 늘 국민당이 이겼다. 나는 공산당 놈들의 악랄한 짓에 분개했고 기관총을 마구 쏘아대면 총신에 오줌을 눠 식혀야 한다는 걸 배웠고, 전우의 목숨을 구하려고 스스로 방패가 되어 수류탄에 몸을 날리는 우리 편의 용감한 모습에 뜨거운 눈물을 흘렸다. 우리 영웅은 총검으로 배가 찔렸는데도 포효하며 적들을 넘어뜨려 결국은 난공불락의 요새를 무너뜨리고, 그게 돌파구가 되어 국민당은 성난 물결처럼 반격을 시작한다. 그리고 영웅은 비탄에 잠긴 의형제들의 품에 안겨 나라를 걱정하는 대사를 피와 함께 토해내며 숨을 거두는 것이다.

하지만 현실은 전혀 달랐다. 기선을 제압한 것은 공산당이었다. 눈이 그치고 비행기 보급이 재개되자 국민당 측에 다시 조금씩 물자가 공급되었다. 말고기가 도착하자 항복하는 자도 눈에 띄게 줄어들었다. 그런데 국민당의 무선은 적의 우군과 차량이 계속 이쪽으로 집결 중임을 알렸다. 전차 소리마저 들리는 듯했다. 그런 의미에서 국민당은 결단을 내렸다는 소리다.

1월 6일, 마 할아버지를 비롯한 공산당은 국민당에 앞서 총공격을 개시했다. 그 압도적인 화력 앞에 국민당의 진지는 바로 불바다가 되었다. 국민당 측은 사기가 오르지 않아 효과적인 반격을 할 수 없었다. 적진으로 뛰어든 마 할아버지 측은 마을을 하나씩 탈환했다. 마을을 하나 빼앗아오는 데 두세 시간도 걸리지 않았다.

9일. 국민당의 폭격기가 대거 밀려와 독가스 폭탄을 비처럼 쏟아부었으나 실제로 터진 것은 얼마 되지 않았다. 다 끝났다. 게다가 그날 밤 할아버지 쪽 사령관, 즉 두위밍과 치우칭치안이 부대를 버리고 도주하고 말았다. 정신이 나간 치우칭치안은 큰 소리로 "공산당이 왔다! 공산당이 왔어!"라고 외치다가 결국은 총을 맞고 죽었다. 두위밍도 공산당의 손에 떨어졌다. 고작 이 나흘간의 전투에서 국민당 측은 17만 6,000명의 사상자를 냈는데, 내 할아버지로 말할 것 같으면 도깨비불의 가호로 구사일생을 얻었다.

말 두 마리가 끄는 마차가 돼지를 잔뜩 싣고 가는데 우리 차가 앞질렀다.

"저게 돼지야." 마 할아버지가 말했다. "대만에도 돼지가 있나? 돼지는 한 살 때가 제일 맛있단다."

백일몽에서 불려왔는데도 나는 아직 멍하기만 했다. 귓속에서 폭음이, 검은 연기를 뿜어내는 전차 달리는 소리가, 병사들의 아비규환을 가르는 사령관의 신경질적인 소리가 뒤엉켰다.

"치우성, 긴 여행에 피곤하니?"

"괜찮습니다."

"그럼 집에 가기 전에 잠깐 네 할아버지 비석을 보자."

"비석? 무슨 비석이죠?"

"뭐, 보면 알 거다."

마 할아버지는 운전사에게 뭐라고 말했고, 차는 그대로 두 시간쯤 달려 그리고 황무지 한가운데에 우뚝 멈췄다.

"자, 여기다."

그 흑요석 비석은 하늘과 땅 사이에 우두커니 서 있었다. 황혼의 빛을 받아 붉게 빛나고 있었다.

마 할아버지가 재촉해 나는 차에서 내렸다. 세 시간 가까이 차를 타고 있었던 탓에 다리와 허리가 살짝 저렸다. 운전사도 내려 담배에 불을 붙였다. 나는 마른 흙덩어리를 밟고 비석 앞에 섰다.

그것은 할아버지가 학살한 마을의 위령비였다.

높이는 2미터 정도이고 누군가가 채석장에서 가져와 덜렁 땅에 세워둔 게 아닐까 싶을 정도로 별다른 의장도 없었다. 그저 가늘고 긴 돌이었다. 비문은 여기저기 떨어져 있었고 새겨진 글자도, 피해자의 이름도 상당히 풍화되어 있었다.

그래도 핵심적인 부분은 간신히 읽을 수 있었다.

1943년 9월 29일, 비적 예준린은 이 땅에서 무고한 백성 56명을 학살했다. 남자 31명, 여자 25명이었으며 피해가 더 심했던 사허 마을은 (이하 여러 줄은 판독 불가능) 그들 중 18명이 살해된 곳으로, 촌장 왕커창 일가는 모두 죽임을 당하는 비운을 맞았다. 이후 이 일은 '사허마을 학살사건'으로 불리게 되었다.

내용은 이랬다.

나는 비문을 만지고 할아버지의 이름을 손가락으로 쓰다듬었다. 그 흙 아래에 위우원 삼촌의 가족이 묻혀 있다. 할아버지의 손에 묻혔다. 내가 태어나기 15년이나 전에, 모든 게 이 자리에서 시작된 것이다.

바람도 없는데 온몸에 소름이 돋았다. 이날 칭다오의 기온은 1, 2도밖에 되지 않았으나 추울 정도는 아니었다. 드디어 중국에 왔다는 생각이 심장을 움켜쥐고 흔들어댔다. 위우원 삼촌은 이미 내 손 닿는 데 있었다.

아랫배에 위화감을 느끼면서 비석을 사진에 담았다.

"예전에는 여기에 마을이 있었지." 담배 연기를 내뱉으면서 운전사가 목소리를 높였다. "지금은 아무도 살지 않지만 말이야."

그의 말대로 인가는 멀리, 흐리게 보였다. 까만 피부의 노인 하나가, 논두렁에 자전거를 세우고 가만히 이쪽을 살피고 있었다. 망망대해와 같은 황야 저편에 철로가 뻗어 있고 깨알 같은 크기의 사람들이 쪼그려 앉아 있었다.

"저 사람들은 뭐 하는 겁니까?"

"아아, 저건 기차가 떨어뜨리고 간 석탄을 줍는 거지."

"동지, 하나만 더 묻겠습니다." 나는 배를 문지르면서 재차 물었다. "화장실 어디 없을까요?"

운전사는 성가시다는 듯, 조금 떨어진 도로 옆의 벽을 가리켰다. 그래요, 벽이 있네요. 조수석의 마 할아버지는 햇살이 쏟아지는 가운데 꾸벅꾸벅 졸고 있었다. 운전사는 손목시계를 슬쩍슬쩍 쳐다봤다.

말도 안 돼!

그것은 서 있다기보다는 아직 쓰러지지 않았다는 표현이 정확한, 어떤 건물의 잔해였다. 내 가슴 정도 높이였다. 옆에는 사시나무 한 그루가 잎을 떨군 가지를 초라하게 펼치고 있었다.

금기를 어기면서까지 나선 귀향길이었던 탓에 나는 일본을 떠나기 전부터 변비에 시달렸다. 그러나 무사히 대륙의 땅을 밟고 이렇게 마 할아버지와 만나 할아버지의 비석까지 보고 만지니 긴장의 끈이 풀어졌는지 내 위장은 나흘 만에 격렬하게 요동치기 시작했다.

선택의 여지가 없었다. 청바지 뒷주머니에는 어제 도쿄역에서 받은 휴지가 들어 있다. 그 점을 진심으로 감사하면서 벽 뒤로 뛰어 들어가 단숨에 청바지를 내리고 쭈그리고 앉았다. 그런데 아무리 힘을 줘도 내 아랫배는 무슨 콘크리트라도 부은 듯 꿈쩍도 하지 않았다. 곧 폭포처럼 식은땀이 쏟아졌다.

인기척을 느껴 별생각 없이 돌아봤는데 벽 위로 검붉은 얼굴이 나와 있었다. 나는 너무 놀라 엉덩방아를 찧을 뻔했다. 엉덩방아를 찧었다면 앞 손님의 볼일 위에 주저앉았을지도 모른다. 엉덩방아를 찧지 않아 정말 다행이었다.

그는 짙은 녹색 인민 모자를 쓰고 허연 염소수염을 기른 조금 전 자전거 노인이었다.

"뭐 하는 거야?"

내 귀를 의심했다. 만약 누군가가 화장실로 여겨지는 장소에서 엉덩이를 내놓고 쭈그린 채 있으면 대만이나 일본에서는 듣지 않을 질문이었다. 노인은 나를 가만히 응시했다. 마치 갈가마귀 같은 검은 눈동자로. 나도 어깨 너머로 상대를 노려봤다. 그러자 노인의 얼굴이 훌쩍 사라지더니 저벅저벅 멀어지는 발소리가 들렸다.

나는 세상이 넓다는 사실을 통감하면서 일어나 청바지를 올리고 벨트를 맸다. 이제 변의는 완전히 사라지고 없었다.

벽을 돌아 나왔는데 놀랍게도 노인은 아직 거기 있었다. 그리고 나를 보고 다시 똑같은 질문을 던졌다.

"뭐 하는 거야?"

"……."

"아까 그 비석에서 뭘 했냐고?" 노인의 눈이 날카롭게 빛났다. "혹시 자네 예준린의 아들인가?"

"아니, 아닙니다." 나는 바로 대답했다. 거짓말은 아니다. 나는 예준린의 손자니까. "잘못 보셨습니다."

"아니야?"

"전혀 아닙니다."

"예준린은 여기서 많은 사람을 죽였어."

찍소리도 내지 못했다.

"하지만 다 옛날 이야기야." 노인이 말했다. "지금은 그런 일을 기억하는 사람도 없어. 그 비석도 이제 곧 철거할 거야."

"그런가요?"

"자네 남쪽에서 왔나?"

"어떻게 아세요?"

"사투리를 쓰니까."

당신도 마찬가지라는 말은 하지 않았다.

"어디서 왔는데?"

"대만에서 왔습니다."

"아니, 대만! 오갈 수 있게 되었나?"

"아니, 뭐."

"그러고 보니 예준린은 국민당 아니었나."

큰일 났네.

"자네, 예준린의 아들 아니야?"

"절대 아닙니다."

"그럼 왜 이런 촌구석까지 왔나?"

"친척을 찾아왔습니다."

"아, 뭐든 좋은데 투자만은 하지 말게. 개혁개방 이후, 중국은 경기가 좋아. 외국에서 투자도 많이 하지. 하지만 말이야. 잘 들어. 공산당을 믿지 마. 녀석은 조령모개라 내일이면 다시 인민공사 시대로 돌아갈 수 있어."

나는 고개를 끄덕였다.

노인은 페달에 발을 올렸으나 팬 땅에 타이어가 빠졌다. 자전거가 획 기울어졌다. 비틀거리며 간신히 균형을 유지하는 차에 주머니에서 뭔가가 빠져서 떨어졌다. 그것은 금속성 소리를 내며 흙길 위에서 튀었다.

작은 칼이었다.

"너 예준린의 아들이지?" 멍하니 우두커니 서 있는 내게 노인은 다시 물었다. "아주 먼 옛날 일이니까 아무도 원한을 품고 있지 않으리라 생각했나?"

나는 고개를 절레절레 흔들었다.

그러자 노인은 칼을 주워들고는 비틀비틀 논두렁을 걸어갔다.

할아버지는 슈알후와 함께 왕커창을 토벌했다. 그러니까 사허 학살사건이 일어났을 때 슈알후도 이 자리에 있었다는 소리다. 그런데 마을 사람들의 기억에서 슈알후의 이름은 완전히 사라지고 할아버지 혼자 50명의 촌민을 죽인 게 되어 있었다.

택시로 돌아왔는데 마 할아버지는 여전히 꾸벅꾸벅 졸고 있었다. 어디서 왔는지 아주 작은 날벌레가 날아와 마 할아버지의 콧구멍을 드나들었다. 마 할아버지는 입을 벌리고 마치 죽은 사람처럼 꿈쩍도 하지 않았다.

엄청난 곳에 와 버렸네.

칭다오에서 호텔을 찾을 생각이었는데 마 할아버지는 억지로 나를 집으로 데려갔다.

"바보 같은 소리는 하지 마라. 애써서 손자가 고향에 왔는데 여관에서 재우겠니?"

마 할아버지는 벽돌로 지은 작은 집에서 후처와 단둘이 살았다. 리 할아버지에게 슬쩍 들었는데 역시 마 할아버지의 자식들은 새어머니를 싫어해 좀처럼 집에 오지 않는다고 한다. 부인은 그 점을 힘들어하는 듯했다.

근방에는 마 할아버지의 집을 복사한 듯한 집들이 세워져 있었다. 벽돌 벽에는 나무뿌리가 그물처럼 펼쳐져 있었고 어느 집에나 마른 풀이 산처럼 쌓여 있었다. 마을 한가운데에 넓은 길이 달랑 하나 뻗어 있고 길 양쪽에는 헐벗은 백양나무가 서 있었다. 이렇다 할 볼거리가 없는 동네였는데 볼 만한 것이라면 두 채 건너 옆집이 기르고 있는 당나귀 정도였다. 앞뜰 구석에는 변소가 밖에 있었고 그 앞에 시커먼 연탄이 한 더미 쌓여 있었다. 마 할아버지는 닭 몇 마리와 링이라는 눈처럼 하얀 양 한 마리를 기르고 있었다. 나를 본 링은 머리를 들이밀고 비볐다. 공기에 마르고 매캐한 냄새가 배어 있었다.

집안은 부엌과 침실로만 이루어져 있었는데 침실의 3분의 2를 커다란 침대가 차지하고 있었다. 침실 문 위에는 마오쩌둥과 저우언라이의 사진이 걸려 있었다. 온돌이 있어서 바깥보다는 어느 정도 따뜻했으나 외투를 벗을 정도는 아니었다. 침실 겸 객실에서 가장 눈에 띄는 곳에 아이들 사진이 장식되어 있었는데 그중에는 나와 시야메이링이 함께 찍은 사진도 있었다. 바로 앞의 외길을 파란 트럭이 덜컹덜컹 달려가자 그 진동이 바닥을 타고 전해졌다.

부인이 솜씨를 발휘해 만들어준 물만두는 우리 할머니가 만들어준 것보다 훨씬 퍽퍽했다. 어릴 때는 할아버지가 왜 만두만 먹는지 이해할 수 없었다. 대만에는 맛있는 게 얼마든지 있는데 할아버지는 교자와 만두, 마늘과 매운 파 그리고 고량주만 있으면 늘 기분이 좋았다. 마늘을 오독오독 씹으면서 뜨거운 교자만두를 씹는 할아버지는 늘 행복해 보였다. 할아버지에게는 수많은 결점이 있었으나 몸에 밴 마늘 냄새에는 늘 입을 다물 수밖에 없었다. 나는 마 할아버지 집의 만두를 정말 맛있다는 말을 연발하며 먹었는데 사실 그 정도는 아니었다.

어떻게 할아버지와 의형제가 되었는지 묻자, 마 할아버지는 만두를 입에 넣으면서 이렇게 대답했다.

"어릴 때부터 알았고, 뭐, 네 할아버지와 있으면 굶지는 않았으니까."

리 할아버지와 구오 할아버지에게 귀가 닳도록 들었는데 먹는 것과 목숨을 거는 일은 같은 거라는 사실을 이때 새삼 깨달았다. 할아버지는 함께 먹는 것, 제대로 먹는다는 것에 큰 의미를 두는 시대에 살았고 그것을 위해 목숨을 걸었던 것이었다.

마 할아버지가 만두를 접시에서 집었다.

"자, 먹어라."

나는 먹었다. 여전히 맛있지는 않았으나 할아버지의 피와 뼈 그리고 중국을 통째로 먹는 느낌이었다.

"마 할아버지는 어떻게 공산당에 들어갔어요?"

"잡혔으니까." 마 할아버지는 내 컵에 고량주를 더 부어주었다. "하지만 뭐, 잡히길 잘했던 것 같아. 그때 나는 도적 하나를 죽이고 쫓기고 있었지. 병사가 되는 바람에 도망치는 신세도 끝이었지. 치우성, 너는 리우헤이치라는 산둥 도적 떼 두목을 아니?"

"네. 구오 할아버지가 알려줬어요. 그 사람 부하를 죽였죠? 식칼로 배를 찔렀다고."

"그건 아니지."

"예?"

"죽이긴 했는데 식칼로 배를 찌르진 않았다. 구오 형은 예전부터 늘 아는 척을 한다니까!"

"그럼 어떻게 죽였어요?"

"놀다가 그랬지. 동전 날리기라고 동전을 나무에 걸고 총으로 쐈어. 나는 총을 잘 쏘지 못해서 잘못 놀려 총알이 그 녀석에게 날아갔단다."

이게 무슨 소린가!

"물론 칼은 잘 쓴다. 칼 날리는 망아지라고 불리기도 했단다. 칼을 던져 20미터 앞의 도마뱀을 명중시킨 적도 있지."

듣기에 좋은지 어감이 좋은지, 칼 날리는 어쩌고 하는 이야기는 많다. 이제까지 나는 수없이 이런 별명을 들어왔다. 영화나 무협소설 속에서. TV 콩트 프로그램에서. 저 밍첸 삼촌조차 고등학교 때는 칼 날리는 샤오밍이라고 불렸다고 했다. 칼 날리는 어쩌고 하는 말에는 진실이 없다는 게 내 솔직한 감상이었다.

"이 근처에 도적이 많았나요?"

"응, 많았지. 도적이라고 해도 여러 종류가 있었단다. 대부분이 도박 같은 것으로 몸값을 짊어진 놈이었는데 일본인을 죽이고 싶어 몸이 근질근질한 놈들도 있었지." 마 할아버지는 술을 마시며 말했다. "아이고, 말이 이상하게 흘렀구나……. 무슨 이야기를 했었지? 그래, 그래. 내가 어떻게 공산당에 들어갔는지였지? 잡혔단다. 그때는 국민당도 공산당도 남자를 잡아 병사를 늘렸지. 그래서 실수로 사람을 죽인 나는 이거다 싶어 병사가 됐지. 네 할아버지는 국민당에 가세했는데, 국민당은 이미 끝났어. 한 포대에 든 곡물을 사는 데 한 포대의 돈이 필요했지. 화폐정책이 파탄 난 상태였어. 어차피 해야 한다면 지원하는 게 낫다고 생각했다. 지원병이 대우가 더 좋았거든."

우리는 만두를 먹고 술을 마시고 그 밤은 일찍 마치기로 했다. 너무 이르다 싶을 정도였다. 8시 30분에 마 할아버지와 부인이 잘 준비를 시작했다. 노부부는 하나밖에 없는 침대를 내게 양보했다.

뼈까지 얼어붙는 듯한 추운 밤이었다. 노부부는 환기에 문제가 있어 보이는 작은 화로에 연탄을 마구 땠다. 나는 긴 여행에 피곤했는데도 잠자리가 바뀌어 이상하게 머리가 맑았던 데다 실수로 잠들었다가는 아침에는 일산화탄소 중독으로 몸이 차갑게 될지도 모른다는 공포로 좀처럼 잠들지 못했다.

밤중에 요의를 느껴 화장실에 가려고 했다. 화장실이라 해도 부엌 아궁이 옆에 설치한 커다란 나무통 같은 거였다. 작은 볼일은 거기서 해결하면 마 할아버지가 국자로 퍼서 뒤쪽 텃밭에 뿌린다. 슬쩍 침대에서 나와 부엌과의 경계에 섰다. 노부부는 바깥과 흙바닥으로 이어진 봉당에 이불을 깔고 잠들어 있었다. 소처럼 드르릉 코를 골면서. 그 모습을 보니 내가 얼마나 애지중지 여겨지고 편애를 받고 있는지 알 수 있었다. 마치 할아버지가 살아 있을 때로 돌아온 느낌이었다. 이 세상에 나를 사랑하지 않는 사람은 하나도 없고, 나야말로 만물을 관장하는 작은 패왕 같은 기분을 오랜만에 맛보았다. 찬 바람이 창문 유리를 덜컹덜컹 울렸다. 나는 우두커니 서 있다가 침대로 돌아와 이불을 덮었다.

산둥에서의 첫날 밤은 내 인생에서 가장 춥고, 가장 따뜻한 밤이었다.

다음 날 아침은 양의 비명에 눈을 떴다.

밖으로 나오니 마당에서 마 할아버지가 양을 잡고 있었다. 한쪽 팔로 양의 목을 꽉 안고 또 다른 손에는 식칼을 쥐고 있었다. 양은 매매 울면서 서리가 내린 땅을 앞발로 차고 있었다. 할아버지의 의형제니까 마 할아버지도 80이 다 되었을 것이다. 하지만 허리를 굽혀 양을 제지하고 있는 모습은 절대 80 노인으로 보이지 않았다. 나를 발견하고는 하얀 입김을 내뱉으며 목소리를 높였다.

"치우성, 오늘은 맛있는 고기를 먹게 해주마."

"그만하세요." 나는 간청했다. "그보다 오늘은 왕쥬에 씨를 만나러 가나요?"

"밥은 제대로 먹어야지."

"양은 그리 좋아하지 않아요." 양고기는 아주 좋아하지만, 그건 어디까지나 내가 머리를 쓰다듬은 적 없는 이름 모를 양일 경우다. "게다가 어제 먹은 만두도 있잖아요."

"못 먹니?"

"링이 불쌍하잖아요!"

구사일생으로 살아난 링이 마당 구석으로 달아나 마치 사악한 기운이라도 털어버리려는 듯 몸을 부르르 떨었다.

남은 만두피를 가지고 부인이 만들어준 짭짤한 수제비로 아침을 마치고, 나와 마 할아버지는 집을 나와 40분쯤 걸어 시장이 선 한 귀퉁이에서 택시를 잡았다. 내가 돈을 내려 했는데 마 할아버지는 결단코 물러서지 않았다.

"너는 돈 걱정하지 마라."

"하지만……."

"걱정해야 할 일은 따로 있다."

"……."

"왕쥬에와 슈위우원은 같은 인물이지?"

혀를 내두르고 말았다.

"너는 왕쥬에가 네 할아버지를 죽였다고 생각하지?"

"……네."

"아버지에게 말했니?"

나는 고개를 저었다.

"그 말은, 대만 가족은 네가 지금 중국에 있는 줄 모른다는 거구나."

"네."

"뭘 하려는지는 모르겠다만, 그만두는 게 좋겠다." 마 할아버지는 나를 가만히 바라보더니 택시 조수석에 올라타기 전에 그렇게 말했다. "뭐, 받아들이긴 힘들겠지만 말이다."

대여섯 채 정도의 집이 서로 의지하듯 서 있는 것 외에는 아무것도 없는 곳이었다. 그리 멀지 않은 곳에 철로가 깔려 있고 그 선로를 따라 지평선까지 전봇대가 같은 간격으로 늘어서 있었다. 저편에 회색으로 흐린 산 능선이 보였다. 흔히 닭이 알을 낳지 않고 토끼가 똥을 싸지 않는 곳이라는 말이 있는데, 위우원 삼촌이 사는 마을이야말로 불모지 한복판이었다. 마 할아버지는 택시 운전사에게 돈을 건네며 밥이라도 먹고 오라고 말했는데 가게는커녕 눈에 들어오는 것은 시든 풀과 돌멩이뿐이었다.

"치우성." 마을에 거의 다 왔을 때 마 할아버지가 날카롭게 말했다. "나와 이야기를 맞추자."

"예?"

무슨 소린지 몰라 어리둥절한 상태에서 마 할아버지는, 나는 알아들을 수 없는 산둥 사투리로 뭐라고 부르며 재빨리 문을 넘어 어떤 집으로 들어가 버렸다. 여기서도 산처럼 쌓인 연탄이 마당의 반을 차지하고 있고 매캐한 연기가 감돌고 있었다. 집 벽에 마차 바퀴 하나가 세워져 있었다. 얼어붙은 물웅덩이가 지면에 붙어 있었다. 집안에서 붉은 솜옷을 입은 붉은 얼굴의 여성이 뭐라고 호통치면서 나왔다. 둘은 서로 호통치면서 집으로 들어갔고 여성은 호통치면서 우리에게 뜨거운 물을 내

주었다. 마 할아버지가 나를 상하이에 사는 손자라고 소개하자 안에서 남녀노소가 줄줄 나와 나를 열심히 구경했다.

"이 마을에 사는 사람은 모두 왕씨 집안사람이다." 뜨거운 물을 마시면서 마 할아버지가 알려주었다. "형제, 사촌, 조카와 그 가족…… 그러니까 왕씨 집성촌이지. 조금 전 여자는 왕커창의 딸이야."

"나는 왕커자의 딸이요!" 붉은 얼굴의 여성이 징 같은 목소리로 호통쳤다. "왕커창은 아버지의 형이니까 내 삼촌이지!"

그러자 전원이 왁자지껄 웃었다. 그리고 또 나를 봤다. 어떤 얼굴이나 연기와 찬 바람 탓에 시커멓고 노란 눈이 번들번들 빛을 내고 있었다. 머리가 하얀 노파가 찢어진 곳을 맞춰 구두 바닥을 깁고 있었다.

"왕커창은 항일 전쟁 때 살해당했어." 마 할아버지가 말했다. "네 대학 논문에도 그렇게 썼지?"

"예?"

"그래서 왕쥬에의 이야기를 듣고 싶다고 한 거 아니냐."

모두 나를 보고 있었다.

"아, 그렇습니다!" 안절부절못한 채 나는 고개를 마구 끄덕였다. "사허 학살사건에 대해 좀 묻고 싶은 게 있어서요."

텅 빈 머리로 간신히 몇 가지 사실을 이해했다. 마 할아버지는 내 정체와 여기 온 이유를 속이고 있었다. 이는 즉, 이 마을에서 정체를 밝히는 것은 위험하다고 판단한 것이다. 그러므로 위우원 삼촌에게도 내가 왔음을 알리지 않았다는 소리다. 당사자인 위우원 삼촌은 외출이라도 했는지 지금은 보이지 않았다. 삼촌이 나를 보고 어떻게 반응할지는 신만이 알 일이다.

내 심중을 알아차렸는지, 마 할아버지가 왕쥬에가 어디 있는지 물었다.

"병원이요."

붉은 얼굴의 여성이 그렇게 답하자 다들 맞장구를 쳤다. 병원이지, 아아, 그래, 병원에 있지. 칭다오 병원이야. 폐야, 폐라고. 폐가 나쁘다고.

"그래도 곧 돌아올 텐데. 기다려도 되지만, 사허 학살사건이라면 우리도 잘 알아. 이 오빠는 뭘 묻고 싶은데?"

전원이 내 입에서 무슨 말이 나올지 기다렸다.

"아……" 나는 목소리를 억지로 짜냈다. "사실은 여기 오기 전에 사허 학살사건으로 희생당한 분들의 위령비에 들렀습니다. 그런데 정말 예준린이 쉰여섯이나 죽였습니까?"

그러자 전원의 시선이 구두 바닥을 깁고 있던 노파에게로 날아갔다.

"그랬다오." 노파는 손길을 멈추고 고개를 들었다. "예준린은 이 근방에서 날뛰던 도둑이야. 사람을 죽이면서 눈 하나 깜빡하지 않았지. 어느 날, 부하 몇을 끌고 우리 마을에 왔어. 여기가 아니야. 옛날에 우리가 살던 마을은 더 훨씬 남쪽이고 더 컸지. 녀석들은 총을 가지고 있었어. 그래, 총만 있으면……."

"내가 왕이지." 나와 노파의 목소리가 겹쳐졌다.

노파는 고개를 끄덕이고 말했다. "우리는 아무것도 할 수 없었어. 몇 명만 살아남았지."

그 예준린은 말도 안 되는 놈이었지, 모든 사람이 할아버지의 악행을 저마다 저주했다. 마을 사람들에게 커다란 구덩이를 파게 하고 그 안에 들어가게 한 다음 다이너마이트를 터뜨렸어. 나는 한 사람씩 머리를 쐈다고 들었는데. 남편을 묶어놓고 보는 데서 아내와 딸을 강간한 거 아니었어? 쉰여섯이 아니라 나는 100명 이상 죽였다고 생각해. 적어도 100명 이하는 아니야.

"하지만!"

모두가 말을 뚝 그치고 목소리를 높인 내게 가만히 시선을 돌렸다.

"……하지만 그것은 왕커창이 먼저 일본인을 끌어들여 예준린의 마을 사람들을 모두 죽였기 때문이잖아요. 왕커창은 일본인을 위해 일하지 않았나요?"

그런 농담은 그만둬, 왕씨 집안사람들은 귀까지 새빨갛게 되어 반론했다. 너는 지금 할아버지를 일본인의 개라고 하는 거냐? 내 눈에 흙이 들어오기 전에는 아무도 그런 말은 할 수 없지! 잘 들어. 할아버지가 예준린의 마을에 데려간 사람들은 치안 유지대야. 일본인이 아니라고. 그도 그럴 것이 녀석들이 먼저 우리 우물에 독을 탔다고.

백 보 양보해 그 말이 맞는다고 치자. 그러나 그 치안 유지대라는 게 바로 일본군의 꼭두각시라는 사실을 리 할아버지와 구오 할아버지에게 들었다. 그렇다면 일본군을 끌고 온 것이나 마찬가지 아닌가!

"당신이 예준린에 관해 뭘 알지?" 붉은 얼굴의 여성이 고함쳤다. "예준린이란 사람은 말이야, 젊었을 때부터 나쁜 짓을 하고 다녔다고. 녀석이 무슨 짓을 했는지 알아? 우선 점 찍은 마을의 우물에 독을 풀어. 죽을 정도는 아니야. 며칠 동안 토하거나 설사하지. 그리고 그 마을을 찾아가 당신들 우물에 물귀신이 붙어 있다고 해. 다음은 마을 사람들에게 돈을 받고 대충 향이나 올리는 게 끝이야. 이쯤에는 이미 독이 옅어져서 마을 사람들도 물귀신을 퇴치했다고 믿지. 어때? 이래도 우리가 나쁘다는 거야? 예준린 같은 쓰레기를 죽여준다면 나는 내 딸을 줄 수도 있을 정도라고!"

나는 마을 사람들을 노려봤고 마을 사람들도 나를 노려봤다.

"아이고, 전쟁이었잖나. 진실은 아무도 모르지."

마 할아버지가 그렇게 말하자 노파도 끄덕였다. "누가 먼저 시작했는지 지금 이야기해 봤자 소용없는 일이야. 죽은 사람은 죽었고 산 사람은 살아남았지. 그게 다야."

어색한 침묵은 그리 길게 이어지지 않았다. 내게는 그 1초, 1초가 납처럼 무거웠으나 이렇게 이가 근질근질한 경험은 태어나 처음이었다. 적당한 비유가 떠오르지 않아 안달이 날 정도였다. 닭이 먼저인지 달걀이 먼저인지, 같은 어정쩡한 게 아니라고. 달걀이 먼저든 닭이 먼저든, 그게 도대체 뭐란 말인가! 나는 전쟁 이야기를 하는 거야. 가족의 명예에 관해 말하는 거라고!

활활 분노를 태우고 있는데 밖에서 차가 멈추는 소리가 났다.

감전된 듯 의자에서 벌떡 일어나는 나를 보고, 집안사람들이 방어 자세를 취했다. 나는 기다렸다. 쾅 차 문 닫는 소리가 들렸다. 저 너머의 철로를 덜컹덜컹 달려가는 기차. 어디선가 개가 짖었다.

문을 넘어 위우원 삼촌이 마당으로 들어왔다.

먼지가 덮인 창문 너머로 보인 삼촌은 외모가 완전히 변해 있었다. 가죽 코트를 입고 보풀이 인 모직 모자를 쓰고 기모 옷깃에 목을 잔뜩 움츠린 얼굴은 바싹 말라 있었다. 만약 손에 코카콜라 페트병을 들고 있지 않았다면 바로 알아볼 수 없을 정도였다. 눈이 푹 패고 두툼했던 가슴은 흔적도 없이 사라졌고 걸음걸이도 불안했다. 창백한 얼굴에 생기가 없었고 뱉어내는 하얀 입김은 너무나도 약했다. 의사는 아니지만, 나뿐만 아니라 누가 봐도 삼촌은 죽어가고 있었다.

정신을 차려보니 나는 마당으로 뛰어나와 있었다.

삼촌이 걸음을 멈췄다. 눈을 가늘게 뜨더니 뜻밖에 온화한 미소를 지었다.

"무슨 뜻이야?" 그게 내가 처음 내뱉은 말이었다. "왜 웃어?"

"치우성." 위우원 삼촌은 천천히 말했다. "언젠가 네가 올 것 같았어."

나는 위우원 삼촌을 노려봤다.

"기억해? 너랑 가오잉썅 조직에 쳐들어갔을 때, 오토바이를 타고 가려는 너를 붙잡고 주먹을 먹였지. 그 밤을 자주 생각해. 꿈도 여러 번 꿨지. 그때의 네 눈은, 네 할아버지와 정말 닮았어."

"……."

"나를 거름통에서 구해줬을 때의 예준린의 눈과"

그 말을 듣고 삼촌이 도망칠 생각도 숨을 생각도 없음을 알았다. 그 한마디로, 역시 할아버지를 죽인 사람이 삼촌이라는 사실을 알았다. 그 목소리의 분위기로 자신이 인생의 갈림길에서 있음을 깨달았다.

도대체 무슨 일인가 싶어 집에서 남녀노소가 나왔다.

"이 녀석은 내 조카야." 삼촌은 모두를 향해 말했다. "대만에 있을 때 신세를 졌지."

"대만?" 누군가가 말했다. "이 녀석은 상하이에서 온 게 아니야?"

"나는 대만에서 왔어."

왜 그런지 나도 모른다. 레이웨이와 싸울 때도, 식칼을 움켜쥐고 조폭 사무실로 들어갈 때도, 드럼통에 갇혀 산에서 굴러떨어질 때도, 항상 그랬다. 모든 게 망가질 때 내 마음은 언제나 복원보다는 더 많은 파괴로 기울었다.

"그래서 뭐?" 나는 모조리 쏟아냈다. "나는 예준린의 손자야!"

그들 사이의 공기가 쓱 차가워지는 게 느껴졌다.

"여기 언제 왔니?" 위우원 삼촌이 물었다.

"어제." 나는 목소리를 죽였다.

"어디 묵니?"

"그런 게 무슨 상관이야?"

"……."

"삼촌." 앙다문 이 사이로 말을 밀어냈다. "당신이 할아버지를 죽였어?"

삼촌은 가만히 나를 응시하고 있었다.

나는 기다렸다.

자업자득! 주위에서 비난이 날아왔다. 예준린 같은 놈은 죽어 마땅하지. 이봐. 이 녀석. 배짱도 좋네. 일부러 우리 마을까지 와서 그런 말을 하다니, 사는 게 싫어졌나. 루루, 문 닫아라. 이 녀석을 그냥 보낼 수는 없지.

"입 다물어!"

삼촌의 일갈에 그들은 말을 잃었다. 다음은 차가운 겨울바람과 원혼 같은 마음만이 남았다.

"내가 죽였어." 위우원 삼촌은 콜록콜록 기침하면서도 내게 시선을 피하지 않았다. "내가 양아버지를 죽였어."

"왜……" 손가락 관절이 하얘질 정도로, 나는 주먹을 꼭 움켜쥐었다. 무의식적으로 땅에 떨어진 깨진 벽돌과 벽에 세워놓은 괭이로 시선이 갔다. "왜 그렇게 죽였어?"

"잊지 않는 것만으로는 충분하지 않았어."

"……."

"내 부모는 네 할아버지에게 생매장당했어. 그래서 내 부모와 같은 고통을 맛보게 하고 싶었어."

"슈알후의 가족을 덮친 것도…… 아내와 두 딸을 죽인 것도 당신이었어?"

"그래."

"할아버지가 와서 거름통에 숨은 거야?"

"맞아."

"진짜 슈위우원도 죽였어?"

"네 할아버지가 왔을 때 나는 그 녀석을 거름통에 빠뜨리고 있었지."

"그래서……" 숨쉬기가 힘들었다. 위우원 삼촌의 한마디, 한마디가 송곳처럼 내 머리를 찍어 내렸다. 할아버지가 이 남자를 거름통에서 끌어냈을 때 이 녀석의 발밑에는 진짜 슈위우원이 잠겨 있었단 말인가. "그래서 슈위우원인 척해 대만까지 따라왔어?"

"예준린의 혈육을 다 없앨 생각이었어."

"왕쥬에!" 내 호통에 삼촌의 몸이 굳어졌다. "그럼 왜 바로 하지 않았어? 왜 20년 이상이나 기다렸어? 왜 나랑 같이 가오잉썅을 찾아갔어? 왜…… 왜…….”

자신의 목소리가 떨린다는 것은 알았다. 욕조에 빠진 할아버지가 보여 머리가 확 뜨거워지며 코피가 났다. 피가 점퍼 앞을 적셨다. 조심스레 손등으로 코를 닦았을 때 눈물도 나오고 있다는 것을 깨달았다. 오른쪽 눈이 지독하게 씰룩대고 있었다.

“치우성, 따라와라.” 삼촌이 말했다. “좀 걷자.”

하늘에는 얼어붙은 듯한 하얀 태양이 걸려 있었다.

밭인지 황야인지 모를 대지를 우리는 정처 없이 걸었다. 나는 조금 뒤에서 위우원 삼촌을 따라 터덜터덜 걸었다. 마을 외곽에 흙만 덮어놓은 무덤이 몇 개 있었는데, 그 하나에는 아직도 연기가 피어오르는 향이 꽂혀 있었다.

지독하게 피곤했다.

머릿속이 저릿저릿해 제대로 생각할 수 없었다. 대기의 추위와는 전혀 다른 추위가 몸 안에서 뱀처럼 똬리를 틀고 있었다. 그 탓에 계속 몸이 덜덜 떨렸다.

바로 손 닿는 곳에 삼촌을 때려죽일 것들이 여럿 떨어져 있었다. 큰 돌, 못이 튀어나온 널빤지, 중간 정도의 돌. 그런데도 삼촌은 한번도 돌아보지 않고 계속 걸었다. 중간에 딱 한 번 걸음을 멈췄으나 그것은 기침 때문이었다. 삼촌은 허리를 숙이고 피 섞인 침을 뱉었다.

“20년 이상이나 걸리고 말았다.” 기침을 참으면서 위우원 삼촌이 드문드문 말을 더해나갔다. “순식간이었어. 대만으로 건너갔을 때 나는 열여섯이나 일곱이었지. 몸이 작았던 탓에 양아버지는 내가 네 아버지보다 어리다고 생각했지. 나는 내 정체가 드러날까 봐 두려워 양아버지가 그렇게 생각한다면 그걸로 됐다고 생각했다. 어차피 바로 네 가족을 죽일 셈이었거든. 벌써 고등학생 나이였는데 중학교에 다녔다. 바로 하지 않은 이유는 꼭 살아서 중국에 돌아가기로 마음먹었기 때문이야. 내가 없으면 우리 집은 대가 끊기니까.”

불효에 세 가지가 있는데 자손을 남기지 못하는 게 가장 큰 불효다. 중국인에게는 대를 잇는 게 무엇보다 중요했다.

“그래서 기다렸지.” 삼촌은 걸음을 멈추고 나와 마주 섰다. “선원이 된 것은, 그럼 중국으로 돌아올 수 있으리라 생각했기 때문이다. 분명히 말하는데 기다리다 보니 조금씩 정이 생겼다는 이야기가 아니다. 만약 네가 울며 후회하는 나를 보려고 애써 여기까지 왔다면, 미안하지만 괜한 걸음 했다. 나는 예준린이 부모와 여동생을 생매장하는 과정을 큰 나무 위에서 다 봤다. 그날, 친구와 나무에 올라 놀고 있었는데 네 할아버지 패거리가 총을 들고 왔지. 대여섯 명이었는데 슈알후가 앞장섰더라. 그리고 마을 사람들을 몰아 구덩이를 파게 했다. 그리고…….”

“마을 사람을 그 구덩이에 몰아넣고 다이너마이트를 터뜨렸다고?”

"아니……. 그냥 흙을 덮어 묻었지."

"……."

"네 할아버지는 마을 사람과 내 가족을 묻고 솟아오른 흙을 발로 다진 다음 떠났다. 여동생은 마지막까지 어머니에게 매달려 있었지. 슈알후가 침을 뱉었다. 그게 다였다. 나는 친구와 함께 필사적으로 흙을 파냈다. 해가 저물 때까지 팠지. 손이 찢어졌고 손톱이 벗겨졌지. 드디어 머리 하나가 나왔다. 우리는 미친 듯 팠다. 그 사람은 잡화점의 헤이즈였다. 진짜 이름은 몰라. 머리가 조금 나빠서 다들 헤이즈라고 불렀어. 예준린은 그런 바보도 묻었어. 내 아버지는, 맞아, 일본군을 위해 일했지. 일본군을 끌고 가 예준린의 마을을 몰살한 게 사실일지도 몰라. 진실은 이제 모르겠다. 예준린이 그랬다고 하면 그게 너희의 진실이겠지. 그게 전쟁이야. 그런데 헤이즈에게 무슨 죄가 있냐? 헤이즈는 입안 가득 흙을 먹은 채 눈을 부릅뜨고 죽어 있었다. 그걸 본 순간 녀석들에게도 같은 일을 당하게 해주리라 맹세했다."

나는 어금니를 악물었다.

"내 어머니는 일본인이었다." 삼촌이 계속 말했다. "항일 전쟁 때 아버지와 사랑에 빠져 중국에 남았다. 그 시절에 일본인을 아내로 맞는다는 게 어떤 의미였는지 알겠니? 삐끗하면 살해당하지. 네 할아버지와 슈알후 같은 녀석들에게 말이야. 그래도 아버지는 어머니와 함께하는 길을 선택했다. 그런 어머니와 우리를 지키기 위해 아버지가 할 수 있는 일이 뭐였을까? 압도적인 무력을 가진 일본군과 간신히 권총이나 차고 다니는 중국인. 너라면 어느 쪽을 따르겠니? 예준린의 손자라면 죽어도 일본인에게 아부하지 않을 거라고 말하겠지. 하지만 아버지는 주위 사람들에게 검은 개라고 불리더라도, 아무리 모욕을 당해도, 우선 가족을 지켰지. 나는 그런 아버지가 정말 좋았다."

"그럼 왜 우리를 죽이지 않았어?" 나는 으르렁댔다. "왜 대만에서 도망쳤어?"

"그 사진."

"사진?"

"가오잉썅의 사무소에 쳐들어갔을 때 네가 보여준 내 가족 사진."

나는 눈을 가늘게 떴다.

"그때 깨달았다. 양아버지는 아무것도 모른 채 나를 키운 게 아니었다. 양아버지는 알았어. 내가 슈알후의 자식이 아니라 자신이 생매장한 남자의 아들이란 걸."

아무 말도 할 수 없었다. 커다란 덩어리가 목구멍에 걸려 숨쉬는 것조차 제대로 할 수 없었다. 할아버지는 살해당할 수 있다는 각오로 왕쥬에를 키운 걸까? 그런데도 위우원 삼촌이 항해에서 돌아올 때마다 그렇게 기뻐했단 말인가? 왜 자신을 죽이려 하는 남자와 웃으며 술을 마셨을까?

어쩌면 할아버지는 삼촌 손에 죽길 바랐는지 모른다. 어디선가, 누군가가 과거를 청산해 주길 바랐을지도.

"치우성, 알겠니? 네 할아버지는 네 가족의 목숨을 전부 내 앞에 늘어놓았다. 시장의 채소처럼. 자, 네 마음대로 해보라는 듯. 말로는 아무리 큰소리를 쳐도 속으로는 자기가 한 짓을 후회한다는 걸 알았다. 그렇게 생각하니 이해가 가더라. 내가 덮쳤을 때 그 남자는 거의 저항하지 않았으니까. 그래서 나는 너희들을 죽이지 않기로 했다. 오히려 예준린을 죽인 것조차 후회했다. 그 남자는 죽을 때까지 죄의식에 시달리는 게 나았어."

"한 가지만 더 알려줘." 내가 말했다. "할아버지가 살해된 날, 디화지에의 가게에 전화한 사람이 당신이야?"

"……."

"내가 할아버지의 시신을 발견했을 때 가게에 무언의 전화가 걸려왔어. 그게 당신이었어?"

위우원 삼촌은 입을 열었으나 나온 것은 기침이었다. 덧없는 약속처럼 가벼운 기침이 아니었다. 삼촌은 콜록거리면서 피 섞인 침을 뱉었다.

"만약 당신이라면 왜 전화했어? 혹시 할아버지가 살아 있나 싶었어? 만약 살아 있으면 다시 죽이러 올 생각이었어? 아니면 살아 있길 바랐어?"

"그건 내가 아니야." 입을 닦으면서 삼촌은 말했다. 목소리에 공기가 새는 듯한 소리가 섞여 있었다. "나는 전화 같은 거, 걸지 않았어."

나는 고개를 끄덕였다.

"대만에서 산 30년 가까운 세월, 한번도 망설이지 않았다면 거짓말이겠지……만, 나는 해야 할 일을 했어. 그건 후회하지 않아."

"그래?"

"중국에 돌아와 이 땅을 밟았을 때 어릴 때 했던 맹세를 밟고 있는 느낌이었다. 과거의 맹세는, 예준린의 핏줄을 끊어버리겠다는 맹세는, 마치 뼈처럼 이 땅에 묻혀 있었어……. 아니, 이 땅의 뼈 자체였어."

나는 이미 열일곱 살이 아니다. 삼촌의 목소리 뒤로 훤히 보이는 슬픔을 모르지 않았다. 그것만으로도 마음이 사그라들었는데, 깨달은 게 더 있었다. 할아버지가 위우원 삼촌에게 살해당할 각오를 품었던 것처럼, 삼촌도 지금 이 순간, 내게 살해당할 각오를 다지고 있었다. 나를 도발하고 있다. 그 전화는 결단코 삼촌이 걸었던 것이다.

나는 몸을 굽혀 떨어져 있는 큰 돌을 주웠다. 이 모든 것을 끝내기 위해 그리고 위우원 삼촌을 용서하기 위해, 나는 삼촌을 죽여야만 한다. 그렇게 생각했다. 삼촌의 피만이 나의 의문과 기만과 분노에 대한 유일한 답이니까.

그것은 면면히 이어진 증오의 연쇄를 가장 아름답게 끝내는 방법이었다. 우리는 피를 흘리지 않을 수도 있다. 그러나 피를 흘리지 않고 도대체 무엇을 증명할 수 있단 말인가? 할아버지는 가족 모두의 목숨을 걸고 과거의 잘못을 갚으려 했다. 최악의 바람이 휘몰아치는 마음속의 고통을 증명했다. 역설적이지만 그 각오가 우리의 생명을 구했다.

위우원 삼촌은 움직이지 않았다. 그저 조용히 서 있었다. 솟구치는 기침이, 얇아진 그의 가슴 안쪽을 두들겨대고 있었다.

나는 양손으로 돌을 들어 올렸다.

우리의 시선이 교차했다.

돌을 더 높이 들고 막 내려치려는 순간, 허리 부분이 휘청했고 동시에 배가 폭발했다. 길게 울리는 총소리가 귀에 닿은 것은 땅에 쓰러진 후였다.

"루루!" 위우원 삼촌의 호통이 머리 위에서 울렸다. "무슨 짓이냐!"

옆으로 누운 시야에 양손으로 권총을 움켜쥔 소년이 비쳤다. 회색빛을 받아 묵직하게 빛나는 놋쇠 총신을 보고, 그게 할아버지의 모제르라는 걸 알았다.

"이 녀석은 일족의 원수야!"

소년은 소리치고 다시 방아쇠를 당겼다.

내 바로 앞 땅의 흙이 튀었다.

총성을 듣고 여러 집에서 마을 사람들이 달려 나왔다. 뭐야, 무슨 일이야?! 다들 저마다 소리쳤다. 루루가 대만인을 쐈어! 무슨 일이야. 외국인을 다치게 하면 사형이라고! 하지만 예준린의 손자잖아! 도대체 무슨 소릴 하는 거야, 다 지난 일이잖아!

"이 녀석, 지금 샤오쥬에 삼촌을 죽이려고 했어! 저 돌로 내려치려 했다고!"

총알은 내 허리로 들어가 배로 나온 듯했다.

이 멍청한 자식아, 무슨 짓을 한 거야! 남자들이 다가와 소년을 혼내며 총을 빼앗았다. 도대체 어쩌면 좋냐? 우왕좌왕하면서 서로 고함을 쳐댔다. 이렇게 되면 둘 다 죽여야지! 비틀비틀 달려오는 마 할아버지에게 몇 명이 달려들었다. 이 녀석만 없으면 문제는 없어! 마 할아버지는 곧장 품에서 칼을 꺼내 던졌으나 칼은 비실비실 엉뚱한 곳으로 날아가 버렸다.

어라, 역시 칼 날리는 어쩌고는 아니라니까.

"그만해!" 위우원 삼촌이 나를 감쌌다. "이 아이를 죽이지 마!"

"하지만 샤오쥬에!" 붉은 얼굴의 여성이 고함쳤다. "이 녀석들을 살려두면 공안에게 잡혀간다고!"

"내가 쐈다고 할게!"

삼촌은 나를 품에 안고 있었다. 하필 이런 순간, 아직 서너 살이었을 때 종종 삼촌의 무릎 위에 거꾸로 매달려 잠들었던 추억이 생각났다. 의자에 앉아 발을 뻗고 있는 위우원 삼촌의 다리는 마치 미끄럼틀 같았다. 나는 머리를 아래에 두고 삼촌 다리에 누웠다. 그러면 위우원 삼촌은 다리를 들었다 놓기를 반복해 나를 꺄꺄 웃게 했다.

"괜찮아, 내가 쐈다고 하면 되잖아!" 삼촌이 포효했다. "루루는 공안에 갈 필요 없고, 치우성도 살 수 있어!"

우리를 둘러싼 무리는 어떻게 해야 할지 마음을 정하지 못한 듯했다. 삼촌 말을 따를 것인지, 아니면 역시 나를 때려죽이는 게 무난한지, 결정을 내리지 못하는 듯했다. 나는 입에서 피를 조금 토했다. 마 할아버지는 땅에 제압당해 있었다.

허연 태양이 하늘에 떠 있었다.

그 태양이 점점 다가오는 듯했다. 나는 배에서 피를 흘리면서 눈을 깜빡였다.

"치우성, 정신 차려! 별일 아니야! 반드시 내가 살릴 테니까! 야, 정신 차려. 치우성! 치우성!"

잘못 본 게 아니야. 아니, 잘못 본 것일지도 몰라. 나는 눈을 응시해 다시 봤다. 그것은 태양이 아니라 도깨비불이었다.

도깨비불은 두둥실 떠서 내 배 속으로 쓱 빨려 들어갔다.

"정신 차려, 치우성……" 위우원 삼촌이 격렬하게 기침해 내 얼굴에 피를 떨어뜨렸다. "눈을 감지 마……. 얘야 눈을 감지 마."

아하하, 예준린의 핏줄을 끊은 게 아닌가.

마을 사람은 움직이지 않았다.

소란스러움이 멀어져갔다.

도깨비불은 나와 함께 있다. 그러므로 걱정할 건 하나도 없다. 국민당이 38년간 이어온 계엄령을 해제하고 집회, 결사, 신문 발행의 자유를 인정하고 대만 주민의 중국 방문을 해금하기 3년 전의 일이었다.

대륙의 바람은 아직 차가웠지만 봄이 코앞까지 다가와 있었다.

## 에필로그

휠체어를 탄 구오 할아버지 그리고 리 할아버지와 리 할머니가 입국 심사를 위한 긴 행렬에 서는 모습을, 나는 배웅하는 사람들 틈에 섞여 바라봤다.

구오 할아버지는 어깨 너머로 휠체어를 미는 공항 직원에게 뭐라고 말을 걸었다. 그러자 리 할아버지가 팔을 휘둘러 온몸에 범상치 않은 투지를 드러냈다.

"뭐지?" 절로 혀를 차고 말았다. "이번에는 뭘까?"

"괜찮아." 아내가 말했다. "여권도 비행기 표도 내가 수없이 확인했어."

"하지만 할아버지가 저렇게 성을 내는 걸 보니 보통 일은 아니야."

내 가슴속에 선명하게 떠오른 것은 1년 전의 악몽이었다.

1987년에 대륙 방문이 해금된 지 3년 후, 리 할아버지와 구오 할아버지는 드디어 결심하고 귀향길에 올랐다. 노인들이 망설였던 것은 예전 산둥성에서 자신들이 저질렀던 나쁜 짓들 때문이었다. 게다가 내 입을 통해, 지금 그 땅에는 할아버지의 학살을 잊지 말자는 비석까지 세워져 있다는 소리를 듣고는, 두 할아버지가 한동안 정세를 지켜보기로 한 것도 무리는 아니었다. 그들은 국민당도 공산당도 믿지 않았으므로 이 대륙 방문 해금의 축제 소동이 무서운 덫일 가능성도 있다는 의심을 풀지 않았다.

"잘못 돌아갔다가 뭐가 기다리고 있을지 어떻게 아나." 구오 할아버지가 그렇게 말하자 리 할아버지가 일갈했다. "나라는 언제나 우리를 배신하니까!"

둘의 태도를 누그러뜨린 것은 대륙에서 도착한 마 할아버지의 편지였다. 그것은 할아버지의 비석이 철거되었음을 알리는 편지였다. 철거하는 날, 마 할아버지는 과일을 사 갔다. 택시를 잡아 가격 흥정을 해 내가 익히 아는 그 황무지에 도착했다. 비석 주위에는 이미 출입금지 선이 둘러쳐져 있었는데, 작업원에게 사정을 이야기하자 인정을 베풀어줬다. 마 할아버지는 비석에 과일을 바치고 합장했다. 그러자 어디선가 자전거를 탄 노인이 와서, 당신은 예준린의 지인인가, 라고 물었다고 한다.

"아아." 마 할아버지가 차분하게 고개를 끄덕였다. "어릴 때부터지."

"그래?" 노인이 말했다. "내게도 죽마고우가 있었는데 여기서 예준린에게 살해당했어."

"우리는 말단이었지. 그 전쟁은 애들 싸움 같았어."

"정말 그랬지. 뭐가 뭔지도 모르는 꼬마들이 총을 들고 서로 쏴댔어."

"그것도 다 옛날 이야기야."

"응. 다 지나갔지."

그것뿐이었다.

노인은 다시 자전거를 타고 황야 저쪽으로 사라졌다.

순식간이더군, 마 할아버지는 편지에 그렇게 적었다. 다이너마이트로 예 옹의 비석은 산산조각이 났다.

훨씬 뒤에, 나는 마 할아버지의 장례식에 참석하려고, 다시 산둥 땅을 밟았다. 비석이 있었던 자리에 들렀는데 큰 공장이 세워져 있었다. 나는 지평선으로 이어진 흙길에 서서 기다려 봤으나 자전거를 탄 노인은 끝내 나타나지 않았다. 공장 굴뚝에서는 하얀 연기가 뭉게뭉게 피어올랐고 덤프트럭이 흙먼지를 올리며 지나다닐 뿐이었다. 내 시계가 잘 작동하고 있듯, 대륙의 시계도 마오쩌둥이 죽은 시간에 멈추지 않은 것이다.

그렇게 세상은 점점 새로워져 갔다. 할아버지의 도깨비불 사당이 있던 중화상창도 1992년에 철거되어, 지금은 흔적도 없다.

가끔 그 도깨비불 사당을 떠올린다. 도깨비불은 지금 나와 함께 있을까? 그걸 확인하려면 다시 아픈 추억을 떠올려야만 하리라. 나는 아주 뼈아픈 추억을 가지게 되었다. 할아버지의 권총 때문에. 아주 옛날, 할아버지는 그 모제르 권총으로 사람을 잔뜩 죽이고 대만으로 가져와 평생 소중히 간직했다. 그걸 위우원 삼촌이 중국으로 가지고 돌아갔고, 결국 그 총은 내게, 할아버지의 보물이었던 내게 불을 뿜었다.

이 얼마나 상징적인 이야기란 말인가!

어쨌든 대만에 있는 의형제들을 고향으로 불러들인 것은 마 할아버지가 보낸 편지였다. 나는 노인들을 위해 매사 빠짐없이 준비했다. 마 할아버지에게 수없이 전화해 호텔과 관광지 등을 결정했다. 상대는 중국인인지라 나는 최대한의 인내력을 발휘해야 했다. 몇 개월에 걸친 교섭과 인내 끝에 마침내 적당한 답을 얻더라도 다음 날 만사가 원점으로 돌아갈 수 있는 나라였다. 중국인들의 변명은 뭐든 판에 박힌 듯 같았다. 지도자가 안 된다고 했어요. 마치 이 말을 받아들이지 않는 사람은 있을 수 없다는 태도로 모든 것을 백지로 돌려버렸다. 그 한심한 지도자 탓에 나는 헤아릴 수 없는 불면의 밤을 지내고 눈물로 베개를 적셨다.

그런데도 리 할아버지와 구오 할아버지의 첫 귀향 시도는 완전히 좌절되었다. 목숨보다 소중한 여권을 잃어버려서는 안 된다며 끈으로 묶어 목에 걸고 갔는데 공항 체크인 카운터에서 파리처럼 쫓겨났다. 둘은 그야말로 격노했으나 구멍 난 여권은 더는 여권이라 부를 수 없었기에 반년에 걸친 나의 노력은 물거품으로 돌아갔다. 이 사건으로 여권에 구멍을 내선 안 된다는 가르침을 노인들은 가슴에 새겼을 것이다.

"이제 가야지." 목을 빼고 입국 심사대를 살피는 내게 시야 메이링이 말을 걸었다. "오후 강의에 늦어."

"하지만!"

내 걱정은 결국 기우가 되었다.

5분 후, 노인들은 순조롭게 심사대를 통과하더니 우리를 향해 높이 엄지를 치켜세웠다. 대기실로 사라지는 늙은 뒷모습을 지켜보면서 가슴을 쓸어내렸다. 이제부터 그들은 홍콩, 상하이를 거쳐 칭다오로 날아갈 것이다. 현지에서는 마 할아버지가 마중을 나온다. 가령 리 할아버지 일행이 중국에서 구멍을 내선 안 되는 것에 구멍을 내더라도 그건 마 할아버지가 고생할 일인 것이다.

허리에 납 탄환을 한 방 먹긴 했으나 나는 죽지 않고 다리를 끌지도 않으며 일상을 보내고 있다.

루루의 죄를 뒤집어쓴 위우원 삼촌이 감옥에 가지도 않았다. 공산당이 관대했던 게 아니다. 폐병이 심해져 재판 전에 병원에서 숨을 거뒀다. 마 할아버지의 편지에 따르면 위우원 삼촌은 이 세상과 작별할 때 입에서 인공호흡기를 떼자 "아! 코카콜라를 마시고 싶다"라고 했단다.

1984년 4월, 총상이 어느 정도 나아지자, 나는 벚꽃이 만개한 일본으로 돌아와 다시 온몸을 정밀 검사했다. 총상이 문제가 아니었다. 당시 중국 병원에서는 주사기를 돌려썼다. 내 몸에 찔렸던 주사기 속에 붉은 게 들어 있는 것을 봤을 때는 졸도할 뻔했다. 그러나 나는 이미 총에 맞아 졸도한 것이나 진배없는 상태였던 터라 또 졸도할 수는 없었다. 열이 내려가지 않았고 의식이 몽롱했다. 거의 모깃소리 같은 목소리로 주사기를 바꿔 달라고 의사에게 간청했는데 망가지지도 않은 걸 뭐 하러 바꾸냐며 오히려 화를 내는 모습이 인상적이었다. 중국 의사에게 에이즈가 무섭다고 주장하는 것은, 사막의 낙타에게 홍수가 무서운 거라고 주장하는 거나 같았다.

죽을 뻔하고도 인생을 바꾸려 하지 않는 녀석은 바보다. 나로 말하자면 결심하고 대만대학의 야간부에 들어가 대만 문학을 전공했다. 그리고 1989년, 고맙게도 학사 학위를 받았다. 대학 재학 중에 시야메이링과 결혼했다. 룽꽌식품무역유한공사에서 일할 때 모은 저금과 샤오메이 고모의 출판사에서 번역 일을 받은 덕분에 검소한 신혼 생활과 학업을 양립할 수 있었다. 1980년대 후반의 일본은 미증유의 호경기로 들끓어, 말도 안 되는 책이 말도 안 되게 팔렸다. 번역 일이 끊임없이 들어와서 내 일본어 실력은 점점 좋아졌다. 지금도 번역과 통역 그리고 일본어 강사로 입에 풀칠하고 있다.

마침 졸업 논문을 쓸 때, 길거리 책방에서 우연히 왕우원밍과 만났다. 전역 후 처음 만난 것이다. 곧장 카페로 자리를 옮겨 격조했던 사이의 이야기를 나눴다. 그러다가 왕우원밍이 자백했다. 분신사바를 할 때 자신과 취홍장이 속임수를 썼다고.

"어…… 하지만…… 그게…… 아니…… 거짓말이지?"

"너와 그 녀석" 왕우원밍은 눈썹을 획 올렸다. "있잖아. 교육 소집으로 왔던 녀석. 너희들이 하는 말을 듣고 취홍장이 말을 꺼냈지. 설마 믿었어?"

"아니, 말도 안 돼!"

우리는 옛날 이야기로 꽃을 피웠고 연락처를 교환하고 헤어졌다. 왕우원밍은 신문사에서 기자로 일하고 있었다.

설령 그때의 분신사바가 속임수라고 해도, 나는 생각했다. 동전이 내 손가락을 '왕'과 '고도열장'으로 이끈 것에는 변함이 없다. 그것은 완전히 정곡을 찌른 것이었다. 어쩌면 분신사바가 인간 모르게 사람의 마음을 조종한 것일지도 모른다. 왕우원밍과 취홍장에게는 가벼운 장난이었을지 모르나 거기에는 분신사바의 위대한 어심이 작동했던 것이었다. 예전 밍첸 삼촌이 말했듯 군대에서는 그런 기괴한 일이 일어나는 법이다. 기괴라고 하면 기괴이고 우연이라고 하면 뭐 그렇기도 하지만.

나를 문학의 길로 이끈 사람은 레이웨이인데, 그는 내가 대학 3학년 때 가오잉썅의 칼에 맞아 죽었다. 레이웨이의 집은 완화에서 뭐든 파는 노점상이었는데 담당 구역을 넓히려 한 가오잉썅이 노점상들과 일을 도모한 끝에 벌어진 비극이었다. 군대에서 재회했을 때 쑥스러운 듯 자작시를 읽어주던 그의 얼굴을 나는 가끔 떠올린다. 남편 같은 거 필요하지 않아/나를 괴롭히는 남편 따위/다른 남자도 필요하지 않아/집이 크다 해도/결국 남자는 남자니까. 지금에 와서는 어쩌면 그 시는 정권을 비판하는 게 아니라 찌르고 치는 조폭의 길을 노래한 게 아닐까 생각한다. 시인은 하수구 속에서 죽었다. 부디 가오잉쌍이 회색 감옥 안에서 상상하기 힘든 지독한 일을 당하기를.

할아버지든, 위우원 삼촌이든, 레이웨이든, 사람이 죽을 때마다 그 사람이 있던 세계가 사라진다. 나는 그들 없이 살아야만 한다. 원래 세계와는 완전히 다른, 더 애매하고, 차갑고, 무관심을 숨기려 하지 않는 새로운 세계에 내 다리는 얼어붙는다. 따뜻한 외투가 하나씩 벗겨져 알몸이 드러나는 것만 같다. 내 마음은 온기를 원하는데, 그러나 내 영혼은 그렇지 않다. 세월이 흐르면서 내 영혼은 그들과 있음을 느낀다. 그들의 눈으로 매사를 보고, 그들의 귀로 소리를 듣고, 그들의 태도로 영원한 동경을 품는다. 절대 돌아올 수 없는 오랜 세계로 잠겨간다. 내 마음은 그렇게 위로받는다.

아내와 에스컬레이터로 향할 때 출발 로비의 운항 게시판이 일제히 펄럭펄럭 넘어갔다.

걸음을 멈추고 한참 올려다봤다.

LA행 비행기 편의 최종 탑승을 알리는 방송을 들으면서 내가 떠올린 것은 샤오잔의 결혼식이었다.

출소 후 샤오잔은 완전히 조폭에서 손을 씻고 지금은 어머니와 함께 난먼 시장에서 채소를 팔고 있다. 1988년 9월에, 역시 난먼 시장에서 건어물을 파는 가게에서 일하는 간판 같은 아가씨와 사귀었다. 피부가 까맣고 목소리가 큰, 발랄한 여성이다. 샤오잔이 전과를 밝히자 그녀는 눈을 동그랗게 뜨고 이렇게 말했다. "안에서 밥은 제대로 먹었어?" 샤오잔은 그렇게 소중한 비취를 손에 넣었다.

물론 나도 결혼식에 참석했는데 뚱보에게 마오마오가 이혼했다는 소식을 들은 것도 그 자리였다. 마오마오는 의사 남편과 이혼하고 지금은 화가인 미국인 남성과 같이 살고 있단다. 아니, 흠흠, 하고 내가 말했다. 결혼 같은 거 하는 게 아니야, 뚱보가 말했다. 영원히 변하지 않는 건 없으니까.

"왜 그래?" 아내가 그렇게 물었는데 내 마음이 어디를 헤매는지 아마 알았을 것이다. 그 증거로 이어서 이렇게 말했다. "앞으로는 미국도 갈 수 있겠네."

"그러네." 나는 애매하게 미소 짓고는 그녀의 손을 잡고 에스컬레이터로 향했다. "언젠가 둘이 같이 가면 좋겠네."

"둘이?"

"응."

"그럼 아이는?"

"아이?"

나를 응시한 시야메이링은, 내가 뭔가를 깨달을 때까지, 눈 한번 깜빡이지 않았다.

"어? 그거, 혹시……."

눈을 내리깔고 까딱 고개를 끄덕였다.

"진짜!"

환호를 올리며 그녀를 안아 올리는 나를 보고 주위 사람들이 깜짝 놀랐다. 아내가 조그맣게 비명을 지르고 웃으면서 나를 나무랐다.

"언제?"

"지금 3개월이래." 그리고 말했다. "고마워."

"뭐가?"

"많은 걸 가슴에 묻어줘서."

"……."

"가슴의 응어리를 토해내면 좋기는 하겠지. 하지만 토해낸 말에 끌려가 당신이 우리 손 닿지 않는 곳으로 가버릴지도 모르니까."

나는 아내를 내려놓고 그 손을 소중히 잡고 에스컬레이터를 내렸다. 그리고 그녀를 남겨놓고 주차장으로 차를 가지러 갔다.

자동문이 열리자, 10월의 눈부신 햇살이 나를 감쌌다.

돌아보니 아내가 거기 서서 방긋 웃으며 손을 흔들고 있었다. 흘러가는 사람들 속에서 그녀가 웃고 있었다.

아버지가 된다는 기쁨으로 가슴이 벅차, 나는 주차장으로 달려갔다.

인생은 이어진다. 이 앞에 무엇이 기다리고 있는지, 나는 안다. 하지만 지금은 그걸 말할 수 없다. 그런 짓을 하면 이 행복한 순간을 더럽히게 된다.

그러므로 지금은 그저 이렇게 말하며 이 이야기를 끝내자.

그때 여자아이를 위해 이리저리 뛰어다닌 것은, 우리의 자랑이었다.

# 과거의 이야기로 성장을 이야기하는 작가

《류》는 1970년대부터 80년대의 대만을 배경으로, 할아버지를 죽인 범인을 찾는 과정을 그린 미스터리이다. 또 주인공의 파란만장한 10대와 20대 시절의 청춘 드라마에 주변 인물들의 인생사를 통해 굽이치는 중국의 역사가 담긴 온갖 장르가 넘실대는 소설이다.

저자는 혼돈과 활력이 공존하는 대만 사회를 배경으로 중일 전쟁과 국공 내전이라는 피 튀기는 현장, 조직폭력단의 항쟁, 군사훈련이 강제되는 독재 사회, 애절한 첫사랑과 실연, 일본과 중국을 나아가 온 세상을 누비는 인물들의 모험을 다각적, 중층적으로 그려냈다.

여기에 유령, 분신사바, 도깨비불이라는 초현실적인 요소마

저 위화감 없이 엮어 그의 서사가 미스터리를 넘어 어디까지 이야기가 펼쳐질지 알 수 없는 불가사의한 기분이 들었다.

다양한 캐릭터를 보는 재미도 있다. 전쟁의 소용돌이 속에 아등바등 살아남기 위해 물불을 가리지 않았던 할아버지와 그의 친구들, 공산당임에도 국민당 친구들과 평생 교류하는 대륙의 할아버지까지 그 도도한 물길 같은 삶들이 우리를 압도한다.

여기에 고도 성장기를 살아내는 경쟁의 화신인 아버지 세대, 학교 선생이면서 아들에게 채찍질을 마다하지 않는 인물, 입만 열면 허풍인 삼촌과 전 세계를 떠돌아다니는 선원 삼촌, 기가 센 엘리트 고모 그리고 이 모든 것을 단숨에 제압하는 힘을 지닌 어머니가 등장한다.

사회 밑바닥에서 인생의 쓴맛을 직접 경험하는 친구들의 모습을 통해 천차만별의 상황에서도 같은 깨달음을 얻어가는 청년 세대까지 세대와 계층을 녹이는 장대한 이야기가 이 소설 한 편에 담겨 있다.

2019년 《내가 죽인 남자 나를 죽인 남자》로 우리나라에 처음 소개된 히가시야마 아키라는 일본에서 활동하는 대만 출신 작가로 세간의 이목을 끌었다. 하지만 그를 일본 출판계 주류에 올려놓은 작품은, 제153회 나오키상 수상작인 바로 이 소설 《류》이다.

'살아 움직이는 듯한 캐릭터들이 거리를 활보하는 착각이 들 정도의 필력.'

'독자를 혼돈 속으로 끌어들이는 힘이 있다.'

이런 평에서 알 수 있듯 그의 작품에는 늘 땅을 뒤흔드는 듯한 커다란 힘이 느껴진다. 우리는 이 힘의 근원을 대륙적인 감성에서 찾을 수 있을지도 모른다. 물론 그가 중국 본토에서 태어나고 자란 사람은 아니다. 그러나 그의 글에는 그의 피와 마찬가지로 대륙적인 기질이 면면히 흐르는 것을 느낄 수 있다.

작가는 미리 이야기의 구조를 짜고 글을 쓰기보다는 흘러가는 대로 이야기를 놓아두고 따라가며 글을 쓴다고 스스로 밝힌 바 있다. 즐기면서 글을 쓴다는 그의 말이 곳곳에 숨은 장난스러움과 유머에서 그대로 배어 나온다.

그는 대학 때 배낭 하나만 메고 동남아시아를 돌아다녔다고 한다. 여행지에서 오토바이를 빌려 타고 다니다가 차에 치일 뻔하기도 하고, 돈을 도난당하기도 하고, 화재로 타 죽을 뻔하기도 했단다. 샐러리맨 시절에는 우연히 어떤 남자와 가방이 부딪쳤는데 시비가 붙어 서로 싸우다 회사를 그만둔 적도 있다. 2000년 그럴듯한 직업도 없고 대학원에서도 쫓겨날 처지에 둘째 아이가 생기자, 식구가 다 잠든 새벽에 무작정 소설을 쓰기 시작해 7년간 계속 집필했다.

얌전하고 조용한 듯 보이는 외모와 온화한 표정의 작가에게서 뿜어져 나오는 힘과 에너지는 아마도 그가 살아낸 인생에서 비롯된 것이리라.

그는 한 인터뷰에서 이렇게 말했다.

"이야기에 땀과 피 냄새가 나고, 문장 행간에서 작가의 즐거움과 고통, 슬픔의 시가 들리는 작품이 좋습니다."

"영상이 떠오르는 글은 쓰기 쉬워요. 내게 문제는 음악이 들리는 글을 쓸 수 있는지죠. 체취가 나는 문장, 피의 양상을 띤 한마디, 세계를 짓밟는 듯한 구두점. 그것은 기술이 아니라 영혼의 문제죠."

정말로 그의 소설을 읽으면 다양한 소리가 들린다. 오토바이가 달리는 소리, 방해받은 차의 경적, 욕설, 뒷골목의 마작 패 넘기는 소리, 전쟁 이야기를 떠드는 노인들의 목청, 학살 현장의 비명과 고함, 새벽을 깨우는 두부 장사의 외침, 밤길을 달리는 파이어버드의 엔진 소리, 비치보이스의 노래, 식물원에 퍼지는 일본 노래, 화장실 뒤에서 울분을 토하는 군인의 절규, 야시장의 소란, 중국의 광활한 대지를 훑고 지나는 바람 소리, 연인을 보며 웃는 소리.

소리만이 아니다. 피 냄새, 쉰 냄새, 입 냄새, 빈랑즙 냄새, 향 냄새, 온갖 음식 냄새, 먼지 냄새.

온갖 소리와 냄새가 진동하는 대만의 거리로 우리를 데려가는 이 작품은 우리가 잃어버린 시간과 사람, 공간을 이야기하는 듯하다. 과거를 이야기하면서 다시 미래를 이야기한다. 과거를 고스란히 받아들인 채 앞으로 나아가며 성장하는 주인공처럼, 우리도 과거에 붙잡힌 마음을, 억지로 떼어내려 하지 않고 끝까지 파고들면서 앞으로 나아가야 할지 모른다.

2022년 봄
민경욱

# 류

**초판 1쇄 발행** 2022년 6월 22일
**초판 5쇄 발행** 2023년 1월 10일

**지은이** 히가시야마 아키라
**옮긴이** 민경욱
**펴낸이** 김문식 최민석
**총괄** 임승규
**기획편집** 박소호 김재원 이혜미 조연수 김지은 정혜인 김민혜
**디자인** 배현정
**제작** 제이오

**펴낸곳** (주)해피북스투유
**출판등록** 2016년 12월 12일 제2016-000343호
**주소** 서울시 성북구 종암로 63, 5층 (종암동)
**전화** 02)336-1203
**팩스** 02)336-1209



© 히가시야마 아키라, 2022


**ISBN** 979-11-6479-688-5 03830



- 이 책은 (주)해피북스투유와 저작권자와의 계약에 따라 발행한 것이므로 무단전재와 무단복제를 금지하며, 이 책 내용의 전부 또는 일부를 이용하려면 반드시 저작권자와 (주)해피북스투유의 서면 동의를 받아야 합니다.
- 잘못된 책은 구입하신 곳에서 바꾸어드립니다.